*Eva García Sáenz de Urturi*

# Los señores del tiempo

Eva García Sáenz de Urturi nació en Vitoria, España. Recibió su título en Optometría, ocupó diversos puestos de dirección en el sector óptico y posteriormente desarrolló su carrera profesional en la Universidad de Alicante. En 2012, su novela *La saga de los longevos* se convirtió en un fenómeno de ventas y se tradujo al inglés con gran éxito en Estados Unidos y Gran Bretaña. Es también autora de *Los hijos de Adán* y *Pasaje a Tahití* (2014), y de los dos volúmenes precedentes de la Trilogía de la ciudad blanca, titulados *El silencio de la ciudad blanca* (2016) y *Los ritos del agua* (2017). Está casada y tiene dos hijos.

TAMBIÉN DE EVA GARCÍA SÁENZ DE URTURI

TRILOGÍA DE LA CIUDAD BLANCA
*El silencio de la ciudad blanca*
*Los ritos del agua*

LA SAGA DE LOS LONGEVOS
*La saga de los longevos: La vieja familia*
*La saga de los longevos II: Los hijos de Adán*

OTRAS NOVELAS
*Pasaje a Tahití*

# Los señores del tiempo

*Eva García Sáenz de Urturi*

*Vintage Español*
*Una división de Penguin Random House LLC*
*Nueva York*

PRIMERA EDICIÓN VINTAGE ESPAÑOL, AGOSTO 2019



Información de catalogación de publicaciones disponible en la Biblioteca del Congreso de los Estados Unidos.

**Vintage Español ISBN en tapa blanda: 978-1-9848-9857-9**
**eBook ISBN: 978-1-9848-9858-6**

*Para venta exclusiva en EE.UU., Canadá, Puerto Rico y Filipinas.*

www.vintageespanol.com

Impreso en los Estados Unidos de América
10 9 8 7 6 5 4 3 2 1

# Los señores del tiempo

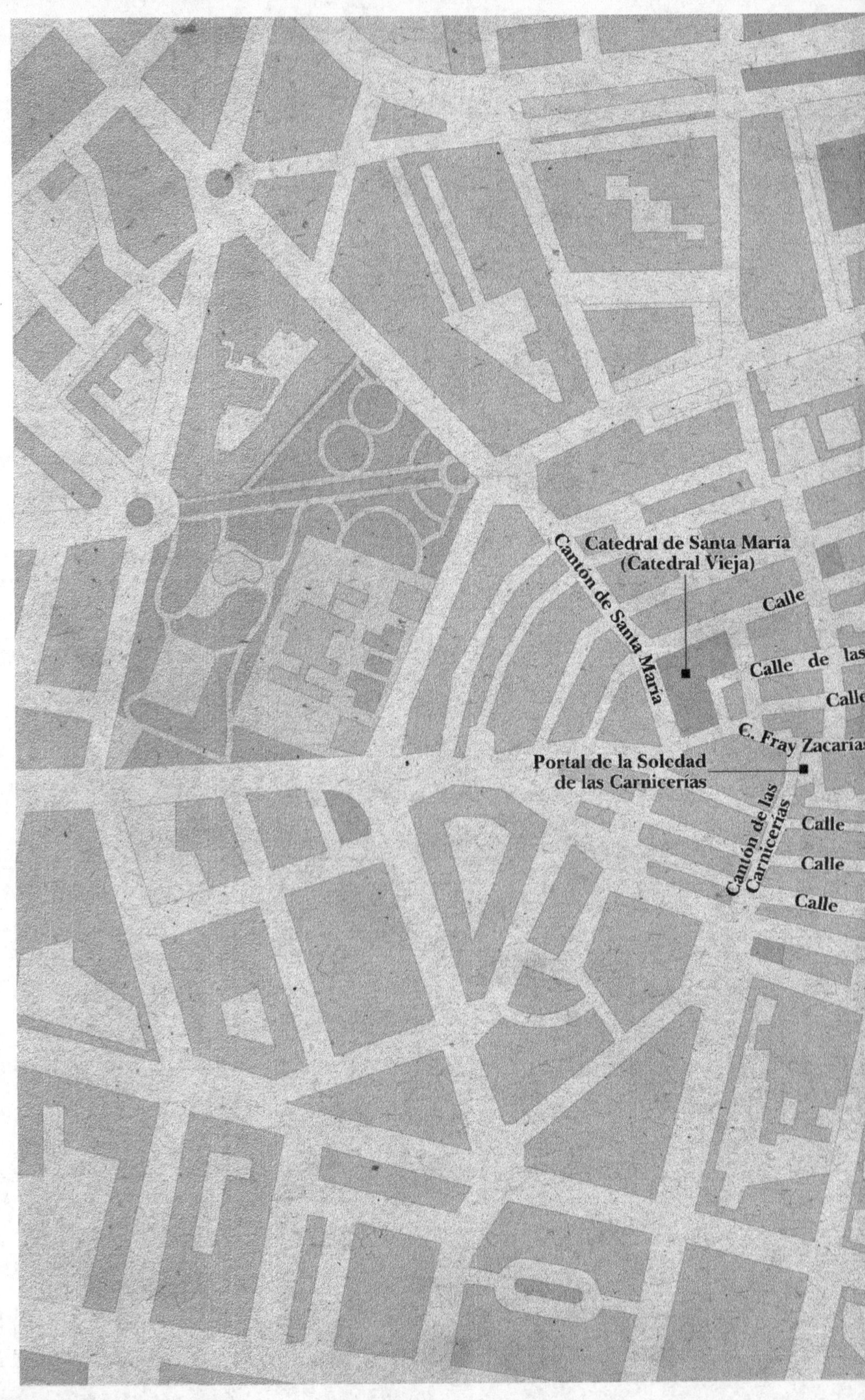
Catedral de Santa María
(Catedral Vieja)
Cantón de Santa María
Calle
Calle de las
Calle
C. Fray Zacarías
Portal de la Soledad
de las Carnicerías
Cantón de las
Carnicerías
Calle
Calle
Calle

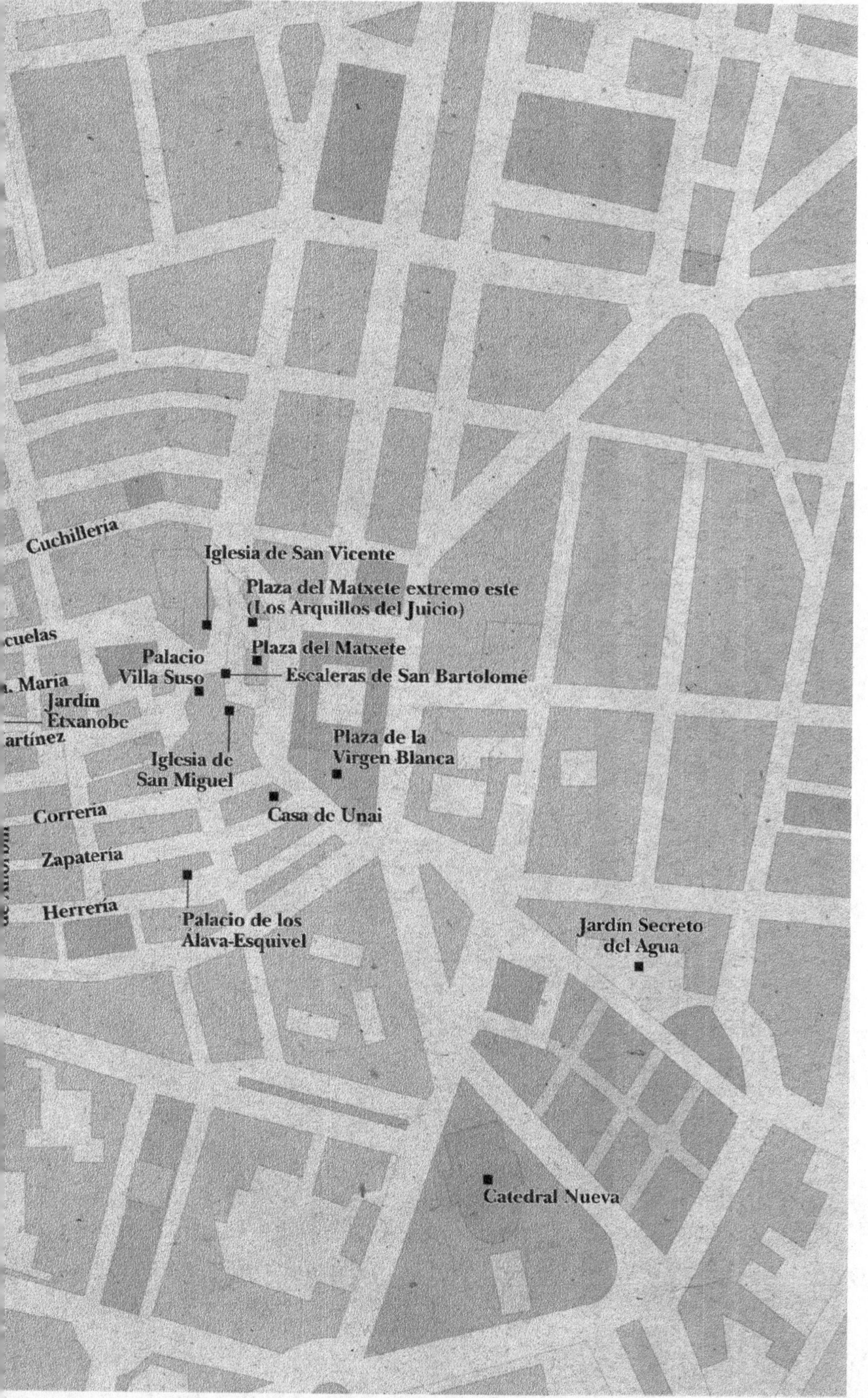
Cuchillería
Iglesia de San Vicente
Plaza del Matxete extremo este
(Los Arquillos del Juicio)
cuelas
Palacio
Villa Suso
Plaza del Matxete
Escaleras de San Bartolomé
a. María
Jardín
Etxanobe
artínez
Plaza de la
Virgen Blanca
Iglesia de
San Miguel
Correría
Casa de Unai
Zapatería
Herrería
Palacio de los
Álava-Esquivel
Jardín Secreto
del Agua
Catedral Nueva

# 1

# EL PALACIO DE VILLA SUSO

## UNAI

*Septiembre de 2019*

Podría comenzar esta historia hablando del turbador hallazgo del cuerpo de uno de los hombres más ricos del país, el dueño de todo un imperio empresarial de moda *low cost,* envenenado con cantárida —la legendaria Viagra medieval—, en el palacio de Villa Suso. No voy a hacerlo.

En su lugar voy a relatar, lo prefiero, lo que sucedió la tarde que acudimos a la desconcertante presentación de la novela de la que todo el mundo hablaba: *Los señores del tiempo.*

Estábamos fascinados con aquella novela histórica. Yo el primero, lo reconozco. Era una de esas lecturas que te evadían, una mano invisible que te agarraba del cuello desde el primer párrafo y en un ejercicio de magnetismo te arrastraba a su feroz mundo medieval sin que quisieras hacer nada por evitarlo.

No era un libro, era una trampa de papel, una emboscada de palabras…, y no podías escapar.

Mi hermano Germán; mi *alter ego,* Estíbaliz; los de la cuadrilla…, nadie hablaba de otra cosa y muchos la habían finiquitado en tres noches pese a sus cuatrocientas setenta páginas, pero otros la dosificábamos como si fuera un veneno —de esos que te dan placer mientras te lo inoculas— e intentábamos alargar la experiencia de tener la cabeza en el año de Christo de 1192. Era tal la inmersión lectora que incluso a veces, cuando retozábamos entre las sábanas durante desordenadas madrugadas de muslos y lenguas, llamaba *mi seniora* a Alba.

Había un morbo añadido, un enigma por resolver: la identidad del esquivo autor.

Después de semana y media arrasando en librerías, no había ni una foto de él en los periódicos ni en la sobrecubierta de la novela. Tampoco había concedido entrevistas. No había rastro de identidad digital en redes sociales ni página web. Era un paria del presente o alguien que realmente vivía en un anacrónico pasado analógico.

Se conjeturaba que el nombre con el que había firmado su obra, Diego Veilaz, era un pseudónimo, un guiño al narrador y protagonista de la novela, el carismático conde don Diago Vela. Cómo saberlo. Cómo saber nada por aquel entonces, cuando la verdad todavía no había desplegado sus volubles alas sobre las calles adoquinadas de la milenaria Almendra Medieval.

Atardecía en sepia sobre nosotros cuando crucé la plaza del Matxete con Deba sobre mis hombros. Confiaba en que mi hija de dos años —ella se sentía ya adulta— no alborotase demasiado en la presentación de *Los señores del tiempo.* El abuelo nos acompañaba de refuerzo, pese a que era la víspera de San Andrés y en Villaverde se celebraban las fiestas patronales.

Se había presentado en casa con un: «Yo os cuido a la nietica, hijo». Y a Alba y a mí nos venía bien relajarnos.

Llevábamos un par de semanas trabajando horas extras por la desaparición de dos jóvenes hermanas en extrañas circunstancias —muy extrañas, por cierto— y necesitábamos dormir.

Un par de horas más y nos podríamos tomar una pequeña tregua después de catorce días de estéril operativo de búsqueda. Caer fulminados sobre el edredón y recuperarnos para afrontar un sábado que ya se anticipaba igualmente frustrante.

Habíamos hecho los deberes con buena letra y no habíamos llegado a nada: batidas con voluntarios y perros, los móviles de todo su entorno pinchados por orden de la jueza, todas las grabaciones de las cámaras de la provincia visionadas, vehículos familiares peinados por la Científica, interrogatorios a todo el que trató con ellas durante sus escasos diecisiete y doce años de vida.

Se habían esfumado... y eran dos.

Un detalle que duplicaba el drama y también la presión del comisario Medina sobre los hombros de Alba.

Una cola kilométrica aguardaba el comienzo de la presentación bajo las tibias farolas de la plaza del Matxete.

Un titiritero de terciopelo verde hacía malabarismos con tres pelotas rojas, un hombre de cuello grueso se metía en la boca la cabeza de una boa albina. En la plaza empedrada olía a talos de maíz y a torta de *chinchorta* y unos violines furiosos interpretaban la música de *Juego de tronos*. El mercado medieval que se celebraba en septiembre había coincidido con la firma de la novela.

Aquella plaza que antaño fue mercado se veía más llena que nunca y los grupúsculos de lectores se perdían por los Arquillos del Juicio, tragados por la algarabía de los vendedores de jarras de barro y de aceites de lavanda.

Entonces vi a Estíbaliz, mi compañera en la División de Investigación Criminal, y a la madre de Alba, que la había adoptado desde que se conocieron y la había incluido sistemáticamente en todos nuestros ritos familiares.

Mi suegra, Nieves Díaz de Salvatierra, era una actriz retirada que fue niña prodigio del cine patrio allá por los años cincuenta y que había encontrado la ansiada paz regentando un hotel-castillo en Laguardia, entre viñedos y la sierra de Toloño, el dios celta Tulonio al que yo dirigía mis plegarias cada vez que el universo se ponía puñetero.

—¡Unai! —gritó Estíbaliz con el brazo alzado—, ¡aquí!

Alba, el abuelo y yo nos encaminamos hacia ellas. Deba le regaló a su tía Esti un sonoro beso lleno de babas en la mejilla y finalmente entramos en el palacio de Villa Suso, un edificio renacentista de piedra que reinaba desde hacía cinco siglos en la parte alta del cerro de la ciudad.

—Creo que está la familia al completo —dije y alargué el brazo hacia un cielo que se volvía añil por momentos—. Mirad al móvil, todos.

Cuatro generaciones de Díaz de Salvatierra y López de Ayala sonreímos al selfi familiar.

—La presentación es en la sala Martín de Salinas, en la segunda planta, creo. —Nos guio Alba, risueña—. Qué misterio más inocente, ¿verdad?

—¿A qué te refieres? —dije.

—A la incógnita sobre la identidad del autor. Esta tarde por fin sabremos de quién se trata… —contestó al tiempo que me daba la mano y entrelazaba sus dedos con los míos—. Ojalá los enigmas que nosotros desentrañamos en el trabajo fueran tan blancos.

—Hablando de enigmas… —la interrumpió Estíbaliz después de propinarle un pequeño empujón junto a la entrada de la sala—. No pises a la emparedada, Alba. Los guardias de seguridad dicen que sus lamentos acobardan bastante cuando se aparece por los pasillos desiertos de los baños por la noche. De hecho, comentan que son los aseos más solitarios de la ciudad.

Alba se apartó de un salto. Arrastrada por la marabunta, había acabado pisando el suelo acristalado que permitía ver la losa que cubría el enterramiento de los restos óseos de lo que pensaban que fue una mujer en el Medievo, según se leía en la placa de la pared.

—No hables de fantasmas y esqueletos delante de Deba —dijo con un guiño, bajando la voz—. No quiero que esta noche le cueste dormir. Esta noche tiene que dormir. Como un oso hibernando. Su madre necesita urgentemente una cura de sueño.

El abuelo sonrió, con esa media sonrisa suya de centenario que nos llevaba muchos años en eso de leer a las personas.

—Como que a la *chiguita* la vais a asustar con unos huesicos mal colocados.

Diría que había un matiz de orgullo en su voz cascada, aunque en lo concerniente a su biznieta, el abuelo presumía de ser el que mejor la entendía. Tenían una especie de sencilla y efectiva telepatía que nos excluía a todos los demás: a su madre, a su abuela Nieves, a sus tíos Germán y Esti, y también a mí. Deba y el abuelo se apañaban con miradas y encogimientos de hombros, y para nuestra desesperación, él entendía mejor que nadie los matices de las lloreras de mi hija, sus motivos para no ponerse sus botas de lluvia pese a ser totalmente necesario o el significado oculto de los garabatos con los que emborronaba cualquier superficie que encontraba a su paso.

Por fin pudimos acceder a la abarrotada sala, aunque nos tuvimos que conformar con las sillas de la penúltima fila. El abuelo sentó a Deba sobre sus piernas y dejó que su biznieta jugase con la boina, algo que acentuaba su parecido físico y la convertía en su pequeño clon.

Mientras dejaba que el abuelo se encargase de entretener a mi hija, me abstraje por un momento de mis urgencias laborales y levanté la cabeza: la estrecha sala de paredes de piedra tenía un techo de robustas vigas de madera. Tras la larga mesa donde esperaban tres botellines de agua sin abrir y tres sillas vacías reinaba un tapiz del caballo de Troya de descolorida urdimbre.

Miré la pantalla del móvil, la presentación llevaba casi tres cuartos de hora de retraso. El caballero de mi derecha, con un ejemplar sobre sus rodillas, basculaba nervioso sobre la silla y no era el único. Allí no se presentaba nadie. Alba me miró un par de veces como diciendo: «Si tardan mucho, tendremos que llevarnos a Deba».

Y yo asentí, no sin antes aprovechar para rozar el dorso de su mano y prometerle con la mirada alguna correría nocturna.

Qué bien se sentía no esconderse en público, qué bien se sentía ser una familia de tres, qué buena era la vida cuando no se ponía cabrona, y mi vida llevaba dos años largos —desde el día que Deba nació— siendo una feliz colección de rutinas familiares.

Y a mí me gustaba eso, lo de coleccionar días blancos con mis damas.

Fue entonces cuando pasó por mi lado un hombre obeso y sudoroso que reconocí: era el editor de Malatrama.

Tiempo atrás habíamos coincidido durante el caso de Los ritos del agua. Su editorial publicaba el trabajo de la primera víctima, Annabel Lee, dibujante de cómics y novia precoz de toda mi cuadrilla en bloque, para más señas. Me alegró verlo de nuevo. Lo seguía un tipo de perilla espesa, acaso nuestro esquivo autor, y en aquella sala de piedra se levantó un murmullo de expectante satisfacción que parecía perdonar el retraso de casi una hora.

—Por fin —me susurró Esti, sentada a mi lado—. Cinco minutos más y tendríamos que haber llamado a los antidisturbios.

—No fastidies, que con las chicas desaparecidas ya hemos tenido suficiente fiesta estas dos semanas. —Su melena roja se me metió en los ojos cuando se acercó y le pedí silencio con la mirada.

—Volverán a casa con papá y mamá, te lo he dicho mil veces —insistió entre susurros.

—Los hados te oigan y podamos dormir de una vez —respondí reprimiendo un bostezo.

Por suerte, mis habilidades orales estaban prácticamente recuperadas después de la afasia de Broca que sufrí en 2016. Tres años muy intensos de logopedia me habían devuelto al mundo de los investigadores locuaces y, salvo bloqueos temporales por cansancio, estrés o falta de sueño, mi oratoria era de nuevo un alarde de fluidez.

—Uno, dos, uno, dos... —chirrió la voz del editor—. ¿Se oye bien?

Las cabezas de los presentes asintieron, todas a una.

—Siento mucho el retraso con el que ha comenzado este acto, pero me veo en la obligación de anunciarles que el autor de la novela no ha podido acudir al evento de esta tarde —informó después de acariciarse con mano temblorosa la hirsuta barba rizada de bardo.

La reacción no se hizo esperar y algunos de los presentes abandonaron el recinto acompañados de su mal humor. El editor siguió con la mirada desolada las espaldas de los primeros lectores que desertaron.

—Comprendo su decepción, créanme. Esto no estaba programado pero, como no quiero dar por perdida la tarde para todos los que han esperado la presencia del autor, me gustaría presentarles a Andrés Madariaga. Es doctor en Historia y uno de los arqueólogos del equipo de la Fundación de la Catedral Santa María que excavó hace varios años a pocos metros de donde hoy estamos sentados, en el cerro de la Villa de Suso y bajo las entrañas de la Catedral Vieja. Él pensaba acompañar a nuestro admirado escritor en su presentación y explicar a los presentes los increíbles paralelismos entre la Almendra Medieval que hoy conocemos y la Victoria del siglo XII que aparece en la novela.

—Así es —carraspeó el arqueólogo—. El relato resulta de una precisión asombrosa, como si el autor realmente hubiera paseado hace casi mil años por estas mismas calles. Aquí mismo, al lado de la antigua puerta del palacio, en las escaleras que hoy conocemos como de San Bartolomé, en el Medievo estaba ubicado el Portal del Sur y era una de las puertas de entrada al recinto amurallado de la villa que...

—No sabe quién es —me susurró Alba junto a un lóbulo que se puso caliente solo con su roce.

—¿Cómo? —murmuré.

—Que el editor tampoco sabe quién es el autor. Ni una vez ha dicho su nombre y no se ha referido a él como Diego Veilaz, el pseudónimo. No tiene ni idea de quién es.

—O se reserva el misterio para el próximo acto en el que aparezca y no quiere reventar la intriga.

Ella me miró como a un niño pequeño, no muy convencida.

—Juraría que no, juraría que está tan perdido como nosotros.

—No sé si saben que estamos en el muro zaguero de la primitiva muralla, la muralla prefundacional. ¿La ven? Es este muro —dijo el arqueólogo señalándonos la pared de piedra a su derecha—. Por los datos del carbono 14, sabemos que estaba ya construida a finales del siglo XI, un siglo antes de lo que siempre habíamos dado por hecho. Digamos que estamos sentados en los mismos lugares en los que transcurre la novela. De hecho, muy cerca de aquí, junto al trazado de la muralla, muere uno de los personajes del libro. Muchos se preguntarán qué es la cantárida, la mosca española o escarabajo aceitero. En la novela aparece como un polvo marrón que alguien suministra a modo de afrodisíaco a nuestro desgraciado personaje. Esto es cierto, quiero decir —se corrigió—, factible.

El arqueólogo levantó la cabeza. Todos escuchábamos con atención.

—La cantárida era la Viagra medieval por excelencia —continuó satisfecho—. Un polvo extraído del caparazón verde metalizado de un pequeño escarabajo muy común en tierras africanas. La cantárida era el único afrodisiaco de probada eficacia en esto de mantener a los hombres bien erectos. Dilata los vasos sanguíneos de manera muy efectiva, pero dejó de usarse porque, como decía Paracelso: «El veneno está en la dosis». Dos gramos de cantárida matan al más sano de la sala, así que cayó en desuso en el siglo XVII, después de que en Francia los llamados «caramelos de Richelieu» terminasen con media corte durante las orgías de la época, amén de que el Marqués de Sade acabó acusado de homicidio cuando un par de cándidas damas fallecieron después de que él se la suministrase.

Miré a mi alrededor. La gente que se había quedado a la improvisada charla del arqueólogo escuchaba atenta cómo iba desgranando anécdotas medievales. Deba dormía bajo la boina del abuelo, rodeada por sus manazas de gigante longevo. Nieves atendía con interés, Alba me acariciaba el muslo y Esti miraba distraída las vigas del techo. En resumen, todo bien.

Cuarenta minutos después el editor tomó la palabra tras colocarse unas maltrechas gafas de media luna en la punta de su enorme nariz:

—No quisiera cerrar este acto sin leer los primeros párrafos de *Los señores del tiempo.*

Me llamo Diago Vela, me dicen el conde don Diago Vela, tanto da. Comencé a dar fe de cuanto acontecía en este cronicón que parte del día que regresé, tras dos años de ausencia, a la antigua aldea de Gasteiz o, como la llamaban los paganos, Gaztel Haitz, la Peña del Castillo.

Retornaba por Aquitania y, después de cruzar Ultrapuertos...

De repente oí a mi espalda que la puerta de la sala se abría. Me giré con cierta curiosidad y un hombre canoso de unos cincuenta años con una muleta entró cojeando y lanzó un grito:

—¿Hay algún médico en esta sala? ¡El palacio está vacío, hace falta un médico!

Esti, Alba y yo nos levantamos como trillizos telépatas y nos acercamos al hombre tratando de calmarlo.

—¿Está usted bien? —preguntó Alba, siempre resolutiva—. Ahora llamamos al 112, pero tiene que contarnos qué le sucede.

—No es por mí. Es por el hombre que he encontrado aquí abajo, en los baños.

—¿Qué le pasa al hombre? —le urgí con el móvil ya en la mano.

—Está tirado en el suelo. Me ha costado arrodillarme junto a él para comprobar si está muerto porque con esta muleta es complicado, pero yo juraría que no se mueve. O está inconsciente o está muerto —dijo el hombre—. De hecho, creo que lo he reconocido, creo que es…. En fin, no estoy seguro, pero creo que es...

—No se preocupe por eso ahora, nosotros nos encargamos —le cortó Estíbaliz haciendo una vez más alarde de su legendaria paciencia.

Toda la sala nos miraba y escuchaba en silencio. El editor, creo, había interrumpido su lectura. No lo sé, no me di cuenta. Eché una última mirada al abuelo, que me miró con un «Yo me ocupo de Deba, os la llevo a casa y la acuesto».

Corrí con Esti hacia las escaleras de los aseos. Con las prisas, los dos pisamos el cristal que resguardaba los restos de la emparedada de Villa Suso. Ni lo pensé. Llegué antes que mi compañera, y en el suelo encontré un hombre grande y bien vestido, inmóvil, con un gesto de dolor congelado que a mí también me dolió.

Los baños estaban impolutos, un aséptico blanco nos rodeaba y un fotomontaje con los tejados y las cuatro torres de Vitoria decoraba las puertas de las cabinas.

Me saqué del bolsillo el móvil, lo puse en modo linterna y lo coloqué a pocos milímetros de su cara. Nada. Sus pupilas no se contrajeron.

—Maldita sea… —suspiré para mí. Presioné la arteria carótida, tal vez buscando un milagro—. Aquí no hay miosis, Esti. Ni pulso. Este hombre está muerto. No toques nada, informa a la subcomisaria, que dé el aviso.

Mi compañera asintió, se disponía a marcar el número de Alba cuando la interrumpí.

—Huele a bomba fétida —dije olisqueando el ambiente—.

Este hombre lleva colonia cara, pero el olor no puede enmascarar esta peste tan desagradable.

—Es un baño de hombres, ¿qué quieres?

—No es eso, me refiero a que huele igual que las bombas fétidas de esas que vendían en ampollas en La Casa de las Fiestas cuando éramos críos, ¿no recuerdas? Venían en cajas con la silueta de un chino mandarín.

Cruzamos la mirada; no estaba hablando de la infancia.

—Quieres decir que crees que a este hombre lo han envenenado —dijo.

No tenía muy claro si estaba ante una muerte natural o ante un envenenamiento, pero como soy un tipo precavido y no me gusta arrepentirme de lo que he dejado de hacer, y también por respeto al gigantesco fallecido, hinqué la rodilla frente a él y susurré mi plegaria:

—Aquí termina tu caza, aquí comienza la mía.

Lo observé con detenimiento y pasé a lo práctico:

—Creo que el testigo tenía razón. No hay muchas fotos de él, aunque tenía un físico muy particular y siempre sospeché que… Creo que estamos ante un caso de aracnidismo.

—En cristiano, Kraken.

—Este hombre tiene, o tenía, síndrome de Marfan. Extremidades largas, ojos saltones. Mira los dedos. Mira la altura. Como sea él, aquí se arma la de Troya. Quédate con el cadáver, voy a hablar con Alba para que cierre las puertas del edificio y nadie salga. Hay que tomar declaración a doscientas personas. Si este hombre acaba de morir, el asesino está dentro de este palacio.

## 2

## EL PORTAL DEL NORTE

## DIAGO VELA

*Invierno, año de Christo de 1192*

Me llamo Diago Vela, me dicen el conde don Diago Vela, tanto da. Comencé a dar fe de cuanto acontecía en este cronicón que parte del día que regresé, tras dos años de ausencia, a la antigua aldea de Gasteiz o, como la llamaban los paganos, Gaztel Haitz, la Peña del Castillo.

Retornaba por Aquitania y, después de cruzar Ultrapuertos, evité entrar en Tudela, no quería dar cuentas al anciano rey Sancho, no todavía. Entregué a su hija Berenguela al monstruo que iba a desposarla, Ricardo, el que llamaban Corazón de León y no por buenos motivos, puedo asegurar después de conocerlo. Más me urgía lo que se hallaba dentro de la muralla de la villa que ya divisaba.

Un manto de piel de gatos monteses me evitaba morir congelado aquella desapacible noche.

Quedaba poco para llegar a Onneca...

Mi montura, extenuada, se quejó de la empinada cuesta que enfilaba hasta el Portal del Norte, el que cerraba la Villa de Suso por el camino de Arriaga.

Cruzamos los dos fosos por sus puentes, aunque tenía la molesta certeza de que un jinete me seguía los pasos desde hacía tres lunas, motivo de más para picar espuelas y entrar por fin en la seguridad de la muralla. Había oscurecido y soplaban los vientos que en breve traerían las primeras nieves de un invierno rudo, mal momento para llegar a Victoria. Las puertas de la Villa de Suso se cerraban al atardecer tras el toque de retreta, a buen seguro que me iban a demandar explicaciones. Pero me urgía regresar cuanto antes…

No había luna aquella noche, así que cabalgaba con una antorcha en la mano. A mi siniestra vislumbré el viejo cementerio extramuros de la iglesia de Santa María. Aquella había sido mañana de mercado, quedaban raspas de pescado sobre las tumbas, varias alimañas nocturnas huyeron en cuanto sintieron mi presencia.

—¿Quién va a estas horas?, ¿no veis que el portón está cerrado? No queremos vagamundos intramuros —gritó el muchacho desde el camino de ronda de la muralla.

—¿Llamáis *vagamundo* a vuestro *senior* don Vela? —Alcé la testa y la voz, me hice oír al pie del portal—. ¿No sois Yñigo, el unigénito de Nuño el peletero?

—Nuestro *senior* don Vela murió.

—¿Quién lo afirma?

—Todos aquí. ¿Quién lo niega?

—El finado. ¿Está mi hermana, *donna* Lyra?

—Estará entrenando en el patio de la fragua. Mi primo le sujeta la antorcha, creo que se ha negado a estar presente tras los esponsales. Voy a por ella, pero os juro que como sea una trampa a mi *seniora*…

«¿Qué esponsales?», me extrañé.

—No juréis, Yñigo, que a mí me toca cobraros el pecho por blasfemia, ¿queréis hacerme más rico? —reí.

—Si no fuera porque vuestro afligido y bien querido hermano Nagorno anunció vuestra muerte, sí que diría que sois mi *senior*. Sois alto y fornido como él lo era…

He aquí la explicación: Nagorno. Siempre Nagorno. Omnipresente Nagorno.

—Id ya a por mi hermana, os lo ruego —lo interrumpí—. Se me van a congelar las partes.

Tardó un rato, descabalgué y estiré los miembros ateridos. ¿Estaba ya nevando? Victoria adolecía de un clima recio. Así eran sus mujeres y hombres, corazas por piel.

Pocos hogares había añorado como aquel.

Y Onneca…, ¿dormida, tal vez?

«Serán unas horas más, pues —me dije—. Paciencia, Diago. Todo llega.»

Después del deber, el tiempo de vivir llegaba por fin.

El muchacho regresó al cabo de un rato.

—Dice nuestra *donna* Lyra que os abra el portón, que os da por vivo, mi…, mi *senior*. Que la busquéis en el patio de vuestra fragua.

Dejé atrás por fin la intemperie. Las heredades silenciosas y calmas quedaron a mi espalda, miré hacia atrás por última vez.

—Yñigo —le ordené al mozo—, si esta noche o al alba alguien más pidiera entrar en la villa, avisadme y no abráis el portón. Quiero que deis aviso también en el Portal del Sur y en el de la Armería.

El muchacho asintió y partió a avisar a los vecinos que hacían la guardia en las otras puertas de la Villa de Suso. Bordeé con mi grupa el camposanto y torcí hacia la casa familiar, en la rúa de la Astería.

El hogar de nuestro linaje, los Vela, llevaba medio milenio instalado en el norte del cerro, antes incluso de que tuviera por nombre Gasteiz.

Nuestra ferrería no había sucumbido al paso de las centurias y a pesar de que fue pasto de las llamas en aquel maldito incendio que una razia de los sarracenos había reducido a cenizas humeantes doscientos años atrás. Reconstruimos, mejoramos la resistencia de los muros, eliminamos madera y seguimos adelante.

Mi familia siempre seguía adelante, pese al transcurrir del tiempo.

Construimos las primeras cercas, nuestro hogar se cubrió la espalda con ellas, se encargaron noventa vecinos durante casi una década. La aldea se infló, el mercado de los jueves frente a nuestra ferrería llamaba a mercaderes, campesinos y collazos desde las cuatro direcciones del viento. Después vino la iglesia de Santa María, también apoyada en el muro.

La villa guardaba silencio por la noche, después del toque de retreta. El cielo negro se estaba llenando de leves plumas blancas, copos de una nieve mansa que no cuajaba todavía en los tejados. Me adentré en el patio de la fragua buscando a mi hermana.

La vi a lo lejos; varias antorchas encendidas y encajadas en las columnas iluminaban de mala manera el pequeño patio de la ferrería. Lyra entrenaba a menudo, procuraba compensar con su *scamarax* de filo curvado las carencias de su diminuto cuerpo. Aunque aquella noche lanzaba a un espantapájaros un par de hachuelas franciscas, al modo de los nórdicos. Me escamó el detalle, ¿sería posible que mi buen Gunnarr…?

Sentí la nostalgia de aquellos dos años sin verla, descabalgué y me abracé a su espalda sin medir las fuerzas.

—Mi querida hermana, cuánto he añorado tus abrazos… —fui capaz de pronunciar.

No esperaba lo que vino a continuación. Los picotazos, las garras que me arrancaron varios mechones de pelo, la fuerza de un animal venido de la nada, o más bien, del tejado del patio.

—¡Munio, para, te lo ruego, que me buscas la ruina! —gritó una voz que no era la de mi hermana.

La muchacha a la que había abrazado no era Lyra, pese a que compartían hechuras y la talla diminuta. Tampoco pude ver más diferencias, bastante tenía con impedir que aquella ave del infierno me sacara un ojo.

Entonces dio un silbido poco propio de su sexo y alargó el brazo. La inmensa lechuza blanca se acabó posando en él, no sin antes lanzarme un último graznido de advertencia.

—¡Lo siento, mi *senior*! —suplicó la muchacha.

Si era soltera, no era vecina de la villa, donde las mujeres no desposadas llevaban el pelo corto a trasquilones y un par de mechones largos junto a las orejas. Tampoco llevaba toca de casada, lo cual constituía un misterio interesante; una melena trigueña hasta el hombro no era muy común por nuestros lares.

—Munio se crio conmigo desde que nacimos y está enamorado de mí. Les sucede a algunas aves domesticadas. Me considera su esposa y es muy celoso, no deja que ningún varón se me acerque —se disculpó.

—¿Cómo os llamáis, *seniora*?

—Soy Alix, la ferrona.

—¿La ferrona? Cuando marché, el maestro ferrón era Angevín de Salcedo.

—Mi difunto padre, *senior*. Mis hermanos mayores también

murieron de escrófula y yo volví del convento de Leyre, donde padre me había hecho ingresar hace unos años, pese a que amaba la fragua y por mi sangre corre hierro fundido.

—Así que sois una especie de monja guerrera —sonreí al verle empuñar el hacha.

—Fui novicia, pero alguien tenía que defender el convento de los maleantes que se hacían pasar por peregrinos de la Ruta jacobea.

—Yo la traje, mi querido primo. Lyra me lo pidió cuando murieron sus hermanos y se quedó sin quien la ayudase a llevar la ferrería —dijo un vozarrón en la oscuridad.

—¿Gunnarr...? ¿Eres tú, de verdad? Te hacía pasando peregrinos en los puertos del Camino inglés —dije, y corrí a abrazarlo.

El gigante de cejas blancas salió de las sombras riéndose. Me levantó como si fuera un gorrión, pese a que yo era un hombre que sacaba a todos dos cabezas en cualquier corte que hubiese recorrido. Gunnarr Kolbrunson venía de una rama de nuestra familia del norte en tierras danesas, pero muchos en Victoria apostaban a escondidas a que era descendiente de gentiles, los gigantes que poblaron nuestras montañas en las primeras edades.

—Sabía que no estabas muerto, ¿cómo podrías tú haber muerto si nos vas a sobrevivir a todos? —me murmuró al oído con emoción en la voz.

—¿Quién dice que estoy muerto? —pregunté por segunda vez aquella noche.

—Eso se lo has de preguntar a tu hermano. En realidad, he venido a Victoria por los esponsales de Nagorno. Ya han dado las palabras de presente, Diago. Nagorno le ha entregado las arras —pronunció con cautela, y las sentí como palabras de pésame—. Ahora están con la verba de futuro. Nagorno y el padre de la novia se han empeñado en tener testigos de la prueba de doncellez. Lyra no ha querido estar presente y yo tampoco he acudido, por respeto a tu memoria. También porque, por muy célibe que sea, no quiero dormir esta noche con dolor de pelotas. Tú decides, hace un rato que entraron.

Mi hermana salió con una antorcha y el rostro tiznado. Portaba el mismo peto de cuero de ferrona que el día que nos despedimos. Fueron muchas las noches en el este en las que eché de menos nuestros ratos en silencio junto a la chimenea.

—Así es, hermano. Yo no voy —dijo Lyra con rostro circunspecto.

Temí lo peor, lo que jamás hubiera imaginado, lo opuesto a lo esperado cuando guie mi montura hacia Victoria.

—¿Dónde?

—Creo que ya lo sabes, en la casa del conde de Maestu, en el cantón de la Armería. Júrame por Lur que no me voy a arrepentir de habértelo contado —dijo Gunnarr.

—No van a rodar cabezas, si es eso lo que te preocupa.

—Sí, claro que me preocupa. Júramelo.

—Lo juro.

—Por Lur.

Suspiré.

—Por Lur. Pero no me acompañes, siempre acabas defendiendo a Nagorno.

—No voy a acompañarte, Diago. Sé que tu palabra es ley, pero no me hagas elegir, nunca, entre Nagorno y tú. Él me salvó en tierras danesas y me hice hombre a su lado en el este. Sabes que le debo lo que soy ahora.

«Un comerciante pendenciero y sin palabra, mi amado Gunnarr. En eso te convirtió mi hermano», callé. Inútil volver a las viejas discusiones.

Me di la vuelta y encaminé mis pasos por la rúa de las Tenderías hasta el hogar del que tendría que haber sido mi suegro, el buen conde Furtado de Maestu.

—¡Alix, acompáñalo! —escuché que ordenaba Lyra a mi espalda—. Evita que mi hermano haga una locura. Yo meto a Munio en su jaula.

Poco después escuché unos pasos ligeros tras de mí.

—No necesito una nodriza, mujer. Vuelve a tus quehaceres —dije mirándola de reojo.

Se había colocado el faldón de su saya sobre la cabeza a modo de capucha que le tapaba el pelo.

—En ausencia de mi *seniora* Lyra, sirvo a Gunnarr, *senior*. Pero mi *senior* Diago es el *senior* de mi villa, así que, en ausencia de

Gunnarr, os sirvo a vos. —Me mostró la hachuela escondida bajo su mantilla de paño e hizo un gesto de complicidad—. Si se os ocurre cortar cabezas, estaré a vuestro lado para evitar que corten la vuestra.

Harto de discutir, agotado tras el largo viaje desde Ultrapuertos, dejé que mi escudera me siguiera por la oscura calle adoquinada.

Era sencillo encontrar la casa del conde de Maestu: de sus ventanas salía el resplandor cálido de las velas, el resto del cantón estaba a oscuras.

En la entrada del portal encontré a uno de los criados del conde. Se tuvo que apoyar en el quicio de la puerta, tal era su melopea.

—¿Quién va? —consiguió pronunciar.

—Vuestro *senior*, el conde don Vela —respondí cansado ya de tanto interrogatorio.

—El conde don Vela está ahora mismo ocupado en otros menesteres más agradables, una planta más arriba —repuso con esa ridícula vehemencia que Dios les da a los borrachos.

Levanté el codo y atrapé su cuello entre la puerta y mi brazo. Apreté un poco, lo justo como para que me tomara en serio.

—Soy Diago Vela, Remiro, y si no me reconoces es que estás demasiado embriagado como para hacer guardia en la puerta de tu *senior*. Déjame pasar antes de que le cuente al conde tu querencia a sisarle el vino de Rioja —le susurré bastante enojado.

El hombre intentó aspirar un poco de aire y por fin me reconoció.

—Pues sí que sois vos. Pasad, buen *senior*. Se os ha añorado mucho en la villa.

—¿Dónde? —me limité a preguntar, harto de que todas las puertas se me cerraran.

—Están en la cámara.

Mi escudera me siguió con gesto preocupado. Subí las viejas escaleras de madera, que crujieron bajo mi peso. Llegué a la cámara, la había visitado antes. Una docena de vecinos me impedían ver lo que sucedía bajo el baldaquino del lecho.

Di varios codazos, todos se fueron apartando. Algunos me

reconocieron y creyeron que era un espectro. Vi miedo en sus ojos espantados, más de uno se santiguó. Yo ya no estaba a nada, solo intentaba adivinar qué estaba sucediendo tras la tela.

Era mi hermano Nagorno, copulaba con alguien sin guardar el decoro de saberse observados. La Santa Iglesia de Roma condenaba todo ayuntamiento carnal que no sucediese con el hombre sobre la hembra y condenaba también la desnudez sobre el lecho, pero él se había liberado de su camisa y vi su espalda, brillante y morena, y sus mil cicatrices de combate.

Unos muslos blancos sobresalían a cada costado. Ella mantenía el camisón, pero a juzgar por su rostro y sus gemidos, disfrutaba con las embestidas de mi hermano.

Llevaba dos años sin ver aquel rostro amado, el pelo tan negro como el mío, los ojos dorados y los labios pálidos. Onneca gozaba ante la aturdida mirada de los testigos de la verba de futuro, acostumbrados a que la desposada fuera una doncella aterrada y dolorida.

«¡Por Dios, Onneca!, si te han obligado a tener testigos, debes fingir mejor que eres virgo», pensé.

Me preocupé por ella, se estaba ayuntando con mi hermano, y aun así, me preocupé por ella.

Ninguno de los dos contendientes escatimó en gritos de placer hasta que mi hermano terminó. Se apartó de ella, mostrando sin pudor su fibrosa desnudez a todos nuestros vecinos. Una docena de cabezas se acercaron curiosas para comprobar el resultado del duelo. Las tres matronas elegidas apartaron la gasa y revisaron el lecho. Y allí estaba, la mancha de sangre que su padre esperaba.

Suspiré aliviado, por un momento había olvidado los recursos de Onneca.

Cómo iba a dejar algo tan importante al azar.

Ambos conocíamos la manera de fingir una virginidad que ya no poseía. Lo habitual era insertar en la intimidad de su carne alguna víscera de gallina para que dejara sangre en el miembro del novio. Nos reíamos de ello en mi lecho años atrás, cuando planeábamos nuestros esponsales y asumíamos que su padre tal vez le pidiera la prueba de doncellez.

Creo que en ese momento ella no me reconoció, ocupada

en mostrarse digna bajo el camisón y no mostrar demasiado a la insana curiosidad de nuestros vasallos, pero mi hermano sí que me vio. Fue un segundo, cruzamos las miradas, apretó los labios y sonrió para sí, diría que complacido.

Una mano se me fue a la daga que ocultaba mi manto. No era yo, era la rabia quien la guiaba. Otra mano, más pequeña, impidió que la desenvainase.

—El conde de Maestu, mi *senior*—me advirtió.

Furtado de Maestu mantenía sus buenas hechuras aunque aquella noche lo encontré algo achacoso: su antaño lustrosa melena ahora lucía canosa y tenía el rictus desmejorado. Mantenía en todo caso la buena costumbre de vestir siempre como si todos los días se le casara alguna hija. Con motivo debía su fortuna al comercio de paños toscos, tan demandados por las gentes de Castilla. Gracias a Maestu el gremio de los burulleros se había convertido en el más numeroso entre los vecinos de la Nova Victoria, el arrabal de Sant Michel que se acabó cercando y añadiendo a la Villa de Suso cuando el rey Sancho el Sabio nos confirmó los privilegios en los fueros hacía una década. Sobre el papel ambos barrios éramos una sola villa, la villa de Victoria, codiciada por ser frontera y la llave del reino. Pero las murallas y los tres portales dividían algo más que rúas y cantones.

—Pero ¿cómo es posible, mi querido Diago? ¡Estáis vivo! —susurró, y miró a su alrededor con cautela.

—Siempre lo estuve —repliqué ofendido—. Me debéis un par de explicaciones, querido amigo. Nos despedimos con la promesa de unos esponsales, ibais a ser mi amado suegro, y ahora ¿qué soy?, ¿el hermano del esposo de vuestra hija, mi prometida?

Me hizo un gesto para que guardase silencio y me guio por las escaleras hasta el segundo piso, buscando discreción y que nadie me viera. Le pedí a Alix de Salcedo con la mirada que se quedara en la cámara con el resto de los vecinos. A ella no le hizo gracia, pero obedeció.

—No os despedisteis, buen *senior* —me espetó una vez solos—. Desaparecisteis.

—Tenía mis razones, no debo cuentas a nadie.

—Faltaría más. Y mi hija, afligida, os esperó, y yo mantuve

mi promesa de entregárosla, creedme. Pero después llegó esta carta con la noticia de vuestra muerte —dijo después de limpiarse los restos del banquete de la comisura de los labios con la manga. Rebuscó en un arcón forrado de terciopelo y me la tendió.

—¿Quién entregó esta carta? —pregunté tras leerla.

—Un mensajero, supongo.

—¿Y por qué le disteis pábulo?

—¿Cómo no darlo?, da todo lujo de detalles acerca del naufragio de vuestro barco frente a las costas de Sicilia.

Quien escribió esa carta sabía lo que pocos conocían: mi viaje por los Alpes hasta Sicilia y la tormenta que nos separó de los otros barcos. ¿Cuánto más sabría?

—Es cierto que hubo un viaje por mar y una tormenta. Y es cierto también que mi barco sufrió los envites de las olas y terminamos frente a Sicilia a nuestro pesar. Pero el barco no naufragó y nadie murió. Ni siquiera yo, como veis. ¿Y por una carta que os trae un mensajero desconocido entregáis a mi prometida a mi hermano? —alcé la voz alterado.

—¡Shh…! Guardad decoro, estáis en mi casa y la mayoría de los invitados no os han visto todavía, hemos de ver cómo manejar este sindiós. Respondiendo a vuestra pregunta, di pábulo a la carta porque venía lacrada con sello real. No guardé el sobre con el lacre, no lo vi necesario. Pero aquí veis la cruz patada de su signatura.

Leí hasta el final la misiva y tuve que carraspear.

—Entonces, el rey ¿es don Sancho el Sabio?

—Es quien nos gobierna ahora, ¿conocéis a otro rey en tierras navarras?

«No puede ser, él no acabaría con mi futuro de este modo tan cruel después de todo lo que he hecho por él», me obligué a pensar.

—Id a dormir, buen *senior.* La noche está avanzada, se os ve cansado del viaje, tenéis sangre en el cabello, y aquí no podéis estar sin provocar un escándalo. Dejad que este viejo amigo celebre como se merece los esponsales de su hija, mañana veremos cómo desfacer este entuerto. Me temo que tenéis problemas más acuciantes que el hecho de que vuestro hermano os haya robado a la mujer que iba a ser vuestra. El nuevo conde don Vela, Nagorno, también dirige con mano firme a los nobles recién llegados a Nova Victoria y, a decir de los vecinos de toda la vida de la Villa de Suso, los está favoreciendo en demasía. Y si el patán de mi primogénito continúa jugando a las Cruzadas y sin tener descendencia, hoy he firmado en las capitulaciones de los esponsales que serán los descendientes de Onneca los futuros condes de Maestu, así que el matrimonio reunirá la fortuna que fue vuestra con la mía, serían los *seniores* de todo lo que contiene estas murallas.

# 3

## LOS TEJADOS DE SAN MIGUEL

### UNAI

*Septiembre de 2019*

Subí rápido hacia la sala por las estrechas escaleras de los baños. Allí me esperaba Alba, pendiente de nuestras novedades.

—¡Hay que montar un dispositivo! ¡Ya, rápido! —le dije al llegar y tal vez se me oyó demasiado—. Que cierren todos los accesos del palacio. Tenemos una víctima mortal y sospechamos que es por envenenamiento.

Alba tomó el móvil y comenzó a hacer llamadas. Las puertas de la sala Martín de Salinas se mantenían cerradas, con toda la gente que había acudido a la presentación en su interior, aislados y sin saber todavía lo que estaba ocurriendo a pocos metros.

Fue entonces cuando me pareció ver una sombra que se movía escaleras arriba.

—Quédate ahí —susurré a Alba—. Me ha parecido ver... ¿una monja?

Pasé delante de una enorme cristalera que daba a la trasera de la iglesia de San Miguel y subí hasta el tercer piso intentando no hacer ruido por las escaleras.

—¡Alto, deténgase! —grité.

Efectivamente, era una religiosa. Una monja de hábitos blancos y toca negra que ignoró mi orden y salió corriendo hacia una puerta de seguridad por la que se accedía al exterior del edificio. Tardé un par de segundos en reaccionar, lo reconozco. No la esperaba tan ágil ni tan desobediente. Llegué a una terraza que lindaba con unas escalinatas cerca de los tejados de la iglesia. Y la monja saltaba de tejado en tejado, cada vez más lejos de mi alcance.

—¡Alto! —repetí. Pero era consciente de que ya no llegaba a detenerla, así que cambié de estrategia y me anticipé.

La religiosa estaba llegando al final del tejado de la iglesia y no tenía más remedio que saltar al suelo, a un par de pasillos estrechos que formaban unas rampas entre el palacio y el templo. Y no había salida. Las rampas, bordeadas de jardines de lavanda, terminaban a la altura de la restaurada muralla medieval de madera. Salté hasta la parte más baja de una de ellas y, oculto entre las sombras que me regalaban los recovecos de las pasarelas, la esperé.

La monja saltó también desde unos cuantos metros de altura y rodó sobre el callejón.

«Ya es usted mía, hermana», pensé.

Salí corriendo hacia ella, pero se levantó y subió por la rampa. Yo la perseguí y cuando tomé la curva..., desapareció. Se volatilizó.

No había lugar donde esconderse. Los matorrales de lavanda eran bajos. La rampa terminaba frente a las piedras de la muralla.

—¡Alto! —grité de nuevo.

Qué estériles mis gritos. Qué estéril la búsqueda cuando recorrí una y otra vez las rampas y los jardines.

—Alba, avisa al bedel —dije después de marcar su número—. Estoy atrapado en las rampas entre el palacio y la iglesia de San Miguel, bajo la muralla restaurada.

—Estoy coordinando todo este lío, ¿qué haces ahí?

—Toma el testimonio a todos los que están en el palacio —le dije—, pregunta si alguien les ha llamado la atención. Y hay que cerrar también la plaza del Matxete y hacer una ronda de entrevistas a todo el que trabaje en el Mercado Medieval.

—¿Qué buscamos?

—A una monja. Que no se hagan preguntas dirigidas. Que no la mencionen si ellos no la mencionan, no quiero que nadie ficcione.

# 4

# EL PORTAL DEL SUR

## DIAGO VELA

*Invierno, año de Christo de 1192*

Un grito rasgó mi noche en vela. Un grito de mujer. El alba clareaba los perfiles del paso de ronda de la muralla. No hallé consuelo en mi antiguo lecho, estaba vacío y helado de escarcha. El fuego de mi cámara había expirado antes del amanecer, el relente de la madrugada me mantuvo insomne. Al menos no soñé naufragios.

—¡Han encontrado al conde! ¡Han encontrado al conde! —se oía desde la rúa de las Tenderías.

Abrí el arcón que un día me perteneció, elegí ropa sin demasiado uso, no quería que nadie me confundiera de nuevo con un vagamundo. Me aseé con el agua de la jofaina y corrí escaleras abajo.

No precisé de un «¿Dónde ha sido?». Bastaba con seguir el tumulto de los vecinos asombrados.

«Hacia la puerta sur, pues», pensé. Y llegué a los pies de la muralla, junto al Portal del Sur. Tras las cercas, la torre de la iglesia de Sant Michel se alzaba indiferente a la tragedia.

Unas cabezas rodeaban al fallecido. Logré hacerme paso, ya estaba bien frío cuando llegué.

El que estaba destinado a ser mi suegro y no lo fue.

El conde Furtado de Maestu. No podía decir que estaba sano cuando me despedí de él aquella noche. Estaba inquieto y demacrado, una de sus mangas olía a vómito reciente, se había limpiado con ella. Lo acusé a los excesos del banquete y a la profusión de vino del convite.

Pero había visto antes un desaguisado como aquel.

Lo había visto antes y necesitaba asegurarme. ¿Cómo hacer mis comprobaciones con tanta chusma delante?

Me acerqué a la tela oscura de su ropa, disimulaba bien la mancha.

«Este hombre ha orinado sangre», me dije.

Entonces la vi. Alix de Salcedo, sin su agresiva lechuza blanca. Llevaba el pelo oculto bajo una toca de tres picos, un detalle muy inusual, pero dejé la curiosidad para más tarde. Le pedí con la mirada que se acercase a mí.

—Era un hombre justo, pensé que moriría de vejez —comentó en voz baja, sin dejar de mirar el cuerpo ya rígido.

—¿Podéis conseguirme un conejo? —susurré.

—¿Vivo o muerto?

—Con el pellejo bastará.

—No creo que ahora dejen salir de la villa, pero el hijo del carnicero cría algunos en su corral. ¿Lo compro o lo robo?

Deslicé un par de sueldos en su puño moreno, tenía las manos encallecidas de quien ha portado y entrenado armas, acaso el mango del martillo también.

—¿Adónde lo llevo?

—A la casa del conde, nos encontraremos allí.

La muchacha desapareció antes de que me diese la vuelta.

—¡Cada vecino a sus quehaceres! —grité—. Que alguien traiga una carreta y una acémila, debemos devolver al buen conde a su hogar.

—¿Sois vos, nuestro *senior,* don Diago Vela? —preguntó el ballestero.

—Así es, Paricio. Os dieron falsas noticias de mi muerte, lo sé. Pero he vuelto, y mientras pongo en orden lo que dejé en la villa vamos a ocuparnos de esta urgencia. Haced correr la voz de que estoy de vuelta, atenderé vuestros asuntos como siempre he hecho.

—Así lo hace ahora vuestro hermano, el conde Nagorno. ¿A quién debemos dirigirnos ahora?

Fingí calma. Sonreí.

—A mí, sin duda. Él se ocupará cuando yo sea un fiambre de verdad.

Todos rieron aliviados.

Alguien cargó con el conde de Maestu, alguien subió el cuerpo por la vieja escalera hasta la planta noble, alguien lo tendió sobre el mismo lecho donde su hija horas antes consumó su verba de futuro con el infame de mi hermano.

—¿Ha llegado ya la ferrona? —pregunté mientras retiraba las prendas del finado.

Alix de Salcedo apareció en aquel momento con un conejo blanco en la mano.

—Todo el mundo fuera —ordené.

Dos vecinos que me habían acompañado y Remiro, el viejo criado del conde, bajaron las escaleras, que crujieron y se quejaron bajo su peso.

Alix no obedeció, me hizo un gesto que traduje en un: «No pienso moverme de aquí».

—Como queráis, ¿sabéis afeitar?

—Afeitaba a mi padre y a mis hermanos. Tengo buen pulso.

—Bastará con que afeitéis al conejo.

—¿*Senior*?

—O eso, o afeito yo al conejo y vos abrís al muerto en canal. Vamos a darnos prisa antes de que alguien nos lo impida.

Alix sacó una daga y no hizo más preguntas. Se acercó a la ventana en busca de claridad y yo alcé la túnica de Furtado para comenzar la tarea de extraerle algunas vísceras.

Cuando me hice con ellas las sujeté con un paño para no tocarlas y las coloqué en la jofaina.

—Traed la piel afeitada del conejo, Alix. Vamos a frotar las vísceras.

—¿Qué estáis buscando?

A la piel del conejo le salieron ampollas, parte de ella quedó abrasada.

—Lo que acaba de pasar. Me lo enseñó hace años un físico de Pamplona. Es el efecto del escarabajo aceitero cuando se toman más miajas de las debidas.

—¿Son esos polvos pardos que usan los soldados en los burdeles cuando les falla la hombría?

Sonreí.

—Sabes mucho para ser una novicia. Vuestros hermanos,

¿verdad? —pregunté evitando el enigma de la toca de tres picos.

—Mis hermanos, *senior*. ¿Puedo al menos, delante de vos, no fingir que me sonrojo? Es agotador esto de ser buena cristiana.

—No finjáis, estoy más allá del escándalo. ¿El viejo conde se amancebaba con alguien?

—Se dice que, desde que enviudó, lloraba la tumba de la condesa y prefería rezar frente a un altar frío que ayuntarse en un lecho caliente.

—No tenía necesidad de usar polvos, entonces.

—No veo hombre más alejado de propósitos carnales que el conde, la verdad.

—Entonces habrá que encontrar quien sepa de venenos... —murmuré después de devolver las vísceras al cuerpo vacío del conde y adecentarle la túnica con el ceñidor—. ¿Podéis limpiar la sangre, deshaceros del conejo y silenciar lo que aquí habéis visto?

A Alix no le hizo falta asentir, acató mis requerimientos con tanta eficacia como premura. No parecía sumisa, incluso me daba la impresión de estar un poco asalvajada, me recordaba a mi hermana Lyra, la ingobernable Lyra.

Y hablando de venenos. Lo encontré en el pequeño taller que se había construido junto a la fragua de la familia. Nagorno podría haber sido el más reputado de los orfebres si no hubiera nacido en una familia con privilegios.

Golpeteaba con un fino martillo un broche de oro y esmalte. Un águila retorcida se resistía a una sierpe enroscada en su cuello.

—¿Esa joya que estás tallando es para tu esposa? Sabes que a la Iglesia últimamente no le gusta la ostentación —le dije.

—Pasa sin llamar, hermano —contestó sin alterarse, con su voz monocorde de ofidio—. Para ti siempre está abierto. El papa Celestino III acaba de prohibir pieles, pedrerías y cinturones con hebillas trabajadas a los comerciantes medrados. Pero mi esposa no es una advenediza y no va a ocultar mis regalos. Me alegra que estés vivo, querido Diago.

—Parecías más alegre ayer, cuando pensabas que estaba muerto —comenté, y me senté sobre la tabla donde estaba trabajando.

Nagorno suspiró, tuvo que dejar de trabajar en su pequeña joya.

—¿Resentimiento, Diago? Porque lo he hecho por esta familia, alguien tenía que reparar la anarquía que dejaste aquí hace dos años.

—¿Casándote con mi prometida?

—Te fuiste sin dar ninguna explicación, solo un «Volveré» que con el paso de los meses se fue tornando en poco creíble. ¿Me vas a contar por qué marchaste?

—No puedo, Nagorno. El rey Sabio me encomendó una misión bajo sutiles amenazas y no pude negarme. El viaje se complicó mucho más allá de lo esperado, ni siquiera he vuelto a la corte de Tudela por miedo a que vuelva a enviarme a Dios sabe qué otro peligroso encargo. Tal vez dentro de unos años pueda confiarte lo que ha sucedido y en qué he andado metido, pero no ahora —le mentí, necesitaba averiguar hasta dónde sabía él.

—De acuerdo —terció Nagorno, sabía cuándo no presionar—. ¿Tanto te molesta que haya desposado a Onneca? Para mí ha supuesto cierto sacrificio. Sabes que no soporto ser un hombre casado, ¿cuántas veces he enviudado?

—Demasiadas —susurré.

—De saberte vivo, de haber tenido esa certeza, no me habría desposado. Pero se sucedieron dos propuestas matrimoniales que Onneca rechazó, sabes que por la ley de los navarros estaba obligada a aceptar la tercera.

—¿Quién hizo esas dos propuestas?

—El *senior* de Ibida, Bermúdez de Gobeo, y Vidal, el hijo del *senior* de Funes.

—Ancianos y niños de teta atrasados, no me extraña que el conde los rechazara.

—Que Onneca los rechazara —me corrigió—. No la subestimes.

—Nunca lo hago. Tampoco sus tierras aportaban demasiado al padre. Parientes menores, hijosdalgo…

—¿Comprendes ahora que te he hecho un favor, hermano?

—Parecías disfrutarlo.

—Toda condena merece una recompensa. Estoy impaciente por comprobar cómo es nuestra dama en la intimidad y sin testigos..., pero tú me lo puedes contar.

—Ya no es asunto mío nunca más, como bien has dicho —dije con una sonrisa, tenía que acostumbrarme a fingir mejor esa sonrisa.

—No..., no es eso, viste que mi *seniora* me tiene afecto, eso es lo que te carcome. Te conozco. Nunca has dudado de tus atributos, pero ahora... Distingo bien todos los matices de tu enfado y ahí está, agazapada. La duda de lo que ayer viste.

Ignoré la pulla, Nagorno solo estaba tanteando mis debilidades. Como una espada roma que golpea en el hombro, en el muslo, en el lomo, buscando que el guerrero se doble porque la armadura oculta una cicatriz abierta.

Durante aquella noche de insomnio yo había cosido mi herida.

Onneca ya no sangraba. El mundo no debía saberlo, me tornaría débil. Y no podía permitírselo a nuestros enemigos.

Sí, había enemigos, y la pregunta era: ¿cuán cerca estaban de mí en esos momentos?

—Sabes que tendrás que darle un heredero... —Ahora era yo quien hurgaba en heridas conocidas.

No cambió el gesto, síntoma de que le había escocido más de lo que yo esperaba.

—Eso se espera de mí, desde luego.

—¿Y cómo piensas hacerlo, hermano? —apreté.

—A su debido tiempo, *hermano.*

—De acuerdo, no voy a dudar de tu capacidad de engaño, sabrás apañártelas. Cambiemos de asunto. ¿Qué sabes del mensaje que me convirtió en el difunto conde don Vela?

—Fue un mensajero fantasma, hubo versiones contradictorias en el paso de ronda. Nadie recordaba su apariencia cuando corrí a preguntar por él. Dos de los guardias afirmaron que lo vieron al atardecer por el Portal del Sur. Hice que siguieran el rastro, pero desapareció al cruzar el Cauce de los Molinos.

—¡Debiste seguirlo tú! Tú no habrías perdido la pista —grité agotando mi paciencia.

—Iba dirigido al conde de Maestu, sabes que tengo ojo para las falsificaciones...

—Dijo el Diablo al aprendiz.

Sonrió, algunos pecados le seducían más que otros. Nunca le molestó la soberbia.

—Decía que pude estudiar con cierto detenimiento el sello real, Diago.

—Todo se puede falsificar.

—Todo se puede falsificar —concedió—. Yo mismo te lo enseñé. Pero era una carta del mismísimo rey Sancho VI el Sabio. Y si alguien lo hubiese querido falsificar, se expondría a la horca por alta traición. Reconoce que no es muy probable que alguien corra tanto riesgo. ¿Qué debía hacer, hermano, sino llorarte, continuar adelante y encargarme de lo que nuestra familia ha conseguido?

Lo sujeté del cuello, cansado ya de tanta falsedad. Quería una charla de verdad con mi hermano, no una sucesión de fingimientos.

—Ni por un momento pienses que voy a creer que me supiste muerto. Tú y yo hemos compartido suficientes penurias para saber que no somos fáciles de tumbar —dije, y por fin se quitó la máscara y volvimos a las verdades—. Debo averiguar quién envió esa misiva real.

—¿De verdad no crees que fue el rey?

—Me cuesta encontrar una razón para que me hiciese esto.

—Sé que no me crees, pero no fui yo.

«No lo hago, Nagorno. Eres el *senior* de las mentiras, ¿cómo creerte si te conozco desde niño?», callé, pero allí no había más que rascar. Cambié de tercio.

—Hay otro asunto. Hiciste venir a nuestro amado Gunnarr.

—Así es.

—¿Para qué?

—El negocio habitual, hay demanda de cuerno de unicornio en la corte de Tudela.

El cuerno de unicornio, que según muchas fuentes fiables era el mejor bebedizo para hombres poco erectos, era imposible de encontrar. Gunnarr traía de sus viajes por los mares del norte un conveniente sustitutivo y nadie encontraba la diferencia.

—¿El colmillo de narval es el único vigorizante amoroso que demandan en la corte?

—Es más caro y el único que me compensa traer.

Callé por el momento mis sospechas acerca del escarabajo aceitero. No era un bicho que se pudiese encontrar en tierras navarras. Habitaba en los suelos más cálidos, alguien lo traía de lejos. Pero Victoria era una villa de comerciantes, ¿tenía Nagorno, y acaso Gunnarr, algo que ver con el encargo?

Una campana tañó, llamaban a muerto.

—Estarás enterado de la muerte de mi suegro —dijo al oírla.

—Imposible no enterarse en esta villa. ¿Cómo está Onneca? —le pregunté.

Nagorno me esquivó la mirada.

—Sufre —murmuró, diría que apesadumbrado.

Torcí el gesto extrañado. ¿Onneca le importaba?

—A la hora del ángelus comenzarán los funerales del conde —continuó con voz glaciar—. He pagado un coro de plañideras. Imagino que toda la villa estará acudiendo a la casa del conde, esta costumbre de la cabezada… Sería bueno que nos vieran juntos.

—¿Has contratado plañideras?

—Y a una endechadora que componga algún lamento para mi bien amado suegro. El conde merece todos los homenajes que yo pueda pagarle. No olvido que fue un hombre de honor. Onneca está ahora en su cámara, velándolo. Insisto, sería bueno que nos vieran juntos. Vendrán el merino, el alcalde, el sayón, el tenente y el clérigo de nuestra iglesia, la Santa María. He dispuesto que sea enterrado en nuestro camposanto. Ya somos familia, descansará arropado por nuestra sangre, los otros Vela.

Asentí. Por una vez, estaba de acuerdo con Nagorno.

Abandonamos el pequeño taller, no se me escapó que se guardó en un bolsillo oculto de su lujosa sobreveste roja el broche que pensaba regalarle a su *seniora*.

Salimos en dirección al cantón de la Armería, cruzando entre gorrinos y tenderetes. Esquivamos a aguadores y regatonas hasta que pocas casas más adelante vimos el tumulto de vecinos que se acercaban a dar el pésame a la familia del conde. Habían llegado todos, los vecinos de Nova Victoria, los de la Villa de Suso, incluso los del arrabal extramuros de los cuchilleros.

Según la antigua costumbre de la cabezada, los familiares del finado esperaban con el muerto de cuerpo presente a que todos los paisanos subieran a la cámara donde reposaban sus restos. Los vecinos más humildes dejaban al muerto sobre la mesa donde comían, que solía consistir en una tabla que cada noche montaban y desmontaban cuando la familia se reunía para la colación nocturna. Después daban el pésame a la familia, que debía responder en cada ocasión con una cabezada de asentimiento. Era una práctica larga, pesada y molesta, pero estaba muy asentada en la villa desde hacía centurias y no había manera de erradicarla.

—¿Y los otros hijos del conde no estarán en los funerales? —quise saber.

—Lo dudo, el patán de su primogénito está en Edesa matando infieles. Las dos pequeñas fueron enviadas al voto de tinieblas.

—¿Las dos? —comenté algo extrañado.

Nagorno ni se molestó en contestar, estaba ya centrado en el rito de la muerte que debía presidir y se quedó cerca de la puerta de la casa del conde observando cómo entraban los vecinos.

Conocía la tradición familiar de las emparedadas. Cuando sobraban hijas, los condes de Maestu las enviaban a emparedar en vida en alguna parroquia cercana. Se construía un pequeño tabique y dedicaban la vida, aisladas, a la oración. Algunas convencidas. Otras, no tanto.

Iba a entrar en el zaguán, pero Nagorno me sujetó del brazo con un gesto discreto y me susurró al oído:

—No me lo has preguntado todavía, ¿es acaso una tregua?

—No te he preguntado si has sido tú quien ha acabado con el buen conde. Tienes buenos motivos, los medios y la imaginación nunca te ha faltado —asentí.

—¿Es una tregua? —insistió.

—Así es.

—¿Por qué?

—Porque tú tampoco me lo has preguntado a mí —repuse.

Y accedimos en silencio a la casa noble mientras los vecinos se agolpaban en la entrada de la estrecha escalera de madera.

Unos subían, otros bajaban.

Aquello iba a llevarnos toda la mañana.

Imaginé a Onneca, sola, frente al cuerpo de su padre, un cuerpo que yo había profanado. Me sentí un poco culpable.

Pero entonces cayó un infierno de madera sobre nuestras cabezas. La vieja escalera no soportó el peso de media villa sobre sus escalones y cedió. Un estrépito sordo de tablones rotos, brazos y piernas ensangrentadas nos sepultó y quedamos aplastados bajo el peso de los muertos.

# 5

# LA CALLE PINTORERÍA

## UNAI

*Septiembre de 2019*

Ni qué decir tiene que aquella noche ni la jefa ni yo descansamos.

El primer informe de la autopsia no tardó demasiado, le dimos prioridad ante la inminencia del fin de semana que se nos echaba encima.

Pero la víctima..., la víctima estaba en todos los titulares del país. La privacidad que trató de preservar en vida se fue por el sumidero de la sala de autopsias.

Antón Lasaga, dueño y fundador de un imperio de ropa que había comenzado tres décadas atrás en una pequeña mercería en la calle Cercas Bajas.

Bufandas.

Comenzó con bufandas de lana.

Se cansó de depender de los fabricantes y montó una desangelada nave en el polígono de Ali Gobeo cuando al Ayuntamiento de Vitoria le sobraba suelo para expandirse y trataba de atraer tejido industrial a la capital. Después de las bufandas llegaron las chamarras y los abrigos de buen paño, y en pocos años la expansión nacional. No se sabía nada de él y muy poco de su familia. Algunos especulaban con que vivía en Madrid y cada mañana tomaba un avión privado para estar a la hora del desayuno en su planta de Ali. Su entorno estaba blindado a la prensa y la única foto que los periódicos manejaban tenía ya un par de décadas. Nadie lo habría parado por la calle Dato si aquella misma mañana se hubiera tomado un café. Nadie.

En las pocas horas que habían transcurrido desde su deceso habíamos investigado su patrimonio: era como el Gran Gatsby del norte. Un acumulador nato. Terrenos en Álava, Vizcaya, Cantabria, Guipúzcoa y Burgos. Viñedos en la Rioja Alavesa y Navarra. Pese a sus sesenta y siete años, Antón Lasaga no acababa de soltar el mando de la empresa. De los que mueren a pie de máquina.

La forense nos prometió que nos enviaría a media tarde los resultados de las pruebas, pero Estíbaliz, en su enésimo alarde de impaciencia, marcó el teléfono desde el despacho de Alba y lo puso en modo altavoz para que los tres oyéramos lo que podía adelantarnos.

Más allá de la ventana del despacho, el sol doraba las hojas de los árboles y una brisilla movía los carteles de la avenida.

—Doctora Guevara, le agradezco una vez más su premura —dijo Alba, y con un gesto que repetía veinte veces cada día atrapó su larga melena negra en una prieta trenza—. ¿Qué puede adelantarnos?

—Buenas tardes, subcomisaria. Conocía a la víctima, había enviudado hace menos de seis meses, yo era amiga de toda la vida de su mujer. Una pena, un hombre muy culto y muy familiar.

—¿Ha determinado ya la causa de la muerte? El inspector López de Ayala y yo notamos cierta presencia de un olor fétido y artificial en los aseos donde fue encontrado —dijo Estíbaliz—. ¿Ha encontrado algo inusual en el cuerpo?

—Ya lo creo: el esófago destrozado y abrasado. La vejiga también, debió de sentirse bastante indispuesto durante las horas previas. Molestias al miccionar, algún mareo, puedo afirmar que vomitó como mínimo en una ocasión durante su último día de vida.

—Y aun así, acudió a la presentación —intervine yo.

—Era muy sufrido, pensaría que tenía una indigestión y una infección de orina e hizo vida normal.

—¿Cuál fue la causa del deceso, entonces? —pregunté.

—Rotura de la aorta, en realidad. Fue el corazón el que no aguantó.

—Pero entiendo por sus palabras que ingirió alguna sustancia que le provocó ese destrozo interno.

—Esas son mis sospechas, pero estoy a la espera de que el laboratorio de Toxicología me remita los resultados del análisis químico —dijo—. No pueden tardar mucho. De hecho, los estaba esperando para hace una hora. Porque nunca antes había visto tanto estrago en los órganos. Ha tenido que ser un agente muy abrasivo y no quería aventurarles una hipótesis, pero el inspector López de Ayala me llamó ayer y me pidió que comparase los resultados con cierta sustancia. Si está en lo cierto, ganamos muchas horas de búsqueda.

—¿Qué sustancia, Unai? ¿Puedes compartirlo? —preguntó Estíbaliz.

—Sí, quería habértelo comentado antes de venir al despacho, pero había tanto que poner en común que he priorizado.

Lo pronuncié en voz alta, pero no sonó tan bien como en mi cabeza. Estíbaliz me miró como si fuera un caso perdido. Alba se encogió de hombros. Ignoré su recelo. Estaba acostumbrado a que desconfiaran de mis teorías en los inicios de cada caso. Pero era mi manera de trabajar: lanzaba sondas en todas las direcciones hasta encontrar una línea de investigación fértil de la que tirar del hilo.

—Cualquiera que sea el resultado, si se confirma que la muerte fue debida a un agente tóxico, tendremos que iniciar el protocolo para averiguar el contenido de sus últimas ingestas. El lugar donde desayunó, comió y merendó ese día y las veinticuatro horas anteriores —dijo Alba.

—Y con quién —apostilló Estíbaliz.

—Me gustaría confirmar una sospecha con usted —intervine—: la víctima nació con síndrome de Marfan, ¿no es cierto?

—Así es. Extremidades largas y delgadas, tórax en embudo, escoliosis, pie plano, mandíbula pequeña, coloboma del iris… Y una aorta con paredes debilitadas. No sé lo que ingirió o le hicieron ingerir, pero no ha soportado la brutal vasodilatación que le provocó. Una persona con síndrome de Marfan suele estar muy controlada por sus médicos. Él tenía que saberlo, apuesto a que encontramos presencia de medicación en la sangre.

—¿Algo más, doctora? —dijo Alba.

—Cambiando de tema, tengo también el resultado del ADN de la sangre encontrada en el escenario de la desaparición de las dos hermanas Nájera.

—Cuéntenos —la animó Esti.

—Toda la sangre hallada en la alfombra del dormitorio pertenece a la menor de las dos hermanas. No sé si les servirá de ayuda ese dato. Recogimos una muestra de ADN de los padres y el equipo de la Científica me trajo ropa sucia de las dos chicas. La sangre coincide con el ADN de tres prendas de ropa de la hija pequeña. De momento, esto es todo lo que tengo.

En ese momento vibró el móvil de Alba. Miró el mensaje y frunció el ceño.

—Doctora Guevara, ténganos informados al minuto, por favor. Gracias por todo.

Cuando colgó, nos miró en silencio con cara de preocupación.

—Es el comisario Medina. Nos está esperando para una reunión de urgencia. Esto no puede ser nada bueno.

Salimos del despacho sin ganas de hablar. Dos casos abiertos. Demasiado por procesar y demasiado por resolver.

Nos esperaba una sala en penumbra y el proyector exhibiendo las fotos de las dos chicas. Estefanía parecía una muchacha tímida de ligero sobrepeso. Oihana tenía una irrepetible melena hasta la cintura y su imagen se había repetido hasta la saciedad en los panfletos que forraban las paredes de todas las tapias de la ciudad. El comisario nos invitó a sentarnos con gesto serio. Él se quedó de pie.

—Llevamos quince días sin resultados con el caso Frozen. Y ahora tenemos un deceso que investigar y pueden imaginarse la prisa que tienen desde arriba para que les aclare si Antón Lasaga ha fallecido de muerte natural, suicidio, accidente u homicidio. Así que vamos a ir caso a caso y ustedes me van a poner al día: ¿qué sabemos ahora mismo de la desaparición de las dos adolescentes?

—Dos menores —se adelantó Estíbaliz—, Estefanía y Oihana Nájera, hermanas. Diecisiete y doce años. La mayor, responsable. La menor, todavía muy niña y de carácter rebelde. Los padres son jóvenes, profesores en el conservatorio de música Jesús Guridi. Fagot y violoncello. Piso en propiedad, economía media. El padre dice que sus hijas se llevaban bien. La madre, en ausencia del padre, refiere que las niñas discutían mucho, lo achaca a la diferencia de edad y de caracteres. En todo caso, los padres se van a cenar en cuadrilla y dejan a la pequeña al cuidado de su hermana mayor. Vuelven a la una y veinte de la mañana. Viven en la calle Pintorería. Hemos revisado todas las grabaciones de los discos duros de los comercios cercanos. No sé cómo explicárselo para que no me diga que es imposible y que las visionemos una vez más: ya lo hemos hecho, señor. Y nadie entró ni salió de aquel portal en la horquilla de tiempo en que los padres salieron a cenar y volvieron.

—Y antes de que comience con las preguntas —me adelanté—: no hay mucho tránsito en las calles. La desaparición tuvo lugar a finales de agosto, una noche entre semana. Vitoria estaba vacía, la gente no había vuelto de vacaciones. Tampoco aparecen vehículos que nos impidan la visibilidad del portal. En cuanto al domicilio, aquí es donde todo se vuelve extraño. La puerta principal de su piso, el segundo derecha, estaba cerrada por dentro cuando los padres llegaron, tal y como hacían cuando las niñas se quedaban solas. El móvil de Estefanía se apagó a las 22:38 de la noche, algo raro en una adolescente, a no ser que se acostara pronto. A los padres les extraña que lo hiciera. La pequeña no tenía móvil. Las ventanas cerradas, si es lo que nos va a preguntar. Y lo más preocupante de todo: el rastro de sangre en la alfombra de la habitación de la mayor. La doctora Guevara nos acaba de confirmar que pertenece a Oihana.

—¿Qué cantidad de sangre?

—Apenas doce mililitros. Compatible con la vida, obviamente, si se refiere a eso. No se desangró y murió, al menos no en el piso. El zaguán y las escaleras del inmueble también han sido inspeccionados y no se encontró más sangre. No se llevaron ropa ni dinero. Los padres no creen que se hayan fugado. Eran buenas estudiantes, no había problemas de drogas, nada inusual en los perfiles de redes sociales de la mayor. La hipótesis de un secuestro para reclamar dinero pierde fuerza conforme pasan los días: nadie se ha puesto en contacto con la familia. Tanto la inspectora Ruiz de Gauna como yo hemos estado en contacto permanente con los padres, diría que no mienten. En todo caso, les hemos puesto seguimiento y la agente Milán Martínez vigila sus cuentas bancarias: no hay movimientos que nos hagan sospechar que están reuniendo dinero a nuestras espaldas o que están pidiendo ayuda a su entorno. Lo que nos lleva a la peor de las hipótesis es el rastro de sangre. Aquí podemos pensar que un supuesto asaltante le golpeó la cabeza a Oihana para controlarla y mantener a raya a su hermana mayor, o que hubo una discusión entre ambas. Es complicado hacer una reconstrucción de los hechos. En resumen, ¿qué demonios les pasó a las chicas? No nos encajan ni el secuestro por móvil económico ni la fuga de dos menores que no tendrían adónde ir ni cómo ganarse la vida.

A mí me inquietaba, me inquietaba mucho hacia dónde nos dirigían las sospechas.

—¿Y usted qué piensa, inspector López de Ayala? —preguntó el comisario, y se sentó sobre la mesa de reuniones tapando la fotografía de las niñas, que se le pegó a la piel y nos ofreció una imagen un poco turbadora.

—Que hay que dejar hablar al escenario. —Sonaba mal. Si es que lo sé... Lo sé. A veces hablo como si estuviera solo.

—¿Cómo dice?

Alba me miró con ojos de «No la fastidies, por favor».

—La escena es simulada —rectifiqué.

—¿Puede explicarse?

—Es el típico enigma de crimen de habitación cerrada: puertas bloqueadas por dentro, víctimas volatilizadas, no hay cadáver... Por otro lado, hay sangre de la pequeña, lo que nos sugiere lucha, forcejeo o algo de violencia, y además nos dirige hacia la mayor, como si quisiera culparla por hacerle daño o de una muerte accidental. Pero se han revisado todos los muebles, paredes y suelo: no hay contacto de ADN de la pequeña contra ninguna superficie. Ni se ha encontrado el arma del crimen, que sería un arma de ocasión: un objeto con la suficiente contundencia como para abrirle una herida y que sangrara. La escena es simulada, nos lleva en dos direcciones tan divergentes para marearnos, para volvernos locos.

—¿Y qué sugiere que hagamos?

—Lo único que podemos hacer: seguir buscándolas, o vivas o muertas, pero no hagamos hipótesis de lo que pasó hasta que no aparezcan ellas o sus cuerpos. Todo en el escenario de la desaparición es engañoso y está creado para que nos distraigamos de lo principal: encontrarlas. No lo vamos a hacer. Seguimos con la operación Frozen.

En ese momento unos nudillos nerviosos nos apremiaron desde la puerta.

—Milán, no hace falta que llames —le informó Alba por enésima vez—, formas parte del equipo.

La agente Milán Martínez llevaba tres años con nosotros y seguía siendo una gigantona torpe que llenaba las mesas de post-its chillones. Estíbaliz, Alba y ella habían hecho piña y salían todos los fines de semana al monte a olvidarse de la placa. El subinspector Manu Peña la adoraba como si fuera la diosa del amor, del sexo, de todo, vamos. Pero ella había pasado página y yo solía consolar su alma rota de violinista bebiendo chupitos con él en algún bar del centro.

Milán se coló en la sala oscura sin abrir del todo la puerta. Se sacó un post-it naranja del bolsillo y lo leyó:

—Tengo un recado —Milán intentó leer pese a las luces apagadas—. Cantaridina. El laboratorio de Toxicología acaba de confirmar a la doctora Guevara que han encontrado en el organismo de la víctima dos gramos de polvo de *Lytta vesicatoria.*

—¿En cristiano? —exigió el comisario.

—Escarabajo aceitero, mosca española o cantárida.

# 6

## LA VIEJA FERRERÍA

## DIAGO VELA

*Invierno, año de Christo de 1192*

Cuando recuperé el sentido, un pico me golpeaba la testa.

—¡Parad, lo ruego! Es suficiente —grité.

—¡Estáis vivo! —se oyó la voz de Alix de Salcedo.

—¿Podéis quitarme de encima esta bestia? —rogué mientras apartaba los maderos que me habían magullado.

Miré el desbarajuste alrededor, unos vecinos rescataban a los otros entre lamentos.

—¿Cómo me habéis encontrado?

—Fue Munio, mi lechuza. Os recuerda de ayer —dijo preocupada—. Pero os veo tan azul como siempre, así que sé que estáis bien.

—¿Que me veis azul? ¿Como un muerto? —pregunté sin comprender.

—No, no es eso —se apresuró a aclarar—. Es solo que… No lo compartáis, que me toman por loca. Es solo que mezclo los sentidos, colores que huelen y sonidos que saben. Para mí cada persona es un color, me ha sucedido siempre.

—¿Y yo soy azul? —Sonreí mientras me palpaba el chichón de la sien.

—Es como si llevarais una porción de mar en los ojos. Os ancla y os pesa, pero ese azul os define. Curioso que seáis oriundo de una villa de interior.

—¿Y los demás?, ¿o solo yo soy un arcoíris andante?

—Gunnarr es blanco, vuestro primo Héctor, el *senior* de la

aldea de Castillo, es color tierra. El conde Nagorno es rojo..., ¿deseáis que siga?

—Lo desearía, la verdad —le dije mientras me ayudaba a incorporarme—, pero vamos a ayudar a los heridos y a comprobar quién vive y quién ha muerto.

Un poco mareado procuré auxiliar a los que pude, pero no se me escaparon los exabruptos de algunos vecinos de Nova Victoria acusando del accidente a los de la Villa de Suso.

—Este es ahora nuestro día a día, conde —suspiró Alix—. Ningún infortunio sucede sin que todos nos acusemos de todo.

Murieron cuatro vecinos y la noticia de la desgracia de la cabezada corrió por el camino a Pamplona tan rápido que al día siguiente los habitantes de las aldeas menores acudieron al entierro portando sus cirios.

Por el Portal del Norte entró una procesión de clérigos y religiosas que secundaban a García de Pamplona, protegido del conde de Maestu y el obispo más joven jamás ordenado. Apenas contaba con diecisiete años, pero sus dotes diplomáticas lo hacían bienvenido en cualquier corte. Yo lo había conocido en la de Tudela y le tenía aprecio porque nos habíamos considerado casi primos. Así se trataba con Onneca, y todos pudimos comprobar su cariño mutuo cuando ella se lanzó a sus brazos en cuanto el obispo García descabalgó de su caballo. Pese a que la nevada había enfriado el ambiente, el obispo no lucía más abrigo que una casulla. Y no parecía hacerle falta. Las monjas que lo acompañaban en sus borricos le dirigían miradas de adoración.

—¡Cuánta desgracia junta, prima! He venido en cuanto he tenido noticia. Yo oficiaré los funerales de vuestro padre y de los victorianos muertos.

—Os lo agradezco, primo —dijo ella manteniendo la compostura.

Los entierros ya habían terminado cuando de camino a mi casa, en la rúa de la Astería, me metí en la ferrería de la familia.

Lyra gobernaba con mano firme a sus oficiales ferreros. Alix daba órdenes mientras unos aprendices descargaban material de nuestras minas de Bagoeta.

—Aún no me has puesto al día, Lyra. Encuentro la villa cambiada y a los vecinos de los dos barrios muy alborotados.

Ella asintió e hizo un gesto a Alix para que se acercase. Eché un ojo a Munio, su lechuza, que me miró amenazante, pero se mantuvo sobre el tejado del patio.

—Mi hermano quiere saber de la villa, Alix. Cuéntale lo que nos preocupa a los vecinos de la Villa de Suso.

—En vuestra ausencia las familias nobles de las aldeas circundantes se han ido haciendo con los portales —me explicó mientras descansaba de martillear sobre un yunque—. Los Mendoza, que siempre han vivido en la torre de Martioda, al norte, acaban de conseguir el derecho a cobrar el diezmo de la fruta, pese a la oposición del difunto conde de Maestu. Pero vuestro hermano Nagorno, ejerciendo de conde Vela, tuvo más peso en el concejo. Y por las calles de la Villa de Suso los ánimos están caldeados porque ahora en la calle de las Pescaderías solo permiten pescado del mar, así que las pescateras venden el de río sobre el cementerio extramuros de Santa María para no pagar el portazgo. Sé que dejasteis una villa bien gobernada, pero me temo que la villa que tanto habéis añorado ya no existe.

# 7

## ARMENTIA

## UNAI

*Septiembre de 2019*

—¿Eso qué quiere decir? —preguntó el comisario Medina.

—Que el empresario ingirió una dosis letal de un estimulante sexual de probado efecto usado desde la Edad Media —contestó Alba—. Vamos a iniciar una línea de investigación partiendo de este dato. ¿Qué más, Milán?

—Jefa, se acaban de presentar en recepción dos de los hijos de la víctima de ayer. Tienen mucha prisa por hablar con «el inspector Kraken», según han dicho.

Suspiré. Yo era, para mi desesperación, el rostro visible de la División de Investigación Criminal desde que hacía tres años el bueno de Tasio Ortiz de Zárate me había expuesto una y otra vez en Internet. Desde entonces, cualquiera que tuviera algún problema con la ley, algo que denunciar o algo que sospechar se acercaba a la sede de Portal de Foronda y preguntaba por «el inspector Kraken». Esti disimuló una sonrisa, la puñetera.

—Creo que tienen mucho trabajo por delante. Les ruego que me den respuestas pronto —dijo el comisario, y desapareció con el móvil en la mano.

—Que suban, vamos a ver si tienen algo interesante que contar. Esti, Milán, os venís conmigo —dije, y las arrastré escaleras abajo.

—Así que tenemos un muerto empalmado —me comentó Estíbaliz mientras bajábamos.

—No estaba empalmado. La erección *post mortem* es para los ahorcados —le recordé.

—Bueno, pero quería empalmarse. Tomó Viagra medieval.

—Eso es lo que vamos a averiguar, porque no me queda nada claro.

—¿Qué te preocupa?

—Me preocupan las estadísticas. Los homicidios contra mujeres suelen ser agresiones sexuales o violencia intrafamiliar. En cambio, los homicidios contra varones son agresiones físicas, ajustes de cuentas o… O Dios no lo quiera, actos depredadores.

—Nadie quiere depredadores en Vitoria. Si resulta que Antón Lasaga es una víctima al azar, nos va a impedir encontrar la conexión entre agresor o víctima.

—Acabas de resumir muy bien mis temores. Lo que vimos en los aseos de Villa Suso, Esti… No había control sobre la víctima, no la inmovilizó, no había golpes. Ese hombre fue al baño por su propia voluntad —dije mientras llegábamos a la salita donde esperaban los dos hermanos Lasaga.

Ambos eran bastante más bajos que yo, les calculé treinta y pocas primaveras, el más moreno —pelo rizado, apretón de manos de escuela de negocios— tomó la iniciativa.

—Inspector Kraken, ¿verdad?

—Inspector López de Ayala, en realidad. Siento mucho su pérdida. Imagino que tendrán un día complicado.

—Por eso iré al grano. Somos cuatro hermanos. Cinco con mi hermana, el resto se está ocupando de los trámites. Mi hermano y yo veníamos porque… —Me dio una palmadita en el brazo, un gesto que sugería una confianza que todavía no teníamos—. Siéntese, si le parece. Así estaremos más cómodos.

—Claro. —Miré a Estíbaliz y asentí—. Ella es mi compañera, la inspectora Ruiz de Gauna, ambos encontramos a su padre en los aseos de Villa Suso. A la agente Milán Martínez ya la conoce.

—De eso quería hablarle. —Carraspeó e hizo caso omiso de la presencia de Esti y Milán, que quedaron de pie a su espalda.

El otro hermano, el convidado de piedra, obedeció también con el rostro preocupado y se sentó en otra silla.

—Usted dirá…

—Andoni, soy Andoni Lasaga, el primogénito.

—Entiendo. Nos vendrá bien que nos cuente a lo que ha venido, y también que nos hable un poco de su padre y de su familia.

—Mi madre falleció hace unos meses, estaban muy unidos. Somos una familia muy tradicional, eran un matrimonio de los de antes. Mi padre la echaba mucho de menos.

Asentí. Pensé que era cierto, o al menos, eso me decía la alianza gastada que llevaba al cuello la tarde que murió. Si un hombre que acaba de enviudar quiere usar un estimulante sexual porque esa noche tiene plan, ¿no se quitaría del cuello la alianza de su señora esposa recientemente fallecida? Era una manera muy contradictoria de pasar página.

—Lo que quiero decir es que... todo está pasando muy rápido. Primero mi madre, un accidente de coche. Después mi padre...

—¿Qué está intentando decirme?

—Que no se fíe de ella —lo pronunció como un susurro, pero sonó a latigazo.

—¡Andoni! —exclamó su hermano pequeño, diría que horrorizado.

—¡Es cierto! Alguien tiene que informarles, ¿no crees?

—¿Quién es «ella»? —intervino Estíbaliz.

—Nuestra hermana Irene, la mediana. Era la favorita de nuestro padre, siempre ronroneando a su lado. Le tenía el seso sorbido. Es la única mujer, una arribista, se quiere quedar con todo.

—¡Andoni, te estás pasando! Me has pedido que te acompañase a comisaría para preguntar por nuestro padre, no para que acuses a nuestra hermana. ¡Por Dios!, lo tuyo es obsesión.

—A ti también te ha sorbido el seso. Es lo que hace, es una manipuladora nata. Una psicópata. Usted es experto en esa gente, ¿por qué no va a hablar con ella, inspector Kraken?

Volvió a golpearme el bíceps, un gesto que de nuevo pretendía fingir una camaradería entre colegas, tan impostado como él.

—En realidad, vamos a realizar entrevistas rutinarias a todo su entorno. Voy a reformular lo que ha venido a compartir con nosotros para que quede claro. Usted insinúa que la muerte de su padre no se ha debido a causas naturales o a un accidente, y acusa a su hermana de estar implicada por un móvil económico, ¿es así? Porque si es una declaración, tendrá que firmarla.

—Andoni, anda. Piénsatelo —le susurró su hermano—. Hoy estás alterado, pero esto no es una conversación de barra, estás acusando a Irene de algo muy serio. No nos hagas esto, papá no lo merecía.

El primogénito apretó los puños y suspiró, frustrado. Tardamos diez largos minutos en deshacernos de ellos.

Cuando por fin desaparecieron, me quedé mirando durante un momento la puerta blanca.

—Un linaje en guerra —dije.

—Vuelve al siglo XXI, Kraken. Te necesitamos aquí —dijo Estíbaliz.

—Como quieras, lo diré en la jerga contemporánea: va a haber hostias por la herencia.

—Conclusiones… —tanteó Estíbaliz a Milán.

—Andoni Lasaga es dominante, poco inteligente e impulsivo. Habla de su padre en pasado, muy llamativo. El móvil es de gama alta, pero el modelo tiene varios años y la pantalla está rota. Los zapatos son de marca, pero la suela está muy desgastada. Trae ropa de luto, pero las mangas y el cuello del traje están descoloridos. El hermano pequeño, en cambio, no es tan ostentoso, pero tanto el móvil como el resto de su indumentaria están nuevos y son de buena calidad.

Asentí orgulloso. Habíamos entrenado a Milán y a Peña para ser observadores, pero dudaba que ya tuviésemos algo nuevo que enseñarles.

—Además —continuó—, la doctora Guevara me ha dicho que conocía a la familia, así que he aprovechado para recabar datos. El tal Andoni trabajó en la empresa del padre, pero era un inútil y el empresario acabó retirándolo de la dirección. Sigue, o seguía, cobrando una paga del padre, pero lleva un nivel de vida muy alto y tiene la mano rota, así que nunca es suficiente. El resto de los hermanos son muy discretos y están unidos. Todos han estudiado carreras universitarias y se han preparado para el relevo generacional, aunque la hermana era un cerebro: altas calificaciones, MBA, trabajos en el extranjero. Lleva más de una década trabajando para su padre, pero empezó desde abajo y ha pasado por todos los departamentos de la empresa. En todo caso, Antón Lasaga no parecía tener prisa por soltar las riendas del imperio. Creo que nos toca ir a Armentia.

—¿A Armentia? —preguntó Estíbaliz.

—Allí es donde vivía nuestro empresario. Tiene varias propiedades, pero residía en un discreto chalé en la zona de Armentia.

En ese momento entró Peña con una voluminosa carpeta entre las manos.

—Os estaba buscando. Creo que tengo cercada a nuestra monja. He recabado todos los datos de los testigos que estaban ayer en Villa Suso. Ciento ochenta y siete personas. De ellos, solo seis afirman que vieron a una monja. Los seis aseguran que era mujer, guapa, de treinta o cuarenta años. Entre metro cincuenta y metro sesenta. Uno de los testigos la percibió como muy baja. A los otros cinco no les llamó la atención la estatura. Dos afirman que llevaba hábito y toca blanca, los otros cuatro aseguran que el hábito era blanco y la toca oscura. O negra o marrón. Era de noche, imposible saberlo.

«Principio de la memoria corrupta», pensé para mí. Los testigos nunca resultaban ser tan fiables como ellos mismos creían.

—Entonces... —intervino Estíbaliz—, ¿buscamos a una mujer?

—Una dominica.

—¿Una dominica?

—Sí, llevo toda la mañana buscando información de órdenes religiosas cercanas. Si hacemos caso a la mayoría de los testigos y a la descripción del inspector López de Ayala, son monjas dominicas del convento de Nuestra Señora del Cabello en Quejana.

—Eso está en la cuadrilla de Ayala, ¿esos no eran tus antepasados, los señores de Ayala? —dijo Estíbaliz.

—Claro, y poseo un castillo y extensas heredades... De todos modos, ese convento está vacío, por lo que leí en la prensa. Se fueron a San Sebastián hace unos años, la media docena que quedaba eran nonagenarias y yo no perseguí a una nonagenaria por los tejados, te lo aseguro.

—A no ser que viviera una longevísima juventud o una vejez excepcionalmente saludable —replicó mi compañera—. En todo caso, si el convento se clausuró hace años, puede que el hábito no tenga nada que ver con las dominicas. Hábito blanco, toca negra. Alguien que se quiera disfrazar de religiosa puede elegir al azar esa combinación. No nos volvamos locos con el dato. Nos queda todavía entrevistar a todo el que trabaja en el mercado medieval e intentar averiguar si había gente disfrazada de monja. Peña, coordínalo y pon a un par de agentes.

—Milán, necesitamos que te pasees un poco por el mercado negro de Internet —le pedí.

—¿Y qué busco?

—Alguien que haya comprado mosca española últimamente. Rastrea la IP, tiene que venir de esta zona. Si es cantárida de verdad, su uso está prohibido. A ver qué nos descubres.

—Si hay algo, lo encuentro —repitió.

Esti sonrió. Era el tic de Milán, una especie de mantra. Nuestra gigantesca compañera siempre repetía esas cinco palabras cada vez que le encomendábamos una búsqueda difícil en las cloacas de la red. Y normalmente lo hacía. Llevaba tres años sin necesidad de consultar con mis asesores informáticos oficiosos, MatuSalem y Golden Girl. Y lo prefería así. Al diablo había que pedirle pocos favores, no fuera a arrastrarte a su caldero en llamas.

Reprimí un silbido cuando traspasamos la verja de la inmensa propiedad privada en Armentia, al sur de Vitoria. Si el chalé imponía, las dimensiones del jardín no eran para menos. Una mujer de unos treinta y cinco se dirigió hacia nosotros con un rastrillo en la mano y guantes de jardinería. Tenía la mirada tristísima, un pelo corto con el flequillo castaño ladeado y el apretón de manos tan firme como el de su hermano mayor.

—Imagino que es usted Irene, le damos el pésame.

Registré una bufanda gris al cuello y un olor que me resultó familiar. Me acerqué a darle dos besos ante la atónita mirada de Estíbaliz.

—Inspector López de Ayala, ella es la inspectora Ruiz de Gauna —dije.

—Gracias, inspectores. Estaba recogiendo las hojas. Esta tarde me he acercado al chalé, él suele encargarse de pasar el rastrillo por el césped, le relaja. Con la ventolera que se ha levantado hace un rato, he supuesto que el jardín habría quedado alfombrado de hojas. Ha sido casi físico. Cuando he visto cómo estaba, tan solo unas horas después de que él se haya ido... Creo que a mi padre le gustará que hoy alguien lo recoja —murmuró—. Ustedes tienen que saber el dato, ¿cuánto tarda una persona en hablar en pasado de alguien a quien ha querido mucho?

«Cinco días de promedio», callé. No era momento de estadísticas.

—Lo que necesite cada uno, me temo —contesté en voz baja.

—Mi madre, hace medio año, y ahora él. Da vértigo ser huérfana, y de algún modo, creo que me preparó para ello. Tal vez no deba hablar de esto, hoy es un mal día, todo sale a trompicones y estoy intentando no venirme abajo con ustedes delante. El cliché del padre mimando a su única hijita.

—No parece usted una niña mimada, dicen que pudo emplearse en la empresa de su padre desde el primer momento pero no lo hizo —intervine.

—Quería formarme y aportar lo máximo posible. No quiero heredar un cargo por derecho de nacimiento, no podría ejercer ningún trabajo siendo la hija del jefe. Aunque acabo de darme cuenta de que ya nunca lo seré. No tendré mi despacho junto al suyo.

—Hábleme de sus hermanos —la interrumpió Estíbaliz.

—Somos una familia unida, con nuestros más y nuestros menos, pero no busquen grietas entre nosotros.

—¿Y si ya hubiese grietas? —preguntó mi compañera.

—¿A qué se refiere?

—Hace unas horas dos de sus hermanos se han personado en nuestras dependencias. Andoni la acusaba a usted de manipuladora, nos ha pedido que la investiguemos por el fallecimiento de sus padres.

Irene dejó de rastrillar. Creo que, pese a la fortaleza que exhibía, se tuvo que apoyar en el mango de la herramienta, un poco turbada.

—No lo esperaba, la verdad —dijo—. Es un poco decepcionante, y más en este día. No quiero que me tomen ni por santa ni por tonta, no lo soy, pero no voy a echar leña al fuego, no voy a hablar mal de mis hermanos aunque me duela, y bastante, lo que han dicho de mí. Pero si están aquí es porque no creen que mi padre haya tenido una muerte por causas naturales, así que, si alguien ha hecho algo a mi padre y ustedes se dedican a investigarnos a los hijos, creo que van por el camino equivocado.

—¿Tiene algún socio, exsocio, alguna motivación en mente?

—Creo que no son conscientes del patrimonio de mi padre. La discreción en nuestra familia es casi una cuestión de supervivencia. En los años de plomo nadie se podía permitir el lujo de hacer ostentación de riqueza en el País Vasco. Pasen.

Irene nos invitó a cruzar el umbral de la vivienda. Presidía el salón una biblioteca forrada de ejemplares cuyas paredes alcanzaban los cinco metros de altura. En la esquina derecha un sillón que debía de costar mi sueldo anual más dietas esperaba a un dueño que no volvería. ¿Cuántas horas habría pasado allí Antón Lasaga?

—¿Qué tipo de libros le gustan?

—Le encanta la Edad Media. Sobre todo el Medievo alavés.

—¿Sabe si leyó la novela *Los señores del tiempo*?

—Siempre estaba leyendo algún libro. Se obligaba a leer cada noche, al menos cien páginas, por mucho trabajo que tuviera. Era su tiempo, su espacio sagrado, se concentraba tanto que no escuchaba nada alrededor, ni siquiera a cinco niños saltando sobre sus rodillas. Imagino que la leyó, como todo el mundo. No hablé con él de esa novela en concreto, la verdad.

—Su padre amaba los libros, eso salta a la vista. ¿Escribió alguna vez? —pregunté.

Irene me miró con extrañeza.

—No que yo sepa. Es…, era muy reservado en sus costumbres y siempre anotaba ideas en hojas y cuadernos, pero siempre pensé que eran apuntes relacionados con la empresa. ¿Tiene alguna importancia?

—Olvide la pregunta, me he dejado llevar cuando he visto esta inmensa biblioteca —sonreí.

Me acerqué a la única estantería que no contenía libros sino fotos familiares enmarcadas. Sus cinco hijos en diferentes estados de crecimiento, en diferentes etapas de la vida. Su boda en blanco y negro, los años setenta en sepia, los ochenta y el bigote, los noventa y la sobriedad. Ninguno de ellos destacaba a su hija con él. Interesante. Eso rebatía la teoría del primogénito: si había favoritismo hacia su hija, se cuidaba de no hacer gala de él.

Irene no pareció impacientarse por nuestra poco disimulada inspección de memorias familiares. Diría más bien que se perdió en los recuerdos. Cuando contempló las fotos a mi espalda casi la oí suspirar en mi nuca.

Aquel olor…

—¿Me enviaría un listado de los quince amigos más cercanos de su padre? —le pregunté volviendo al papel del inspector neutro.

—¿Quince? —se extrañó—. Bien, claro. Déjeme que lo piense.

Le tendí una tarjeta con mi dirección de correo profesional.

—Por último —intervino Estíbaliz—, las preguntas de rigor. No se las tome a mal, es nuestro trabajo. ¿Dónde estaba ayer entre las diez de la mañana y las siete y media de la tarde? ¿Desayunó, comió o merendó con su padre?

—Estuve reunida en mi despacho y tuve varias videoconferencias. Pediré a mi secretario que les envíe mi agenda de ayer. Todos aquellos con quienes me reuní pueden corroborar mi presencia durante esas horas. Ayer no vi a mi padre, era un día laboral, ambos tenemos vidas ocupadas.

—¿Qué le sucedió a su madre? —preguntó Estíbaliz sin venir a cuento. A veces lo hacía, buscaba reacciones, romper el patrón y sorprender al entrevistado.

Yo me limité a observar.

Más tristeza. De la verdadera.

—Accidente de tráfico, conducía Carlos.

—¿Carlos? —quise saber.

—Nuestro chófer de toda la vida, era como un tío para nosotros. Llevaba décadas al servicio de la familia. Ambos murieron tras unos días en la UCI, fue un golpe muy violento.

Miré alrededor. Era la casa más lujosa que había visitado en Vitoria.

—Su padre estaba diagnosticado de síndrome de Marfan, ¿verdad? —le pregunté.

—Así es. No era de dominio público, aunque en la familia siempre se habló de ello y todos éramos conscientes de su enfermedad. Pero el cardiólogo lo tiene…, lo tenía —se corrigió—, muy controlado. Con su edad había cierto riesgo por la aorta, con las paredes demasiado finas debido a su síndrome.

—Muy bien, Irene, no pensamos molestarla más de momento. Envíenos ese listado de amigos y que su secretario nos remita un extracto de su agenda de ayer. Sentimos haberla conocido en estas circunstancias.

—No se preocupen, los acompaño a la salida.

Estíbaliz y yo volvimos caminando hasta el coche, pero nos sentamos en un banco solitario. Ambos pensativos, nos tomamos un tiempo antes de hablar de lo que habíamos visto.

—¿Crees que ha sido ella? ¿Crees que tenía prisa por heredar el puesto? —me tanteó Esti.

—No ha sido ella. Su duelo es verdadero. Lleva una bufanda masculina al cuello que era de su padre, la habrá encontrado en su dormitorio. Está impregnada de esa colonia cara que olimos ayer, cuando me acerqué a comprobarle las pupilas a su padre. Lo primero que ha hecho hoy ha sido un acto inútil y muy sentimental: limpiar de hojas el jardín de su padre. Nadie va a verlo, las hojas volverán a caer mañana y, en cambio, lo ha hecho por su padre.

—O es una manipuladora nata, como afirma su hermano mayor.

—Es muy difícil detectarlo en solo una entrevista, pero sí, puede ser que nos haya manipulado. Y pese a todo, no es ella. Ni ninguno de sus hermanos. Y tampoco fue Antón Lasaga quien se tomó la cantárida. Aunque es cierto que los hijos no son suyos, sino de Carlos, el chófer. Pero ese hombre quería a su esposa.

—¿Perdona?

—¿Por dónde quieres que empiece?

—Por que los hijos no son suyos, por ejemplo. Sería un buen comienzo —dijo Estíbaliz.

—Cinco hijos, padre con síndrome de Marfan. ¿Te has fijado en las fotos? Los cinco con estatura normal, ninguno con miembros alargados. Cada hijo tenía un cincuenta por ciento de posibilidades de heredar la enfermedad de su padre. Ninguno lo hizo. Ninguno. Estadísticamente no cuadra.

—¿Qué sugieres?

—Como diría el abuelo: que ha criado una camada que no es suya.

—Pero dices que ninguno de los cinco le puso la cantárida a su padre.

—Ninguno. Todos ellos sabían que tenía el corazón débil y la cantárida es un vasodilatador. El que ha envenenado al empresario le ha puesto una dosis de dos gramos, es decir: una dosis considerada letal. En la dosis vemos la intención homicida. Es nuestro mejor indicador. Un hijo, incluida Irene, habría intentado que nosotros pensásemos que su padre consumía cantárida como estimulante, con una dosis normal habría bastado para matarlo. Pero el asesino no tenía esa información. Y eso también descarta al propio empresario. Si se preocupaba por medicarse para cuidar el corazón, ¿por qué jugársela con un estimulante sexual y por qué tomar una dosis letal? Tampoco lo veo como suicidio. Es sucio, doloroso, incómodo, y no se quedó en casa aquel día, por lo que fue público. Un hombre discreto no expondría a la familia a un escándalo tan burdo. El asesino pertenece a su entorno íntimo. Así que hay dos opciones: que sea un conocido o que eligiera una víctima al azar. Cuando he visto la casa he pensado en uno de los pecados capitales: la avaricia. Deseamos lo que tenemos delante de nuestros ojos. Pero ahora no estoy tan seguro. Me da miedo, Esti. Me da mucho miedo que sea una víctima al azar.

—Porque, si es así, no podemos encontrar la conexión entre asesino y víctima, no la hay —terminó ella, como si fuéramos una sola mente.

Después de tantos años trabajando juntos, habíamos desarrollado una especie de cerebro colmena.

Llegó la noche y ya en casa me senté en una butaca que dominaba la plaza de la Virgen Blanca, el corazón de la ciudad. Deba se había quedado dormida en mi regazo hacía un buen rato y la había acostado. Alba retozaba en el sofá, yo leía en silencio el ejemplar de *Los señores del tiempo* que ella me había regalado.

Regalos cruzados, dedicatorias cruzadas.

Era nuestra costumbre de pareja lectora. Si una novela nos gustaba a ambos, cada uno le regalaba un ejemplar al otro y competíamos para ver quién escribía la dedicatoria más memorable, más apasionada…, lo que se terciara.

Ella me había copiado en la primera página en blanco de la novela el poema que su madre declamó durante años sobre los escenarios, «Y aun así, yo me levanto», de Maya Angelou. Yo le había escrito en el ejemplar que le compré la frase de Joan Margarit: «Una herida también es un lugar donde vivir».

—Estás muy pensativo, Unai. No sé decir si estás sexi o si me preocupa.

—¿Puedo pensar en voz alta contigo? Esta noche ni siquiera tú vas a poder distraerme de mis nubarrones.

—Adelante, ¿qué estás barruntando?

—Preguntas de primero de Perfilación: ¿por qué así? ¿Por qué aquí, en este lugar? ¿Por qué ahora? ¿Por qué la cantárida? ¿Por qué en Villa Suso? ¿Por qué a la hora de la presentación de una novela que tiene tres puntos en común con su muerte: el lugar, el oficio y el modo de morir?

—¿Y cuál es tu respuesta? —quiso saber.

—Que el universo es perezoso.

—Perezoso —repitió sin comprender.

—Sí, perezoso. No se esfuerza para que sucedan las casualidades, por eso estas ocurren en un número estadístico muy bajo. Lo que quiero decir es que no creo que sean tres las casualidades que convergen en este caso: un hombre poderoso de la industria textil muere con el mismo *modus operandi* que en una novela cuya presentación está teniendo lugar el mismo día y hora de su asesinato. El asesino quiere hacer llegar un mensaje y lo hace públicamente, quiere que nos llegue a todos: «Este asesinato está relacionado con la novela. Investiguen ustedes». Y eso es lo que voy a hacer.

La miré —o más bien la admiré—, y lo pronuncié como una sentencia:

—Va siendo hora de que hable con el editor.

# 8

## EL PALACIO DE LOS ÁLAVA-ESQUIVEL

### UNAI

*Septiembre de 2019*

Aquel iba a ser el día en el que estaba destinado a conocer a uno de los seres más únicos y excepcionales de toda mi carrera como perfilador criminal. Pero cuando Estíbaliz, Milán y yo nos encaminamos hacia el palacio de los Álava-Esquivel todavía no sabíamos lo que nos iba a deparar la jornada.

El palacio resistía como podía el envite de los siglos, pero había sido necesaria una malla antidesprendimientos para sujetar la fachada. Tras un jardín de incongruente palmera que dibujaba una esquina entre el cantón de San Roque y la Herrería se erigía orgulloso un decadente edificio de piedra blanca donde residían los últimos palaciegos de la ciudad. Familias con un alquiler de renta antigua que soportaban con resignación humedades y desconchones en el estucado de las paredes.

Llamé por el telefonillo de un portal con arco de medio punto y una voz grave me respondió:

—¿Quién va?

—Prudencio, soy el inspector Unai López de Ayala. ¿Puede abrirme?

Tardó un par de segundos en contestar.

—Claro, inspector. Le abro.

Sorteamos un triciclo de colores chillones y comenzamos a subir al tercer piso por la escalera de peldaños combados de un inmueble que se caía a pedazos como una mansión habanera.

—¿Has encontrado algún rastro de la cantárida en el mercado negro, Milán? —le pregunté mientras subíamos.

—Nada de nada —contestó sonriente y se encogió de hombros. Era un «no» que sonaba a «sí»—. Hay muchos productos que se venden como mosca española, pero su composición es en realidad L-Arginina y vitamina C. Así que todo son falsificaciones. Nadie pide verdadera mosca española. ¿Para qué, si existen miles de imitaciones de Viagra a todos los precios? No he visto absolutamente nada. Ni oferta ni demanda. No creo que nadie la comprase en Internet.

—¿Entonces...?

—La consiguió por sus propios medios. Los insectos, los escarabajos. Machacó los caparazones y obtuvo dos gramos de cantárida pura.

—¿Y has encontrado alguien que comprase esos bichos? —preguntó Estíbaliz.

—De nuevo, no. He encontrado algo mejor.

—Define «mejor» —insistió.

—Una denuncia de finales de agosto por robo en el Museo de Ciencias Naturales. Un envío de doscientos coleópteros para ampliar la colección de insectos, según el inventario. Cuando recordé la denuncia y la revisé, pensé: ¿y si entre esos bichos está el escarabajo aceitero? Si os parece bien, podemos hacer una visita después de que hablemos con el editor.

—De acuerdo, hazlo —dije, y controlé con el rabillo del ojo la reacción de Estíbaliz.

Mi compañera se subió el cuello de la cazadora militar, un poco ausente. Entrar en el Museo de Ciencias Naturales, sito en la torre de Doña Otxanda, suponía pasar delante de la librería esotérica que había pertenecido al Eguzkilore, su hermano Eneko. Había transcurrido mucho tiempo desde que ya no habitaba el mundo de los vivos, pero ¿había pasado página Estíbaliz? ¿Se puede pasar página cuando te falta un hermano, por muy camello y capullo que sea ese hermano?

—¿Qué te preocupa, Esti? —quise saber.

—Que la investigación del empresario nos robe tiempo para seguir buscando a las dos hermanas —murmuró sin mirarme.

—¿Y si fuese una desaparición voluntaria? ¿Y si salieron de su casa por su propio pie? —pregunté.

—¿Qué quieres decir?

—Que la mayor, Estefanía, se llevaba mal con su hermana pequeña. Tal vez discutieron, o ella le dio un mal golpe, la hizo desaparecer y la hermana mayor ha huido. No hablo de un doble secuestro, nadie ha pedido rescate. No hablo de un depredador, hablo de algo tan simple y antiguo como Caín y Abel.

—Qué poca fe tienes en la raza humana, hermanas matando a hermanas... No quiero ni pensarlo —resopló mirando un par de ventanucos ovalados.

—Estoy en Investigación Criminal... ¿y me hablas de fe en la especie humana? —Le guiñé el ojo en un intento de suavizar la tensión—. Pero si no es así, ¿qué les pasó, Esti? ¿Qué les pudo pasar?

—Una chica de diecisiete años no huye con su hermana de doce, no puede buscarse la vida con ese lastre —insistió ella—. Estefanía ni siquiera es mayor de edad. Y algo pasó, hay un rastro de sangre de Oihana.

—Llevamos dos semanas dándole vueltas sin una sola buena noticia. Hagamos lo que hacemos siempre, por muy difícil que se presente el caso. Avancemos en lo que podamos avanzar. Y esto nos lleva a... que es aquí —dije a mi equipo cuando me paré frente a la puerta que señalaba el tercero izquierda.

—Buenos días, Prudencio —saludé.

—Pruden, mejor Pruden. No se queden ahí afuera.

Cruzamos el umbral de la editorial Malatrama, un piso sin tabiques, con varias columnas delgadas que sujetaban unos techos altos de vigas de madera blanca abovedada. Las cuatro paredes estaban forradas con ilustraciones de terribles diosas y paisajes de ciencia ficción que parecían estar a punto de sufrir un apocalipsis. El resultado mareaba a la vista, te hacía sentir pequeño. Por lo visto, no fui el único en sentirme abrumado.

—¿De verdad puede concentrarse con estas imágenes tan...? —se le escapó a Milán, un poco incómoda.

—¿Impactantes, llenas de vida, imponentes?

—Eso.

—Son un tributo a los mayores éxitos de la editorial... hasta ahora —dijo el editor, que pese a que no era un día precisamente caluroso, se secó el sudor de las orondas mejillas con un pañuelito que le quedaba pequeño. Llevaba una gran regadera metálica en la otra mano.

Pruden pisaba descalzo el suelo cálido de madera y vestía unos pantalones blancos de lino y una casaca también blanca que se tensaba bajo la presión de una inmensa barriga. Tenía el pelo canoso y una barba de pequeños rizos que le dotaba de un aspecto de druida siempre dispuesto a devorar un jabalí asado.

—Estaba regando las plantas. Me pareció verlo el otro día en la fallida firma de libros de Villa Suso, ¿puede ser?

Lo seguimos al balcón abierto que daba a un estrecho patio interior. Me asomé con cierta cautela y vi un coqueto patio de vecinos varios pisos más abajo. Los geranios bien cuidados convivían con el ruido de las cazuelas, televisiones encendidas con debates matutinos, algún que otro gato indiferente en una esquina sombría, ropa tendida y todavía húmeda bajo un toldo enclenque: era como verle las enaguas a la vida vecinal en el núcleo duro de la Vitoria más íntima.

Olía a patatas con chorizo que alguna abuela de algún primero derecha estaría preparando y Estíbaliz disimuló el sonido de unas tripas que respondieron a la llamada.

—Me gusta pensar que ocupo el mismo espacio que otros que vivieron aquí mismo hace mil años, incluso antes de que construyeran este palacio en el siglo XV. Y usted también —dijo señalándome con su risa de estruendo—, usted es López de Ayala, qué casualidad que viva junto a la entrada de la Correría.

Maldije para mí, ¿es que todo el mundo conocía mi domicilio? No había manera de recuperar el anonimato en la ciudad que me vio nacer desde que se organizó aquella concentración después del Doble Crimen del Dolmen y mi portal se llenó de velas.

—Sus antepasados —continuó—, durante la lucha de bandos del siglo XIV, controlaban algunas puertas estratégicas de la villa. Los Ayala se reunían a las puertas de la iglesia de San Miguel. Los Calleja en el Portal Oscuro, muy cerca de aquí, el final del cantón de Anorbín, que antes se llamaba cantón de Angevín, un nombre recurrente en los documentos del Medievo.

Los Ayala eran los protectores de los intereses de los primeros vecinos de la ciudad. Interesante coincidencia, ¿el piso de la plaza de la Virgen Blanca donde vive es de su familia?

—Qué va, un chollo de alquiler.

—Qué curioso. Un Ayala sigue siendo el vigía de esa zona de la ciudad.

Me gustó eso de vigilante, aunque no me servía de nada. Que se lo dijesen a dos chicas desaparecidas y a un padre de familia de cinco hijos, aunque fuesen cinco bastardos.

—Vamos a centrarnos, si le parece —carraspeé—. Contestando a su pregunta de si estaba en la presentación de la novela, sí. Fui, como todo el mundo, a llevarme una dedicatoria, pero no pudo ser. Tiene usted un escritor muy escurridizo.

—Discreto, diría yo.

—Sin paños calientes, ¿sabe quién es?

—Qué más quisiera, la verdad.

—Pero lo sospecha —intervino Estíbaliz.

—Sentémonos, no les he ofrecido nada.

—No se preocupe, hoy tenemos mil gestiones pendientes, vamos a ser breves. Verá, hemos iniciado una investigación después del hallazgo del cuerpo del empresario en los aseos de Villa Suso.

El hombre se paró en seco, puso cara de extrañeza.

—Así que me confirma que no fue una muerte natural. Ya me extrañó que cerrasen todo el palacio y nos tomasen declaración a tantas personas, por mucho que los agentes nos dijeran que las entrevistas eran rutinarias.

—No podemos responderle a eso, pero estamos en los primeros momentos de una investigación y tenemos que asegurarnos. Trabajamos en varias líneas de investigación. No se alarme, pero necesitamos valorar si la presentación y la muerte del empresario están relacionadas, así que es importante si logramos dar con el nombre y apellidos del gran ausente: el escritor.

—El escritor fantasma, más bien —me susurró Estíbaliz.

—No voy a mentirles, tengo mis conjeturas —dijo, y nos dio la espalda mientras miraba uno de los murales pintados—. Ya sé lo que me van a preguntar, ¿cómo puedo no saberlo? ¿No lo vi nunca, nunca he hablado con él por teléfono, no nos hemos reunido para firmar el contrato?

—Sí, son algunas de las preguntas que nos surgen —dije.

—Él contactó conmigo por correo, siempre con pseudónimo: Diego Veilaz. No solemos publicar narrativa, esta es una editorial pequeña: cómics, algunos encargos de catálogos de exposiciones normalmente financiadas por museos o por ayuntamientos... Pero cuando me envió el manuscrito, ¿cómo rechazarlo? Era puro oro, aunque esta profesión tiene mucho de apuesta y uno nunca sabe cómo va a responder el mercado. Pero quise arriesgarme por esa novela aunque se saliera de nuestra zona de confort. Tenía mi circuito de distribución en librerías, un par de comerciales, los contactos con la imprenta y el local desde el que distribuir: toda la infraestructura que necesitaba para publicarlo. Encontrar un buen ilustrador para la cubierta era el menor de mis problemas dado que trabajo con ellos todos los días. Todo se llevó a cabo a través del correo electrónico. Insistí en que nos encontrásemos en persona, por supuesto. Siempre conozco a nuestros autores, la relación acaba siendo muy estrecha, son muchas las decisiones creativas que hay que tomar. Pero con él no hubo manera y yo no lo podía dejar pasar.

—Ha dicho que tiene sus sospechas —lo tanteé.

—Así es. Vengan, lo entenderán mejor cuando se lo muestre —dijo, y nos llevó frente a la pantalla de su ordenador.

—Trabajo con dos direcciones de *e-mail.* Una es la que aparece en la web de la editorial. Allí es donde me escriben todos los dibujantes o las instituciones que quieren trabajar con nosotros. Es pública y no se imaginan la cantidad de correos que me entran. La segunda, la personal, solo se la doy a los autores con los que ya he firmado un contrato y van a publicar con nosotros.

—¿Cuántos autores tiene?

—No muchos, veintiocho.

—Lo que nos va a decir es que el autor desconocido de *Los señores del tiempo* contactó con usted directamente a través de su correo personal y no por la vía habitual del contacto público de su página web, por eso tiene sus sospechas —me adelanté.

Me miró con gesto sorprendido y se estiró un poco los rizos de la barba.

—Pues sí que va usted rápido. Sí, eso es lo que quería mostrarles. El escritor tiene que ser alguien que ya ha publicado conmigo o como mucho, y eso sería imposible de saber, alguien le pasó mi dirección de *e-mail* al tal Diego Veilaz. Pero, sinceramente, los dibujantes de cómics son muy pocos y este pequeño mundo es muy competitivo. Bastante les cuesta encontrar una editorial en la que publicar y no suelen ir regalando consejos ni contactos a sus compañeros. Dudo mucho que alguno compartiera mi correo con un colega, no al menos sin pedirme permiso antes o mencionarme que un conocido iba a contactar conmigo para que le publicase una novela.

—Entonces, tenemos una lista de veintiocho dibujantes de cómics que pueden ser también el autor —resumió Milán con un brillo en los ojos—. ¿Me permite acceder a la lista de contactos de su correo electrónico?

—Sí, faltaría más. No es mi intención entorpecer tontamente una investigación criminal. Aunque entiendan que son datos personales y confidenciales.

—Lo sabemos, no saldrá de aquí. Dijo, de todos modos, que tenía alguna sospecha —le tanteé.

—Voy a trastear un poco en su ordenador —le dijo Milán, ya sentada en el inmenso trono del editor—. Luego se lo dejo limpio, pero quiero seguir el rastro de todas estas direcciones y averiguar desde dónde se enviaron los correos. ¿Me puede filtrar los mensajes que cruzó con el autor?

—Claro —dijo, y escribió en el filtro: «Diego Veilaz».

Milán tecleó bajo nuestra atenta mirada. Minutos después se hizo la magia. Magia blanca: un mapa de la provincia de Álava nos señalaba un punto en el valle de Valdegovía.

—Qué curioso… —comentó el editor.

—¿Por qué curioso? —pregunté.

—Porque era una de mis apuestas.

—Yo estuve allí hace unos meses, en una exposición —interrumpió Estíbaliz, muy cerca, al oído.

Se apartó de nosotros un par de metros y se metió en su móvil buscando algo.

—El GPS señala la torre de los Nograro, en el valle de Valdegovía, ¿no es así? —dijo Estíbaliz sin levantar la cabeza del móvil.

Milán confirmó con la cabeza. Esti me hizo un discreto gesto para que me acercase a ella.

—En uno de los salones de la casa-torre se exponía un hábito de las monjas dominicas del convento de Nuestra Señora del Cabello. Mira, Kraken —me susurró, y me mostró una foto con un esbelto maniquí vestido con los mismos hábitos que yo había perseguido por los aleros de San Miguel.

—Pruden —pregunté en voz alta—, ¿usted contrató a actores o actrices para que dinamizasen la presentación?

—¿Actores? No acabo de entenderle, le aseguro que el arqueólogo que me acompañaba trabajó en las excavaciones de la Fundación Santa María.

—No me refería al arqueólogo. Más bien a una monja dominica.

—No, no se me ocurrió. La novela se está vendiendo sola, ni me lo planteé. —Resopló y volvió a secarse el sudor que caía por sus sienes.

«Vía muerta», me dije. Habría que seguir buscando a la monja por otros tejados, porque allí no había ni rastro de su existencia.

—Volvamos a su apuesta. Ha dicho que le cuadra que el correo se enviara desde este punto del valle de Valdegovía.

—Ramiro Alvar Nograro, señor de la casa-torre de Nograro —respondió con voz solemne, como si el nombre tuviera que decirnos algo.

—¿Quién ha dicho? —se interesó Estíbaliz.

—Ramiro Alvar Nograro, el XXV señor de Nograro —nos aclaró—. Un chico joven, menos de cuarenta. Un erudito para su edad. Muy tímido, educado como un señor decimonónico. Con conocimientos enciclopédicos de su noble pasado familiar. Un estudioso sepultado en vida. Nació, creció y morirá sin salir de los límites de esa casa-torre, se lo aseguro. Su familia domina el valle de Valdegovía desde el Medievo. Todos los primogénitos heredan el nombre de Alvar. Y sus hermanos lo llevan como segundo nombre, por si mueren o no tienen descendencia. Así ha sido durante más de mil años. Es un caso único en la provincia, creo, de patrimonio bien gestionado durante un milenio. Siguen arrendando las piezas y los terrenos que rodean la torre. Antes tenían la ferrería, el molino y la iglesia, como cualquier familia noble de la tierra, los Mendoza, los Avendaño, los Guevara... Una vez me comentó, no sin cierto pudor, que era tan rico que había hecho un cálculo: sus descendientes no iban a necesitar trabajar durante los próximos quinientos años. Aunque dudo que un joven como él pueda tener descendencia, por brillante y bien educado que esté. Jamás salió de la torre, yo iba a visitarlo cuando trabajamos juntos.

—¿En qué trabajaron juntos? —quiso saber Estíbaliz.

—En el catálogo de una exposición del valle de Valdegovía que el Ayuntamiento de Ugarte organizó hace un tiempo. Ramiro Alvar quería impulsarla para atraer el turismo a la zona. Siempre ha sido un mecenas discreto.

—Sería la exposición que yo visité —dijo Estíbaliz—. ¿Tiene un ejemplar de ese catálogo?

El editor asintió y se puso a buscar en una de las estanterías.

—¿Le cuadra que sea Ramiro Alvar? —le pregunté.

—¿Sinceramente? Tenía varios candidatos y alguna candidata, y sí, siempre me he preguntado si fue él.

—Dice que es enfermizamente tímido.

—Un ratón de biblioteca. Asustadizo, poco acostumbrado al trato con sus semejantes, excepto con la guía que puso el Ayuntamiento para las visitas a la casa-torre. Aunque es muy querido en el pueblo. El alcalde y los concejales dicen que es muy fácil trabajar con él y lo visitan a menudo sus abogados o cualquier vecino que tenga alguna cuestión de rentas. Ni siquiera tiene móvil, dice que no lo necesita. Y es cierto, tenía un teléfono fijo en uno de sus despachos, tengo la impresión de que nunca salía de allí. Él vive en las dos últimas plantas de la torre. La planta de abajo es visitable, hay una muestra de diversos objetos de su familia: relicarios, uniformes del ejército, arcabuces, sillas de montar, libros de sus antepasados… Hay de todo en el árbol familiar: militares, sacerdotes, hombres de letras e incluso alcaldes. Rostros muy parecidos repitiéndose en grabados y fotografías en blanco y negro, daguerrotipos, en sepia y finalmente a color.

—Tal vez por eso no quiere salir en los medios ni conceder entrevistas —dijo Estíbaliz.

—Existen bastantes autores con ese perfil, es cierto. Una cosa es escribir. Pero después no todo el mundo se siente capaz de tratar con la prensa o de hablar en público, son actividades tan dispares que no tienen por qué dársele bien a la misma persona.

—¿Qué me dice del contrato que firmaron? ¿A nombre de quién estaba? —pregunté.

—Diego Veilaz, S. L. Había un número de cuenta, pero era de una ONG muy popular. Lo que quiero decir con esto es que no le interesaba el dinero que iba a ganar con la obra y, desde luego, no anticipamos este éxito.

—Así que el dinero no le interesa... —repitió Esti, perdida en sus espirales mentales.

«O no este dinero —pensé—. Si el tal Ramiro Alvar es tan rico..., ¿qué iban a suponerle unos improbables *royalties*?»

Entonces recibí la llamada de Peña y me alejé de la mesa del editor.

—Kraken, hemos recibido un aviso de una obra en el Casco Viejo. ¿Estás por ahí?

—Sí, ¿de qué se trata?

—Todavía no lo sabemos, pero hay mal olor en un piso que estaban reformando entre la Cuchi y el cantón de Santa María, aunque no hay absolutamente nada en el piso, solo el suelo y las paredes. De todos modos, me gustaría acercarme.

—Un gato en las cañerías, vamos. —Habría sonreído si no fuera una de las llamadas recurrentes con las que teníamos que lidiar un par de veces al año.

Después pasábamos el aviso a los bomberos, o los bomberos nos lo pasaban antes a nosotros. La patata caliente iba y venía dependiendo de a quién hubiera llamado primero el vecino de nariz sensible.

—¿Te acercas o no?

—Estíbaliz y yo vamos a Valdegovía, volveremos en un par de horas. Estamos con Milán. —La miré. Ella se revolvió, incómoda. Desde que Milán había cortado con Peña procuraban disimular la tensión que les producía coincidir en el trabajo. Me dolía colocarlos juntos, pero el tímido Ramiro Alvar Nograro había despertado mi curiosidad. Un tipo interesante al que conocer, fuese él el autor o no—. Milán te intercepta en el cantón de Santa María.

—Milán. Claro, jefe. Dile que nos vemos en diez minutos —suspiró resignado.

Estíbaliz conducía mientras salíamos de Vitoria rumbo al valle de Valdegovía. Me recliné en el asiento del copiloto y me limité a mirar las copas doradas de las hayas cuando el monte se nos fue echando encima hasta hacer de la carretera una larga madriguera.

Llevaba días sin recalar por Villaverde. Demasiadas horas quemadas en dos casos apremiantes, y a mí me faltaba el aire que me daba pasear por mi sierra y pisar hojas embarradas mientras caminaba sin rumbo entre robles y bojes.

Pasamos delante del pequeño pueblo de Ugarte, una encantadora villa que mantenía su trazado medieval y jardineras fucsias en todas las ventanas. Después tomamos la estrecha carretera que nos llevaba a la casa-torre de Nograro a escasos setecientos metros de la salida de Ugarte.

El recinto albergaba una torre rectangular, con almenas y ladroneras en las esquinas. Unas pocas ventanas en los cuatro puntos cardinales y una pequeña muralla que escondía un foso. La puerta de entrada era un arco apuntado y sobre él, una pequeña ventana.

—Así que ya habías estado antes en la casa-torre —dije mientras Estíbaliz aparcaba.

—Sí, pero vi la exposición fuera del horario de las visitas guiadas y no tenía ni idea de que el viejo señor de la torre habitaba en el mismo edificio.

—La torre tiene mil años, no el señor, por lo que ha dicho el editor —contesté, y bajamos ambos del coche.

Cruzamos el pequeño puente y nos metimos en el zaguán. Fue como traspasar la entrada de un túnel del tiempo. Una inmensa rosa de los vientos tallada con cantos rodados nos recibió a nuestros pies. Sobre nuestras cabezas pendía un peso romano con la fecha 1777 y varias tallas desgastadas yacían desperdigadas por el suelo. Puro Medievo. Qué maravilla.

Una chica muy joven, altísima, de barbilla partida y peinada con una larga trenza lateral nos recibió en un pequeño mostrador lateral dentro del soportal. Asumimos que era la guía contratada por el Ayuntamiento para realizar las visitas a la parte pública de la casa-torre.

—Buenos días —comencé—, veníamos a...

—¿Han llamado? Hoy no tenía prevista ninguna visita —dijo con voz dulce.

—Investigación Criminal —dijo Esti, que tiró de rango y le enseñó la placa. Estaba ya impaciente y dejó de lado las sutilezas—. ¿Podemos ver al señor de la torre?

—Claro, yo le aviso —dijo, y pulsó un telefonillo junto al impoluto mostrador de madera pulida.

Observé el lugar de trabajo de la guía. Un ordenador arcaico, una vitrina con catálogos de piezas y poco más. Imaginé muchas horas de aburrimiento en aquel paraíso de trigales olvidado del mundo.

—Ramiro Alvar, tienes visita —se limitó a decir en tono neutro.

—No estoy —respondió.

—Creo que sí deberías atenderlos —insistió ella.

—Soy el inspector López de Ayala, de Investigac... —intervine.

—Un López de Ayala, todavía quedan de esos..., suba. Le atenderé —interrumpió la voz. Una voz de hombre joven con una autoridad que ya la quisiera yo en algunos momentos.

—Suban a la tercera planta, está en el despacho de la sala de los paisajes —nos indicó la chica.

—Ah, que el conde tiene varios despachos —dijo Esti, en parte impresionada, en parte a la defensiva.

La gente con mucho dinero tenía ese efecto en ella y no era buena disimulando. Se crio en un hogar por debajo de los índices de pobreza, en un caserío desbaratado a cincuenta kilómetros de allí.

La guía ignoró el comentario, nos abrió la puerta, desde la que accedimos a unas escaleras de madera, y llegamos a la tercera planta. Una estancia con paredes enteladas mostraba una cacería donde una jauría de cachorros perseguía a la preciada presa.

Él entró en la habitación con el único propósito de dejarnos con la boca abierta.

Paseó despacio y confiado entre los cuadros de sus antepasados, con las manos entrelazadas en la espalda y la sonrisa burlona colgada de la comisura de los labios. Me pareció un niño travieso enseñándonos su cuarto de juegos, su casita en el árbol, su tienda de campaña en el jardín trasero.

Ramiro Alvar Nograro llevaba sotana y una casulla grana de finos bordados. Era el cura, o sacerdote u obispo —lo que fuera— más atractivo que habíamos visto en nuestra vida, y uso el plural porque en otra época yo habría matado para que Estíbaliz me mirase así.

Cuando ella comenzó a salir y coincidíamos en los bares del Casco Viejo. Cuando tuvo su etapa *punk* y a mí me fundía los sesos que fuera por libre y que pasase de todo, y me hacía el encontradizo con aquella diminuta pelirroja. Y lloré mis penas con su mejor amiga, Paula, cuando me dio llorona en una borrachera de *kalimotxo* que me entró mal. Y Paula me consoló y después de un café en el Caruso llegó otro y otro y otro hasta que la Guadaña segó nuestra historia en la recta de los pinos.

Pero volví al presente y me concentré en el curioso habitante de la torre que tenía ante mí.

Ramiro Alvar tenía unos ojos azules inteligentísimos y agudos, un pelo rubio peinado con coquetería hacia atrás, atrapado en unas ondas de gomina que mostraban una frente de tío lúcido, y unas cejas que nos miraban desde un púlpito imaginario, como si nos viera pequeños.

—¿Y no querrán estas almas acompañarme durante el almuerzo? —preguntó—. Puedo ofrecerles crestas de gallo, mi manjar favorito.

Iba a descartar amablemente su invitación cuando mi móvil interrumpió el incómodo momento. Alba parpadeaba en la pantalla.

—Unai, mi madre ha tenido un accidente. Voy corriendo al hospital.

# 9

## EL CAUCE DE LOS MOLINOS

## DIAGO VELA

*Invierno, año de Christo de 1192*

Juro que no deseé que ocurriera, aunque ahora pienso que cuanto aconteció aquella gélida madrugada fue el origen de muchas de las muertes y desgracias que nos sobrevinieron.

La encontré andando descalza sobre la nieve azulada. Onneca caminaba como si el frío no le lamiese los pies ni le dejase escarcha en los talones.

Tenía porte regio, ancha de hombros, plana de pecho. Absolutamente concentrada en lo que iba a hacer y con unos patines de cuchillas al hombro, Onneca apenas era consciente del mundo que la rodeaba. El aullido del viento glacial, las aves blancas del invierno buscando ratones, las ramas de los robles vencidas por el peso de la nieve...

Una hueste podría haber asaltado el viejo molino y Onneca ni se habría enterado. Y tampoco se habría inmutado. Así era Onneca.

Ella no me había visto llegar al Cauce de los Molinos. Era mi paraje favorito, un sitio sosegado al este de la muralla. El pacífico cielo celeste se reflejaba como un espejo sobre el campo virgen y le daba el aspecto oceánico de un mar en calma.

La espesura de un bosque de quejigos me ofrecía la intimidad que necesitaba. Me acerqué a las ruinas envueltas en hiedra de un molino que antaño fue importante y dejó de serlo cuando el camino hacia el Portal de Arriaga comenzó a frecuentarse. El canal artificial que se desvió para pasar bajo la enorme rueda vertical de madera ahora apenas transportaba un hilillo de agua y las palas de la rueda soportaban como podían los carámbanos, como si el molino fuese una vieja anciana con las lágrimas heladas.

Me había sentado sobre un gran tronco mutilado mirando el río congelado, y Onneca había aparecido a lo lejos patinando, concentrada en un punto del horizonte que solo ella veía.

Fue entonces cuando se percató de mi presencia. Se sobresaltó, pero enseguida se calmó al reconocerme. Se agachó, se quitó las botas y vino a mí sin ellas, ignorando el quejido de la nieve dura a sus pies.

—¿Y vuestros zapatos?

—Quedaron en la orilla del remanso —contestó como si no le importase.

—Siento lo de vuestro padre —dije tanteando su reacción. ¿Cuál era ahora el tratamiento adecuado con mi nueva cuñada?

—He vuelto aquí todas las semanas durante estos dos años —se limitó a decirme clavándome los ojos enrojecidos. Creo que vi tristeza. Mucha—. Antes del *gallicantus*, a la hora que siempre conveníamos a espaldas de padre. Ven, te mostraré algo.

Quise decirle tanto que preferí callar, nada podía mejorar aquel silencioso reto de miradas.

La seguí hasta que frenó junto a la pared norte del molino. Estaba derruida por el tiempo, tal vez como lo que un día tuvimos y no iba a volver.

—¿Qué es esto? —pregunté sin comprender.

Se agachó y retiró la nieve de la pequeña piedra tallada en el suelo.

—Tu tumba. La lavanda que planté para que no te sintieras solo ha sobrevivido. No lo interpreté como una señal de que estabas vivo. Qué necia. Lo tenía delante.

—¿Has erigido una lápida en mi nombre?

—¿Y qué importa ahora, si estás vivo? —estalló—. ¿Cómo voy a vivir ahora, cómo dormiré esta noche con tu hermano si tú respiras a pocos metros?

—Me cambiaré de casa.

—¡Tú respiras! —repitió, y se me acercó—. Respiras, no puedo ni creerlo. Te hacía podrido, pensé durante muchas noches en vela en cómo te pudrías bajo las aguas. Me preocupé por tu cuerpo, por el frío y la humedad de tus huesos.

Me miraba como a un aparecido, con esa mezcla de incredulidad y respeto por lo inexplicable. Levantó la mano y me rozó la mejilla. Se la frené. Había mucho calor. Mucho más del esperado.

—¿Y ni siquiera, mi buen Diago, puedo tocarte ahora?

—Ya sabes lo que les ocurre a las casadas infieles. Nagorno te va a seguir los pasos ahora, no debemos vernos a solas.

—¿Y conformarme con tus miradas, con tus palabras educadas y contenidas de buen cuñado?

—Tendrá que ser de ese modo.

«Por un día, por una maldita jornada, pero así ha de ser.»

—Al menos dime que no hubo otras, que estos años yo era la única en tu mente y bajo tus calzas.

Me senté sobre mi propia lápida, alejándome de aquel sol.

—Así fue.

—Hubo rumores... —dijo ella.

—Fueron rumores, no hubo nada.

—La callada y devota Berenguela.

—La entregué entera a Ricardo, lo que su padre me encomendó. ¿Me crees tan insensato como para que dos reyes, el de Navarra y el de Inglaterra, me corten el rabo?

—Esperaba otra explicación más amorosa, una que tuviera que ver contigo.

—Todo lleva a ti, no necesito repetirlo ni endulzarlo, lo sabes. Nunca has sido mujer que ruegue elogios. No los necesitas. Con un espejo bruñido y lo que de ti dirán las crónicas de tu linaje te basta. ¿Quién te habló de la misión que me encomendó el rey Sancho?

—Como bien decías siempre, soy los ojos y los oídos de Nova Victoria. ¿Creíste que no averiguaría por qué marchaste al galope una noche por el camino hacia Aquitania sin dar explicaciones?

—¿Quién, Onneca? —insistí—. Ni tu padre lo sabía.

—¿Quién crees que estaba lo bastante cerca de la corte de Tudela como para que tanto preparativo no se le pasase por alto?

Me levanté, lo pensé un momento.

—Ahora lo entiendo. El buen obispo García, el joven protegido de tu padre.

—Se apiadó de mi tristeza y me lo contó cuando me vio tan hundida que esperó lo peor de mí. No lo culpes. Fue una confesión entre primos. Ni siquiera se lo contó a padre. Sigue siendo un secreto que solo nosotros tres conocemos.

—Y así debe seguir. El rey confió en mí y me juego el pescuezo si se sabe lo que hice estos dos años. Y no podía confiártelo, Onneca. ¿Vas a poder perdonar este despropósito?

—Un mensaje, Diago. Un mensaje. Ahora confías en mi silencio, ¿por qué no entonces, cuando era tu prometida?

—¿Es eso?, ¿estás enfadada conmigo?

Apretó los labios, perdieron color.

—¿Enfadada? —estalló—. ¡Estoy rabiosa!, estuvieron a punto de entregarme al anciano *senior* de Ibida, ese viudo cheposo, y después al joven hijo de Funes, un muerdealmohadas célebre entre los marineros de San Sebastián. Si no llega a ser por tu hermano…

—No hables más de Nagorno —rugí. Me acerqué a su cuerpo y le tapé la boca para no escuchar cómo pronunciaba su nombre—. No lo soporto.

Y entonces caímos sobre lo que debería haber sido mi tumba, o todavía lo era, y volvimos a ser los amantes furiosos que yo recordaba. Y después de dos años me sentí vivo de nuevo cuando noté el peso de su cuerpo sobre el mío y unos labios que me buscaban hasta que me encontraron.

—Vamos dentro del molino, Onneca, que se nos van a congelar las partes —le susurré.

Y nos colamos como dos chiquillos, como tantas veces en el pasado, en la sala de molienda. Una parte estaba derruida, otra resguardada de la nieve. Los viejos tablones de madera daban un poco de calidez a aquella mañana invernal.

Onneca no tenía tanta prisa como yo. Se desprendió de la toca blanca de mujer casada, se desató el cinturón de cuero, y la ajustada túnica de paño amarillo cayó a sus pies. No sé ni la de noches que había recordado aquel desnudo. Se sentó sobre la muela que una centuria antes se había hartado de girar y moler grano hasta convertirlo en polvo de harina, y me invitó a acercarme.

Me bajé las calzas, iba a embestirla cuando me frenó.

—No, quiero que tú también te desnudes.

Obedecí, qué remedio.

Quedamos en cueros y en cueros nos abrazamos.

Mis dos años de celibato terminaron bien pronto. Nos arrancamos gemidos como antaño, los cuerpos se reconocieron y las caricias nacieron y murieron sin nuestro permiso.

—¿Me crees ahora? —fui capaz de decir con la voz entrecortada.

—Era cierto que me esperabas —rio ella.

Me quedé en silencio, pensativo. Le coloqué el vestido por la cabeza.

—Te guardaba ausencia, la verdad —susurré—. Pensé que tendríamos nuestros esponsales, que una vez liberado del deber del viaje podríamos volver a nuestros planes en la villa. No concibo gobernar dos barrios a la gresca sin ti a mi lado.

Onneca se sentó junto a la tolva, ya vestida, y me dio la espalda.

—Tienes granos de trigo en el pelo y la trenza deshecha. Deja que te peine —le dije acercándome a ella—. Ponte mis botas hasta que recuperes las tuyas, o tendrán que cortarte los pies congelados.

Asintió con una sonrisa tranquila y se colocó mis botas. Después se apoyó en mí de espaldas y se dejó arreglar el pelo.

—No va a gustar nada a los hombres de la Iglesia que no te cubras por completo el pelo —comenté.

—El obispo García es como mi hermano. Y si García habla, todos aquí callan. Y si García transige, todos aquí guardan en el bolsillo el dedo acusador para mejor ocasión. Ayer en el funeral de padre me dio su bendición, con toca y trenza, y todos lo vieron. Nadie dirá nada ni me acusarán por dejar la melena a la vista bajo la toca.

Así era Onneca. Siempre encontraba la manera de salirse con la suya cubriéndose las espaldas, y por eso admiraba su pragmática manera de ver el mundo.

De todos modos, a los sucios ojos de los representantes de la Iglesia nunca les gustaron las tocas y pretendían prohibir su uso. Su forma fálica les parecía una afrenta a la moral.

—Cuando te vi disfrutando con él… —le dije pensativo—. Creí que se había perdido lo que teníamos. Que era pasado, que era irrecuperable. Me cuesta aceptar que un solo día nos haya separado. Que si yo hubiese vuelto una sola jornada antes, todavía serías una mujer soltera y podríamos haber anulado el casamiento.

—¿Anulado? ¿Crees que lo habría anulado? —comentó extrañada y un poco ausente.

Dejé la trenza donde estaba, me senté frente a ella.

—¿Te habrías casado con Nagorno de saberme vivo?

—Nagorno es un gran hombre. Conmigo siempre ha sido atento, amable, encantador.

«Ese no es él, solo una de sus máscaras —pensé decirle. Cómo explicarle. Cómo empezar—. Quiere el control que ejercéis sobre los burulleros, vuestras heredades, lo quiere todo.»

—Y está haciendo grandes reformas en la villa —continuó.

—¿Grandes reformas? Los Mendoza controlan ya el camino de Arriaga y Nagorno les ha permitido recaudar el diezmo de la fruta. Y qué han hecho ellos, ¿eh? Exprimir más aún a los comerciantes. Ayer pasé por el mercado de Santa María. Apenas se venden manzanas, ni nabos ni puerros. Si los vecinos no pueden comprar fruta ni verduras en Victoria, se irán a buscarlas a otras villas. No es eso lo que queremos. No queremos que los nobles se pasen el día holgazaneando a costa de subir las pechas a los vendedores. Esta es una villa de artesanos y comerciantes.

—Curioso que lo diga un conde.

—Antes de ser condes fuimos ferrones. Así empezó todo. Los *seniores* de la villa deben proteger la villa. Por eso mi antepasado, el conde don Vela, construyó las cercas en tiempos de Alfonso I el Batallador. Para proteger. Para que los vecinos vivan seguros y los visitantes compren seguros. Si el mercado se vacía, los vecinos se irán y no quedará nadie.

—Hablas como mi padre —comentó en voz baja.

—Y acabó muerto…

—Todos morimos —dijo, y me devolvió las botas—. Era un anciano, le llegó la hora.

«Era un hombre vigoroso que no había cumplido los cuarenta y cinco. No era su hora, Onneca», quise decirle. Pero callé, no tenía más que sospechas.

—La villa se ha hinchado desde que te fuiste. El arrabal de Sant Michel se convirtió en Nova Victoria cuando era niña y el rey nos concedió el fuero. Sucederá lo mismo con los arrabales de los cuchilleros al este y algún rey venidero construirá también las murallas que los cerquen. Tenemos que controlar los portales. Los Maturana viven ahora junto al Portal Oscuro al final del cantón de Angevín, mi padre no quería darles el derecho a cobrar y se lo negó en el concejo. Pero Nagorno no se va a oponer, y yo lo respaldo.

—¿De qué estás hablando? ¿De colocar a los linajes que controlan otras aldeas en los portales de la villa para cobrar pechas, lezdas y alcabalas? ¿Con qué derecho?

—Sabes que no están contentos con los fueros del rey Sancho. Los villanos de Avendaño siguen mudándose a Nova Victoria y van dejando despoblados, también los de Adurza, Arechavaleta y Olárizu. A sus *seniores* les gustaría levantarse en armas contra nosotros. Los de Avendaño ya nos han atacado en dos ocasiones. Quemaron dos tejados en la rúa de la Ferrería, y Anglesa, la del horno, se abrasó el brazo. ¿Por qué no miras más allá, les damos el control de los portales a las familias que lo están pidiendo y los convertimos en aliados?

—No si son abusivos, Onneca. ¿Qué dicen las regatonas?

Las regatonas mantenían el abasto de la villa como una ama mantiene la despensa siempre bien provista en una casa. Si faltaba pescado salado para la Cuaresma o la cosecha se adivinaba pobre, ellas lo preveían con meses de antelación y pedían traer pan de mar, semillas de trigo desde el Báltico para que nadie enfermase de hambruna. Aceite, pescado, candelas, sardinas… El concejo controlaba los precios y se les castigaba si no cumplían con el abastecimiento de la villa. Y moviendo los hilos y controlándolas, Onneca recorría las calles y los puestos y charlaba a la luz de la lumbre alrededor de la rueca con todas las esposas de todos los gremios. Las calladas, las fisgonas, las astutas y las simples, las alegres y dicharacheras y las melancólicas. Y entre todas tejían la urdimbre que mantenía bien hilada Nova Victoria. Onneca sabía quién bebía, quién putañeaba, quién meaba fuera del tiesto y qué cuñada estaba a punto de agarrar de la toca a qué otra cuñada, delito que en la villa era castigado con cincuenta sueldos. Onneca lo sabía todo dentro de aquellas cercas. Conocía a las obreras y a los zánganos de aquel complejo panal de calles, portales y dobles murallas.

—Mientras sigan las ganancias, no se quejarán —contestó Onneca.

—No es lo que me han dicho. ¿Por qué desterraron a Joana la de Balmaseda?

—Cometió fraude con unas candelas.

—Estaba al tanto, pero ¿por qué lo hizo? Tenía dos hijos pequeños y era viuda. ¿Por qué se arriesgó a perderlo todo? No creo que estén tan satisfechas como dices. No me gusta, Onneca. No me gusta lo que está permitiendo Nagorno, y tu padre tampoco estaba de acuerdo, me lo dijo la noche que murió.

—Padre ya no está. Y hasta que mi hermano no vuelva de tierras infieles soy yo la cabeza del linaje de los Maestu. Supongo que recuperarás tu título y Nagorno ya no será más el conde don Vela.

—Así es, mañana el escribano pondrá los papeles en orden, tendré de testigos al tenente, al alcalde y al sayón.

—Al final he sido condesa Vela solo unos días —suspiró concentrada.

—Y Nagorno ejerce de conde de Maestu desde ayer.

—Eso también —dijo.

—Eso también.

Solíamos acabar así nuestras discusiones en el pasado. Empecinados ambos.

—Nuestro heredero será un Maestu y un Vela. Si continúas soltero, quién sabe, tal vez el hijo que tenga con tu hermano sea el próximo conde don Vela.

Ya no tenía ganas de hablar. Tal vez dos años habían sido demasiados. Tal vez Nagorno había sido demasiado.

A la salida recibimos un bofetada en la cara. Una ráfaga de viento con esquirlas de granizo nos golpeó en los rostros y retrocedimos ante su violenta embestida. Escuchamos un relincho y nos volvimos. Mi hermano Nagorno nos observaba frente a la puerta del molino. No estaba solo. Una magnífica bestia lo acompañaba, la yegua más hermosa que había visto hasta entonces. Pelaje corto y metalizado. Puro oro que reflejaba los ojos de Onneca.

—Se ha puesto a nevar y hemos buscado refugio —mintió Onneca.

—Lo sé —contestó mi hermano con una plácida sonrisa.

—No nos ha visto —me susurró ella con disimulo—. No sabe lo que hemos hecho.

«Es Nagorno, querida Onneca. Créeme —quise decirle—, sabe mejor que tú y que yo lo que acabamos de hacer.»

# 10

## LA TORRE DE NOGRARO

### UNAI

*Septiembre de 2019*

—¿Qué le ha pasado a tu madre? —le urgí mientras salía al pasillo del apartamento de Ramiro Alvar.

—Se ha caído por las escaleras de nuestro portal cuando bajaba de dejar a Deba con Germán. Están operándola, creo que se ha roto la cadera.

—Voy ahora mismo.

—¿Dónde estás exactamente? —preguntó.

Le resumí mi visita a la editorial Malatrama y a la torre de Nograro.

—Termina entonces con la entrevista y después vienes. Deba está con tu hermano y el abuelo está en camino desde Villaverde, llegará antes que tú. Yo voy hacia el hospital, aunque hasta dentro de tres horas no va a salir del quirófano. Recoge a Deba cuando llegues a Vitoria y te voy llamando si hay novedades. Aquí no puedes hacer nada ahora mismo.

—De acuerdo, finiquito esto y vamos. Estíbaliz también querrá ver a tu madre.

—Lo sé, ahora nos vemos.

—Alba…

—¿Qué?

—No te preocupes por tu madre. Es fuerte y vamos a cuidarla.

Volví a entrar en el salón, pero aproveché que llevaba el móvil en la mano para sacar una foto de Ramiro Alvar con disimulo. El señor de la torre estaba abriendo las ventanas y cuando lo hizo noté una corriente de aire. A él no pareció disgustarle el frío que se coló en la estancia. Estíbaliz se subió el cuello de la casaca militar en un gesto inconsciente.

Ramiro Alvar se había sentado en un butacón de cuero blanco tras una enorme mesa de despacho y nos observaba con ojos risueños.

—¿Y a qué ha venido un López de Ayala al hogar de los Nograro?

—En calidad de inspector de Investigación Criminal de la comisaría de Vitoria. Nos gustaría charlar con usted y hacerle varias preguntas. Ella es la inspectora Estíbaliz Ruiz de Gauna…

—Ruiz de Gauna…, vamos mejorando. ¿Sabía usted que *Aestibalis* es una palabra latina? Designa los fundos romanos que se habitaban en verano.

—Y yo sin saberlo —contestó ella.

A Ramiro Alvar le debió hacer gracia su espontánea respuesta porque su mirada se detuvo en ella como si fuese una talla valiosa.

—Insisto, ¿y qué los trae por aquí? No se me ocurre lugar menos indicado para dos guardianes del orden. Aquí todo está en orden. Siempre. Apenas estoy yo y a veces esa muchacha enviada por el alguacil.

—Contratada por el Ayuntamiento, querrá decir —le corregí. Ramiro Alvar no parecía tener muy claro en qué siglo estábamos.

—Tecnicismos sin valor, ¿van a contestarme ya? Las crestas de gallo se me estarán enfriando, a no ser que se unan a mí.

—No hará falta, de verdad —atajó Estíbaliz—. Queremos preguntarle por una novela, *Los señores del tiempo.* ¿Qué puede decirnos de ella?

—*¿Los señores del tiempo?* No la he leído. ¿Y por qué vienen desde Vitoria a preguntármelo?

Observé su gesto, apenas estaba interesado por la pregunta, creo que se estaba aburriendo ya de nosotros, o al menos de mí.

Saqué de la chamarra mi ejemplar, el que esperaba una dedicatoria que no llegó. ¿Estaba ahora frente a quien debería haberlo firmado?

—Bonita portada, con el cantón de las Carnicerías y las calles gremiales —dijo después de observar la cubierta con detenimiento—. Pero sigo sin saber por qué me lo preguntan a mí.

—¿Es usted Diego Veilaz? —le interrumpió Estíbaliz muerta ya de impaciencia.

—¿Yo un Vela? —repitió con gesto de comer un limón—. Por el Altísimo, ¿por qué querría ser yo un Vela si soy Alvar Nograro, XXIV señor de la torre de Nograro? Su linaje se extinguió, el mío continúa. ¿Quiere usted ser un dinosaurio?

—Nada más lejos de mi intención —contestó Estíbaliz.

—¿Y de qué trata esa novela? —quiso saber mirando el ejemplar sobre la mesa como si fuera un extraño insecto.

—Está ambientada en el siglo XII —le expliqué—. Comienza con el retorno del conde Diago Vela a la antigua villa de Victoria, su enfrentamiento con el conde Nagorno...

—Disculpe que le interrumpa, joven, pero no atino a comprender la relación de una novela histórica con su trabajo.

—Verá, en la novela muere mucha gente —le dije.

—Es el Medievo, usted dirá... —comentó con indiferencia, pero ya no me prestaba del todo su atención. Había comenzado a ojear la novela y se detenía en algunas páginas, como si estuviera leyendo pasajes al azar.

—Estamos investigando el deceso hace unos días de un empresario que ha fallecido en circunstancias parecidas a una de las muertes de la novela.

—Defina esas circunstancias.

—Falleció en las inmediaciones del muro zaguero del palacio de Villa Suso. Como sabrá, era la original muralla medieval erigida en...

—¿Y dice que ese hombre murió junto a las cercas? —me interrumpió de nuevo.

—No es el único paralelismo con una de las muertes de la novela. ¿Ha oído hablar de la cantárida?

—La mosca española. Livia, la mujer de César, la usaba con sus invitados. Añadía cantárida a los platos en sus banquetes, dejaba que la madre naturaleza hiciese su papel y después los chantajeaba con destruir su reputación. Y dado el cariz que ha tomado la conversación, no voy a volver a insistir en que coman conmigo hoy... —contestó, y nos obsequió con un guiño lleno de picardía.

—Se lo agradecemos de nuevo, pero estamos de servicio —descartó Estíbaliz.

—Así que ese hombre murió en pecado o con intención de pecar.

—No lo parece, en realidad —le aclaré—. La dosis que ingirió nos hace pensar en que fue utilizada más como un veneno que como un estimulante.

—Me alegro por su alma, entonces. Pero tienen que explicarme de una vez qué tiene que ver esta torre con su investigación.

—Sabemos que usted colaboró con el editor de Malatrama, la editorial que ha publicado la novela. Tenemos indicios para pensar que el escritor que se esconde tras el pseudónimo de Diego Veilaz se puso en contacto con el editor desde esta misma torre. Todo esto nos hace pensar que se trata de usted mismo, que por los motivos que sea ha publicado esta novela bajo pseudónimo.

—¿Y para qué querría yo publicar?, ¿para ganarme la vida o algo así?

—Es una opción —contesté.

Alvar se levantó de la pesada silla de madera desde la que reinaba en su despacho y nos hizo un leve gesto para que lo siguiéramos hasta el ventanal que presidía la estancia.

—¿Han visto estos dominios?

Desde allí se divisaban campos de trigo ya cosechados, un bosque de álamos alineados con tiralíneas, varias huertas, un camposanto, un jardín y algunas casas del cercano pueblo de Ugarte.

—Mi familia gestiona las tierras desde hace centurias. En su momento también el molino, la ferrería, el paso del puente y la iglesia. No quisiera que confundieran esta afirmación con un pecado capital como la soberbia, pero mi linaje no trabaja.

—¿Ni siquiera celebra usted misas? —le preguntó Esti, que se colocó a su lado mientras disfrutaba de las vistas.

—Por favor...

Alvar fingía indiferencia, pero no dejaba de apretar el ejemplar que le había prestado y tenía uno de sus dedos atrapados entre varias páginas a modo de separador. Asumí que un pasaje le había llamado la atención.

—¿Ve usted el foso, Estíbaliz? —le preguntó sin venir al caso.

—Sí. Es curioso, pensaba que solo existían en los cuentos y en las series medievales. No imaginé que seguiría con agua.

—Para mí es uno de mis recuerdos más prematuros. Cuando era un infante toda mi familia montaba en una pequeña barquichuela y remábamos circundando la torre por mera diversión. ¿Le gustaría acompañarme?

—Pues claro que sí, me encanta el agua —contestó Estíbaliz fingiendo de manera muy creíble su entusiasmo.

Cruzamos una mirada de medio segundo. «Yo me encargo de él, tú de ella», me dijo en silencio, y asentí.

—Yo no me apunto al plan —intervine, pese a que no era necesario—. Voy a pedirle a la guía que me haga una visita por…

Pero a Alvar ya no le interesaba mi conversación. Condujo a Estíbaliz por una puerta disimulada entre el papel pintado y me quedé solo en aquella abigarrada estancia, hecho que aproveché para curiosear por la biblioteca de pesados volúmenes de lomos de cuero centenario.

Bajé por donde había subido y me acerqué de nuevo al mostrador de la planta baja, donde la guía fingía que trabajaba sobre el teclado del ordenador.

—No sé si será mucho pedir, pero ¿podrías hacerme una visita guiada por la parte pública de la torre?

Me sonrió algo tímida, y tomó un manojo de llaves.

—Vayamos a las salas de exposiciones. Puede preguntarme lo que quiera. De todos modos, será rápido. Tengo que ir cerrando todo en veinte minutos.

—Empecemos entonces, si te parece.

Asintió y accedimos a una sala con vitrinas que guardaban varios retratos de generaciones pasadas de señores de la torre.

Me detuve a observarlos. Algunos rostros de sus antepasados se parecían a Alvar y en su juventud fueron muy agraciados. Otros eran bigotudos, morenos, diferentes. Había también escenas familiares, como una foto antigua de varias mujeres con niños pequeños montados en una barca de remos y un cura empujando la barca para adentrarla en el agua.

—Tienen que llamarse Alvar, solo así podían heredar —fue recitando la guía—. También debían respetar un código de honor según los privilegios de concesión del señorío que firmó Fernando IV.

Después me señaló un gran lienzo con un tronco central tachonado de diminutos nombres en cursiva. Del centro salían varias ramas por generación, familias enteras de segundones que se separaban del linaje de los primogénitos. Generación tras generación. En mil años, calculé que unas treinta.

—Esperaba encontrar un maniquí con unos hábitos de monja —dije.

—¿Un maniquí? Aquí no se ha expuesto ningún traje, que yo sepa —contestó extrañada.

Le mostré la foto que Estíbaliz me envió y la miró con curiosidad.

—Pues sí que parecen estas vitrinas. Eso tuvo que ser en alguna exposición temporal. Yo no llevo demasiados meses en este puesto y sé que se van cambiando las piezas para que no se deterioren. Creo que no puedo ayudarle. Ya lo siento, de verdad. Pregúntele a Ramiro Alvar, él controla más que nadie todo esto.

Después me mostró objetos que pertenecieron a todos aquellos señores: escopetas de caza, fusiles, revólveres, cartuchos oxidados, fustas y sillas de montar de terciopelo rojo desgastadas por el uso. También había una notable colección de reliquias de diminutos huesos de santos, atizadores de leña, los remos de una barca y...

Sonó el teléfono de la guía.

—Disculpe, voy fuera de la sala a atender la llamada —me dijo.

... y un sacerdote y mi compañera, riendo cómplices, colándose por dentro de las vitrinas de cristal y robando los viejos remos ante mi mirada estupefacta. Alvar, travieso, también descolgó de la pared una coqueta sombrilla blanca con bordados. Creo que ni se percataron de mi presencia, como peces nadando en su acuario ajenos a la mirada de los humanos. Se escabulleron por la pequeña puerta que daba acceso a las vitrinas y desaparecieron de mi vista en pocos segundos.

Diez minutos después me despedía de la guía en la puerta de arco apuntado de la torre. No quería llamar a Estíbaliz por si estaba obteniendo material interesante de su entrevista en solitario con el intrigante Alvar.

Estaba cruzando el césped que circundaba la torre cuando los vi.

Era como una vieja estampa, con todo el peso del anacronismo de una imagen que no acababa de cuadrar en el presente. Un espléndido sacerdote sujetaba una sombrilla sentado en una barquichuela que avanzaba por el foso mientras Estíbaliz remaba frente a él sin prisas, riéndose del momento, disfrutando del paseo.

Estíbaliz remó con más fuerza hacia nosotros en cuanto me vieron y la vieja barca quedó en paralelo a mis pies.

—Me temo que tenemos que volver al trabajo. Muchas gracias por el paseo —dijo Estíbaliz después de abandonar la barca y pisar tierra de nuevo.

—Así quedamos entonces, *Aestibalis*—se limitó a decir el cura con una plácida sonrisa.

No se me pasó por alto que Alvar no llevaba en la barca el ejemplar que le había prestado de *Los señores del tiempo*. Esperé alguna promesa de devolverlo que no llegó, anoté el dato mentalmente y nos dispusimos a despedirnos de él.

Pero entonces sonó mi móvil. Lo cogí sin tener en cuenta que todavía estábamos frente a Alvar.

—Peña, ¿qué sucede?

—Tienes que venir, jefe. Las dos hermanas..., creo que están emparedadas.

Al escuchar aquella palabra me quedé frío. No debí repetir aquella información en voz alta. No debí hacerlo, lo sé. Pero a veces uno es persona antes que policía y el horror te desarma de recursos.

—¿Cómo que las dos hermanas están emparedadas? ¿Habéis encontrado los cadáveres... emparedados? —fui capaz de contestar.

Esti preguntó con la mirada, yo me tuve que alejar de los dos, mi mundo estaba patas arriba.

—¡No, no! Están vivas, Milán y yo estamos en el piso desde el que han llamado para dar el aviso del mal olor. Hay una pared de ladrillos recién construida y, al oírnos entrar, una voz de chica ha empezado a pedir auxilio y se ha identificado como Oihana Nájera, la menor de las hermanas. Están viniendo ya los bomberos y una ambulancia, vamos a empezar a derribar la pared.

—Llamad también a la Científica —le ordené—, reparte guantes y patucos a todo el que entre en la escena. Como mínimo, es un secuestro o un intento de homicidio.

—Oído, ¿cuánto tardáis en llegar?

—Estamos en Ugarte, a cuarenta kilómetros. Da la autorización para comenzar a demoler la pared, la prioridad es salvar la vida de las chicas.

# 11

## LA CUCHILLERÍA

## UNAI

*Septiembre de 2019*

Condujimos al límite de la velocidad permitida hacia Vitoria, ambos tensos, ambos concentrados en nuestro oscuro mundo interior. Esperanzados, eso es cierto. Ese alivio que te descarga los hombros cuando esperas retirar de una vez por todas la foto del desaparecido clavada en el corcho del despacho.

Yo fui el encargado de romper el muro de silencio:

—¿Qué le has sacado a nuestro joven papa? —tanteé a Estíbaliz.

—Nada de nada, es evasivo. No dirá nada que no quiera decirnos. He probado con preguntas directas. Simplemente cambia de tema y no responde. No vamos a poder sonsacarle nada mientras sea el rey, o el papa, de su elemento. Está en su hábitat natural, en sus dominios. Él controla la situación, solo nos permite ser testigos.

—¿Y qué sugieres? —pregunté—. El editor decía que nunca sale de su torre.

Esti encogió los hombros mientras conducía.

—Habrá que arrastrarlo fuera de su madriguera.

—¿Podrías? —quise saber—. ¿Tienes algo en mente?

Mi compañera no respondió durante un buen rato.

—¿En qué estás pensando? —insistí cansado de tanto mutismo. No soportaba el silencio, me estaba volviendo loco. No quería pensar en lo que teníamos delante: esa pared con dos hermanas asustadas al otro lado.

—En lo de las hermanas Nájera —mintió desviando una conversación que no quería mantener—. Menos mal que están vivas, ¿quién puede ser tan bestia de emparedar a dos chicas?

—¿No te has leído la novela, Esti?

—Y dale con la novela. No, Kraken, no he tenido tiempo.

—Entenderás mucho de lo que está pasando cuando la leas. Es prioridad absoluta. Si puedes, ponte esta misma noche a leerla, ¿me harás caso?

—De acuerdo, pero deja la puñetera ficción de un lado y céntrate en los dos casos que tenemos abiertos.

«A no ser que sean un solo caso», quise decirle. Pero callé, ¿cómo intentar explicarle mis temores? Era pronto para eso.

—Creo que él no es el autor de la novela —me dijo por fin.

—Yo tampoco lo tengo nada claro. Tiene el material para documentarse en su propia biblioteca, desde luego. Pero ¿te has fijado en cómo ha reaccionado cuando se lo hemos preguntado?

—Sí, eso ha sido extraño —dijo—. Al principio no le interesaba el tema. Yo diría que estaba a punto de echarnos. Después ha visto algo en la novela y ha marcado la página con un dedo. Cuando hemos bajado a coger los remos, ha dejado la novela sobre su escritorio y con disimulo ha metido un abrecartas en esa página. Por eso mismo creo que él no la ha escrito. Si lo hubiera hecho, ¿para qué quedarse con un ejemplar y señalar un pasaje? Tendría ejemplares de sobra, o los borradores, o manuscritos o como se llamen.

Por no mentar que se había quedado con mi ejemplar, aunque esa circunstancia me regalaba una buena excusa.

—Pongamos entonces que él no es el autor —concedí—, pero hay algo que le ha llamado la atención.

—Sí, y si me ha usado como gancho es porque no tenía química contigo y se ha centrado en seducirme, o lo que quiera que haya intentado, para sonsacarme más datos.

—¿Lo ha conseguido?

—Me ha preguntado por el nombre del empresario, no se lo he proporcionado. Quiero ver si es tan importante para él. De todos modos, podría enterarse si leyera la prensa. No es tan complicado. Pongamos que no es el autor, pero sí el asesino. ¿Tiene perfil, Kraken?

Esperaba esa pregunta desde hacía un buen rato.

—Sabes que nadie puede ni debería realizar un perfil basándose en una única interacción con el sujeto.

—Pero puedes compartir conmigo tus primeras impresiones.

—De acuerdo, me aventuro: presenta rasgos narcisistas. Se cree superior, al menos según su escala de valores: cultural, social e intelectualmente. Incluso reafirma su sensación de poder llamándonos «joven», cuando él es más joven que nosotros. Vive alejado de la realidad, yo diría que no necesita relacionarse con nadie. Es un hedonista, se rodea de lo bello, disfruta de la comida. Le gusta y busca la compañía de las mujeres y tiene recursos para ello. Es soberbio y no he visto rastro de empatía.

—Creo que ya lo he captado: perfil narcisista. Y llevo el suficiente tiempo metida en esta División como para saber que un pequeño porcentaje de narcisistas integrados pueden acabar cruzando la línea roja del delito si tienen la conciencia anestesiada y alguien se interpone en sus objetivos. Pero ¿por qué querría asesinar a alguien?

La eterna pregunta, como si solo hubiese una respuesta universal. No la había. Ni siquiera una, ni siquiera sencilla. Ni siquiera lógica.

—Los psicópatas narcisistas se aburren —me limité a recitar—. Se aburren mucho, son como niños mimados que abandonan un juguete nuevo en pocos minutos. No piensan en el mañana ni en las consecuencias, solo en manipular para conseguir sus objetivos. Pero estamos yendo muy lejos. He dicho que creo que Alvar tiene rasgos narcisistas, pero de ahí a que sea un psicópata va un mundo. Los psicópatas no tienen empatía, no son capaces de meterse en la piel de alguien que está sufriendo, pero son expertos en fingir los sentimientos que se les presuponen en cada situación. Camaleones emocionales. Es su manera de ser y no se redimen. Pero tendríamos que mantener unas cuantas conversaciones más con Alvar para llegar a cualquier conclusión.

—Voy a hacer algo que no te va a gustar —me interrumpió con la mirada fija en la carretera.

—Sí, ya lo has dicho: vas a sacarlo de su torre.

—Me intriga, no todos los días se conoce a alguien como él.

Levanté la ceja, la miré por un momento.

—¿Ahora estamos hablando de trabajo?

—¿Por qué lo preguntas?, ¿qué has visto?

—La electricidad, las miradas sostenidas entre ambos… Te ha rozado a posta en tres ocasiones. Dos en el canto de la mano y otra vez cerca de la nuca, cuando estabais junto al ventanal.

—Controlo, ¿vale?

«Tus pupilas dilatadas no decían eso», callé.

—Lo sé, Estíbaliz. Te he visto lidiar con docenas de tipos seductores durante estos años. Pasaste de Ignacio Ortiz de Zárate, ni te inmutaste ante el carisma de Tasio ni de Saúl Tovar. No eres fácilmente sugestionable.

—Está bien que lo tengas claro —dijo—. En otro orden de cosas, no vas a creerlo, pero no tiene móvil. Solo un fijo.

—Ya lo anticipó el editor y es un buen dato. Le pediré a Milán que lo compruebe.

—No puedo evitar preguntármelo, Kraken: ¿para qué querría alguien así, apartado del mundo, rico, megalómano, ajeno a una realidad que no le interesa, rebajarse y complicarse la vida para matar a un empresario?

—Antón Lasaga tenía muchas propiedades en esta provincia, puede que hubiese un conflicto de intereses por algunos terrenos.

—Sí, es una opción. Pero tenemos a dos hombres riquísimos, uno sin familia, otro con cinco herederos que no son suyos. Intento ver un motivo, un nexo, más allá de la cantárida y el lugar del crimen, pero no lo veo.

—No lo ves porque no hemos investigado todavía. Tenemos que ver las propiedades de ambos, litigios por tierras… Una cosa más.

—¿Qué?

—Investiga si los antepasados del empresario eran una familia importante en el Medievo —dije.

—¿Cómo?

—Se llamaba Antón Lasaga Pérez. En Álava muchos López, Martínez u otros patronímicos perdieron su apellido compuesto hace algunas generaciones porque los párrocos apuntaron mal sus partidas de bautismo o sus enlaces matrimoniales. Que

Peña hable con la hija y recabe todos los datos que pueda acerca del origen de su familia. Después que contacte con alguna empresa de genealogistas de Vitoria, están especializados en recuperar apellidos alaveses. Hay que buscar una motivación y todo nos remite al pasado de esta tierra —dije—. De todos modos, no me has hecho la pregunta más importante: ¿dónde está Ramiro Alvar?

—¿Perdona? ¿No lo acabamos de conocer?

—No, Esti. Esta no era la persona de la que nos habló el editor. Mi pregunta es: ¿dónde está el tímido Ramiro Alvar, que no va a tener descendencia, que nos describió el editor?

—¿Por qué es tan importante lo de la descendencia?

—Porque no es este Alvar el que conoció Prudencio, al menos no con la sotana. Si así fuera, el editor no habría hablado de sus posibilidades de tener hijos. El hombre que hemos conocido hoy se ha presentado como Alvar, XXIV señor de Nograro, no como Ramiro Alvar.

Tenía mis sospechas, pero eran demasiado peregrinas y no quería compartirlas hasta que comprobase un par de datos durante los próximos días.

—Oído. —Esti me dejaba hacer. Fingía que no escuchaba, pero simplemente clasificaba como «conversación pendiente con Kraken» y me dejaba hacer.

El coche frenó en uno de los primeros semáforos a la entrada de Vitoria. Era el momento de decírselo:

—Hay otro tema... Nieves se ha caído por las escaleras de mi portal.

El disco se puso en verde, pero Estíbaliz no arrancó.

—¿Qué dices? —preguntó angustiada—. ¿Está bien?

—Están operándola. Alba ha dicho que tienen para tres horas y que antes de eso no podemos hacer nada en el hospital.

—Llegamos en quince minutos. Yo voy al hospital, al menos estaré con Alba —resolvió convencida—. Tú ve al piso de la Cuchillería. Coordina el operativo, el comisario se va a subir por las paredes si ante dos emparedadas estamos los tres en el hospital.

—Preferiría ser yo quien acompañase a Alba —dije.

—Eres más útil cubriéndole las espaldas allí y te da tiempo a presentarte en el hospital antes de que termine la operación.

No me hacía gracia, pero Estíbaliz sabía tan bien como yo que en la sala de espera me iba a encontrar con los reproches de Alba en cuanto le contásemos el hallazgo de las dos chicas.

Poco después me dejaba cerca de la Cuchillería, fue sencillo encontrar el portal: estaba acordonado, una ambulancia y varios de nuestros coches bloqueaban la calle peatonal.

Los curiosos se agolpaban, pero si hubieran sabido lo que nos esperaba escaleras arriba, habrían corrido a sus casas a esconderse bajo la almohada. Enseñé la placa y subí por las escaleras.

El portal estaba siendo reformado. Había sacos de hormigón y material de obra por todas partes, sorteé varios cestos con escombros y accedí a la vivienda que Peña me había indicado. Varios bomberos estaban en esos momentos derribando parte de la tapia dentro de una habitación vacía. Rompieron a golpe de maza varios ladrillos.

—¿Por qué no han empezado antes? —le pregunté a Milán en cuanto llegué.

—Hemos oído la voz de Oihana, pero llevamos un buen rato intentando saber dónde derribar la tapia sin hacerles daño. Los bomberos no se atreven con un ariete por si no tienen demasiado espacio detrás y las golpean. Sus gritos se han dejado de escuchar hace unos veintitrés minutos. Esto no pinta muy bien. Los de la ambulancia están preparados para salir corriendo al hospital con ellas. Espero que no lleguemos tarde y espero que esto no les haga más daño.

Dos bomberos empezaron el trabajo. Avisaron a las hermanas, pero no obtuvieron respuesta. Comenzaron a golpear con las mazas, yo me estaba poniendo de los nervios.

«Vamos, las necesitamos vivas», como si mis prisas por salvarlas fueran a mejorar su precaria situación.

Los golpes retumbaron en la habitación.

Varios trozos rotos de ladrillos cayeron a mis pies.

Debería haberme alejado más, pero quería saltar sobre el hueco y sacar a esas pobres chicas de allí cuanto antes.

Y yo no dejaba de pensar en lo que había leído aquellos

días acerca del «voto de tinieblas». ¿A quién podía habérsele ocurrido?

Llevaba años estudiando lo peor del alma humana en libros y formaciones de perfilación. *Modus operandi,* acciones macabras... No había ningún caso de emparedamiento en toda la historia reciente de la criminología mundial, al menos no en el último siglo. Nadie mataba así. ¿Por qué ahora?, ¿era un «efecto imitación» de la novela?

Imposible, las fechas no me encajaban.

Las hermanas Nájera desaparecieron unas semanas antes de que la novela fuese publicada. Eso era un dato. Un buen dato para un perfilador. Eliminaba como sospechosos a todos los eventuales lectores. Si tenía algo que ver con la novela, se trataba del reducido número de personas que podían haberla leído antes de publicarla.

No aguanté. Maldito ruido. Maldita lentitud.

Me hice con un mazo de obra y ayudé a los bomberos. No sé cuántas voces me dijeron a la espalda que lo dejase, que no me ocupase, que si las chicas, que si el peligro, que si... Al infierno.

No estaba preparado para lo que vi.

Un cadáver cubierto de polvo rojo a mis pies. Alguien que fue una muchacha, famélica, en avanzado estado de descomposición.

Calculé varios días desde el deceso. Un hedor irrespirable. Corrí al baño en obras y vomité. Olía a huevos podridos, el inconfundible olor de la cadaverina. Ni el Mentolín podía persuadirme de que aquello no apestaba a muerte.

Pese al asco y las arcadas, tomé aire y volví a meterme en el agujero de la pared. Los dos bomberos seguían picando. Uno de los médicos había entrado. No hacía falta tomar el pulso al cadáver.

Hubo una buena noticia. La luz de la linterna iluminó en la esquina a una niña, creo que se movió.

Corrí hacia el bultito pegado a la pared, solo ropa y una mata de pelo hasta la cintura. Se intentaba tapar con un par de sacos toscos de plástico. Era Oihana, la hermana pequeña.

La sacamos de aquella pocilga de excrementos y orines, la

reanimaron sobre el suelo de la habitación recién reformada y siete pares de ojos adultos tuvimos que ver horrorizados cómo un saquito de huesos respondía a duras penas a los esfuerzos de una reanimación que parecía llegar tarde.

Pero no, se hizo el milagro.

La niña menguada en carnes, tiznada de la arenilla naranja de los ladrillos, comenzó a toser y a respirar. Muy bajito, casi sin fuerzas. Le colocaron la máscara de oxígeno y la subieron a la camilla, cualquiera de nosotros podría haberlo hecho con una sola mano.

Cuando se fue quedó un silencio espeso, el olor del cadáver de su hermana, media docena de profesionales desolados y muy pocas fuerzas para seguir trabajando en aquella tumba.

## 12

## EL MESÓN DE LA ROMANA

## DIAGO VELA

*Invierno, año de Christo de 1192*

Onneca se acercó fascinada a la soberbia yegua de oro.

—Jamás había visto un animal tan bello, ¿cómo ha llegado a esta villa?

—Los crío en tierras de los almohades, había hecho traer a Olbia como regalo de bodas, pero el día del entierro de tu padre no era el momento apropiado. He despertado a la *hora prima* y tu lecho estaba ya frío, he imaginado que vendrías a probar los patines que te ha regalado el primo Gunnarr.

—Olbia... —susurró ella mientras se acercaba con respeto, y acarició su crin metalizada.

Nagorno sonrió satisfecho. Yo hasta entonces no había pensado en lo que los unía, más allá de la conveniencia de un buen matrimonio.

—Hay una historia detrás —continuó con voz seductora—. ¿Recuerdas la colonia escita de la que habla Heródoto en el cronicón que te regalé? No solo era una ciudad. Olbia era el nombre de una experta amazona como vos, mi *seniora.* Y también una caudilla sangrienta. Salvo que ella disparaba a galope con el pequeño arco y manejaba también látigo y *akinakes,* la espada curva de los escitas.

—No te agites con la idea de tanta guerra, hermano —intervine—. Onneca no va a necesitar blandir ninguna espada.

—No se parece mucho a nuestras cabalgaduras norteñas —dijo Onneca ignorando mi comentario.

—Es un *argamak*. Se cría en las remotas tierras de los turcos desde antes de la venida de Christo. Este ejemplar es descendiente directo del caballo de Alejandro Magno.

—¿De Bucéfalo?

—Así es —sonrió Nagorno complacido—. Vuelve a Victoria si quieres con ella, ahora es tuya. Yo te sigo a pie.

—Montemos ambos —propuso ella.

—Obsérvala. No tiene nada que ver con las otras criaturas de la villa. Es una soberana, hay que tratarla con el respeto que merece su linaje. —Nagorno me dirigió una breve mirada. Una muda advertencia.

Asentí, para qué negarlo.

—Yo me voy a la posada de la Romana —me excusé.

—¿A putañear, hermano? ¿Tan falto de aprecio andas?

Sonreí y no le contesté. Tenía que hacer mis indagaciones y había concertado un encuentro con uno de los pocos parientes mayores de quien me fiaba tanto como para poner mi vida en sus manos. De hecho, ya lo había hecho muchas veces en el pasado.

Onneca también esperó una respuesta de mi boca que no llegó.

—Después te busco en el concejo, Nagorno. He hecho llamar al escribano. El alcalde y varios testigos darán fe de que sigo respirando, así que hoy recuperaré el título que tan fielmente has custodiado en mi ausencia... Y sabe Dios lo agradecido que te estoy.

»Mi querida cuñada... —dije, agaché la cabeza, me recoloqué mis partes y tomé rumbo norte por el camino de nieve virgen.

El mesón de la Romana era una casa de postas que acogía a los peregrinos que llegaban desde Guipúzcoa, Aquitania y Ultrapuertos. Y también albergaba otras actividades menos caritativas aunque más lucrativas. Había cambiado de dueño varias veces, los rifirrafes a veces pasaban a mayores y ni el posadero estaba a salvo de una mala estocada.

Antes de irme había prohibido las ramerías en la villa, así que asumí que no iba a ser bienvenido en la taberna.

Pasé por delante de los establos donde un labriego se aliviaba contra la pared con una muchacha muy obesa arrodillada ante él. Por lo visto, no había esperado a subir a las alcobas.

Entré en la posada, una mujer sin nariz y barbilla escurrida limpiaba las mesas.

—¿Un vino? —preguntó sin apenas mirarme.

—Espero a un viejo amigo, ¿me aguarda alguien escaleras arriba?

—Subid, ya ha pagado.

—Sea pues. Dejadnos solos un rato. Aunque… tal vez podáis ayudarme. ¿Aquí podría encontrar escarabajo aceitero?

La mujer continuó frotando la madera con más ahínco si cabe.

—Creo que os estáis equivocando, aquí proveemos solo de buen yantar y bebida. Sois el conde don Vela, ¿verdad? El resucitado.

—Para eso debería haber muerto antes —repetí por enésima vez—. Pero ya que sabéis quién soy, reformularé la pregunta: ¿mi hermano Nagorno os ha visitado últimamente?

La tabernera miró hacia otro lado y se mordió el labio. ¿Con qué la habría amenazado Nagorno?

—Lo pondré fácil: mi hermano os visita todos los viernes y se lleva a tres mozas y bien que os paga por ello. ¿Os ha encargado cantárida?

—Si hay un varón que no lo necesita ese es vuestro hermano, a tenor de lo que cuentan mis hermanas. ¿Sabéis si va a volver ahora que es un respetable hombre casado?

—No lo dudéis, es un caballero de costumbres.

Era antigua su tradición de honrar a la diosa Venus en su día con tres hembras, un número sagrado para alguien que siempre tendría alma de pagano. Nagorno, igual que quien esto escribe, se aferraba a sus rituales como el hielo que lame un tronco milenario.

Subí las escaleras, llevaba una daga sujeta del cinto. Mi mano apretó el mango por precaución antes de llamar a la puerta. Oí el crujido de la madera, unos pasos vinieron prestos y me alejé un poco antes de que se abriese.

—¡Diago! —dijo mi primo Héctor. No esperó a cerrar la puerta, me abrazó sin contenerse. Yo hice lo propio.

—Sabía que no estabas muerto, pero, de haber tardado más en aparecer, habría comenzado a buscarte.

—Lo sé.

Héctor Dicastillo era *senior* de una de las aldeas que rodeaban la villa por el sur. Nuestros lazos familiares venían de antiguo, aunque a él le bastaba con vivir tranquilo en su pequeña fortaleza en Castillo y no ambicionaba trasladarse a Victoria, como muchos otros nobles.

—¿Has traído lo que te pedí? —le urgí.

—Sí, pero vas a tener que contarme lo que está pasando y por qué no has querido recibirme en Victoria.

—No quería que te encontrases con Nagorno antes de contarte lo que está sucediendo.

—Quiero que sepas que no fui a los esponsales por respeto. Lo de tu prometida…

—Eso es pasado, Héctor —le corté—. Eso es pasado. Ahora es su esposa. Te he hecho llamar a un lugar discreto porque quiero que me digas si esta carta del rey Sancho es una falsificación.

Le tendí el pliego, él sacó del costal un par de pergaminos enrollados.

—Aquí tengo las cartas donde establecía las pechas y otras prestaciones de los vecinos de Castillo.

—Dime si crees que están escritas por la misma mano.

Héctor desplegó ambos documentos sobre el jergón, yo hice lo propio con el que anunciaba mi muerte.

—El crismón es idéntico. La cruz con el palo y la letra P. Las letras alfa y omega… Es la invocación que se estila en la corte de Navarra.

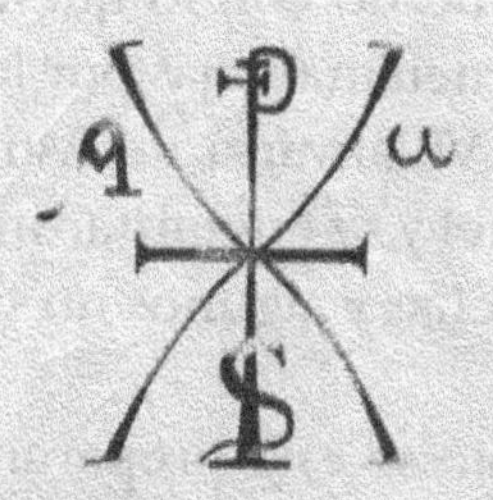

Continuó comparando los documentos.

—*In nomine omnipotentis Dei, ego, Sancius, Dei gratia, rex Nauarre…* Es el mismo protocolo. ¿Quién lo firma? —preguntó.

Miró el final de la carta.

—Su fiel notario, Ferrando: *Ego quoque Ferrandus domini regis notarius eius iussione: han cartam scripsi et hoc signum feci* —leí.

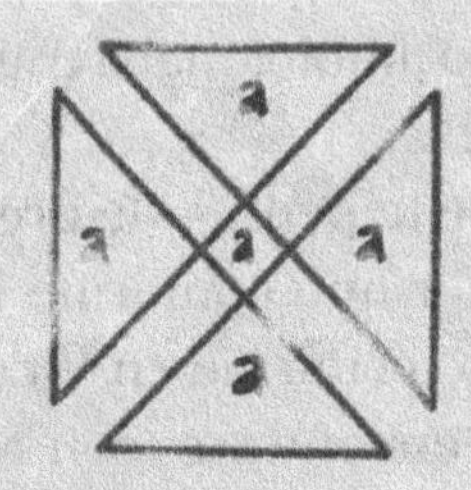

—Es la signatura del rey Sancho VI el Sabio, Diago. ¿Tiene sentido que te diese por muerto?

—No lo sé, pero no quiero ir a Tudela a preguntárselo. Al menos no todavía.

—¿Por qué?

—En primer lugar, porque temo que vuelva a enviarme a alguna lejana misión o a las Cruzadas, y esperaba pasar inadvertido en Victoria. Y en segundo lugar, porque no sé si está pasando algo más en la villa. No es la próspera Victoria que dejé, todo son correveidiles. Y no estoy seguro de lo que pasó con la muerte del conde de Maestu.

—¿Estás insinuando que a Nagorno le ha favorecido…?

—No. Yo no he dicho eso. Es demasiada bajeza esposar a su hija y envenenarlo esa misma noche. Incluso para él.

Héctor se levantó incómodo.

—Sabes que siempre he defendido a Nagorno, pero en esta ocasión no estoy de acuerdo con lo que ha hecho en Victoria desde que faltas. Se escuchan quejas por los caminos. Los collazos que abandonaron Villafranca de Estíbaliz para poblar los arrabales de Sant Michel y se enemistaron con los frailes ahora se ven ahogados de pechas y algunos no saben si podrán pagar el buey de marzo.

—Lo sé. Algo turbio se está preparando en las calles. Los vecinos de toda la vida de la Villa de Suso miran con recelo a los nuevos pobladores de la Nova Victoria. Y las familias pudientes se están desplegando por los portales como si fueran las fichas de un ajedrez. Hay que pararlos o van a despoblar los dos barrios. Voy a necesitar aliados, Héctor. Lyra está de mi parte, solo quiere ver la villa en paz, al igual que yo. Gunnarr, como siempre, se moverá entre dos aguas, pero no traicionará a Nagorno.

—Sois hermanos, compartimos sangre —repitió una vez más—. Estoy contigo esta vez, pero no olvides que es una villa, y los lugares se ganan y se pierden, se fundan y se abandonan. Siempre ha habido una cadena de violencia que se remonta a las primeras edades del hombre y nunca hemos podido pararla. Pero la familia es familia y perdura.

—Nunca lo olvido, Héctor.

Se levantó del destartalado camastro y recogió las cartas.

—Entonces vámonos antes de que nos acusen de sodomitas —dijo.

Salí del mesón y me disponía a irme cuando vi a un mocete de barbilla escurrida y pelambre muy rubia que se entretenía lanzando una hachuela contra un fardo en el patio de la posada. Era la segunda vez que veía esa barbilla el mismo día.

—Tú eres hijo de una de las posaderas, ¿verdad?

—Lope, mi *senior*. Mi madre es Astonga, la que regenta el negocio. ¿Queréis saber su historia, como todos?

Me acerqué a él. No tenía mala puntería. Seguía lanzando la pequeña hacha con la zurda mientras hablaba. Me recordó a Gunnarr cuando todavía no era un gigante.

—¿Qué historia? —pregunté no muy interesado.

—La historia de cómo le cortaron la nariz.

—Deja que adivine, ese castigo solo lo he visto en el Camino del Apóstol. Se lo aplican a las ladronas, ni en tierras castellanas ni leonesas hay costumbre, allí las ladronas pierden la mano. Pero si es una posada del camino, el castigo es más duro. La Iglesia de Roma no quiere que se diga que la ruta es peligrosa.

—Sois un hombre viajado.

—¿Ocurrió así?

—¿Os interesa la verdad?

—Siempre, sí. Cuéntame la verdad. No muchos lo hacen últimamente.

—Es una historia de pobres. Habréis escuchado demasiadas. Mis abuelos eran taberneros en el camino, murieron de carbunco muy jóvenes, con siete hijas, mi madre era la mayor. Ella se encargó de todas con doce años. Pero era inocente, un *senior* navarro se emborrachó y acabó con la despensa cuando invitó a su soldadesca. No le quiso pagar y además se propasó con la más pequeña. Mi madre quiso llevarlo a juicio, pero él la acusó de ladrona. El *senior* ganó el juicio, a ella le cortaron la nariz y quemaron la taberna de mis abuelos. Las hermanas decidieron no separarse nunca. Probaron fortuna en Pamplona y finalmente acabaron aquí. Están pagando el mesón con el trabajo que ya veis. Aquí vienen hombres importantes —afirmó con la seriedad del adulto que aún no era—. Y a buen seguro que yo soy hijo de un hombre importante. De mayor mi madre no trabajará.

Un pobre máncer, hijo de prostituta y padre desconocido. Si vivía, si no lo habían expuesto al nacer en el bosque para que muriera de frío, era porque el padre sería un casado de la villa que lo mantenía.

—¿Y cómo harás para que tu madre no trabaje?

Sonrió como si supiera guardar un secreto y me hizo un gesto para que me acercase. Lo obedecí, aunque me llevé la mano al cinto por si era una trampa.

—¿Necesitáis algo para la hombría? Os habéis ido sin hacer uso de mis tías.

Yo buscando en la taberna y el proveedor estaba fuera.

—¿Tú te encargas de vender la ayuda?

—Tengo polvos que resuelven vuestra carencia.

—¿Cuerno de unicornio o escarabajo aceitero?

—Veo que no es la primera vez —dijo—. No vendo cuerno de unicornio. Es tan caro que solo los *seniores* pueden pagarlo, y no sirve de nada. Me gané una picadura de víbora por eso y casi pierdo la mano entera. Se hinchó y se puso negra. Casi me voy al infierno por el maldito cuerno de unicornio.

—¿Alguien de la villa os lanzó una víbora? ¿Quién hizo eso?

Lope se revolvió nervioso. Se acercó al fardo y liberó el hacha.

—Ya sabe, el hijo de Ruy. Mejillas planas y venas rojas como sarmientos en la nariz. El de la mirada de loco.

—¿Quién?

—Ruiz de Maturana.

—¿Maturana, el mozo?

Por lo visto, en mi ausencia se había convertido en hombre. De chiquillo no tenía buena fama en la villa. Perseguía a los gatos y aparecían destripados. También era cierto que su padre tenía la mano muy larga y siempre se dijo que era un bastardo de alguna de las criadas, a las que el bestia de Ruy apaleaba también.

—Sí, ese. Pero tengo que aguantarlo, me compró tres miajas hace tres noches.

—¿Tres miajas de qué?

—De escarabajo aceitero.

—Con una es suficiente para un toro.

El mocete se encogió de hombros.

—Querrá estar caliente todo el invierno. Yo no pregunto, *senior*. Si lo quieren comprar para un día, se lo doy si tengo. Si lo quieren para toda una hueste, se lo vendo todo si tengo. Entonces, ¿me va a comprar una miaja de esos polvos?

## 13

## *LAU TEILATU*

## UNAI

*Septiembre de 2019*

Habíamos acostado a Deba en la cálida madriguera de su dormitorio. Fuera de nuestro pequeño piso hacía un frío casi invernal y el cristal de las ventanas se empañaba por la diferencia de temperatura.

—¿Cómo ha podido…? —pensé en voz alta ensimismado.

Me había sentado en el suelo de madera del salón, reclinado contra la pared, junto a los ventanales del mirador blanco. Alba había hecho lo propio frente a mí. Manteníamos conversaciones que a veces derivaban en larguísimos silencios en aquella postura simétrica. En parte de puertas adentro, en parte vigilantes del mundo exterior y de cuanto acontecía a nuestros pies, en el centro mismo de la ciudad.

Alba había comprado un marco para la foto que sacamos de toda la familia el día de la presentación de la novela en Villa Suso y se entretenía recortando la imagen, empeñada en que nuestros rostros sonrientes encajasen dentro de aquellos límites de madera.

Pero estaba muy abstraída. Sabía de su preocupación por su madre, los últimos años las habían unido como cemento de fragua rápida, de ese que no cede ni con terremotos. La operación se había resuelto con éxito y Nieves solo necesitaba recuperarse antes de volver a Laguardia.

Aquel jueves por la noche algunas cuadrillas subían por la plaza de la Virgen Blanca rumbo a Cuesta, hacia la Cuchi o Pinto, en busca de un poco de marcha para acortar una semana que por mi parte podría haber acabado el mismo lunes. Mala noticia tras mala noticia.

Oihana Nájera, la hermana pequeña, había sobrevivido. Los médicos la pudieron salvar a tiempo, pero nos advirtieron que hasta dentro de una semana no iba a tener fuerzas para hablar con nosotros.

De momento solo contábamos con un escenario nuevo que procesar. Según las primeras impresiones de Muguruza, el jefe de la Científica, el piso estaba barrido y fregado. No había rastro de huellas de suelas y habían construido la pared con unos guantes que no encontramos. La Inspección Técnica Ocular no aportaba ningún hilo del que tirar.

Llevaron a las hermanas dentro de dos sacos de plástico, muy habituales en las obras. Los habían analizado y encontraron pelos de las jóvenes en su interior. No había más objetos dentro de la pocilga que quedó después de encerrar en seis metros cuadrados a dos adolescentes sin agua, aire o comida durante un par de semanas. Matar en diferido. Dejar morir de sed e inanición.

Había que ser muy desalmado para hacer eso a dos chicas.

Pensaba en ello mientras daba vueltas entre mis manos a una pieza de cerámica que reproducía la Almendra Medieval en tres dimensiones. Era uno de esos típicos *souvenirs* que se vendían en las tiendas de recuerdos de la ciudad. Podía tocar todos los relieves de las casas, las iglesias, las calles y los cantones. Eran miniaturas que reproducían con barro blanco las fachadas y los tejados naranjas del Casco Viejo.

Intentaba pensar como si un dios menor bajase a la Tierra y observase el caso desde su perspectiva aérea.

—¿Cómo has podido, malnacido, secuestrar a dos chicas en su propia casa, llevarlas a un piso en obras y emparedarlas sin que nadie se percate ni de lo uno ni de lo otro? —susurré concentrado.

Alba me dirigió una mirada extraña, desmoralizada.

Para ella había sido un día doblemente duro. Además de la operación de Nieves, Alba fue la encargada de transmitir la noticia al matrimonio Nájera. Se le daba bien. Su aplomo siempre ayudaba. Su seguridad les daba esperanzas de encontrar al desalmado. La madre la abrazó. El padre golpeó una puerta con el puño. Una astilla le hirió los nudillos. Alba me contó que lo puso todo perdido de sangre.

Cuando llegué a casa, su abrigo blanco se secaba colgado de una percha en la ducha. El reguero de sangre no se iba. Dibujaba en camino ascendente la pincelada de un expresionista sádico. Alba había frotado la mancha y solo había conseguido arrugar la tela. Era su abrigo blanco favorito.

Iba a quedar una huella de ese día, o tal vez sería mejor deshacerse de él y del recuerdo adherido a sus hilos.

«No dejes que os afecte. No dejes que esos capullos entren en casa», me ordené por enésima vez. Era mi máxima desde que Deba nació en las circunstancias en las que nació: que los casos no nos afectasen.

Habíamos pagado el peaje por varias vidas. Y procurábamos hablar lo mínimo de trabajo cuando terminaba la jornada laboral. Pero ¿es que terminaba en algún momento o nuestra vida era un *continuum* hasta que poníamos a disposición del juez de instrucción los indicios y al sospechoso?

Seguía dándole vueltas a la maqueta de la Vitoria medieval, tocando los tejados y los picos de las cuatro torres de las iglesias cuando Alba recibió una llamada y sonó el *Lau teilatu* de su móvil.

Qué lejos estábamos de aquel primer *Lau teilatu* que escuchamos juntos, a pocos metros sobre nuestras cabezas, durante las primeras fiestas de La Blanca que vivimos como casi-pareja.

Habíamos subido pocas veces más y lo habíamos dejado definitivamente correr desde que Deba nació. No estaba el tema para que sus padres subiesen a un tejado y la dejasen en el piso, ni teníamos mucho tiempo para nosotros, ni siquiera cuando el abuelo, Nieves o Germán nos echaban una mano y se ocupaban de nuestra hija.

Y entonces lo vi claro: *Lau teilatu.* Cuatro tejados.

Los padres vivían en la Pintorería, las chicas habían aparecido en el portal de la Cuchillería. Compartían los tejados.

Muchos portales del Casco Viejo tenían pequeños lucernarios en los patios de vecinos para buscar la luz que les negaba la estrechez de las calles gremiales.

Busqué en mi móvil una vista cenital más actualizada que la maqueta medieval. Google Earth me dio lo que buscaba.

Alba volvió con el alivio bailándole en el rostro.

—Era del hospital de Santiago, Milán ha insistido en quedarse para que yo descanse y le he pedido que me llame. Dice que está dormida y hasta arriba de analgésicos. Es mejor que me acueste ahora y mañana voy a primera hora. Si quieres, sal tú a correr a las seis y cuando vuelvas, voy al hospital antes de entrar en el despacho.

Respiré tranquilo. Mi suegra era una mujer fuerte que había pasado por mucho. Una caída por las escaleras no iba a frenarla tan fácilmente, pero tenía ya una edad y le iba a costar recuperar de nuevo la operatividad.

Alba se sentó de nuevo frente a mí, con la espalda apoyada en la pared, todavía un poco pensativa. Me miró y detectó el brillo de mis ojos.

—¿Qué pasa, Unai?

—Ya sé cómo entró el secuestrador. *Lau teilatu,* Alba. Cuatro tejados. Entró por la claraboya del portal, las sacó por ahí. Era finales de agosto, muchos vecinos estaban fuera de Vitoria. Nadie lo vio, las llevó por los tejados y bajó al otro piso. El edificio también tiene una claraboya que da al tejado. El piso estaba en obras, tendría la pared casi terminada a falta de un hueco para meterlas, luego lo cerró. La supuesta monja dominica también escapó por los tejados de San Miguel y era muy ágil. ¿Y si domina los tejados de Vitoria? Por su oficio o por alguna circunstancia que le da ventaja.

—Tu teoría tiene varias lagunas. Sigue siendo un crimen de habitación cerrada. No olvides que el piso estaba cerrado por dentro. Y también las ventanas. Por muchos años que lleve en esto, no me entra en la cabeza cómo alguien puede hacerle semejante barbaridad a dos chicas.

—No, a dos chicas no: a dos sacos —maticé.

—No lo maquilles. Por las primeras impresiones de la forense, se las llevó vivas.

—Es cierto. Pero insisto en el *modus operandi* de los dos sacos porque el asesino tiene algo de humanidad, no quiere pensar que está matando a dos niñas. Las envolvió en sacos, prefería pensar que eran dos bultos.

—¿Y eso qué nos dice?

—Que no es psicópata, que tiene empatía. Que el propósito por el que las ha querido matar le compensa. Hay un coste-beneficio, pero no ha disfrutado intentando matarlas, solo es un paso en su plan.

Ella me miró preocupada.

—¿Y eso es bueno o es malo?

—Es malo. Muy malo, de hecho —dije—. Hay un plan en marcha.

Alba no recibió muy bien mis palabras. Pensar que podíamos esperar más extraños asesinatos con *modus operandi* medievales como la cantárida o el emparedamiento podía inquietar a cualquiera.

Pero había más. Ella no estaba allí conmigo. Estaba muy lejos.

—¿Qué pasa, Alba? Tendrás que hablarlo en algún momento conmigo. Llevas un tiempo bastante ausente. Tengo la sensación de estar viviendo solo de nuevo.

Cruzó los brazos y miró hacia la estatua de la Batalla de Vitoria.

—Me estoy planteando volver a Laguardia a ayudar a mi madre.

—¿Cuando salga del hospital?

—Sí, ella no va a poder ocuparse del hotel y las cinco familias de sus empleados dependen de que siga abierto. Se acerca la edad para que se retire y no tiene a nadie para que se quede al frente del negocio, excepto yo misma, tal vez. Crecí encargándome de las reservas y de todo el papeleo, podría gestionarlo cuando ella se jubile.

—Espera..., ahora ya no estamos hablando de irte unos días a Laguardia cuando salga del hospital, ¿verdad? ¿Qué estás intentando decirme?

Alba suspiró. Era valiente, me miró cuando me lo dijo:

—No sé si quiero seguir en esta profesión, Unai. No sé si quiero seguir siendo subcomisaria. No quiero seguir en contacto diario con tanto drama, con lo peor de las biografías ajenas. Desde que nació Deba, veo la vida de otra manera. Solo tengo una y Deba solo tiene una vida, un padre, una madre. Tú estás permanentemente expuesto al peligro, en Vitoria todo el mundo te reconoce. Deba es la hija de Kraken, o algo peor —calló.

—¿O algo peor? —repetí sin comprender—. ¿A qué te refieres? Me está resultando difícil seguirte. ¿Estás hablando de una crisis vocacional o del futuro de Deba? ¿De qué estás hablando exactamente? ¿Quieres pedir el traslado y volver a la comisaría de Laguardia? Allí no podrías ejercer de subcomisaria. Y solo tú sabes lo que te ha costado romper el maldito techo de cristal. Eres una leyenda en el Cuerpo, la mujer más joven en acceder a ese puesto, todo el mundo te respeta. ¿Hablas de tomarte una excedencia y regentar el hotel de tu madre?

—Así es. Hablo de volver a vivir frente a la sierra, hablo de un ritmo de vida más tranquilo. Hablo de que vengamos a cenar sin salpicaduras de sangre y de que pueda cerrar los ojos sin ver el cadáver descompuesto de una adolescente. Mi madre está sola y cada vez me va a necesitar más. Quiero pasar estos años con ella, ahora que estamos tan unidas. Y quiero que Deba crezca con ella y con su bisabuelo. Si vivimos en Laguardia estaremos más cerca de Villaverde. Sabes lo unidos que están Deba y el abuelo. Eso les daría la vida a los dos.

—¿Y su padre? ¿No quieres que Deba crezca junto a su padre? ¿En qué lugar quedo yo?

Alba me miró desde el suelo, todavía sentada. En algún momento de la discusión yo me había levantado. En algún momento de la discusión había alzado la voz más de lo necesario porque Deba apareció con su pijama de ratones y los ojos abiertos como dos girasoles.

—¿Puedo dormir con vosotros? —preguntó con su lengua de trapo.

—Claro, peque. Papá ya se iba a acostar. Alba, entonces mañana salgo yo a correr a las seis. Nos vemos en el despacho —dije, le di un beso en los labios que ella correspondió levemente, rodeé la cintura de mi hija con una mano y me la llevé al dormitorio como si fuera un pequeño regalo.

Cuando el día había sido un desastre me consolaba viéndola dormir. Me recordaba que tenía que haber sido muy bueno en otra vida para tener aquel milagro en mis brazos, un diminuto corazón que cabalgaba y me daba el calor que necesitaba.

Pero aquel día mi hija también estaba insomne.

—Papá, *¿veintidóz* son muchos? —me preguntó en un susurro.

—Depende, ¿veintidós qué? Veintidós abrazos son pocos, yo

te doy muchos más por las mañanas. Veintidós castañas asadas son muchas para ti, mira lo que te pasó cuando te comiste todo el cucurucho.

—*Veintidóz* muertos —dijo.

Y aquellas dos palabras juntas pronunciadas con la vocecita de mi hija me produjeron un efecto tan turbador que la cama se quedó helada.

—¿Cómo que veintidós muertos, hija?

—*Ezcuché* una voz de mayor en la guarde, cuando estaba haciendo pis en el baño. Dijo que mi papá tenía veintidós muertos en la espalda. ¿Puedo verlos?

Maldita sea. A eso se refería Alba. Ese era el motivo. Para algunos, Deba era la hija de Kraken. Para otros, la hija de alguien que había matado a veintidós personas.

—¡Me han pillado! ¿Cómo pueden haberse enterado? —contesté en tono juguetón.

—¿De qué, papá?

—De mi disfraz de Halloween. Voy a ser un cazador de zombis, voy a llevar un saco a la espalda con veintidós muñecos de zombis…, pero era un secreto, ¿cómo han podido enterarse?

—Los de la tienda de disfraces, papá.

—Esos. Han sido esos. No volvemos a esa tienda, Deba —dije mientras le acariciaba la melenita rubia. Solía relajarla y se quedaba dormida en minutos.

—No volvemos…, papá… —murmuró, y su respiración se volvió uniforme.

En el quicio de la puerta Alba escuchaba desde hacía un buen rato con los brazos cruzados.

No hizo falta que hablásemos.

Una promesa nos había unido contra el mundo hacía casi tres años: una versión, sin fisuras. En bloque. Solo eso mantendría a Deba a salvo de una vida de mierda bajo el escrutinio ajeno.

# 14

# LA HERRERÍA

## UNAI

*Septiembre de 2019*

Fue una noche difícil. Las quería a las dos, era todo lo que quería en la vida. Pero ya no se trataba de que Alba necesitase unos días de desconexión en su pueblo. Había empezado a intuir que ya no se trataba de eso.

Me dieron las cinco de la mañana mientras me aprendía de memoria las sombras del techo. Después de una ducha me calcé las zapatillas, entré como un ladrón a oscuras a besar en la frente a mis dos damas y me lancé contra el asfalto. Un amanecer precoz me dio su helada bienvenida. Me coloqué los cascos y comencé a trotar mientras escuchaba *Cold little heart.*

Bajaba por la plaza de la Virgen Blanca con la intención de adentrarme en los arcos vegetales del parque de La Florida cuando dos extrañas figuras me cortaron el paso a la altura de la calle Herrería.

Extrañas porque una de ellas gastaba sotana, y ese detalle a las seis de la mañana de un viernes fue cuando menos chocante. La otra figura lucía una melena pelirroja que yo conocía muy bien. Reían entre ellos desinhibidos, aunque no parecían borrachos.

—¡Buenos días, López de Ayala! ¿Va a hacer su ronda matutina? ¿Todos los habitantes de la villa están seguros? —preguntó Alvar con alegría genuina. No me reconoció hasta que estuve muy cerca.

Crucé una mirada interrogativa con Estíbaliz, no comprendía nada.

—Don Alvar, buenos días… o buenas noches, por lo que veo —respondí.

—Anoche estuvimos visitando la exposición de sotanas del museo de Arte Sacro de la Catedral Nueva y después decidí enseñarle a Alvar una muestra de la noche vitoriana —contestó Estíbaliz por él, y miró el móvil como si estuviese roto—. ¿Son ya las seis y diez? ¿Cómo es posible?

Solo Esti era capaz de llevarse a un cura con sotana de marcha por Vitoria. Así era ella, pura intuición. Pero había conseguido sacarlo de la torre en menos de veinticuatro horas. Sabía que lo había analizado y diseccionado mientras lo invitaba a chupitos. Poco ortodoxo, pero nos valía. Teníamos dos cadáveres en el depósito y una niña en el hospital. Nos valía.

—¿Sabías que la Herrería antes se llamaba la Ferrería? Alvar conoce todos los nombres antiguos de las calles de la Almendra Medieval. ¿Y que la Zapatería se escribía Çapatería? ¿Y la Correría era la Pellejería por los correderos que trabajaban el cuero y que…?

—Léete la novela, Esti. Ya —le susurré al oído, me despedí de Alvar con un buen apretón de manos y me marché a correr.

Estíbaliz fingía un entusiasmo que era vaselina para un ego inflado como el de Alvar, pero ambos sabíamos que era una cazadora experta y que solo estaba acercando el cebo adecuado. Que aquella noche ella no había dejado de observarlo fuera de su elemento y que había tanteado todas sus reacciones para después sacar conclusiones en su informe.

Para mi compañera la jornada laboral del jueves todavía no había terminado.

A media tarde, después de visitar a mi suegra en el hospital y comprobar con alivio que estaba recobrando sus fuerzas, cogí el coche y puse de nuevo rumbo a Valdegovía. Quería comprobar un par de detalles en la casa-torre.

Me sorprendió encontrar el portón de madera cerrado, y pese a que llamé al número de teléfono fijo de las visitas, ni la guía ni nadie respondió, solo un contestador telefónico alentándome a dejar mi mensaje.

Opté por el arcaico recurso de aporrear la aldaba. Sabía que Alvar estaba en su apartamento. Cuando dejé el coche en el aparcamiento que bordeaba el foso alguien había cerrado la ventana de su despacho, pero las cortinas ocultaron su figura.

Seguí insistiendo hasta que el picaporte en forma de puño se calentó en mi mano. Pensaba quedarme a acampar allí cuando por fin la puerta se abrió. Oí un «Ya va, ya va…», una voz de varón que no conocía, flojita y suave.

Esperaba conocer a otro habitante de la torre cuando descubrí que era Alvar, abrigado por una gruesa manta que arrastraba por los cantos rodados del zaguán.

Llevaba gafas de pasta oscura y sus ojos claros azules se veían más pequeños por el efecto óptico de unos lentes de miopía. De todos modos, no podía disimular las ojeras y unas bolsas bastante hinchadas después de la vigilia de su noche anterior. Ya no llevaba el pelo rubio atrapado tras la gomina, unos mechones rizados le caían sobre la amplia frente y tapaban su ojo derecho. No parecían molestarle.

—¿Puedo ayudarte en algo? —me preguntó.

Su voz volvió a dejarme fuera de juego. No era solo el volumen ni que hablase entre susurros, como si tuviera miedo de despertar a una madre durante la siesta. Es que era menos grave y más juvenil que como yo la recordaba. Lo que hace una resaca.

—Buenas tardes, don Alvar. Siento molestarle, venía a recoger algo que me dejé…

—¿Disculpa, nos conocemos? ¿Eres del pueblo?

—Eh… No, no soy del pueblo, soy el inspector Unai López de Ayala. Ayer vine con mi compañera Estíbaliz Ruiz de Gauna, ¿está usted bien?

—Sí, claro que estoy bien. Un poco cansado, la verdad, por lo visto no he pasado una buena noche. Pero tutéame, por favor, que me haces sentir un anciano y creo que soy más joven que tú. ¿Quieres pasar? Claudia no ha venido hoy, por lo visto. No recordaba que tuviera un día libre, imagino que esta tarde no tenía programada ninguna visita, así que estamos solos en casa. Dices que eres inspector, ¿puedo ayudarte en algo? ¿Es eso lo que se suele decir? —dijo, y se abrigó un poco más bajo su pesada manta ante mi mirada atónita.

Tardé un par de segundos en reaccionar, pero ¿cómo desperdiciar aquella oportunidad de oro?

—En realidad, sí que puedes ayudarme —dije—. ¿Te parece que pasemos dentro y charlamos con tranquilidad? Aquí hace bastante frío, ¿verdad?

—Sí, claro. Disculpa, espero que no me tomes por un maleducado. Subamos a mi apartamento.

Lo seguí por otra puerta, esta vez a la derecha del zaguán, y me guio por unas escaleras de piedra hasta el tercer piso. En cada rellano había piezas arqueológicas sueltas alineadas en el suelo: ménsulas desgastadas de piedra caliza, columnas rotas y hasta una enorme pila bautismal volcada que impedía el paso del primer escalón.

—La última reforma —comentó a modo de excusa—. No tengo ni idea de dónde colocar todo lo que sobra.

—No te preocupes, muchos matarían por vivir en un museo como este.

Se volvió y me sonrió un poco azorado.

—Reconozco que a mí también me encanta. Amo el pasado y soy consciente de que esta casa-torre es historia viva. Hago lo posible por ser digno del legado de mis antepasados, que no es fácil.

Diría que era enfermizamente tímido, casi lo miré con ternura. Casi.

Me guio por los laberínticos pasillos de la torre. Algunos me sonaban, otros daban paso a estancias que el día anterior no habíamos visto. Salones con azulejos, habitaciones infantiles para niños que habían dejado de serlo hacía un par de siglos y comedores con la vajilla dispuesta.

Al llegar a la tercera planta se dirigió a paso firme hasta el final del pasillo, posiblemente otro despacho que no conocía, pero al pasar por la sala de los paisajes aproveché para entrar sin su permiso.

—¡Mi libro! Espero que lo hayas disfrutado, pero es un regalo de mi mujer y tiene un gran valor sentimental para mí. De hecho, había venido para reclamártelo. —Y sin esperar a que me lo impidiera, entré en la estancia y recuperé mi ejemplar de *Los señores del tiempo.*

—Ah..., el libro es tuyo. Claro —dijo, y se quedó mirando la cubierta y cómo me lo metía en el bolsillo interior de la cazadora como si le estuviera robando un huevo de Fabergé—. Gracias por el préstamo, sin duda lo compraré. Apenas he empezado a leerlo, pero, inspector, ¿por qué estás aquí?

—¿Tenemos un lugar en el que hablar menos gélido que este pasillo, Alvar?

—Ramiro, Ramiro Alvar. Entra en mi biblioteca. Es muy difícil calentar toda la torre y yo soy muy friolero, como ves. Pero no cambiaría esta casa por nada del mundo.

Lo acompañé a su guarida. No tenía nada que ver con lo que nos había enseñado el día anterior. Los colores eran granates y grises. El estilo, más moderno que el de la víspera, pero cálido, propio de alguien con buen gusto. Un butacón invitaba a plácidas horas de lectura en aquel lugar perdido del mundo. Sobre la inmensa mesa de despacho descansaban varios libros. Conseguí atisbar los *Comentarios a* Las siete partidas *de Alfonso X* y las *Meditaciones* de Marco Aurelio. Los libros forraban también las paredes hasta el techo. Y también algunos pergaminos antiguos enmarcados.

Me acerqué a uno de ellos.

—Son los privilegios de concesión del señorío de Nograro. Firmados por Fernando IV en 1306 —me explicó—. ¿Ves este pesado sello de metal? Es el sello real: un escudo cuartelado con castillos y leones rampantes. En el reverso, aunque no se puede apreciar, una figura en relieve del rey a caballo. Aunque es una copia, los documentos con esa antigüedad son muy valiosos. El original está en el Archivo del Territorio Histórico de Álava, en Vitoria.

Intenté descifrar lo que leía, pero renuncié.

—¿Y esto está en cristiano? No soy capaz de leer nada.

Él sonrió con timidez.

—Hay que acostumbrarse. Ese pasaje dice: «Que no pisare presidio ni fuera condenado para mantener el linaje circunscrito a hombres de bien». Esta es la biblioteca familiar más privada. Aquí guardo testamentos, capitulaciones matrimoniales, dotes, nombramientos, pruebas de hidalguía, litigios y pleitos. ¿Y ahora me vas a contar el motivo de tu visita?

—Conozco al editor de Malatrama, él me dijo que colaboraste con la editorial en una ocasión. Una exposición del Ayuntamiento de Ugarte o algo parecido.

—Así es. Necesitaban permisos para el material gráfico y yo lo ayudé. Pruden tiene mucha experiencia en publicar ese tipo de libros. ¿Le ha pasado algo?, ¿has venido por eso?

—Qué va, goza de muy buena salud. No es eso, Alvar. Pero voy a serte sincero, esta novela le llegó con pseudónimo. A él le cuadra que el autor seas tú, dados tus vastos conocimientos de la época medieval. ¿Qué me dices?

—Ramiro, Ramiro Alvar —me corrigió de nuevo—. Y puedo contestarte que yo no he mandado publicar esa novela. Puedo jurarte por mi familia que es la primera vez que veo ese ejemplar, o uno similar. Hoy he empezado a leerlo, lo admito. Y conozco la historia que cuenta y algunos de sus personajes. Pero yo no lo he escrito. ¿Por qué el editor ha pensado que he sido yo, precisamente yo? Hay cientos de escritores o de historiadores que podían haber escrito esa historia.

—Voy a ser muy directo —lo frené—, no me gustan las mentiras. Pruden recibió un correo con el manuscrito y nuestro equipo de informáticos ha detectado el origen de ese mensaje. Se envió desde esta casa-torre.

—¿Qué?

Pude ver su incredulidad, su desconcierto, y un terror casi atávico en su rostro.

—¿Lo enviaste tú?

—Desde luego que no. Yo no he escrito esa novela y mucho menos me interesa publicarla. No lo…

—Sí, ya lo sé, no lo necesitas, a la vista está —me anticipé.

—No iba a decir eso, no tiene que ver con el dinero. No era esa mi excusa —suspiró frustrado—. Es solo que nunca publicaría esa historia en concreto, ¿de acuerdo? Tienes que creerme.

Él se encogió en su manta. Podría haberle hecho mil preguntas en ese momento. «¿No recuerdas que ayer te fuiste de juerga con una inspectora? ¿Dónde está tu sotana hoy? ¿Ya no tienes calor? De todas tus mentiras, ¿cuál te frena, cuál te condena, cuál te descuadra, cuál te está destrozando ahora mismo por dentro?»

Pero dejé que le diese vueltas a lo que tanto le estaba azorando, quería que él me guiase en su laberinto, quería saber qué elegía preguntarme.

—Inspector Unai…

—Unai. Puedes llamarme Unai —concedí.

—¿Por qué viene un inspector a preguntarme por la autoría de un libro? ¿Se trata de alguna denuncia, un problema de derechos de autor? —me tanteó.

—Creo que no lo has entendido. Soy inspector de la División de Investigación Criminal. Estoy especializado en Perfilación.

—Perfiles…, ¿eres psicólogo?

—Tengo formación en Psicología criminal, sí, pero no soy psicólogo.

—Yo estudié Psiquiatría. A distancia. Tengo varios títulos universitarios. Licenciaturas en Historia, en Derecho, Económicas… Lo que creí útil para todo el legado que me dejó mi familia. He gestionado todo el patrimonio material y económico lo mejor que he podido. No lo he hecho mal, me gusta lo que hago. Pero, volviendo al motivo por el que estás aquí, ¿investigación criminal? ¿Qué ha pasado?

—Hace días falleció un empresario, la causa de su muerte fue muy inusual: envenenamiento por cantárida, un estimulante medieval. Ayer aparecieron dos adolescentes, dos hermanas. Alguien las había emparedado en un piso del Casco Viejo. La mayor ha muerto de inanición. La niña está en el hospital, se ha salvado por poco.

Ramiro Alvar se dobló en dos bajo su manta. Sujetó su estómago con fuerza.

—¿Unas chicas? No lo entiendo. ¿Por qué querría alguien matar a unas chicas? —preguntó susurrando. Ni siquiera se dirigía a mí—. Lo siento, me pongo malo con las muertes. Vas a tener que darme un momento…

—Claro.

Esperé con paciencia. Él se perdió en aquel duelo durante un buen rato. Hubiera dado los veintidós peluches de mi hija por saber qué trajinaba su cerebro en aquellos momentos. Querría haberle tomado una foto, pero no encontré ninguna excusa para sacar el móvil y capturar su imagen.

—Así que alguien está matando al modo medieval —dijo por fin.

—Es una línea de investigación —reconocí.

—Solo puedo decirte que yo no publiqué esa novela. Que yo no contacté con el editor y, desde luego, yo no he matado a nadie. Me imagino que necesitarás coartadas y tengo un problema con eso, claro. Trabajo prácticamente solo, no sé cuándo se produjeron las muertes, pero Claudia podrá corroborar que estoy aquí durante toda su jornada laboral. Algunos familiares me visitan de vez en cuando, ellos también podrán ayudarte con eso. Luego está el alcalde, los concejales, los vecinos de Ugarte... No sé, lo que necesites para tu investigación.

—De acuerdo. Vendré durante los próximos días e iremos despejando todas estas cuestiones. Por hoy es suficiente.

Él asintió aliviado. Me acompañó escaleras abajo en silencio. Parecía que llevaba el peso del mundo sobre aquella manta granate.

—Unai —dijo cuando nos despedimos en el zaguán. Me sujetó el antebrazo con la mano. Fue un gesto de complicidad o más bien de petición de ayuda—, siento mucho, muchísimo esas muertes. Buena suerte en tu trabajo, de verdad.

Aquel Ramiro Alvar tenía poco que ver con el sacerdote canalla con el que Estíbaliz se había ido de marcha. La boca tensa, ese gesto de quien aprisiona demasiados secretos y teme que escapen a traición en una conversación banal.

Tenía barba de un día, no iba tan rasurado como el día anterior. Y la voz... Aquella voz suave pedía perdón por existir, por ocupar espacio. Casi advertí una mirada de socorro cuando marché, una especie de «No me dejes solo aquí». Jamás vi a nadie tan vulnerable.

No sé qué avisté en aquellos ojos claros y aterrados, ¿una petición de ayuda o un aviso para que me alejase?

Todavía hoy me lo pregunto.

Me dirigí hacia el coche, consciente de que el inquilino de la torre me estaba observando desde su atalaya. Me senté frente al volante y marqué el teléfono de mi compañera.

—Esti, ¿eres persona a estas horas?

—No es mi primera *gaupasa,* estoy en el hospital con Nieves y el abuelo. Está muy recuperada y pregunta por ti.

—Ahora voy hacia allí. Sal de la habitación, tenemos que hablar de trabajo.

Oí el ruido de una puerta que se cerraba y la respiración, siempre agitada, de Estíbaliz alejándose por el pasillo.

—Ya estoy sola. ¿Dónde te has perdido esta tarde? No contestabas, ¿alguna entrevista interesante?

—Ya lo creo. He estado con Alvar en su torre. Cuéntame qué sacaste en claro anoche. ¿Tomó alguna droga?

—No, que yo sepa. No lo perdí de vista ni un momento, salvo cuando se metió en los aseos. Y no conocía a nadie, no está acostumbrado a salir por Vitoria de noche.

—¿Alcohol?

—Un par de vinos, sí. Creo que más por agradarme que por afición.

—¿Solo un par?

—Solo un par —me confirmó.

—¿Dirías que está acostumbrado a beber?

—Diría que no, pero tomó muchos botellines de agua y fue al baño varias veces. Creo que quería controlar en todo momento, que me siguió el juego y no se negó a beber cuando lo invité. Pero no lo vi borracho ni siquiera achispado en ningún momento. Siempre controlaba. Estaba atento a todo, no se le escapaba ni una.

—Para que yo me aclare —me obligué a preguntarle—. ¿Esto es trabajo? ¿Lo estás sacando de su esfera de comodidad para saber si está detrás del asesinato o se trata de tu vida privada y no debería meterme?

—¿Lo estás haciendo?

—¿Ejercer de hermano mayor? Ni de casualidad. Sabes cuidarte y no voy a poner en tela de juicio tus gustos. Comprendo que es…

—¿Carismático?

—Es el rey del carisma, pero no es solo eso. Es guapo, seductor, encantador… —dije.

—¿Os reservo una habitación en un hotelito con vistas? —preguntó.

—No seas tonta, quiero decir que comprendería que te atrajese.

—Yo no he dicho eso.

—No, no lo has dicho.

—¿Se lo vas a contar a Alba? —quiso saber.

—Como amiga, lo entendería. Como jefa, temo que lo encuentre poco profesional por tu parte. Estamos en una investigación abierta. Además, no quiero que cargue con más preocupaciones. Lo de Nieves la ha afectado y este caso también.

—Entonces, ¿me guardas el secreto de momento?

—¿Incluso si implica mentir a mi jefa, a mi pareja y a la madre de mi hija?

—Sí —dijo resuelta, aunque había un matiz de culpabilidad en la conversación que yo también compartía.

—Ya sabes la respuesta. Sí, claro. Por ti lo haría —dije por fin—. Por nadie más, no quiero mentiras con Alba, pero por ti lo haría. Aunque no te acostumbres, me incomoda mucho.

—Todavía no me has dicho qué has ido a hacer a la torre.

—Terminar lo que tú habías empezado y observarlo de nuevo en su entorno después de que tú lo sacaras de allí. ¿Te cuadra si te digo que hoy no se acordaba de nada? Y con nada me refiero a que no me reconocía.

—¿Cómo dices? —preguntó incrédula.

—No llevaba su sotana. Y tenía el cuerpo molido. Ojeras, barba de un día y se sentía cansado, pero juraría que él mismo pensaba que ha pasado una mala noche de insomnio en su casa-torre. Y desde luego, estaba desconcertado con la existencia de la novela. No recordaba que yo me la había dejado el día anterior. Le costó mucho devolvérmela. Casi me dio pena, la miraba como un objeto sagrado. Cuando le he comunicado las muertes se ha alterado mucho, le han afectado. Cosa curiosa, ni siquiera ha preguntado por los nombres de las víctimas. Diría que lo de las chicas es lo que más le ha descuadrado. Y por cierto: tenemos un genio. Tiene licenciaturas en Historia, Derecho, Económicas y... Psiquiatría. Curioso, decía que todo lo que ha estudiado era útil para su legado familiar.

—Frena un momento, Kraken, que no entiendo nada. Tienes que dejar de darme datos, que hoy ando un poco lenta. Dime, ¿qué tenemos, un sospechoso amnésico?

—No tengo ni idea, Esti. No tengo ni idea.

## 15

# LA VÍSPERA DE SANTA ÁGUEDA

## DIAGO VELA

*Invierno, año de Christo de 1192*

Atardecía ya cuando crucé el Portal del Norte y me dirigí sin perder tiempo a una de las casas más antiguas de la villa en la rúa de las Pescaderías.

Encontré jolgorios y prisas por las calles empedradas cubiertas de nieve virgen. Las mozas solteras se recolocaban los picos de la saya y bajaban a los corrales a recoger huevos que ponían con cuidado en las cestas.

Los mozos, más alterados y expectantes aún que ellas, ensayaban los cánticos entre risas y golpeaban la piedra que pisaban con sus largas *makilas* de avellano, como si los bastones arrancados a los montes les diesen el valor que necesitaban para lo que vendría en la víspera de Santa Águeda.

Aporreé con el puño el portón de la entrada, pero nadie respondió. Cuando me cansé de esperar un grito de «Pasad» que no llegó, empujé la vieja puerta de madera tachonada de clavos y di un silbido. Ella ya sabía que era yo, tantas veces subí antaño por los mismos escalones. Me sacudí la nieve de las botas y entré.

Las sombras lamían las esquinas de la escalera, mi mano fue de nuevo al cinto para comprobar que mi daga continuaba en su sitio, un gesto involuntario del soldado que fui una vez.

Llegué al primer piso, la encontré sentadita junto al alféizar de la ventana mirando las idas y venidas de la rúa pocos metros más abajo.

Sonrió con su boca desdentada cuando me vio.

—Abuela Lucía…

—Mi Diago, mi niño Diago —fue capaz de decir.

Me preocupé en cuanto oí su hilillo de voz. Había envejecido aquellos dos inviernos. Me gustaba creer que el tiempo pasaba de largo cuando la encontraba, pero no era cierto. La recordaba con su cabello gris y su maltrecha dentadura, pero tanto su pelo como sus cuatro dientes se habían ido cayendo como un nogal que se deshoja tras la helada.

Se había encorvado aún más y su chepa la obligaba a tener la cabeza casi a la altura de la barriga. En su esquina junto a la ventana hilaba en una preciosa rueca que le fabricó Lupo el ebanista.

Un pequeño camastro y un arcón que guardaba su escaso ajuar —como alguna saya más ligera para el estío y unas abarcas por si bajaba a la calle— eran todas sus posesiones.

Me acerqué a ella, la abuela Lucía siempre tenía una banqueta vacía a su lado.

Todos los vecinos de Victoria subían casi a diario a visitarla, a llevarle manzanas y nabos mientras ella escuchaba paciente y comprensiva los problemas, las trifulcas, los pecados que no se contaban ni en el confesionario, porque ella nunca reñía ni reprobaba, tanto había visto en su centuria y media de vida.

—Te he traído castañas de Héctor, voy a asarlas mientras pasamos el ratico —le dije, y me acerqué a la lumbre. Con un atizador allané las brasas, me saqué la daga y comencé a picarlas antes de colocarlas sobre el fuego mortecino.

—Fui la única en no creer que habías muerto —dijo feliz, y con sus manos llenas de manchas me sujetó con fuerza las mías.

—¡Qué bien me viene este calor, abuela! —le dije cuando me senté junto a ella.

No era mi abuela, pero estaba allí desde siempre y no había vecino de la Villa de Suso que no la considerase su abuela.

—¿Eso que huelo son *chinchortas* de cerdo asadas? —me dijo de repente como una niña pequeña.

Alcé la cabeza por instinto, de las escaleras subía un olor a dulce, a masa de pan y levadura. Aquel aroma me trasladó a un hogar que hacía tiempo no poseía.

—¡Abuela Lucía, soy yo! —vociferó alguien desde el zaguán.

—Dile que suba, anda —me rogó—. A mí no me alcanza la voz y me quedo ronca.

La tenue luz de las brasas y la vela encendida junto a la ventana apenas dejaban distinguir más que una sombra que se nos acercaba y nos traía aquella torta que olía tan deliciosa.

—¿Estáis asando castañas? —quiso saber.

—¿Alix de Salcedo? —pregunté en cuanto le vi de nuevo la toca de tres picos. Una *tontorra* era para las casadas, dos *tontorras* para las que habían enviudado dos veces. Tres para las que enterraron tres maridos.

Me levanté para dejarle sitio y ella aceptó el ofrecimiento.

—No le digáis a mi abuela que a veces me quito la toca —me susurró con una sonrisa cuando pasó por mi lado y alzó la voz para que la anciana pudiese oírla—. Mi *senior,* ¿os unís al banquete? Donde comen dos, comen tres.

Cómo negarme, arrimé el arcón y me senté frente a ellas.

—¿Es vuestra abuela de verdad? —pregunté interesado.

—La abuela de mi abuela, en realidad. Dice que era una chiquilla cuando se construyeron las murallas en los tiempos del rey Batallador. Si las cuentas no me fallan, tiene más de ciento sesenta años.

—Jaun Belaco, tu bisabuelo —me dijo la abuela Lucía, y sonrió con la boca llena y desdentada—. Él pagó la muralla con el dinero de la ferrería, él contrató a dos maestros canteros que vinieron de Estella. Casi cuarenta peones y diez mozas. Carpinteros, boyerizos, oficiales... Se alquilaban a jornal y pagaba veintidós dineros si el hombre venía con bestia, siete si venía solo. Yo transportaba agua desde el pozo y me pagaba cuatro dineros, casi como a una moza. Las obras duraron más de diez años hasta que quedaron acabadas. Muchos se quedaron a vivir, la Villa de Suso se hinchó. Graciana de Ripa, Pero de Castresana, Bona de Sarasa... Algunos de los que esta noche van a rondarte son descendientes de aquellos, Alix. Qué pena que el conde muriera en su plenitud, sin llegar a anciano. Yo era una niña, pero estaba enamorada de él, lo lloré mucho. Se preocupaba por todos, en aquellos tiempos no éramos ni doscientos en la aldea y todos éramos parientes. Lo recuerdo igualico a ti, y mucho después, su nieto también se parecía a ti. Los mismos ojos azules, hasta el mismo olor.

Alix bajó la mirada y sofocó una sonrisa cuando escuchó lo del olor. Si había alguna chanza allí, no la entendí.

—¿Y por qué no me acuerdo de vos antes de partir de la villa hace dos años?

—Tenía dieciséis, *senior,* pero florecí muy tarde. He cambiado mucho en dos veranos.

—¿Dos veranos y tres maridos? —pregunté sin pensarlo, y al momento me arrepentí—. Lo siento, tal vez estéis harta de hablar de los tres maridos difuntos.

—Sí, ya sé lo que dicen de nosotras: «Viuda lozana, o casada, o emparedada o sepultada».

—Nunca estuve de acuerdo con el dicho, ¿qué necio se ha burlado de vos por haber enterrado a tres hombres?

—Da igual, no ha sido solo uno. Antes de que os lo cuenten, prefiero que lo oigáis de mi boca. Casé con Liazar Díaz, era tan mozo como yo. Se lo llevó el fuego de San Antón. Llevaba el horno de la rúa de las Tenderías. Se empeñaba en pesar él mismo los sacos y no el criado al que pagábamos para ello. Era animoso y no desfallecía nunca de cansancio. Una mañana lo encontré en el granero, se movía como si estuviera poseído por un demonio, así que lo cuidé y no se lo conté a nadie, salvo a la abuela Lucía. Después comenzó a ver barcos navegando por las calles y árboles que caminaban en los Montes Altos. Fue vuestro primo Gunnarr quien me calmó y me dijo que era el centeno del granero, que se había contaminado de cornezuelo. Me contó que en tierras de los normandos lo había visto en algunos guerreros que lo tomaban para volverse locos y tener visiones como los santos y luchar asustando a los enemigos. —Apretó los dientes.

La abuela le sujetó la mano, sabedora de que todavía le escocía.

—Lloré mucho a Liazar cuando murió y encargarme del horno me ayudó a tener la cabeza ocupada. Pero estaba preñada y su hermano Esteban me rondó hace dos años, esta misma noche de Santa Águeda. Nos desposamos enseguida, y seguí ocupándome de la panadería. Las desgracias vinieron juntas. Se lo llevó el letargo, fue quedándose encamado hasta que dejó de respirar. Del disgusto perdí a la criatura de su hermano y casi el gusto por hornear pasteles. Después vino Ximeno Celemín, armero de la fragua de Lyra Vela. Nos pasábamos todo el día en los hornos, yo con panes, él con clavos y herraduras. Hace medio año hubo un incendio, se dice que alguien aventó aposta la paja un día de viento sur. Se habló de que fueron los Mendoza, los que viven en la rúa de la Çapatería. Cuando murió abrasado, vuestra hermana Lyra me pidió que yo fuera la maestra ferrona, tal y como lo fue mi padre. Desde entonces me encargo de la fragua.

—En esta villa cada vez que hay una desgracia aparece un dedo que acusa a los vecinos del otro lado de las cercas —me dijo la abuela con tristeza—. Malditas cercas. ¿No puedes desfacer lo que hizo tu bisabuelo y echar abajo estas cercas?

—Las cercas nos protegen, abuela Lucía —contesté.

—¿De quién?

—De los enemigos allá afuera.

—Nunca hemos sido atacados.

—Hace cuatro centurias, cuando solo estaba la ferrería, el pozo y la casa grande de los primeros Vela, los sarracenos venían después de la cosecha y sus razias lo arrasaban todo. Los Vela ni siquiera vaciaban los graneros. Los abandonaban, se ocultaban en los Montes Altos durante unos días con los niños y los ancianos y volvían a empezar cuando ellos marchaban. Hasta que un año no fue suficiente. Lo quemaron todo. Las casas eran cuatro palos de madera, los techos de paja. Y los Vela empezaron de nuevo. Siguieron adelante. Construyeron zócalos de piedra en los bajos de las casas, las hicieron más altas y más seguras. Pero las cercas eran necesarias. Los sarracenos todavía pueden atacar, tal vez no ahora, con un rey tan hábil con la diplomacia como el que tenemos, y tal vez no los castellanos, Alfonso el Noble está respetando los tratados firmados. Pero esta villa necesita una muralla.

—¿Y quién nos protege de matarnos entre nosotros, joven Diago? ¿Los de la vieja Gasteiz y los de la Nova Victoria? ¿Los nobles que cobran pechas y los comerciantes que solo quieren vender en paz lo suyo?

—Nadie está matando a nadie, abuela.

—No, claro que no —dijo, y miró hacia la calle. El resplandor de las antorchas se colaba por la ventana y jugaba a dorar sus hebras centenarias.

Pero sonó como un: «Sí, claro que sí, y tú lo sabes». Me revolví inquieto y fui a rescatar las castañas del fuego. Alix se levantó a ayudarme.

—Quería preguntaros algo de la noche que volví —le pregunté en voz baja mientras movía las castañas con el hierro—. ¿Con quién brindaba el conde de Maestu cuando llegamos a la verba de futuro? No pude fijarme en sus rostros y estaba... a otra cosa.

—Con los hidalgos: los hermanos Ortiz de Zárate y también con Ruiz, el hijo de Ruy de Maturana. Aunque no parecía una charla amable, últimamente chocaban por todo en el concejo.

—¿El difunto Ruy de Maturana consiguió la hidalguía? —pregunté extrañado.

—Hidalgo de bragueta: tuvo siete hijos varones, el último justo después de vuestra marcha. Aunque han ido muriendo todos y solo queda vivo Ruiz.

—Os agradezco que me lo contéis, y también os agradezco la cena —dije mientras me agachaba y sacaba las castañas de entre las brasas.

—Os he visto entrar por el Portal del Norte y venir a casa de la abuela Lucía. Quería que os sintierais bien, aunque fuera solo por un rato. Durante el entierro del conde de Maestu olíais tanto a soledad que quise preparar algo para calentaros un poco el ánimo.

Levanté los ojos, no sé si sorprendido o algo avergonzado.

—No os preocupéis por mí. Después de vagar por caminos polvorientos, por fin estoy en mi hogar, rodeado de mi familia.

—Pero tenéis el alma apaleada. Estaba presente, con vos, en la verba de futuro de Onneca y vuestro hermano. Nunca vi unos ojos tan tristes como los vuestros. Ojos de viudo, yo tenía los mismos cuando perdí a Liazar.

Me levanté incómodo.

—No estoy viudo, mi buena Alix. Y les deseo una vida muy larga a mi hermano y a su esposa.

Le entregué algunas castañas quemadas, pero sus manos parecían acostumbradas al calor del horno y no las apartó. Al contrario, notó algo, me miró extrañada y se acercó un poco a mi pecho.

—Siempre oléis a lavanda, pero hoy oléis aún más. ¿Os habéis rebozado en ella?

Recordé la planta de lavanda junto a mi tumba vacía, junto al molino abandonado. Recordé que caí de espaldas con el peso de Onneca y enterré aquel recuerdo.

—Vamos, la abuela todavía tiene hambre —contesté.

—Esperad, no oléis solo a lavanda. Ya decía yo, también a harina, harina rancia. Y a..., ¡oh, mi buen conde!

—¿Qué?

—Oléis a mujer. —Sacudió la cabeza y me miró como si no tuviera remedio.

Tomó un puñado de castañas calcinadas y se dirigió a la esquina de la abuela.

—Tal vez tenga que hornear un pastel de venado a vuestro hermano para consolarlo —me pareció escuchar que decía para sí mientras se acercaba a la abuela Lucía.

La abuela miraba atenta las idas y venidas de los mozos por la calle, masticando una *chinchorta* con sus encías desnudas.

En silencio, con una sonrisa que no supe descifrar, abrió el arcón y sacó una madeja de lana roja. Después se sacó una pequeña daga de un bolsillo oculto en los pliegues de su saya, cortó tres hilos del ovillo, les hizo un nudo y comenzó a trenzarlos sujetando el hilo entre las dos rodillas.

No le preguntamos, dimos cuenta entre los tres de las castañas mientras charlábamos de la última nevada.

Tuvimos que callar cuando las campanas de Santa María comenzaron a tañer. El ruido espantaba a los *gauekos*, los espíritus de la noche que ya había extendido su manto sobre nosotros. Había encargado al párroco, Vidal, un muchacho sumiso y delgado que a todo decía que sí, que obsequiase a los solteros con un cántaro de vino, como era costumbre.

Empezó a escucharse una de las canciones de los mozos. Todos los años comenzaban formando un corro cerrado en el camposanto junto al pozo, y el retumbar de los largos bastones contra la piedra de las losas imponía un silencio reverente.

Alix no quiso asomarse a la ventana, pese a que la casa de la abuela era la primera que rondaban. El vozarrón solemne de los solteros se dejó oír:

*Con consentimiento de Dios*
*y permiso del alcalde*
*hemos salido a rondar*
*sin hacer mal a nadie.*

Cuando el golpe de las *makilas* cesó, amortiguado por la nieve, un silencio de ultratumba llenó el lugar. Los mozos esperaban su pitanza.

—¿Podéis bajarles vos estas sartas de chorizos? —me pidió Alix.

—¿No vais a dejar que os ronden? —pregunté extrañado.

—No, no quiero más maridos. He renunciado a eso.

—Pero sois muy joven aún.

—Seré joven, pero anciana en duelos. Ya he organizado más entierros que la mayoría aquí. Y además, algunos ya murmuraron con mi segundo marido. Con el tercero muchos hombres empezaron a mirarme de reojo con miedo. Se habló de denunciarme por envenenadora, pero muchos en la Villa de Suso dependen del trabajo que sale de la fragua y no pueden pasar sin el jornal. Eso también molesta a algunos. Pero nada los detendrá si caso por cuarta vez y enviudo. ¿Cuánto creéis que tardarán en ahorcarme por matamaridos? Bajad, buen conde, que yo me quedo con la abuela.

—Así haré, no temáis. De hecho, voy a unirme a los mozos —me apresuré a decir.

—¿Vos?, ¿estáis seguro?

—Soy soltero, ¿verdad? —contesté con una sonrisa—. Pero necesito que me hagáis un favor. ¿Podéis bajar al zaguán conmigo? Yo les daré los chorizos y ellos no os verán.

—Si solo es eso… —murmuró Alix no muy convencida. Se encogió de hombros y bajó conmigo al recibidor.

Busqué en las sombras del zaguán de la abuela algún palo que pudiera servirme de *makila*.

Desde la oscuridad del portal nos quedamos observando a

los mozos que esperaban fuera con las antorchas. Aquella noche Madre Luna estaba plena y las calles nevadas reflejaban suficiente claridad como para ver los rostros de todos.

—El de los ojos saltones es Ruiz, ¿verdad? —le susurré a Alix al oído. Desde mi partida no lo había visto aún.

—El mismo, seguro que hoy espera recompensa en algún pajar —murmuró Alix sin mirarme.

En la rúa una docena de jóvenes reían mientras decidían si la próxima casa en rondar sería la de María Bermúdez o la de Sancha de Galarreta, la mayor del calcetero.

Salí a la calle y vacié la cesta de chorizos. Varios mozos cargaron la ristra en un gran canasto que acabaría la noche lleno de panes, huevos y conejos.

—Voy con vosotros —anuncié mientras me colocaba junto a Ruiz de Maturana.

—*Senior* Vela, me alegra que estéis de vuelta. Muchos os han añorado en la villa —comentó con una amplia sonrisa. Demasiado amplia, demasiado tensa.

—Conocí a vuestro padre, un buen hombre.

—Sí, era un buen hombre —confirmó no muy convencido.

Avanzamos hasta la siguiente casa, formamos en círculo y continuamos con los cánticos al son de los robustos bastones golpeando en el suelo y horadando su huella redonda en la nieve.

*Esta noche de Santa Águeda*
*por no poderlo olvidar*
*hemos salido de ronda*
*los mozos de este lugar.*
*Como los antepasados*
*solían acostumbrar*
*para que los venideros*
*no lo puedan olvidar.*

Una muchacha rubicunda y su madre se asomaron a la ventana del primer piso. Reconocí a la mujer, era Milia la difuntera. Se encargaba de buscar cirios para iluminar la capilla cuando depositaban a los finados y el pan para las ofrendas. Nunca le faltaba labor y menos en invierno. Pese a su trabajo, era una mujer risueña y le sacaba un chiste a todo. La hija de Milia lanzó una hogaza y un par de mozos se pelearon a codazos para atraparla en el aire y agradecer a la chiquilla su contribución.

—Vuestro padre y yo teníamos a veces tratos, no sé si ahora sois vos quien lleva sus asuntos —murmuré al oído de Ruiz mientras reíamos como los demás y continuábamos con la ronda.

—¿Qué asuntos?

—Asuntos de hombría... Sin paños calientes, ¿tenéis alguna miaja de escarabajo aceitero?

—Me queda una.

—Quisiera dos o tres.

—Pues para eso tendrá que ir al mesón de la Romana.

—De ahí vengo. —Me crucé en mitad de la calle, los mozos habían avanzado hacia el Portal del Sur y no repararon en dos sombras rezagadas.

—Entonces no sé para qué me quiere —dijo mientras se encogía de hombros y empezaba a silbar una melodía que no reconocí.

—Para que me aclaréis qué habéis hecho con las tres miajas que no tenéis y que comprasteis.

—Las he usado con una casada y no diré el nombre para que el cornudo no me apalee.

—Mentira. Una miaja os mantiene enardecido dos días y sus dos noches. Comprasteis tres hace tres noches. Elegid bien la mentira que vais a contarme, hijo, porque el asunto es grave.

—¿Y por qué debería ser grave el uso que yo les dé a los polvos?

—Es grave si las dos miajas que faltan se las echasteis a la copa del conde de Maestu y por eso murió con las entrañas reventadas.

Sonrió de una manera que no me gustó nada. Siempre sonreía. No había manera de que dejase de sonreír.

—Eso no se puede probar.

—Eso ya lo he comprobado y se puede volver a abrir al conde para que el concejo lo vea.

—De acuerdo —dijo al fin a regañadientes—. Soy culpable de dos pecados: lujuria y avaricia. Me quedan dos miajas, no las quería compartir con nadie, por si de esta noche de revolcones salen varios más los próximos días. Pero sois mi *senior* y conozco la fama de vuestra mente afilada, no hay manera de engañaros. Os daré la miaja que llevo encima, la otra la guardo en casa, y vos me la pagáis con generosidad. Esta noche ya estoy entonado, no creo que necesite polvos para arrancarle unos gritos a la hija pequeña del cuchillero.

»Sujetadme la antorcha. —Me tendió el madero y nos apartamos hacia la huerta de Pero Vicia, el albardero. Se sacó de dentro del coleto una pequeña bolsa de cuero, se acercó a mí y silbó.

Comprendí el motivo de su silbido demasiado tarde.

Me tendió la bolsa. Yo estaba alerta, pero no lo vi venir. El maldito muchacho tomó la *makila* y mientras yo comprobaba que la bolsa estaba vacía me sacudió en mis partes con la vara.

Me doblé en dos, sin aire, y entonces dos sombras venidas de la nada me golpearon con saña. Una vez en el suelo, Ruiz me pisoteó el cráneo. Después de la paliza, los otros dos desaparecieron a mi espalda y quedé tendido en mitad de la rúa de las Tenderías mientras Ruiz escapaba hacia la muralla.

A duras penas pude levantarme. La nieve había apagado la antorcha, pero la misma nieve me guio hasta el Portal de la Armería.

Seguí como pude las huellas de las botas de Ruiz, mareado y sujetándome las costillas. No soltaba mi *makila,* ahora estaba más que dispuesto a usarla.

«Cazaré al asesino de tu padre, Onneca.» Solo era capaz de pensar en eso. En Onneca, en los polvos, en su padre.

A lo lejos oía el jolgorio de los mozos, pero bajé por el cantón de la Armería en silencio, atento a cualquier ruido porque sabía que Ruiz tenía que estar cerca.

El enorme portón, la salida de la Villa de Suso hacia el camino de la Cruz Blanca y la aldea de Ali, estaba cerrado y no vi a nadie vigilando por el paso de ronda. Supuse que se habrían unido a los mozos, no podía contar con ayuda.

Me acerqué a la escalera de la torre, las huellas acababan allí. Golpeé en la oscuridad con mi largo bastón y un cuerpo que no pude distinguir salió de las sombras, me lanzó una patada al rostro que esta vez sí que esquivé y subió por los dos pisos de las escaleras de madera hasta que salió al paso de ronda.

Lo seguí, pese al dolor del costado y al retumbar de mi cabeza golpeada.

—¡Alto, Ruiz! —grité, pero el muchacho no frenó y corrió a la altura de las almenas hasta que llegó a la otra torre.

Alguien oyó mis gritos, porque apareció un guardia y le cerró el paso con su pica.

El muchacho dio media vuelta y quedó entre nosotros, atrapado.

—¡Está bien, me entrego! —gritó.

Pero en cuanto me acerqué, el hijo de Ruy tomó impulso y se lanzó muralla abajo, por fuera de la villa.

Ocho varas de caída. Calculé que Ruiz sobreviviría, aunque yo estaba demasiado apaleado como para lanzarme. Tomé la *makila* como si fuera una lanza y apunté al muchacho, que acababa de levantarse después de rodar cuesta abajo.

Madre Luna de nuevo me ayudó, lancé la vara de avellano al cuerpo que corría hacia el camino. Lo golpeó en la espalda con fuerza y cayó sin aire.

—¡Abrid el portón y venid conmigo, deprisa! —ordené al guardia—. Hay que llevar a Ruiz de Maturana a la cárcel.

—¿Con qué cargo, *senior*?, ¿ha vuelto a propasarse esta noche con alguna muchacha?

—Eso habrá que preguntarlo en la villa. Por mi parte, lo acuso formalmente de matar al conde Furtado de Maestu.

# 16

—

## SANTIAGO

## UNAI

*Octubre de 2019*

—La niña ha muerto —me dijo Esti cuando cogí el móvil.

—¿Ha muerto? —repetí incrédulo.

Había pasado ya más de una semana desde su liberación y precisamente me dirigía hacia el hospital. Contaba con el testimonio de Oihana, contaba con que nos diese algo de luz acerca de quién las había secuestrado.

—Su cuerpo no lo ha resistido, estaba demasiado deshidratada cuando la encontraron. De todos modos, las secuelas en el cerebro iban a ser importantes, aunque ella seguía luchando. Hasta esta mañana. Un fallo multiorgánico se la ha llevado por delante. Los médicos han dicho que respirar durante tantos días el dióxido de carbono ha sido letal. No imaginas la impotencia que siento ahora mismo —dijo mi compañera, y sus palabras sonaban como piedras.

La conocía, no me hacía falta tenerla delante para detectar todos los matices de la rabia.

—¿Dónde estás? —fui capaz de preguntar, tampoco es que tuviera ganas de mantener una larga conversación.

Dos chicas emparedadas.

Maldito enfermo.

—Estoy en el hospital de Santiago, en su habitación. Había venido a preguntar por ella y me he encontrado con todo esto.

—Espérame ahí, yo estoy cerca —la corté, no quería hablar

nada de aquello por teléfono—. Ahora me mandas el número de la habitación por WhatsApp.

Apresuré el paso por Postas y por fin crucé el umbral del hospital, un edificio con arcos blancos y suelo de damero. Fue entonces cuando llamó Alba.

—Unai, ha muerto. Estoy aquí, en el hospital —fue capaz de decir, pero su voz sonaba demasiado alterada. Por una vez ella estaba más fuera de sí que yo.

—Lo sé, lo sé. Me acabo de enterar, estoy aquí abajo. ¿Cuál era la habitación?

—La habían trasladado esta noche, está en la 317.

—Estoy subiendo, ahora mismo llego.

A todos nos afectaba cuando la víctima era menor. Y para Alba y para mí era el primer caso con menores fallecidas desde que éramos padres. No hay cursillo que te dé herramientas para afrontar eso. Imagino que se trata de hacer callo.

Esperaba encontrar también a Estíbaliz y a los padres cuando llegué a la habitación, pero solo vi a Alba. Estaba sentada en el sofá de piel verde. Derrumbada.

En la cama no yacía una menor. Era su madre, Nieves.

Una dama blanca, entregada ya a la muerte. Así había muerto.

—¿Qué ha pasado? —acerté a decir.

—Un infarto cerebral. Ha sido masivo. No han podido hacer nada. —Alba pronunció las palabras en voz alta, muy lentamente. Yo sabía que se las estaba aprendiendo. Para repetirlas. Para no olvidarlas. Un escudo, una magnífica actuación, como las de su madre.

—Ven aquí, lo... lo siento mucho. Lo si... siento muchísimo. —Algo se cortocircuitó allí arriba, porque mi afasia de Broca volvió por unos momentos en formato de pesadilla.

Abracé a Alba, ese tronco que nunca se quebraba, y mandamos a las palabras a tomar por saco. Dos huérfanos en primera línea de fuego, como decía siempre el abuelo. Ahora estábamos solos de verdad, sin padres ni madres. Solos.

La abracé durante un buen rato, pero Alba ya estaba muy lejos.

Muy muy lejos.

Un par de vidas después, veinte minutos según mi móvil, Alba emergió de nuevo y se puso a decir incongruencias que yo escuché con paciencia de consorte:

—¿Sabes cuál fue la última conversación que mantuve con ella? Me contó que este hospital en realidad comenzó como el hospital de la Virgen del Cabello y fue un empeño de la esposa de Fernán Pérez de Ayala, María Sarmiento. Habían heredado el sentimiento protector por la ciudad. Como tú, no puedes evitarlo. Si hay una muerte en Vitoria, no vas a poder quedarte en la comisaría de Laguardia sin hacer nada. Sufrirías, ¿tengo derecho a pedirte que renuncies a tu esencia? No quiero que vivas frustrado toda tu vida, esto es lo que eres. Creo que mi madre encontró lo que le hacía feliz. ¿Sabes lo que me decía desde pequeña?: «Sé lo que solo tú puedes ser. Haz lo que no puede hacer ningún otro». Solo tú puedes hacer lo que hace Kraken, solo tú pudiste resolver el caso del Doble crimen del dolmen veinte años después. Y el de Los ritos del agua. Esto es lo que eres, esto es lo que se te da bien.

—¿Me estás dejando? —susurré.

—No, no por mi parte. Pero no puedo exigirte que me apoyes en esta decisión.

—Voy a apoyarte, Alba. ¿Cómo no iba a hacerlo? Estoy contigo, no estás sola. ¿Te vas a llevar a Deba?

Asintió.

—Si te parece bien, la sacaré de la guardería y vendrá conmigo. Tengo unos días de permiso por defunción. Voy a dejar a Estíbaliz al cargo de la investigación. Tenéis mucho trabajo por delante, pocos indicios físicos y tres crímenes sin motivación clara.

—Lo sé.

—¿Vendrás todos los días a visitarnos?

—Son cincuenta minutos en coche. No nos van a separar cincuenta minutos en coche.

# 17

## LA CATEDRAL NUEVA

## UNAI

*Octubre de 2019*

Doce de la mañana, el entierro de Nieves había concluido. No voy a entrar en detalles porque el dolor que vi en Alba me lo quedo para mí. Estíbaliz también estaba muy tocada y tuve que sujetarla, a espaldas de Alba, cuando le dio por propinar unas cuantas patadas a un nicho abandonado que se cruzó por su camino. Alba leyó el poema de Maya Angelou: «... y aun así, como el polvo... me levanto». Después marchó con Deba hacia Laguardia. Yo me dirigí a Vitoria. A un lugar muy concreto de Vitoria. A las escaleras de la Catedral Nueva, en busca de un joven *skater*.

Conté nueve, una buena cuadrilla. Gorras, capuchas, *piercings*. Ni rastro de MatuSalem.

Matu era mi asesor informático extraoficial. Al que acudía solo si —y recalco el «solo si»— era estrictamente necesario y Milán se daba contra un muro en una investigación en curso, como era el caso.

Era arisco, huraño y malhablado. Yo le tenía un respeto de muerte. No solo por el genio prematuro de aquellas neuronas en estado de gracia, también por tener sus puntos de vista más claros que muchos adultos y por haber sabido rectificar a tiempo una incipiente carrera delictiva que lo metió en prisión con dieciocho recién cumplidos por fraude con tarjetas de crédito. Tasio Ortiz de Zárate, condenado desde hacía veinte años por el Doble crimen del dolmen, lo había acogido bajo su ala protectora y nadie había tocado al chico durante su estancia entre rejas. Y le era leal desde entonces.

A mí me hacía favores a regañadientes, pero era el único al que podía acudir desde que Golden Girl, mi otra *hacker* de cabecera, había desaparecido del mapa con todas sus identidades falsas tras el caso de Los ritos del agua.

Observé a los chavales desde un banco del parque de La Florida junto a un enorme tejo que me traía muy malos recuerdos. Estaba a punto de irme cuando lo vi llegar a los pies del templo desde mi discreto escondite. Más de dos años sin verlo y seguía pareciendo un crío. Había superado ya los veinte, pero se mantenía bajito, enclenque y barbilampiño. Tenía rostro de dibujillo manga, ojazos grandes de ciervo y el pelo teñido de azul bajo tu eterna capucha blanca. Lo reconocí por la tabla del patriarca bíblico, Matusalén. Tenía buena mano para los pinceles, solía participar en la Brigada de la Brocha, una cuadrilla de voluntarios que decoraba con murales las fachadas de la ciudad.

MatuSalem era paranoico por deformación profesional, captó mi presencia a veinte metros y me hizo un gesto para que no me aproximase demasiado.

Le hice caso y me quedé en el banco viendo pasar las palomas, y al cabo de un rato la voz adolescente de MatuSalem me ordenó a mi espalda:

—Al Jardín Secreto del Agua.

Obedecí como un corderito. Tenía uno de esos días mansos, sería porque acababa de enterrar a mi suegra y no estaba para hostias.

Crucé sin prisas el parque. La gente circulaba en bicicleta, los jubilados arrastraban el carrito de la compra, los perros guiaban a sus dueños por aquel laberinto de gigantes vegetales. Resumiendo, que la vida continuaba, indiferente al vacío que Nieves dejaba en unas cuantas vidas que me importaban, me importaban mucho.

Traspasé la reja del Jardín Secreto del Agua, un espacio solitario con cientos de plantas que formaban un mosaico cuadrado a mis pies.

Al cabo de un buen rato MatuSalem apareció bajo su capucha blanca mirando sobre sus hombros.

—No sé ni cuántas veces te he dicho que no quiero que me vean con un madero —me increpó entre susurros.

—Lo sé, Matu. Y siento acudir a ti. Necesito que me busques un nombre, para ti es pan comido. Para mi División, una quimera.

—No quiero que me sigas pidiendo ayuda, siempre que me lías acabo haciendo lo que no debo —murmuró.

—Es por las chicas.

—¿Qué chicas? ¿Las que desaparecieron?

—¿De qué otras chicas podría estar hablándote un inspector de Investigación Criminal?

—¿Qué sucedió con ellas? La prensa no cuenta nada, solo que Estefanía apareció muerta y la pequeña murió ayer. Yo conocía de vista a Fani, mi novia andaba a veces con su cuadrilla. Estos días no hablan de otra cosa.

—Sí, aquí todo el mundo se conoce. Y respondiendo a tu pregunta: sucede que un tipejo las emparedó vivas. En el Casco Viejo. Mientras tú y yo nos íbamos de marcha y nos tomábamos un carajillo, esas chavalas gritaban en un piso de la Cuchi, varios metros por encima de nuestras cabezas. Nadie las oyó. Ni tú, ni yo, ni los vecinos. Ni su cuadrilla, que seguramente pasó por delante del portal y por debajo de la ventana de aquella habitación. Murieron de hambre y de sed. Oihana vio morir a su hermana mayor. Convivió con su cadáver durante varios días en seis metros cuadrados. No pudo decirnos nada, estaba muy grave cuando la encontramos. Pero tú sí que puedes aportarnos un poco de luz.

La cruda verdad lo conmocionó. Lo noté porque pese a su pose de chiquillo indiferente tragó saliva varias veces y le tembló la barbilla imberbe.

—¿Y yo podría dar con ese mamón?

«Podría», en condicional. La posibilidad estaba entrando ya en su cerebro. Apreté un poco más las tuercas de la manipulación.

—Con la punta de tus dedos. ¿Usarás tus superpoderes, al menos como ayuda póstuma a Oihana y Fani?

Matu se metió las manos en los bolsillos y empezó a darles pataditas a unos guijarros, nervioso.

—¿De qué se trata? —preguntó por fin.

—Un correo que fue enviado desde cierto lugar y que desencadenó este Infierno de Dante. Quiero saberlo todo del autor de ese mensaje. Quiero pararlo. No quiero más ataúdes blancos.

—Ya me estás liando, Kraken. Quiero estar alejado de todo eso. Y no hay forma contigo. Vienes, me engatusas, me usas y te vas. Sé que es por una buena causa, pero tú elegiste ser madero, no yo.

—¿Qué quieres a cambio?

—Si es que no lo pillas. No me estoy poniendo un precio, no me estoy haciendo el duro, no estoy negociando. Te estoy diciendo que no, que quiero vivir al margen de todo eso.

—Y yo también. Yo también querría. Pero, de tanto en tanto, hay peña que mata en esta ciudad, y si todo el mundo quiere vivir al margen de todo esto, le damos bufé libre para hacer daño a todo psicópata que cruce la línea roja…, y yo no soporto la impunidad, tío.

Matu se levantó, pisó un extremo de su tabla y me miró como cuando se desprecia a un camello por llevar mala mercancía.

—Que no, Kraken, que no me líes más. Que tu mundo es muy oscuro y tú lo has elegido, pero no es el mío. *Agur.*

—*Agur* —contesté a regañadientes.

Genial. Un chavalillo con altas capacidades me daba lecciones de vida que yo no iba a aprender ni aunque viviera cien años.

Frustrado, salí del jardín y tomé el tranvía hacia el despacho de Lakua. Tenía una reunión a la que no podía faltar.

Media hora más tarde cerrábamos la puerta de la sala de reuniones. Nos acompañaban Milán, Peña, Muguruza, de la Científica, y la doctora Guevara, la forense. Estíbaliz parecía un poco más entera que durante el entierro de Nieves. Me ordenó sentarme con la mirada y tomó la palabra:

—Como saben, la subcomisaria Salvatierra se va a ausentar unos días y me ha dejado al mando de las dos investigaciones abiertas. Esta es una puesta en común de todo lo que hemos avanzado en el caso de Antón Lasaga y en el caso Frozen, que ha terminado de la peor de las maneras. Subinspector Peña, comenzamos con el caso de Antón Lasaga. ¿Qué tenemos?

—La jueza nos permitió hacer un seguimiento a los cinco hijos e intervenirles el móvil para monitorizar los movimientos y llamadas de los días anteriores y posteriores al envenenamiento de su padre. No hay nada que nos lleve a pensar que alguno de ellos puede estar implicado. Hemos puesto especial interés en los movimientos de Andoni, el primogénito que acusó a su hermana Irene, pero no tiene antecedentes de drogas y ningún contacto fuera de la ley. Tan solo lleva un nivel de vida muy alto y acumula algunas deudas. Hemos comprobado la coartada de Irene y efectivamente se pasó el día trabajando. Hemos entrevistado a los quince amigos cercanos que ella nos remitió en el listado que le pedimos y no hemos encontrado nada anormal. Un hombre muy centrado en el trabajo y en sus rutinas.

—Agente Martínez —pregunté a Milán—, ¿ha comprobado si tenía algún pleito por propiedades en la zona de Valdegovía?

—Sí, y no aparece nada a su nombre ni al de su empresa. Sus hijos lo confirmaron.

—¿Y han investigado su segundo apellido? —le pregunté.

—No ha hecho falta. Su hija nos facilitó el árbol genealógico completo. No pertenecen a ningún linaje alavés, ninguna coincidencia con apellidos que aparezcan en la novela, si es lo que quería comprobar, inspector. Pero tengo algo interesante: me entrevisté con la directora del Museo de Ciencias Naturales, en la torre de Doña Otxanda. Estaba bastante preocupada, me dijo que no solo habían robado los doscientos coleópteros. También otras vitrinas habían aparecido manipuladas y estaban haciendo inventario por si faltaban más piezas. Me facilitó el albarán del lote de insectos robados. Pueden ver una copia. —Y dejó sobre la mesa un documento metido en una funda de plástico y un post-it naranja con una gran flecha y la palabra «AQUÍ».

—*Lytta vesicatoria*—leyó Estíbaliz—. Escarabajo aceitero. Así que alguien robó un par de semanas antes la materia prima para conseguir un veneno poco común con el que se ha asesinado a Antón Lasaga. Es un indicio. No sé si la jueza nos lo aceptará. Es muy fácil de echar por tierra en la vista oral. Que se haya robado ese insecto en Vitoria no quiere decir que quien lo hizo sea el asesino. Y el robo se investigó y no hubo sospechosos. En la Inspección Técnica Ocular su equipo cruzó todas las huellas que encontró con las bases de datos y no hubo coincidencias, ¿no es así, Muguruza?

El responsable de la Científica asintió.

—En resumen, que el expediente sigue abierto. Y no tenemos ningún avance.

—Puede que yo tenga un hilo del que tirar —intervino Peña alzando un dedo tembloroso.

—Adelante —le rogó Estíbaliz.

—El día de la presentación de la novela hubo otro evento en el palacio de Villa Suso. Una reunión de empresas alavesas un par de horas antes. El asistente de Antón Lasaga me ha confirmado que el finado acudió, pero estoy a la espera de que la organización del evento me envíe el listado de todos los empresarios que estaban invitados. Lo más interesante de todo es que se ofreció un *cóctel*.

—Esto es relevante porque coincide con la hora de la ingesta de la cantárida, y lo que encontré en el estómago a medio digerir cuadra perfectamente con lo que pudieron ser unos canapés: salmón, huevas, boletus… —leyó la doctora Guevara en su informe.

—Así que es posible que alguien le suministrase los polvos de la cantárida en alguno de esos canapés —dijo Estíbaliz.

—En la salsa de boletus, por ejemplo —asintió la doctora—. Se lo podía haber comido de un bocado y, pese a notar un sabor desagradable en la salsa, lo ingirió igualmente.

—¿Eso es posible? —intervino Milán con la nariz arrugada—. ¿Puede decirnos cómo sabe la cantárida?

—No he encontrado mucho en la literatura forense, pero he investigado esa cuestión, y dado que es un estimulante amoroso muy usado en el pasado, he hallado un fragmento que menciona a Germana de Foix. Era la segunda esposa de Fernando el Católico, tenía dieciocho años y era muy fogosa, según dicen las crónicas, o tal vez solo muy insistente con el viejo rey para que antes de morir le diese un heredero pese a sus problemas eréctiles. Germana habla de «esos asquerosos polvos pardos que se toma el rey en sus brebajes». De ahí podemos deducir que el sabor no era bueno, pero era tolerable.

—La pregunta que queda en el aire es: ¿esa cantárida estaba destinada a Antón Lasaga o al envenenador le servía para su propósito cualquier empresario? —dije—. A estas alturas es evidente que tenemos sobre la mesa tres homicidios con un *modus operandi* no habitual y que las similitudes con la forma de morir en la novela que se presentó el día de la muerte del empresario son demasiado obvias como para que las pasemos por alto en nuestra investigación.

—¿Y si se buscaba que fuese un empresario cualquiera y que muriese ese mismo día y en ese mismo lugar?

—Muy bien, Peña —lo animé—. ¿Para qué?

—Para relacionar la muerte con la novela, está claro.

—¿Quién pudo echar la cantárida a la comida? —pregunté a todos.

—Cualquier empleado del servicio de *catering* o cualquiera en las cocinas —dijo Estíbaliz.

—Alguien de la limpieza de Villa Suso o el bedel —añadió Milán.

—¿Alguien disfrazado de monja? —preguntó Peña.

—¿Con qué propósito podría alguien disfrazarse de monja? —insistí.

—Para que nadie identificase su rostro gracias a los hábitos y porque el mercado medieval daba una estupenda cobertura de disfraces —respondió.

—No nos liemos, también pudo echar los polvos al canapé cualquier empresario —lo interrumpí—. Necesitamos esa lista, Peña.

—¿No estuvieron en la casa-torre de Nograro a comprobar el asunto de los hábitos de la dominica? —preguntó Milán.

—Así es, pero esos hábitos se expusieron en una muestra temporal y ahora ya no están tras las vitrinas —dijo Estíbaliz—. De todos modos, volveré a la torre a preguntárselo al dueño. Adelantándome a sus preguntas, tanto el inspector como yo hemos tenido varias entrevistas con él, dado que el correo desde el que se contactó con el editor de la novela se envió desde esas coordenadas geográficas, pero él ha negado tal contacto y ha negado también ser el autor de *Los señores del tiempo*.

—Agente Martínez, ¿comprobó si Ramiro Alvar de Nograro tiene un número de móvil a su nombre? —dije.

—He consultado en todas las operadoras de telefonía móvil y, efectivamente, debe de ser la única persona del planeta sin móvil —resumió.

—¿Y la empresa Diego Veilaz, S. L.? —pregunté a Peña.

—Curioso. Una broma. El editor firmó sin comprobarlo en el Registro mercantil. No existe. NIF falso.

—Así que, definitivamente, el autor no estaba interesado en publicar para ganar un solo euro con su novela. Su intención era hacer público lo que escribía —resumí—. Inspectora Ruiz de Gauna, cuando hable con el señor de la torre pregúntele también si es uno de los mecenas del Museo de Ciencias Naturales.

—Claro, lo haré —asintió—. Vamos a seguir investigándolo, pero tenemos que concentrarnos en otras líneas de investigación y presentar algún avance ante la jueza. Pasemos al caso Frozen.

—Un último apunte —dijo Milán—. El editor de Malatrama me facilitó el listado de los veintiocho dibujantes de cómics con los que trabaja habitualmente. He buscado antecedentes y estoy entrevistando a todos pidiéndoles sus coartadas para la tarde de la presentación. No he encontrado nada de momento.

—Gracias, agente Martínez. Un gran trabajo —dijo Estíbaliz. Milán se ruborizó y todos disimulamos una sonrisa—. Doctora Guevara, vamos a las autopsias de las hermanas Nájera.

—No hubo agresión sexual. La mayor murió en seis días y su cadáver no fue trasladado con posterioridad. Falleció donde la encontraron. La pequeña tenía un corte en un brazo hecho con un cuchillo o arma blanca que no se ha encontrado, es muy posible que la sangre hallada en el piso corresponda a esa herida.

—Así que tenemos la confirmación de que fueron emparedadas a finales de agosto, antes de la publicación de la novela —dije—. No tenemos a un imitador que la leyó, se inspiró y comenzó a matar. Ni alguien que las secuestró con anterioridad y resolvió el secuestro improvisando un emparedamiento para sumarse a la muerte de Antón Lasaga y fingir que es obra de un mismo asesino en serie. Este dato es el mayor indicador de que el asesino conocía el contenido de la novela antes de su publicación. Esto descarta como sospechosos a todos los lectores. Pero necesitamos algo más.

—Yo tengo una novedad interesante —apuntó Peña—. Ayer conseguí hablar con el padre después de darle la noticia de la muerte de Oihana. Estaba menos alterado que el día que las encontraron emparedadas, tal vez se había preparado para el desenlace o tal vez solo esté emocionalmente exhausto. Pero vino a mí y me contó que tenía instalada en su móvil una aplicación de localización de GPS para adolescentes y familiares. Así controlaba las idas y venidas de su hija mayor. Y el móvil, no lo olvidemos, apareció en su dormitorio. O la secuestraron y dejaron el móvil para no ser rastreados, o ella misma lo dejó por voluntad propia para evitar que su padre supiera dónde estaba. En todo caso, hay una intención del agresor o de ella de que desconozcamos adónde fue aquella noche.

—Y por dónde se evaporaron, no olvides que la gran incógnita en este caso es cómo salieron del portal si las cámaras de los comercios cercanos no han registrado ningún movimiento, y ninguna de las cuarenta y tres cámaras de tráfico que controlamos desde la sala de las pantallas en estas dependencias nos da visión de esa zona. Quiero que veáis un plano cenital de la Almendra Medieval —dije, y mostré en el proyector una imagen de Google Earth—. El escenario del crimen número uno, el lugar donde desaparecieron, está en la misma manzana de casas que el segundo escenario del crimen, donde aparecieron. Y si os fijáis, ambos bloques tienen una claraboya en la escalera de vecinos. Estoy pensando en que el secuestrador pudo sacarlas por el tejado para evitar la calle. Quiero que busquéis la empresa que se encargaba de las reformas y pidáis un listado de todos los que trabajaron en las obras de ese portal. Preguntad también si realizan trabajos verticales y si tienen personal acostumbrado a trabajar con arneses. En ese caso, comprobad si tienen antecedentes o denuncias de acoso o agresión sexual. Que no se consumase una agresión en el cuerpo de las hermanas no descarta un posible móvil sexual. Tal vez esa era la intención y algo se descontroló. Eran dos, pudieron gritar o defenderse. Tal vez el emparedamiento solo fue una improvisación de alguien que pensó en el piso en obras como un lugar para aprovecharse de ellas y no tenía la intención de matarlas. No quiero que nos volvamos locos por los paralelismos con la novela. Tenemos que centrarnos en los indicios materiales, como los sacos de plástico. Muguruza, ¿puede ayudarnos en eso?

—Puedo decirle que los sacos no fueron arrastrados por ningún tejado, pero sí contuvieron a las chicas. Y que estamos intentando buscar coincidencias con otros sacos de la misma obra, pero curiosamente esos dos son diferentes. Plástico blanco, una línea roja en el extremo inferior. Sin ningún identificativo más, no sabemos la marca ni dónde los venden.

—Milán, Peña —dijo Estíbaliz—. Quiero que busquéis en todos los proveedores de obras, construcción y bricolaje. Cuando encontréis algo, hacédselo llegar a la Científica para que corrobore si hay coincidencia. Alguien ha tenido que fabricarlos y alguien ha tenido que venderlos.

Dos días después recibí un mensaje que no esperaba:

«Pásame todos los datos. Y es la última vez que me lías, te lo juro».

MatuSalem. Había reculado. No tardé más de unos minutos en darle todo lo que me pedía, el caso estaba bastante atascado y necesitaba avanzar en alguna dirección.

Tardó veinticuatro horas en volver a ponerse en contacto conmigo: «Ya sé quién envió el mensaje. Esta tarde a las 19:00 en la cripta de la Catedral Nueva».

Esperanzado, acudí a la cita más puntual que un novio de estreno. Bajé las escaleras del templo gótico, siempre vacías, y busqué a mi contacto entre los bancos de madera barnizados. Todavía no había llegado.

Esperé, un poco aburrido, paseando entre el altar vacío y algunos ramos de flores ya marchitos. Olía un poco a muerto, era la impresión que siempre me daban los ramos, me recordaban demasiado a las coronas de los cementerios.

Pasó el tiempo, miré el móvil, que se mantenía en silencio. Por fin vibró, esperaba una disculpa o una excusa por parte de

Matu, aunque ese no era su estilo. Fue Estíbaliz quien llamó, así que, a falta de testigos de infracción por coger el móvil en recinto sagrado, le contesté:

—¿Qué pasa, Esti?

—Tenemos novedades, Kraken. Han encontrado a un niño.

—¿Un niño?

—Sí, en el río Zadorra, en la zona de Gamarra —me dijo—. Estaba en un cubo que alguien ha lanzado al río. Y ahora viene lo más extraño: dentro había una víbora, un perro, un gato y un gallo. ¿Qué demonios está pasando?

—Maldita sea, todavía no te has leído la novela. ¿Qué demonios estás haciendo por las noches? Te dije que era prioritario.

—Pero ¿tú te estás escuchando? —gritó—. Te hablo de que han matado a un niño arrojándolo al río en un cubo cerrado con cuatro animales y me dices que me ponga a leer.

—¡Sí, Estíbaliz! ¡Sí! Si hubieses leído ya la novela, sabrías que a ese niño le han aplicado un castigo medieval y lo han matado por encubamiento.

# 18

## LA CÁMARA DEL CONDE

## DIAGO VELA

*Invierno, año de Christo de 1192*

—La calentura no remite, su piel arde como yesca. El golpe del costado se ha corrompido. No creo que sobreviva. Es su sino, ya sabéis lo que dicen: ningún conde Vela llega a viejo —susurró el anciano físico al rostro de mujer que me observaba con una candela en la mano.

Me desperté aturdido en mi lecho. Sentí un dolor lacerante en la espalda y el vendaje me apretaba.

Onneca esperó a que el físico marchase y se sentó sobre mi cama. La habíamos compartido antes muchas veces, y siempre fue en circunstancias más alegres.

Mi cámara era amplia y el fuego de la chimenea mantenía calientes las paredes de piedra. Pero miré sus ojos y allí no encontré calor alguno.

—No me dijiste nada, estuvimos en el viejo molino y no me contaste que mi padre fue asesinado.

Sonó a reproche. Sonó a enfado y a dolor.

—Eran sospechas, solo sospechas —pude decir, pese al esfuerzo que me costaba hablar y no perderme en las ensoñaciones de la fiebre—. Esa misma mañana me dirigía a la posada de la Romana para hacer mis indagaciones cuando me topé contigo.

—Antes compartíamos todo, hasta las sospechas. Sobre todo, las sospechas.

—Antes era antes, eras mi prometida y no se interponía nada entre nosotros. Ahora es ahora, eres mi cuñada y Nagorno va a estar siempre entre nosotros.

Onneca se levantó, golpeó con un puño la pared.

—Mis hermanas no envían cartas desde que padre murió. Les escribí para anunciarles su muerte, pensé que tal vez saldrían de su voto de tinieblas, pero no aparecieron en el entierro. Estoy sola, Diago. Sin ellas y sin ti, no tengo con quién hablar.

Iba a contestar, o al menos a intentarlo, pero en ese momento entró Nagorno.

Difícil saber cuánto tiempo llevaba escuchando tras la puerta. Sus maneras de reptil lo convertían en un animal muy silencioso.

—Qué empeñado estás en que me convierta en el próximo conde Vela, hermano —dijo a modo de saludo—. ¿Tienes pensado intentar morir muchas más veces?

Cerré los ojos, sin fuerzas para dar una réplica adecuada.

—Déjame con él. A solas. Onneca, querida, este no es lugar para ti —ordenó a su esposa.

Onneca se levantó, era más alta que él. Una de las pocas mujeres que no se plegaban en cuanto Nagorno alzaba la voz.

—Al contrario. Yo me quedo, tu hermano tiene mucho que explicar. Diago, ¿cómo es eso de que mi padre murió envenenado? —Onneca se acercó a mi rostro y me sostuvo la mirada.

No fui capaz ni de incorporarme. Sentía arder el cuerpo y mi cabeza zozobraba como cuando iba en barco con Gunnarr.

—Hallé indicios en cuanto vi su cuerpo y…, perdóname por profanarlo, pero lo abrí en canal y restregué sus tripas con la piel de un conejo. El pellejo se llenó de ampollas. A tu padre lo mataron con dos dosis de escarabajo aceitero. Una carnicería.

Nagorno miró a Onneca de reojo, ella apretó los puños y se giró para que no viésemos su rostro.

—¿Todavía se puede probar? —preguntó sin mirarme.

—Guardé la piel del conejo en ese arcón, estará medio podrida, pero servirá. También se puede sacar de la tumba a tu padre si fuera necesario para confirmar que lo abrí. Estos días ha hecho frío, hallarán el cuerpo bastante congelado.

—Espero que no sea necesario —murmuró.

—Habrá que presentar testigos para el juicio —continué. Hablaba lento pero creo que se me entendía—. Alix de Salcedo me asistió durante la prueba, estará dispuesta a hablar. Y Nagorno, has de partir al mesón de la Romana, el hijo de la dueña es quien vendió las tres dosis a Ruiz hace cuatro días.

—¿El chico querrá hablar?

—Ruiz no se portaba bien con sus tías ni con él —repuse—. Y todos los hombres de la villa sabrán que sus polvos son efectivos, le traerá clientela y el zagalillo lo sabe. Hablará de buen grado.

—¿Pudiste ver a los que te golpearon? —intervino Nagorno—. Esto no te lo ha hecho solo uno, te conozco en combate.

—No era un combate, estábamos rondando a las mozas por Santa Águeda. Yo no estaba alerta y no esperaba que el malparido me atacase. Pero tienes razón, dio un silbido y vinieron dos más, cada uno golpeó por un costado. Ruiz me pateó la cabeza y no pude ver nada más que botas y palos.

—¡Qué hideputa! —susurró mi hermano para sí—, y yo favoreciéndolo en los concejos.

—Eso me han contado —repuse—, pero quería escucharlo por tu boca. ¿Por qué lo has hecho? Esa familia nunca tuvo buena fama en la villa.

—Es hidalgo. De bragueta, pero hidalgo al fin y al cabo. Una villa no va a prosperar si los villanos son artesanos y comerciantes. Hay que atraer a los nobles de las aldeas vecinas, que construyan aquí sus casas y se dejen sus fortunas. Solo así esta aldea amurallada no se perderá en el olvido de los tiempos.

—¡Pero elige mejor a tus aliados, Nagorno! ¿Ves adónde te ha llevado asociarte con él? —grité, pese a lo que dolía—. ¡Mira lo que le ha hecho a tu esposa!

—Se lo han hecho al conde de Maestu, que favorecía a los artesanos al igual que haces tú, pura ingenuidad. Y ahora te atacan. Vas a tener que llevar cuidado.

—No quiero llevar cuidado por estas calles que he ayudado a empedrar. Hablemos del juicio, ¿cómo se presenta, querida cuñada?

Onneca escuchaba en el salón de su casa, junto a la rueca, a las hijas de los Mendoza y de los Iruña. Lo que los hombres no se atrevían a decir en voz alta, las mujeres lo hablaban. Ellas apaciguaban, echaban agua a las brasas antes de que los ánimos ardiesen.

—Los comerciantes piden que se restaure el juicio de agua calda o el de ferro candente. Quieren que Dios decida si permite que Ruiz se abrase. Los ánimos están muy exaltados, mi padre era su principal defensor en el concejo hasta vuestro retorno.

—Eso no va a ser posible —contesté—. El rey Sancho prohibió los juicios de Dios en el fuero de Victoria hace once años.

—¿Y no va a haber justicia para mi padre, tu leal amigo? —me gritó Onneca.

—Habrá justicia, te lo prometo, cuñada. Pero el tenente del rey estará presente en el juicio y la villa no puede contravenir el fuero. También vendrá de Tudela algún pesquisidor del monarca que lo informará si no acatamos su voluntad. No podemos arriesgarnos.

—Mi hermano tiene razón, querida esposa.

—¿Y qué va a quedar de esto: una calonia, una simple indemnización por homicidio? —preguntó Onneca exaltada—. La vida de mi padre valía más que una pena de quinientos sueldos.

—Hay otro asunto —intervino Nagorno—. Según el fuero, si alguien desenvaina la espada para herir a hombre o mujer dentro de la villa, pierde la mano derecha.

—Nadie ha desenvainado la espada, que yo recuerde —dije.

—No es lo que yo diría por la forma de sangrar de tu manta.

No me había percatado, pero de mi costado manaba sangre y la manta de oso albino que Gunnarr me había traído de Frisia estaba empapada y roja.

Nagorno la levantó. Mi cuerpo desnudo y magullado con las vendas húmedas de sangre quedó expuesto.

—Onneca, ayúdame a levantarlo. Vamos a buscar un corte en la espalda.

Ella y yo nos miramos algo turbados.

—Mi querida esposa, no tienes delante nada que no hayas visto antes. No vamos a jugar ahora al juego de la beata atribulada. Ayúdame a levantar a tu cuñado y averigüemos lo que hay bajo esas vendas.

Ya solo el acto de levantarme agravó mi mareo, y además, diría que olí el aroma delicioso de un estofado antes de apoyar todo mi peso en Onneca. Diría que Alix de Salcedo apareció por la puerta con un pastel de carne y que corrió a ayudar a mi hermano y a mi cuñada para que yo no cayera de bruces contra el suelo, desnudo y cuan largo era.

—¿Qué hacéis con el conde si dicen que está medio muerto? ¿A quién se le ocurre levantarlo? —preguntó Alix sorprendida.

—Sujetadlo ambas por los brazos —ordenó Nagorno sin inmutarse—, voy a retirarle estos paños.

—¿Y nadie puede cubrir las vergüenzas de este hombre? —se quejó Alix—. He oído que viene el párroco de Santa María a darle la extremaunción, como nos encuentre a los tres y al conde en cueros, vamos a ir todos a juicio por fornicar a pares.

—Razón de más para que nos demos prisa. Tenéis tres *tontorras* en la cabeza, no son las primeras criadillas que veis —remató mi hermano.

Yo sentía demasiados dolores en la cabeza y en el costado como para sentirme azorado con Onneca sujetando mi cuerpo a la derecha y Alix a la izquierda.

Nagorno comenzó a separar las vendas, algunas pegadas a la piel de la espalda. Mojó un trapo nuevo en la jofaina y me limpió la carne tumefacta.

—Vos que veis los colores de las personas, ¿de qué color estoy ahora? —le susurré a Alix mientras mi hermano me hacía ver las estrellas y el firmamento.

—Seguís siendo azul, pero azul de muerto. La vida os está abandonando, comed mi pastel de jabalí y lavanda, os dará fuerzas —murmuró mientras Onneca fingía que no nos escuchaba.

—No tengo fuerzas ni para comer.

—La abuela Lucía se ha empeñado en que os cazase un jabalí y que os hornease el pastel, ha dicho que ella misma os lo meterá en la boca si os negáis.

—¿Habéis cazado un jabalí?

—Mi tercer marido trabajaba en la fragua fabricando cepos. Dejó suficientes para acabar con un ejército.

—Así que la abuela Lucía está empeñada en que viva. Tendré que forzarme, pues —sonreí como pude.

—Aquí lo tenemos: un tajo —dijo mi hermano con su voz ronca—. Muy largo, muy recto. Esto no fue un puñal. Alguien usó una espada.

—¿Unos mozos rondando en Santa Águeda llevaban espada? Está prohibido desenvainar una en la villa, ¿quién se querría arriesgar? —dijo Alix.

Y me miró preocupada. Sujetaba como podía mi cuerpo, se había pasado mi brazo sobre sus hombros y su cabeza quedaba junto a mi pecho.

—¿Y si no fueron dos mozos, Diago? ¿Y si ya pensaban ir a por vos?

# 19

# EL ZADORRA

## UNAI

*Octubre de 2019*

Cuando llegué al puente del río Zadorra a la altura de Gamarra, el equipo de la Científica ya había empezado la Inspección Técnica Ocular y la zona estaba acordonada. No supe quién había llamado a la prensa, pero un par de reporteras informaban frente a las cámaras de algo que yo todavía no tenía claro. Un niño. No me cuadraba.

Peña me saludó, registré que el temblor de su mano estaba como para golpear tambores sin baquetas, supongo que a él también le sacaban de quicio los homicidios de menores. ¿Homicidio? Un niño en un barril arrojado a un río. No parecía homicidio. Si allí no había premeditación, que viniera Dios y lo viera. Pero Dios andaba despistado aquellos días de otoño soplando hojas podridas y esparciéndolas por los caminos de la demencia.

Llegué a un puente de piedra formado por unas moles de cemento que cruzaban el río como pequeñas torres de una muralla de agua. El Zadorra discurría con cierta fuerza, sus aguas verdes reflejaban las ramas de los árboles que le lloraban en su orilla. Los brazos vencidos de los sauces llorones impedían cierta visibilidad y caían a la altura de mi cintura.

Vi a dos compañeros del grupo de buceo trajinando alrededor de un bidón de madera. Habían sacado al niño, y varios cadáveres de animales reposaban con sus pieles mojadas sobre un plástico tendido ex profeso.

—Nunca he visto nada igual, jefe —me susurró Peña—. Un crío ahogado. Estaba muerto cuando lo han sacado del barril. Lo habían encerrado con un perro…

—Un gato, un gallo y una víbora —lo interrumpí.

—¿Cómo puedes saberlo?

—Léete el puñetero libro, por Dios. Es un encubamiento, un castigo que las autoridades aplicaban en el reino de Navarra durante el siglo XII.

—¿Quién puede estar tan loco como para matar así en el presente?

—No me hagas preguntas que sabes que no puedo responder —dije sin ganas—. ¿Sabemos algo de la identidad del niño?

—Habla con Muguruza, tienen mucho escenario por procesar y todavía no han acabado. La jueza y el secretario del juzgado van a llegar de un momento a otro a levantar el cadáver. Sacaron el cuerpo del tonel porque no sabían si el chaval estaba vivo o muerto. Alguien avisó de que un barril se hundía en el río y oyó ladridos. Ningún grito. Entiendo que el perro aguantó más que el resto.

Me acerqué a los restos del niño tendido y empapado. Vestía una chamarra blanca con capucha.

Hinqué la rodilla, disimulando un poco frente a los compañeros que numeraban y fotografiaban docenas de huellas de pisadas a mi alrededor.

«Aquí termina tu caza, aquí comienza la mía.»

Levanté la cabeza. Los niños muertos me ponían enfermo. El chaval presentaba arañazos en el rostro y el pelo…, tenía el pelo teñido de azul.

Fue peor que un puñetazo en el estómago.

No era un niño, era MatuSalem.

El asesino había matado a MatuSalem.

Lo enterraron en el cementerio del Salvador, entre campos de trigo y piezas en barbecho. Cuatro *skaters* trasladaron su féretro subidos en sus tablas. Parecía que navegaban por aquel océano de tumbas. La Brigada de la Brocha había pintado en el ataúd un inmenso patriarca bíblico que avanzaba entre cipreses.

Supuse que en los foros de *black hack* también le habrían hecho un homenaje.

Una cuadrilla de chicas consolaba a una joven desolada de rostro redondo y pelo azul que se abrazaba a su cintura, como si necesitara darse calor. Lo comprendí al momento: era la novia de Maturana.

Y fue la primera vez que las palabras que siempre me escupía cuando le pedía que colaborase en algún caso calaron en mi cerebro. Nunca antes lo había visto como alguien con familia, con novia, con amigos. Para mí solo había sido un recurso, un recurso valioso y escaso que gestionar con guantes, pinzas y precisión de artificiero.

Nunca olvidaré cómo miraba aquella chica el ataúd de MatuSalem.

Esa incredulidad.

La quise mía.

La quise mía porque si pudiese volver a mirar así a la muerte significaría que no estaba acostumbrado a perder a tantos que ya no estaban. A mis padres, a la abuela, a Paula y los peques, a Martina, a Jota, a Nieves.

Tomé aire y me acerqué en un momento en que la dejaron sola.

—Te acompaño en el sentimiento. Eres su novia, ¿verdad?

—Y tú eres Kraken —acertó a decir.

Y me pareció ver un reproche tras sus párpados hinchados o tal vez solo era un reflejo de lo culpable que me sentía.

En todo caso, me extrañó su respuesta. Siempre pensé que MatuSalem era extremadamente discreto con nuestra relación. Aunque supongo que con veinte años uno comparte lo que debe y lo que no con su pareja. Pero me sentí mal, me sentí muy mal.

Me despedí de ella con un ligero asentimiento de cabeza y me alejé del epicentro del dolor, me afectaba demasiado.

¿Había muerto MatuSalem por mí, por el encargo que le hice?, ¿o era de nuevo una víctima de un sádico que buscaba paralelismos con *Los señores del tiempo* y el apellido Maturana lo había condenado?

Esti, Milán y Peña cantaban más que un trío de zorros en un

gallinero, teníamos coches en el aparcamiento grabando quién entraba y quién salía del cementerio. Yo estaba muy tocado. Por un día dejé de analizar el entorno y me limité a pasar el trago como pude.

—¿Qué pasa, Kraken? —me saludó Lutxo una vez que el ataúd de MatuSalem encajó en el mosaico de nichos—. ¿Tenemos algo que compartir?

—No es el momento, Lutxo —le susurré.

No me hizo caso.

—Lo sé, lo sé. Desde el Doble crimen del dolmen el juez decreta secreto de sumario. No nos decís nada, pero la gente quiere saber qué está pasando y si debe preocuparse. La muerte de este chaval ha hecho saltar muchas alarmas…

—¿Quién os avisó? —le pregunté.

—No es relevante. Había gente de Gamarra paseando, llegó la ambulancia, los vehículos de la Científica y acordonaron la zona. Cualquiera con un móvil hace fotos, las comparte en WhatsApp, nos llegan los avisos. Hoy todo el mundo es una fuente de la prensa en potencia.

Todo muy vago, muy al estilo de Lutxo. No iba a sacarle nada, tampoco lo pretendía. Me di media vuelta dispuesto a alejarme de aquella tumba.

—Por nuestra parte, no hay nada que te pueda contar. Es una investigación en curso. Te enterarás si emitimos una nota de prensa.

Lutxo me lanzó una mirada que podría haber envenenado un par de pantanos. Yo proseguí mi camino y lo dejé atrás, me sobraban las visitas a los cementerios.

Fue entonces cuando lo vi.

Creo que me estaba esperando, sentado sobre una lápida apartada.

Tasio Ortiz de Zárate.

El que había sido condenado veinte años por el Doble crimen del dolmen, el que clamó su inocencia hasta que quise escucharlo. El que huyó a Estados Unidos tras su excarcelación.

Oculto tras unas elegantes gafas de sol y un traje entallado. Me hizo una seña para que me acercase. No sé por qué, pero en un gesto inconsciente apreté la pistola que llevaba oculta en el costado. Era como ir directo hacia una víbora, un gallo, un gato y un perro cabreados.

—Te hacía en Los Ángeles —me limité a decir. Me senté junto a él, sobre la tumba de alguien que había muerto hacía unas décadas.

El granito estaba helado, pero no quería que me marcase el territorio. Ni siquiera nos miramos, teníamos los ojos clavados en la colorida comitiva de MatuSalem.

—Era Samuel Maturana, tenía que venir —dijo con voz ronca. Casi la misma que conocí en la cárcel unas vidas atrás.

—¿Cuándo has venido? Te has dado prisa en cóger un vuelo transoceánico…, ¿o ya estabas por aquí?

Sonrió, tal vez esperaba mi actitud.

—¿Me estás interrogando?

—De momento, no. Pero resulta llamativo que hayas llegado a tiempo al entierro.

—Era Maturana —repitió. Esta vez su rostro se tensó enfadado.

—¿Puedes darme algo que me ayude? Tú lo conociste mejor que yo.

—Seguíamos en contacto, sé que ya no andaba metido en líos. Se había rehabilitado, le había cogido el gusto por fin a una vida alejada del presidio. Creo que había madurado. Yo me sentía un poco padre con él, me esforzaba para que entendiese que tendría mi colchón si quisiera: mi dinero, mi apoyo… No ha servido de nada. ¿Qué ha pasado, Kraken?

—Si lo supiera, no estaría tan jodido —confesé.

—¿Esto ha tenido algo que ver contigo? ¿Lo habías metido en algún lío?, ¿habías acudido a él?

No contesté. Miré a otro lado frustrado. Se cabreó cuando lo entendió.

—¡Maldita sea, Kraken! Como haya muerto por tu culpa…

—¿Qué?, ¿qué vas a hacerme? ¿Crees que yo quería esto, verlo muerto? —estallé—. ¿Vas a darme lecciones tú, que estropeas todo lo que tocas?

Miré alrededor. Había alzado la voz y en un camposanto aquello cantaba bastante. Por suerte, solo vi cruces y gente a lo lejos que ya se marchaba.

—Vaya, así que todavía tenemos cuentas pendientes. Sigues molesto conmigo por el asunto de Deba —masculló.

—Ni te acerques a ella —salté.

—¿O qué?

—O nada, Tasio. O nada. No soy tan imbécil como para amenazarte. Simplemente, si la quieres o crees que podrías llegar a quererla, déjala en paz y no nos destroces la vida. Estoy cansado de esto, Tasio. De mezclarme con chusma, de ir a entierros, de que la gente me exija milagros cuando voy por la calle. No sé cuántas veces puede una persona rehacer su vida, pero sospecho que el número no es infinito.

—Sé que no es el mejor momento, pero hasta ahora os he respetado, Unai. Cuando la subcomisaria pasó por lo que pasó en el caso de Los ritos del agua, me obligué a dejaros en paz. Pensé que ya habíais pasado suficiente.

—Sí, se notó tu ausencia.

«Se agradeció tu ausencia.»

Siempre me pregunté por qué Tasio desistió de sus planes de exigir una prueba de ADN para comprobar la verdad acerca de la concepción de Deba. No lo hizo. Dos años largos de silencio. Su abogado nos escribía de tanto en tanto por el asunto de la serie que quería rodar basada en el Doble crimen del dolmen, yo lo consultaba con mi hermano Germán y él se encargaba. No quería saber nada de Tasio, no lo quería en nuestras vidas. Y allí estaba, de nuevo, en Vitoria.

—¿No podría verla un momento siquiera?

No supe si era un ruego o un tanteo.

—¿Para qué, Tasio? ¿Para que te encariñes con ella? Es mejor que no sepa ni de ti ni de Ignacio. Ya hemos sufrido bastante.

—No tengo ninguna orden de alejamiento, no podrías evitarlo —me cortó.

—Su madre ha muerto —lo interrumpí.

—¿Quién?

—La madre de Alba. Acaba de morir, hace unos días. Alba no tiene más familia que su hija y yo. Y los míos: mi hermano, el abuelo… No nos rompas esto, Tasio. Todos nosotros estamos ya bastante rotos, nos necesitamos para no caer al suelo en pedazos.

—Al menos tú tienes familia. Después de veinte años en prisión a mí no me queda nada aquí. Solo mi gemelo. Los amigos, la cuadrilla, primos cercanos y lejanos, tíos que han fallecido y los que no: todos desaparecieron. Ninguno está ahora para mí. Algunos no me cogen el teléfono, otros aceptan tomar un café, pero están tan incómodos que salen corriendo a la menor excusa. Y las mujeres... me temen, me esquivan. Al menos, en Los Ángeles no soy nadie. Solo un tipo anónimo que trabaja en la industria, un exótico guionista europeo. Perdí Vitoria, Kraken. La perdí. Solo quiero que me quede algo puro de todo esto.

—Y siento la injusticia que se cometió contigo, Tasio. Te recuerdo que yo encontré a quien te lo hizo y pagué un altísimo coste personal. Pero Deba no nació para solucionarnos la vida a los adultos que la rodeamos. Merece no crecer como la hija de un asesino en serie. Tienes que mantenerte al margen. ¿No puedes rehacer tu vida, tener tus propios hijos? ¿Por qué necesitas a Deba? No lo entiendo, de verdad que no lo entiendo.

—No, no lo entiendes. ¿Cómo podrías? No voy a poder acercarme nunca a una mujer, no en el sentido en el que estás pensando.

—No aquí, eso está claro. Pero en Los Ángeles no conocen tu historia, tú mismo lo has dicho.

—Sigues sin entenderlo. No puedo volver a estar con una mujer. Eso también se lo llevó la prisión. —Agachó la cabeza. Lo había dicho muy bajito, como con miedo a que alguien nos escuchase.

—¿Qué se llevó la prisión? Estás recuperado, vuelves a ser el que fuiste.

—Me castraron. —Se quitó las gafas de sol. Tenía la mirada enrojecida y jugueteó con unas hojas del suelo.

—¿Qué?

—En prisión, el primer año. Varios reclusos. Me castraron. Yo era el monstruo que había matado a ocho niños. La gente estaba más allá del odio. Nadie me defendió, todo el mundo miró hacia otro lado. Se limitaron a curarme para que no muriese y evitar un escándalo. A nadie le importó. Allí cambié. Me volví otro. Un monstruo de verdad. Me di miedo a mí mismo durante muchos años. Pero estaba ciego por sobrevivir y salir de allí.

Por eso cuando entró MatuSalem lo adopté, sabía que no soportaría ver cómo lo despedazaban como a mí. Era demasiado joven y saldría enseguida. Sabía que si lo destrozaban iba a hacer mucho daño fuera de prisión. Era maleable. Yo intenté moldearlo a mi manera, para que estuviera a salvo dentro y fuera de la cárcel. Y no ha servido de nada, no he podido protegerlo. ¿Ahora entiendes que Deba sea para mí tan importante?

Me levanté de allí, a ver quién era el guapo que remontaba el día.

—Antes de dar el siguiente paso, piensa cuántas vidas vas a despedazar si sigues adelante con tu idea. Espero no volver a verte, Tasio Ortiz de Zárate. Espero no volver a verte en la vida.

# 20

# K, +D1

## UNAI

*Octubre de 2019*

Horas después del entierro de MatuSalem me había obligado a acudir a la doctora Guevara. Quería ver el informe de la autopsia. Las fotos de su cadáver, los datos asépticos del peso de sus órganos, las frías conclusiones de la causa de su muerte.

Se lo debía.

Por los favores recibidos, por dejarse liar, por todas las búsquedas en las que se sumergió cuando yo le pedía que hiciera suya mi causa. Vaya fraude de mentor resulté ser. Tan nefasto como Tasio. No conseguimos protegerlo. Tal vez me limité a utilizarlo, fascinado por el calibre de aquella inteligencia.

Y esa carga me estaba matando.

—Inspector —me saludó la doctora Guevara devolviéndome al mundo de los vivos—, creo que viene a tiempo para que le muestre algo que no pudieron ver cuando sacaron del barril a la víctima porque estaba vestida.

Me senté frente a ella y miré la carpeta de la autopsia como si fuese tóxica. Pero la abrí y revisé también todas las fotos de los objetos que se recogieron en la Inspección Técnica Ocular.

—Voy a necesitar que examine todo lo que estaba en la orilla del Zadorra. La víctima tuvo que defenderse, tuvo que dejar algún rastro de lo que allí pasó —le dije.

Ella sacó una imagen y me mostró en ella el brazo izquierdo del cuerpo cianótico que había sido Matu.

—Eso es precisamente lo que quería enseñarle. La víctima

se tatuó esto cuando lo encerraron en el tonel con los cuatro animales.

Horrorizado, pude leer varios signos que rasgaban la piel escritos de manera irregular, casi ilegibles.

—¿Qué cree que pone? —me preguntó la forense.

—Yo diría que «K+DI». ¿Camasdi? —dije no muy convencido.

—Creo que hay otro signo. O intentó escribir algo más y no lo terminó, o estaba a oscuras y es un rasguño, como tantos otros que tiene en el rostro, cuello y dorso de ambas manos.

—No, es una coma —le dije—. Creo que escribió: «K, +DI», lo último puede ser una I o un uno. En todo caso, ¿se lo hizo él o se lo hicieron?

—Se lo hizo él y no imagina de qué manera. Mire, aquí están todas las imágenes de los cuatro animales con los que el autor de esta salvajada lo introdujo en el barril.

—Es un encubamiento, un castigo medieval que aparece en la novela —apunté.

—Una forma cruel y terrible de morir: los animales se ponen histéricos cuando se les introduce en un tonel, se les tapa y se les arroja a un río. La persona encerrada con ellos sufre toda suerte de arañazos, mordiscos y picaduras, en el caso de que la víbora hubiese estado viva.

—No lo estaba, ¿verdad? Durante estos meses están hibernando.

—Esta víbora está disecada. Es solo piel, atrezo. El resto de los animales, me temo, sí que estaban vivos cuando los encerraron con la víctima. Mire su mano derecha, está terriblemente arañada, mucho más que la izquierda. Este chico agarró el gallo y escribió estos signos con el espolón del animal, que obviamente se defendió. Lo usó como aguja de tatuaje. Tiene picotazos y pequeños desgarros. No tuvo que ser fácil. El gato y el perro lo arañaron y mordieron en las piernas, la ropa amortiguó el daño en parte. Los animales trataron de escapar, he encontrado muchos restos de astillas entre las garras del gato.

—¿Me enviará el resultado toxicológico para que veamos si llevaba alguna droga en el cuerpo?

—Claro. Pero si el chico reaccionó como pensamos, tenía

pleno uso de sus facultades mentales, no estaba ni atontado ni desorientado.

«Usted no conocía el cerebro de ese chico», pensé decirle.

MatuSalem me envió un mensaje.

A mí.

De eso estaba seguro. Sabía que no saldría vivo de aquello, sabía que yo estaría presente en su autopsia.

Aquella «K» era yo: «Kraken». ¿Qué había querido decirme con «más D I»? ¿O tal vez era «Kraken, más D1»?

¿Qué había encontrado MatuSalem en la casa-torre de Ramiro Alvar Nograro?

Entonces lo vi, su advertencia.

Lo que yo venía rumiando desde mi segunda visita al añejo hogar de los Nograro: «Kraken, más de uno».

Ese era el mensaje, había llegado a la misma conclusión que yo: tal vez Alvar no era uno, sino varios.

## 21

## LA PLAZA DEL JUICIO

## DIAGO VELA

*Invierno, año de Christo de 1192*

Ruiz llegó a la plaza del Juicio montado en un burro cojo que salió de su celda en la cárcel junto a la fortaleza de Sant Viçente. Todos los vecinos esperaban junto al antiguo camposanto de Sant Michel, bajo el Portal del Sur. El rey obligaba a que el tribunal medianero juzgase los delitos a las puertas de la villa.

A un lado se congregaron las familias de los artesanos: sogueros, caldereros, çapateros, regatonas y molineras. Al otro lado, bajo las escaleras, los Ortiz de Zárate, los Mendoza, los Isunza…, hidalgos, infanzones y también los nobles venidos de aldeas vecinas, incluidos los de Avendaño, padre e hijo, observaban con el rostro tenso al reo.

Algunos iban a caballo. Onneca montaba a lomos de su yegua dorada, Olbia. Ignoró las miradas de admiración que todos y cada uno de los villanos profesaron al animal y a su dueña.

Las gruesas ramas del viejo roble a los pies de la fortaleza de Sant Viçente soportaban bien el peso de los ahorcados y el destino más probable de Ruiz era una ejecución rápida aquel mismo día.

Un par de cabras subidas al árbol arrancaban brotes helados, ajenas al tumulto bajo sus pezuñas.

—¡Lorenço, baja las cabras! Hoy no es día de pastoreo —le ordenó el alcalde.

El cabrero, un chiquillo que no había cumplido los diez

años, silbó a las cabras, un poco abochornado por las chanzas de otros mozos, y los animales bajaron del roble cencerreando.

El alcalde, Pérez de Oñate, con su gruesa barriga bajo la espesa barba, soportaba mal que todos los ojos de la villa estuvieran en aquellos momentos pendientes de él.

Mendieta, el enorme sayón de barba hirsuta y pelambre roja, tiró de las riendas de la enclenque acémila y acercó al reo a las autoridades. Ruiz estaba atado con las manos a la espalda, pero cuando se aproximó vi algo en su rostro que no me gustó nada.

Me acerqué a él preocupado. El físico me había vendado de nuevo y mi herida ya no sangraba, pero estaba lejos de encontrarme fuerte. Pese a todo, era importante que estuviera presente en el juicio.

Pero el hijo de Ruy no estaba mejor que yo. La sangre seca le salía de la boca, me temí lo peor y le separé los labios.

—¡Por Dios, le han cortado la lengua! ¿Quién ha estado de guardia en la cárcel? —pregunté al tenente.

El tenente Petro Remírez, un hombre de bigote desmesurado, se acercó enfadado.

—¿Cuándo ha sucedido esto y por qué no se me ha dado parte?

Los dos guardias que escoltaban al preso agacharon la cabeza.

Petro se acercó al muchacho más delgado.

—Bermudo… —dijo, y le levantó la barbilla para obligarlo a encontrarse con sus ojos.

—Sucedió la noche que lo trajeron preso a la cárcel. No hicimos guardia, nos unimos a los mozos que estaban haciendo la ronda de Santa Águeda y después de encerrarlo volvimos para cenar con todos. A la mañana siguiente nos encontramos con que alguien le había cortado la lengua.

—¿Cómo, si estaba preso? —preguntó el alcalde.

—No tuvo que ser difícil, la puerta de su celda tiene rejas —contestó el otro guardia—. Alguien lo llamó, Ruiz se le acercó y ese alguien se la cortó. ¿Cómo íbamos a saberlo si nunca pasa nada?

—¡Pues ha pasado! —gritó el tenente—. Vosotros cenando

huevos con chorizo y regando de vino la Villa de Suso mientras alguien le cortaba la lengua a este desgraciado.

—Desgraciado será, pero no inocente —intervino el otro guardia—, preguntad qué otras partes de gatos, potrillos y conejos cortaba él. Todos sabemos de su querencia a los cuchillos.

—Razón de más para que no cuadre que haya envenenado al conde de Maestu —intervino uno de los Isunza.

—Que lo exponga el otro conde —medió el alcalde. Él se encargaba de celebrar el juicio y a él le correspondía emitir la sentencia.

Recordé que todavía no había recuperado mi título de conde. Había quedado pendiente el arreglo de mis papeles y la devolución de mi casa, mis heredades y todo lo que había ganado en vida y ahora disfrutaba mi querido Nagorno. A ese paso, no iba a ser necesaria tal devolución. Mi herida olía peor cada día y el ajetreo del juicio no me sentaba bien.

Me adelanté como pude, disimulando mis andares renqueantes.

«No te muestres débil», me ordené.

Aún no sabía quién me había cortado con su espada y estaba seguro de que quien lo había hecho o quien le había pagado por hacerlo me observaba con atención en aquellos momentos. El ataque fue nocturno, la retreta ya había anunciado el cierre de los portales, mis asaltantes eran vecinos.

—Os presentaré un testigo que afirmará que el hijo de Ruy compró hace cinco noches tres miajas de escarabajo aceitero, una cantidad muy poco común. Según confirmará el muchacho, cada miaja sirve para dos días y sus dos noches, y todos los que la usan lo hacen con precaución, ya que abusar de estos polvos lo convierte en un veneno que acarrea una mala muerte. Pero la víspera de Santa Águeda, dos noches después de la compra, el propio acusado me confirmó que solo le quedaba una miaja y que no había compartido con nadie su compra. Aunque hubiera usado para su propio provecho una miaja, todavía le quedarían dos. Así que, ¿dónde están las otras miajas restantes? Me temo que en las tripas del difundo conde de Maestu. Tal y como aprendí de un físico de Pamplona —omití que era judío para no dar más argumentos a mis enemigos—, esta es la prueba de que el conde fue envenenado —mostré el pellejo abrasado y con ampollas del conejo blanco—. Imaginad cómo quedaron las entrañas del buen conde, e imaginad, queridos vecinos, la agonía de sus últimas horas.

—¿Qué tiene que decir el acusado? —preguntó el alcalde.

Ruiz emitió varios gruñidos, seguidos de algunos aspavientos, pero muchos de los vecinos se la tenían guardada y lo abuchearon. Demasiados años escuchando quejas de sus hijas y soportando sus incursiones a los corrales con el cuchillo en la mano.

—Viendo que es incapaz de defenderse, ¿algún testigo quiere hacerlo por él? —insistió.

—Seamos honestos. —Se adelantó Mendoza sin bajarse del caballo—. Casi nadie duda de que haya podido ser él, pero yo propongo que pague el impuesto de homicidio y que se le exima de pagar el impuesto de carcerazgo por lo que le han hecho dentro.

—¿Y así se salda todo? —se escuchó una voz alterada que salió del grupo de los artesanos—. ¿Los que puedan pagar quinientos sueltos pueden asesinarnos de la manera más miserable? Ellos acabaron con nuestro defensor, como ahora casi acaban con el conde Vela.

Iba a adelantarme de nuevo para rogar calma, pero al comenzar a andar, el roble del Juicio se me echó encima, o eso me pareció ver, porque el mundo se oscureció y caí de bruces en mitad de la plaza del Juicio.

Lo primero que vi cuando desperté fue una toca de tres picos. Alix de Salcedo estaba sentada junto a mi lecho y me aplicaba paños fríos en la frente.

—¿Qué ha pasado?

—La herida de la espalda se os volvió a abrir durante el juicio. Demasiada sangre perdida, os quedasteis blanco. Comed riñones de cerdo, la abuela Lucía dice que dan fuerzas a los desangrados. Ella me ha enviado a que cuide un poco de vos.

Me incorporé un poco y Alix me tendió un cuchillo para que trincase los riñones. La salsa olía a romero y a vino tinto, y engullir aquel manjar me calentó el estómago y me sentí mucho más fuerte cuanto rebañé la escudilla con la miga del bollo que me tendió.

Alix me observaba en silencio, pero tenía los labios apretados y lanzaba miradas hacia la ventana, como si quisiera huir de mi lado.

—No me llamasteis como testigo en el juicio. Pudisteis hacerlo —acabó diciendo.

—Los ánimos están demasiado alterados. No quise exponeros.

—Lo habría hecho, casi acaban con vos. Sois más resistente de lo que pensaba. En la Villa de Suso la mitad rezaba por vuestra alma y la otra mitad apostaba a que seríais otro de los condes Vela que no llegáis a viejo.

—Y vos, ¿qué hacíais?

Alix miró el calor de la chimenea, la noté molesta y se negaba a mirarme.

—Ambas cosas. Lo de Ruiz..., finalmente hoy se llevará la ejecución y el alcalde ha seguido vuestro consejo, pero hay mucho malestar en el barrio de Nova Victoria. ¿De verdad pensáis que alguien merece un castigo tan poco noble?

—¿Qué otro fin puede esperar aparte del ahorcamiento? Será rápido y disuadirá a quienes lo respaldaban.

—*Senior* conde...

—Diago, el otro día me llamasteis Diago. Y me habéis visto como mi madre me trajo al mundo. Nos hemos ganado el olvidarnos de formalidades.

—Diago, pues. No lo van a ahorcar. El alcalde lo ha condenado a morir por encubamiento. Vos mismo lo convencisteis en la carta que le enviasteis de que era lo mejor y él os ha escuchado.

—¿Qué carta, Alix?

—Al concejo llegó una carta del conde don Vela, eso cuentan al menos.

«Yo no escribí esa carta», estuve a punto de decirle, pero preferí callar.

—¿Ha comenzado ya la ejecución?

—Todo el que ha querido asistir partió hace un buen rato hacia el Zadorra.

—Y vos, ¿no queríais verlo?

—No es eso, es que la villa ha quedado medio vacía y con las puertas abiertas, y os veo tan débil que…

Se sacó una daga de un bolsillo escondido en los pliegues del vestido.

—Me estáis protegiendo… ¿Ha sido la abuela Lucía quien os ha enviado?

—Ella me envía siempre a que os cebe con mis tortas y mis pasteles, pero esta vez no le he contado lo de vuestro último desmayo. No quería preocuparla.

Meneé la cabeza.

—Lo sabrá ya, lo habrá escuchado por cien bocas distintas. —Me levanté de la cama—. Me ayudéis o no, voy a ir a la ejecución.

—¿Estáis seguro?

Asentí, aunque sin fuerzas.

—Bien, yo no quiero presenciar más salvajadas —murmuró—. Espero que durmáis bien esta noche.

Y desapareció con su toca de tres picos tras la puerta como si yo fuera un demonio y quisiera escapar cuanto antes de mí. Noté su aversión, pero aun así… se había quedado a defenderme. Y sabía que en los mentideros de la villa pronto empezarían a murmurar en contra de Alix de Salcedo si continuaba visitándome. A la vuelta de la ejecución hablaría con ella y con la abuela para que no viniera más a cuidarme. Me estaba ganando enemigos conforme pasaban los días, no era una buena compañía para una joven viuda.

Media hora después llegué al cauce del Zadorra. La nieve había cedido al deshielo los últimos días, pero supuse que el agua correría helada.

Seguí las huellas embarradas de pisadas, herraduras y ruedas de carretas, casi nadie se iba a perder la ejecución. Un encubamiento era excepcional, se escuchaban historias de casadas infieles acusadas por maridos poderosos, pero nadie de los presentes había visto algo parecido en su vida.

Cuando llegué al remanso del río, el sayón Mendieta se peleaba con un perro silvestre para meterlo en un tonel de vino.

En una orilla observaban expectantes la mitad de la villa: los ferreros, los çapateros, el pescatero, dos regatonas y sus criaturas de teta..., más de cincuenta vecinos jaleaban al sayón. Los chopos tristes contrastaban con las risas y chanzas que calentaban el ambiente y con la comitiva que observaba con gesto serio en la otra orilla del Zadorra. Nobles, infanzones e hidalgos a caballo tampoco se habían querido perder la ejecución.

Mendieta abrió un saco que contenía un gato iracundo, lo introdujo como pudo en la cuba y colocó la tapa mientras sacaba de otros dos sacos un gallo y una pequeña víbora hecha un ocho. Diría que estaba aletargada y que habrían pagado a algún chiquillo para que la cazase de debajo de alguna piedra resguardada en el monte.

—Has venido a pararlo —me dijo Nagorno colocándose con Altai, su caballo, a mi lado.

No miré a mi hermano, me sentía demasiado afligido por el espectáculo. Los alaridos de Ruiz cuando el sayón arrojó el tonel cerrado a la corriente helaron más de un grito y lo que era algarabía y aplausos quedó en un silencio, primero incómodo, después hiriente.

—Has sido tú quien envió la carta —le susurré.

—Todavía soy conde don Vela —respondió en voz baja—. Y tú no vas a desfacer el entuerto. Socavarías la autoridad del alcalde. Y a Pérez de Oñate lo votaron los vecinos de la Villa de Suso que tanto aprecias. Si te enfrentas a ellos, quedarás en tierra de nadie. Y por hoy ya te has ganado suficientes enemigos en la orilla de enfrente. Esta ofensa no la olvidarán. Ya es demasiado tarde para frenar el encubamiento, por no mencionar que Onneca te va a odiar si lo haces.

—Lo sé.

Era lo primero en que había pensado, Onneca no me perdonaría que fuese indulgente con el asesino de su padre.

—Nagorno, ¿has medido las consecuencias que esto va a tener en la villa?

—¿Tú que crees? Siempre fui mejor estratega que tú.

Tragué saliva. Desde el río nos llegaban los alaridos de Ruiz dentro de la cuba. Tello el peletero tapó las dos orejas de su hijo pequeño, lo cargó y, sin mediar palabra, dio media vuelta y retornó a la villa por el camino embarrado. Muchos otros lo siguieron en silencio con la cabeza baja. No así los nobles, que se quedaron hasta el final mientras la madera del tonel se iba empapando y hundiendo en el Zadorra.

—Así que esto es una partida... —dije.

—Desde que dejaste la plaza huérfana. Sí, claro que es una partida. Gracias por los dos años de ventaja.

«De acuerdo», pensé. Ya habíamos jugado antes. Con más peones, con más vidas. Todos perdíamos y a él no le importaba, esa era su fortaleza y mi debilidad.

—Una duda, Nagorno. La partida ¿es a corto plazo o a medio plazo?

Era mi manera de preguntarle: «¿Debo armarme ya o me dejarás vivir un poco antes de la batalla que me tengas preparada?».

Nagorno sonrió.

—¿No estás viendo lo que tienes delante, tú que siempre fuiste el más avispado de todos los hermanos? Necio..., la partida empieza hoy.

Y mientras lo dijo, los últimos vecinos de la Villa de Suso abandonaron la orilla con la hiel en la boca. Los gritos de Ruiz se habían ahogado en el lecho del río y ya no se oían ladridos ni maullidos.

El alcalde y el sayón dieron a hombre y animales por muertos y lanzaron una gruesa maroma que les había llevado Sabat el soguero en un carromato. Atraparon el tonel después de varios intentos y entre los dos subieron al carro el cubo recuperado con todos los muertos dentro de él. Nadie tuvo tripas para abrirlo allí mismo. Incluso Mendieta, acostumbrado a todo después de varios años de aplicar castigos, se alejó detrás de un álamo y vomitó con gran estrépito.

Onneca fue la única que aguantó en su montura sin marchar hacia la villa. Se nos acercó, desmontó de Olbia y le dijo a Nagorno:

—Déjanos a solas, querido esposo. He de hablar con tu hermano.

—Prefiero quedarme.

—Lo sé, pero hablaré con él a solas de todos modos. Espérame en el lecho, voy a necesitar tus abrazos para recomponerme de lo que he visto.

Nagorno me sostuvo la mirada, pero acabó marchando.

—Has expuesto mucho por vengar a mi padre —me dijo Onneca una vez que mi hermano se perdió de vista.

¿Qué responder a eso, si tal vez un día iba a enterarse de la verdad?

—¿Qué quieres, Onneca? No deberías medir tus fuerzas con Nagorno. Resérvate para cuando haga falta de verdad.

—No te preocupes por mis batallas con mi esposo, las libraré a mi manera. Estoy preocupada por mis hermanas. Les he escrito de nuevo esta semana poniéndolas al día del juicio por el asesinato de padre y no he recibido carta alguna. Tu familia siempre se ha encargado de los asuntos de la parroquia de Santa María y mi padre quiso que allí las emparedaran, tapiando parte del granero. ¿Sabes algo de su empecinado silencio?

—Nosotros construimos la primitiva ermita antes de que el rey decidiera ampliarla, pero no hay más gestión que las misas del párroco, cobrar el trigo en las cantidades acordadas y otros asuntos religiosos. Cuando marché, tus hermanas eran dos chiquillas a las que tu padre adoraba, me sorprendió que decidiera el voto de tinieblas para ambas. Me informaré de quién se encarga de su bienestar. ¿Necesitáis algo más de mí, cuñada?

—No, Diago. Recupérate. Se te ve débil.

Me quedé junto a la orilla hasta que todos marcharon. Onneca y su caballo dorado, el carro cargado de aquel despropósito, los *seniores* de la otra orilla después de escupir y maldecir entre ellos...

Y pude ver cómo la villa quedaba rota en dos. A partir de ese día, nadie estuvo a salvo dentro de las murallas.

# 22

## ARKAUTE

## UNAI

*Octubre de 2019*

Tomé el coche y me dirigí a la escuela de Arkaute, a las afueras de Vitoria, donde años atrás me había formado como *ertzaina* y después como perfilador criminal. Estaba bastante cerca del cementerio que tanto quería perder de vista, y fueron muchas las veces que entrené corriendo por los caminos que rodeaban la miniciudad donde las nuevas promociones convivían durante nueve meses hasta que la palabra «compañero» adquiría un significado mucho más sólido.

Buscaba a mi mentora, la psiquiatra Marina Leiva. La mujer que me llevó desde el principio por los oscuros caminos de los cerebros de psicópatas, psicóticos y los peores delincuentes en serie, mi especialidad.

Cuando llegué a la Academia de Arkaute, una barrera me cerró el paso y tuve que enseñar la placa.

Un novato la habría buscado en las aulas donde impartía sus clases de Perfilación, pero yo conocía bien sus rutinas.

Miré el reloj del móvil y me adentré en el edificio que albergaba las piscinas cubiertas. La encontré allí, diminuta, nadando por las calles desiertas con un bañador rojo y un gorro de goma aprisionando su melenita rubia.

Aguardé pacientemente a que terminara los largos y se percatase de mi presencia. La esperé de pie, con las botas en la mano y los pies descalzos pisando charcos de agua con cloro.

—¡Unai, qué sorpresa verte de nuevo por aquí! —dijo

mientras subía por las escaleras de metal que la sacaban de la piscina.

—Te debía una visita, me temo que he dejado pasar demasiado tiempo.

—Desde luego. Has volado solo y te ha ido bien, por lo que cuentan en el Cuerpo.

—No tan bien, Marina. He cerrado algunos casos como he podido, pero ahora necesito tu ayuda. Me he encontrado con algo…, con alguien que me tiene desconcertado.

Le hice un ademán para que nos sentásemos en las gradas. Ella me siguió. Era tranquila y paciente, observaba y sonreía sin que tuvieses la incómoda sensación de que te estaba analizando. Se limitaba a estar y a escuchar, había olvidado el bálsamo que suponía su presencia para mis nervios.

—¿Y me necesitas a mí? —preguntó mientras se secaba sin prisas con una toalla.

—Sí, precisamente a ti. Recuerdo que me contaste cómo comenzó tu colaboración con nosotros. El caso del violador en serie al que llamaban el Charlatán.

Yo era demasiado joven por entonces y la prensa nacional no se hizo eco del caso, tampoco había redes sociales para amplificar lo que sucedió.

Un tipo que, mientras las violaba, no dejaba de hablar a sus víctimas, preguntándoles por sus fantasías y por sus gustos. Todas ellas referían que aquel capullo era locuaz, que no callaba y que su acento era del este de Europa. Con algunas de las denunciantes hubo suerte y se pudo tomar muestras del semen.

La Policía buscó entre agresores sexuales con antecedentes y pasaporte de aquellos países. No encontraron nada.

Aunque también tenían a otro violador en serie actuando por la misma zona. Las víctimas describían a un hombre español, decían que nunca hablaba, que era muy cruel, así que buscaban un perfil diferente. Pero surgió un indicio desconcertante: el ADN coincidía con el del Charlatán. Pudieron detener al violador patrio, resultó que era paciente de la doctora Leiva. Llevaba años tratando su TID, su trastorno de identidad disociativo. Fue entonces cuando la Policía acudió a ella.

—No suelen encontrarse casos tan espectaculares como

aquel —dijo, y plegó con cuidado la toalla sobre sus rodillas—. Y la mayoría de mis colegas no creen en el TID. Hay mucha casuística de simulación. Verás, el trastorno de personalidad múltiple se hizo popular desde los años cincuenta gracias a una película llamada *Las tres caras de Eva.* En su tiempo causó un gran impacto social y muchos delincuentes comenzaron a simular los síntomas del trastorno como excusa para que los psiquiatras forenses les diagnosticasen TID y se libraran de una condena en prisión. Fingían amnesia o fugas disociativas. Pero hoy en día tenemos buenos instrumentos clínicos para determinar si el sujeto está fingiendo o no. Se desconoce su prevalencia en la población, pero es escasa, así que la mayoría de los psiquiatras no se han encontrado o no han detectado un caso en su vida. Yo he tratado a varios a lo largo de treinta años. ¿Para qué quieres consultar ese caso conmigo?

—Voy a describirte a una persona, llamémosla Alvar.

—De acuerdo.

—Es un sacerdote de menos de cuarenta años —le expliqué—. Cierto perfil narcisista, extrovertido, seguro de sí mismo. Seductor, insiste en que se le trate de usted. Siempre tiene calor y le es suficiente con la sotana, esté en interiores o en la calle de noche. Complejo de superioridad, conciencia de clase alta. Heredero de una familia adinerada que ha ostentado una situación privilegiada durante mil años.

—Me hago una idea.

—La misma persona, al día siguiente, se me presenta como Ramiro Alvar. No me reconoce ni recuerda lo que ha hecho el día anterior. Ahora es introvertido, no usa sotana. Lleva gafas, a diferencia de Alvar. Me tutea. Miedoso, no presenta rasgos narcisistas. Creo que tiene altas capacidades: licenciaturas en Historia, Económicas, Derecho y Psiquiatría. Esto último es curioso, dice que se formó para ser digno del legado familiar y no refiere estudios de Teología. Buen gestor con el dinero de su familia, parece muy responsable, demasiado para su edad. Creo que prefiere la compañía de los libros a las personas, pero intuyo una motivación traumática, un miedo que se revela enseguida en el trato. En su sofá de lectura tiene un ejemplar, desgastado por el uso, de las *Meditaciones* de Marco Aurelio. Es todo un contraste que este lea a los estoicos cuando el día anterior se define como un hedonista. Es friolero, el tono de voz es menos grave que el de Alvar. Lo del tono de voz tienes que oírlo. —La miré y me sonrió, como si no le sorprendiera—. Habría jurado que son dos personas diferentes.

—Continúa, ¿qué más tienes?

—Un detalle desconcertante: él refiere ser el XXV señor de Nograro, mientras que Alvar dice que es el XXIV. Tengo mis sospechas de que Ramiro Alvar tiene agorafobia. Los pocos testigos que lo conocen juran que nunca ha salido de su casa-torre.

—Solo una pregunta de descarte antes de continuar: ¿estás seguro al cien por cien de que se trata de la misma persona?

—Sí. Misma estatura, mismo olor corporal, idénticos dibujos del iris y el lóbulo de la oreja pegado en ambos casos, un detalle nada habitual y que es fruto de una mutación genética. Además, después de que Alvar disfrutase de una noche de fiesta, nuestro Ramiro Alvar tenía ojeras, se me presentó sin afeitar y somnoliento. Solo tengo una imagen de Alvar, no pude conseguir una de Ramiro Alvar. Pero la he ampliado y estudiado, y hay un detalle que lo descubre: la marca en el puente de la nariz de la montura que usa Ramiro Alvar. Cuando conocí al sacerdote, acababa de desprenderse de Ramiro Alvar, gafas incluidas. Coincidí con Alvar en plena calle y diría que solo me reconoció cuando ya estaba cerca, lo achaqué a su miopía.

—Entonces tenemos a Alvar 24, el sacerdote, y Ramiro Alvar 25, el ratón de biblioteca —concluyó como si fuera lo más sencillo del mundo.

—Eso es.

—Ramiro Alvar es el PAN, la personalidad aparentemente normal. Alvar, nuestro querido sacerdote, es el *alter*. Siempre son así: teatrales, exagerados. Son una invención de su cerebro eligiendo unos rasgos muy marcados por unos motivos muy concretos. El *alter* no es una persona como tú y como yo, con cientos de matices. Es un personaje pintado a trazos gruesos.

—¿Cómo lo sabes? —acerté a preguntar.

Se encogió de hombros risueña.

—El *alter* es el abusón. Tiene machacado a nuestro Ramiro Alvar.

—¿Así es como funciona? ¿Un *alter* creado por la mente de una persona con TID trata mal a quien lo creó?

—Los *alter* son mecanismos de defensa, alguien con trastorno de identidad disociativo tiene la psique fracturada. No me gusta hablar de personalidades múltiples, prefiero hablar de alternancia de identidades y tratarlos como estados fragmentados de nuestra personalidad que no están integrados correctamente.

La animé a seguir con la mirada.

—Tú eres un Unai en tu casa, con tu familia. En el trabajo eres el inspector López de Ayala y utilizas otras habilidades. Tal vez tengas que ser más rudo con algunos sospechosos y te comportas de una manera que no lo harías con tus hermanos o con tus padres. Con tus amigos puede que seas un gamberro, vuelves a la personalidad que tenías cuando los conociste en la adolescencia. Y para la prensa y la gente que no te conoce eres Kraken y te asumen otros rasgos que tú eliges asimilar o negar, pero en todo caso, no eres con ellos el Unai íntimo que conoce tu entorno.

Miré a un charco del suelo incómodo.

Nunca me gustaron las autopsias en vivo.

—Normalmente todos funcionamos así —continuó—. Somos la madre, la amiga, la hija, la amante, la jefa... Y actuamos de diferente manera en base a quién tenemos delante y si estamos en una situación laboral, familiar, social o íntima. Pero la mayoría de nosotros hemos integrado todos estos aspectos de nuestra personalidad y acudimos a cada recurso cuando lo necesitamos. Una persona con TID no los tiene integrados y por eso surge la amnesia. No es una amnesia que afecte a cuestiones generales, sino a aspectos concretos, como lo que hizo el día anterior su otro *alter*. Y por eso hay un rasgo muy acusado de desconfianza y paranoidismo. No se fían de ellos mismos, o más bien de lo que han hecho sus *alter*. Se ocultan acciones entre sus distintas identidades, de ahí la amnesia y las fugas disociativas. Por eso, muchos son solitarios y se aíslan, no pueden llevar una vida normal sin ser descubiertos y tampoco pueden ejercer una profesión con normalidad. Es un trastorno muy incapacitante y la mayoría de los pacientes viven para disimularlo y ocultárselo al entorno.

—Has dicho que son mecanismos de defensa, ¿contra qué?

—Antes se creía que detrás de un TID siempre había una vivencia traumática infantil o experiencias de apego desorganizado en las primeras décadas de vida. Que la psique se fractura frente a un *shock* inaceptable que no puede asimilar y el enfermo toma varias personalidades: el rescatador, el persecutor y la víctima. Que una de las personalidades evita el recuerdo traumático en la vida diaria. Que el *alter* o los *alter* siguen fijados a experiencias traumáticas y llevan a cabo acciones defensivas. Que hay una parte agresiva, otra evitativa, otra de sumisión. Y que entre ellas se odian. Pero yo no diría tanto. No estoy tan segura de que sea necesario un trauma infantil, aunque sea lo más común. Sí que creo que el TID comienza o se exacerba ante un episodio estresante. Cualquiera que sea importante para el paciente.

—¿Crees que si te traigo al sujeto podrías darme un diagnóstico de lo que le pasa o de si está fingiendo? Necesito saber qué es lo que está ocurriendo, Marina. Tengo indicios, pero para la jueza no van a ser suficientes. Y aunque todo apunta en su dirección, vendría muy bien un punto de vista profesional.

—Sería un caso muy interesante, y el pronóstico es muy esperanzador si estos pacientes vienen a terapia. Tendrías que hablar con Ramiro Alvar. El *alter,* nuestro Alvar sacerdote, no va a querer ni verme.

—¿Por qué? ¿Él no querría mejorar?

—No lo has entendido todavía, Unai. Los *alter* urden lo que sea para sobrevivir. Lo que sea. Si viene a terapia, Alvar dejará de existir…, y créeme, él va a hacer todo lo posible para que eso no ocurra.

## 23

## LA DAMA DEL CASTILLO

### UNAI

*Octubre de 2019*

Llegué a Laguardia a primera hora. Mis damas desayunaban plácidamente en la terraza del hotel. Alba se relajaba con la cabeza recostada sobre el respaldo de la silla, como si mirando al sol absorbiera más energía en aquella mañana cálida de otoño.

Miré de reojo un periódico que algún cliente madrugador se había dejado y recé para que Alba no lo hubiera leído.

—¿Me acompañáis al torreón del castillo? —les pregunté mientras besaba a ambas.

Cargué a Deba sobre mis hombros y subimos por la escalera de caracol octogonal hasta que coronamos las almenas y salimos al exterior.

—¿De qué se trata? —preguntó Alba con cierta cautela, tal vez se temía malas noticias de nuevo.

Con ademanes de ilusionista saqué del bolsillo interior de mi cazadora tres hilos rojos de seda. Los había convertido en tres pulseras con nudos corredizos. Conocía de memoria el diámetro de las muñecas de Alba y Deba, ellas me miraron con cierta desilusión.

—Yo *experaba caztañas* —comentó Deba, y se distrajo con el paso de una libélula que había volado demasiado alto.

—Voy a contarte una leyenda que me relató la abuela —le dije a mi hija después de sentarme sobre una almena y acomodarla sobre mi muslo—. ¿Ves el monte Toloño? Tú viniste de allí. Tu madre y tú pasasteis unos días con el dios Tulonio y la

Madre Tierra os protegió. Ella es otra diosa. La más importante, de hecho. Su nombre primigenio en estas tierras era Lur. Y a Lur le gusta tejer por las noches, subida a la Luna cuando está menguando. Es una hilandera, teje los hilos del destino.

—¿Qué *ez* un hilo del *tino*? —preguntó levemente interesada.

—Es lo que nos une a los tres, lo que nos convierte en familia —le expliqué—. Se puede estirar, acortar o anudar, pero nunca se puede romper: Lur no lo permitiría. Ahora nos las vamos a colocar los tres y nuestras hebras van a quedar conectadas para siempre. Nunca te la quites. Si un día estás triste, acaríciala y piensa que papá y mamá también llevan una y que todos nos vamos a cuidar. Es lo que hacen las familias.

Alba me miró con una sonrisa, creo que un poco conmovida. Les coloqué las pulseras, me encantaba ver nuestras muñecas uniformadas.

—¿Cómo lo haces para emocionarme ya a estas horas? —me susurró al oído.

Deba aplaudió cuando nos besamos, tenía esa escandalosa costumbre y a mí me encantaba.

—Bajemos entonces —me rogó Alba con un gesto risueño—, tengo mil gestiones pendientes. Estoy organizando un programa de eventos con el Ayuntamiento de Laguardia y esta mañana tengo que reunirme con ellos. Quiero hacer rutas por las bodegas subterráneas de la villa que terminen con una cata de vino en el hotel. Y paseos en *segway* por los viñedos. Y quiero colaborar en el Certamen del Pintxo Medieval de este año.

Fui tras ella escaleras abajo. Seguía siendo la jefa hiperactiva y firme de siempre, pero jamás en los despachos la vi tan sonriente ni percibí esa energía blanca que la rodeaba desde que se había trasladado a Laguardia.

El desastre llegó poco después. Yo troceaba una manzana para Deba en la cocina del restaurante cuando Alba llegó con el periódico en la mano.

—¿Qué es esto? —preguntó mientras me señalaba el titular y una imagen en el cementerio donde Tasio y yo discutíamos a pie de tumba:

Kraken y Tasio, ¿las claves del enigma del caso de Los Señores del Tiempo?

—Vamos, Deba. ¿Por qué no vas a tu cuarto y me enseñas esos libros que has coloreado? —le pedí a mi hija.

Deba obedeció encantada. En cuanto salió de la cocina y nos quedamos solos, Alba se acercó a mí. Creo que vi miedo en sus ojos.

—¿Tasio Ortiz de Zárate está de vuelta y no me lo has dicho?

—Quería respetar tu duelo —dije—. No habría servido para nada salvo para asustarte. Y no quiero que vivas asustada.

—Ya lo estoy. Tasio quería entrar en la vida de Deba, ¿cómo no voy a estar asustada?

—Ha venido al funeral de Samuel Maturana. No podemos impedírselo, tenían una relación muy estrecha. Pero lo que has leído en el periódico no tiene nada que ver con el caso de Los señores del tiempo. Hablé con él, le pedí que no se acerque a Deba. Solo espero que me tome en serio y no lo intente —suspiré.

Alba apretó con rabia el periódico sin darse cuenta, después me dio la espalda y se volvió hacia la cristalera para quedarse mirando el jardín exterior.

—Vuelve a pasar —se le escapó al fin.

—¿Qué vuelve a pasar?

—La gente, a tu alrededor, la pones en peligro. La pones en peligro porque te mezclas con asesinos.

Habría sido sencillo.

Hundirla. Hacerle daño.

Recordarle que sus instintos de protección no le sirvieron en el pasado y que ella era el paradigma de la policía que se mezcla con un asesino. No lo hice. Supongo que esas pequeñas decisiones marcan como un puntero láser la dirección de lo que cada uno quiere que sea una relación. No quería ser un mierda de tío que la dañara, que la atacase por los flancos durante las batallas verbales.

Eso era lo fácil. Y a mí no me iba lo fácil.

Respiré hondo. Pensé en alguna imagen que me relajara, agua fluyendo por algún manantial de montaña, un lugar que me llevase lejos de allí y me sirviese de ancla.

—Cada uno elige qué no va a perdonar —le dije—. Y si tú

no me perdonas que yo sea el que soy… Mira, Alba, quiero estar contigo. Ahora que estás pasando un duelo, ahora que estás aterrada y huyes con Deba para estar sola. Sé que ella es suficiente para ti y no voy a mendigarte cariño ni compañía. Yo quisiera que fuésemos una familia, no me rindo, pero necesito certezas y que me confirmes que no quieres que me rinda contigo. Tú mueves ficha, Alba. Me voy a trabajar.

Trabajar, despejarme, cambiar una obsesión por otra. Lo mío, vamos. Ese era mi desencadenante emocional. Me conocía bien, había aprendido a soportar mis insoportables fallos.

«Trabajo, pues.»

Recuperé el ejemplar de Alba de *Los señores del tiempo*, ese en el que yo había dejado como dedicatoria aquella frase sobre que la herida era un buen lugar donde vivir.

Me tapé la cicatriz de la cabeza con un mechón, era un gesto inconsciente que repetía cientos de veces al día. Me sentía expuesto si la mostraba.

Subí las escaleras, me metí en una habitación sin huéspedes, «Amor y locura», creo. Tocaba dejar apartadas ambas cosas, me senté en el sillón orejero y comencé a releer la novela con un taco de hojas del hotel a mano.

Buscaba paralelismos, apellidos, oficios… Buscaba porqués, la motivación detrás de aquel oscuro mundo de Oz. ¿Quién era el mago tras la cortina, el tipo invisible que manejaba los hilos? ¿O tal vez lo tenía delante y no se molestaba en ocultarse?

Alba entró al cabo de un rato. Se sentó sobre una esquina del colchón y me estuvo observando durante un tiempo.

—Creía que estabas trabajando —comentó al fin.

—Eso es exactamente lo que estoy haciendo —dije, y continué escarbando entre las páginas...

… y lo encontré.

Un nombre que me resultaba familiar, un apellido que me llamó la atención durante la primera lectura de la novela.

Y no solo eso. Había un personaje: Héctor Dicastillo, señor de Castillo, una de las aldeas viejas que rodeaban la antigua villa de Victoria. Y aquella frase recitada a su pariente: «Siempre ha habido una cadena de violencia que se remonta a las primeras edades del hombre».

Curioso, la había escuchado.

La había escuchado antes en boca de un amigo muy querido. La pronunció cuando estábamos inmersos en el caso de Los ritos del agua: «Hay una cadena de violencia que se remonta al Paleolítico». ¿Era acaso un lema que se repetía en la misma familia generación tras generación? No perdía nada por hacer esa llamada.

Me levanté del butacón y subí las escaleras de caracol, que me escupieron al exterior de la torre. Tenía tres llamadas por hacer.

Primera llamada.

—Inspector, ¡qué alegría me da oírte! ¿Qué me cuentas? —respondió su voz tranquila.

—Buenos días, Héctor. ¿Cómo va todo por Cantabria?

—En realidad, mi hermano y yo estamos ahora mismo en Londres, ocupados en unos asuntos familiares. ¿Puedo ayudarte en algo?

Héctor y Iago del Castillo llevaban varios años al frente del Museo de Arqueología de Cantabria, el MAC, y habían colaborado con un par de investigaciones en el pasado.

—Así es. No sé muy bien cómo empezar, así que iré al grano: ¿te has leído *Los señores del tiempo*?

—¿Perdona? —preguntó sin comprender.

—La novela. Me refiero a la novela.

—No sé muy bien de qué me estás hablando, Unai. ¿Puedes explicármelo para que yo lo entienda?

—Te preguntaba por una novela histórica que se ha publicado hace poco y que está causando mucho revuelo. Entiendo que en Santander también habréis tenido noticias.

—Iago y yo llevamos un par de meses en el extranjero, me temo que nos hemos desconectado un poco del día a día por aquí. ¿Por qué me preguntas por esa novela?

—Verás, está ambientada en Vitoria, o más bien en la villa de Victoria —puntualicé—, en la última década del siglo XII. Trata de las luchas de poder entre los reinos de Navarra y de Castilla, y también entre los linajes alaveses. Se ha publicado bajo pseudónimo, un tal Diego Veilaz.

—Disculpa, ¿has dicho Diego Veilaz?

—Sí, y el protagonista es Diago Vela, el legendario conde

don Vela. Está escrita en primera persona. Desde que se publicó se han perpetrado varios asesinatos en la ciudad, todos ellos con un *modus operandi* medieval, exactamente igual que algunas muertes de la novela: la mosca española, el voto de tinieblas y un encubamiento.

—Por los dioses —susurró, creo que consternado.

—Sí, y te llamo porque aparece un personaje que he pensado que tal vez fue antepasado tuyo, porque también se llama Héctor Dicastillo, señor de la aldea de Castillo. Una vez me comentaste que una rama de tu familia provenía de un linaje alavés y sé que eres experto en Historia Antigua y Medieval en el norte de la Península.

—Así es —confirmó, pero era una contestación automática. Estaba distraído, y yo habría matado por poder leer en su cerebro en esos momentos—. ¿Quién ha publicado esa novela?

—Una pequeña editorial local, Malatrama. Al editor le llegó el manuscrito, pero no conoce al escritor que se esconde tras ese pseudónimo.

—En cuanto cuelgue, voy a comprar la novela y mi hermano Iago y yo vamos a leerla ya mismo. Dame el día de hoy y te llamo. No puedo adelantarte nada ahora, ¿de acuerdo?

Y colgó, dejando a un inspector subido a una torre frente a un monte bastante desconcertado.

Pero todavía me quedaba algo por hacer.

Segunda llamada.

Marqué un número fijo, esperé varios tonos.

—¿Sí?

—Buenos días, soy el inspector López de Ayala. ¿Ramiro Alvar…?

—Sí, soy yo. ¿A qué sé de…, eh…, querías algo? —contestó después de aclararse la garganta.

—Me gustaría pasar hoy por la torre, ¿sería posible?

—Sí, claro. Me vas a encontrar aquí. ¿Ha ocurrido algo?

«Que han matado a MatuSalem con un castigo medieval. Eso ha pasado.» Pero callé.

Tenía otros planes para Ramiro Alvar. Como por ejemplo presentárselo a Estíbaliz y que juzgase por ella misma.

Tercera llamada:

—Esti, estoy en Laguardia. Voy a la torre de Nograro y me gustaría que vinieras, quiero mostrarte algo.

—Nos vemos en Vitoria en una hora —accedió—, te pasas a recogerme.

Aparcamos junto al foso, cruzamos el puente y encontramos el portón de madera abierto. Era día de visitas. Se oía la voz de la guía escaleras arriba, nos asomamos y vimos que conducía a un grupo de atentas jubiladas por los pasillos de la primera planta. La saludé con la mano y le indiqué con gestos que iba a llamar al telefonillo del apartamento de Ramiro Alvar.

—¿Qué es exactamente lo que quieres mostrarme, Unai? —preguntó Estíbaliz un poco recelosa.

—Ahora lo verás. Paciencia.

—Suban, suban… —me contestó una voz engolada.

«Maldita sea, no puede ser», juré para mí.

Pero sí, Alvar me la había jugado. Era él quien contestó el teléfono fingiendo ser Ramiro Alvar cuando llamé.

Alvar nos esperaba en la sala de los paisajes, peinado pulcramente y vestido con una dalmática verde y dorada.

—*Aestibalis,* sabía que volveríamos a vernos —se limitó a decir con su amplia y beatífica sonrisa.

—Buenos días, Alvar —saludé, aunque apenas era consciente de mi presencia, solo tenía ojos para mi compañera.

—Yo también me alegro de volver a verle —dijo Estíbaliz—. Venimos por la investigación en curso, estamos comprobando algunos datos nuevos que nos van surgiendo.

—Ya sabe que le he ofrecido toda mi colaboración.

—Lo sé —contestó ella—. Nos preguntábamos si tiene alguna relación con el Museo de Ciencias Naturales.

—¿Y para qué querría yo visitar una falsa torre medieval si ya vivo en una auténtica? —se extrañó. Y su extrañeza era auténtica, había algo muy infantil, muy naif en sus reacciones.

—Me refiero a si colabora con el Museo a través de un mecenazgo, por ejemplo —atajé.

—Vienen a mi casa a preguntarme por cuestiones prosaicas, no me ocupo de esos asuntos —contestó muy poco interesado.

—Hablemos de su familia entonces, ¿recuerda el hábito de dominica que estuvo expuesto en las vitrinas de la primera planta? —intervine.

—Era de mi tía abuela Magdalena Nograro, tomó los votos en el convento de Quejana. Y ya me están aburriendo de nuevo.

Alvar me daba la espalda y miraba a través de la ventana hacia un exterior nublado. Yo lo observaba y no dejaba de preguntarme si vería nítidamente la alameda dorada que se desplegaba a sus pies.

—¿*Aestibalis,* sabe usted montar a caballo? —le preguntó.

—Sí, me crie en un caserío en las faldas del Gorbea —contestó feliz. Esti adoraba acercarse a algún centro hípico durante los fines de semana—. Eran animales de carga, no precisamente pura sangre, pero…

—En la cuadra nos quedan varios ejemplares nobles —la interrumpió con la voz sedosa. Esa voz—. Y hoy es el día perfecto para pasear, ¿me honraría con su compañía una vez más?

Ahí estaba de nuevo. El roce en el dorso de la mano, la mirada sostenida. Nadie respondió cuando me despedí y salí de la sala, convertido desde hacía un buen rato en el hombre invisible.

Crucé el foso y decidí acercarme al pueblo de Ugarte. El camino que los separaba, algo menos de un kilómetro, apenas estaba jalonado por un par de edificios. El más cercano a la casatorre era un viejo almacén abandonado al que se accedía por un pequeño desvío donde las malas hierbas se habían comido el sendero.

Continué mi marcha hasta que me pareció escuchar algo muy anacrónico. Diría que sonaba música clásica. El *Adagio* de Albinoni. Miré alrededor extrañado.

Seguí la melodía de los violines hasta que llegué a un coqueto chalé con un inmenso jardín donde una señora de unos cincuenta años podaba con guantes unos matorrales. Un hombre algo más mayor que ella salió del garaje cargando un par de cubos de agua.

—Buenos días —me saludó la mujer, y se quitó un guante para alisarse el pelo, muy corto y granate—. ¿Te has perdido?

—No, en realidad iba a dar una vuelta por el pueblo. ¿Esa música viene del chalé? —pregunté.

—Sí. Fidel y yo tenemos un pequeño criadero de pollos felices detrás del jardín. Tienen que alimentarse en exteriores y esta música los relaja.

—Me alegro por ellos —comenté—. Vengo de hacer una visita a la casa-torre, qué lugar más curioso. ¿Conocían ustedes a la familia Nograro?

—¿A los padres, Inés y Lorenzo Alvar? Murieron hace ya veinte años —comentó la mujer, que no paraba de dar vueltas a la tijera de poda.

—¿Qué fama tenían por aquí?

—¿Nograro? Tenía varias caras, según a quién preguntes, me imagino —comentó el marido mientras se encogía de hombros y miraba hacia otro lado.

—Era una familia con dinero, pero en mi casa siempre hablaron bien de ellos —se apresuró a decir la mujer—. No es que fueran del pueblo, vivían en la casa-torre, y antaño daban trabajo a bastante gente, con la ferrería, el molino…, y tenían bastantes piezas de labranza en renta que algunas familias de Ugarte trabajaban. Siempre han sido una familia muy educada, con estudios. La madre era un encanto. Inés se llamaba, ya te lo he dicho. Buena gente, adoraban a sus hijos.

—¿Hijos? La guía de las visitas ha comentado que solo queda un señor de Nograro, un tal Ramiro Alvar.

—Ese es el hermano pequeño, el que queda. El primogénito era Alvar, pero murió joven. Se fue a estudiar a Vitoria, era guapísimo. Volvió cuando sus padres fallecieron en el accidente de coche. Ramiro Alvar era menor de edad, así que él se encargó de su hermano, aunque ya vino bastante enfermo. Nosotros no lo vimos en esa etapa, la verdad. Se dijo que murió, pero en Ugarte no se hizo entierro ni misa. Por cierto, me llamo Fausti, Fausti Mesanza.

—Encantado, Fausti. ¿Y sabe cómo se llevaban los hermanos?

—Se adoraban. Ramiro Alvar siempre fue un chaval educado, tímido y encantador. No sé por qué ahora no se le ve mucho, la verdad. Había mucho amor en aquella casa. Lorenzo Alvar, el padre, estaba orgullosísimo de Alvar, su primogénito. Le llevaba sus gestiones. Si no hubiera sido por la enfermedad que se lo llevó por delante…

—Bueno, eso es que tú lo veías con buenos ojos, como todas —interrumpió el marido.

—No empieces, qué culpa tenía él de ser tan guapo —dijo Fausti mientras le daba un codazo al marido—. Además, ya está muerto.

—¿Qué edad tenía Ramiro Alvar cuando murió su hermano? —El *Adagio* de Albinoni que los pollos escuchaban había dado paso a un solemne *Canon* de Pachelbel.

—Creo que eso pasó en 1999 —calculó Fausti—. Acababa de cumplir la mayoría de edad, porque no fue con ningún pariente mayor a Vitoria, era un chaval muy responsable y maduro. Desde entonces él se ha encargado de todo y parece que lo lleva bien. La gente que tiene las piezas en renta no se queja y muchos del pueblo trabajan con algo que tenga que ver con la casatorre. La vieja ferrería ahora es un agroturismo con un taller que hace piezas de vidrio. Otros del pueblo trabajan limpiando la cuadra o las labores de mantenimiento del jardín.

—¿Y ese almacén abandonado? —quise saber.

—Es lo que queda de la bodega —respondió Fidel.

—¿Bodega? No veo viñas por estas tierras. ¿También pertenece a los Nograro?

—Así es. La familia la ha gestionado desde siempre, que yo sepa —dijo Fausti—. Era para uso propio, creo que ya no lo comercializan, las compraban en la zona de la Rioja Alavesa. Hace años traían aquí remolques y descargaban las uvas. Lo desmantelaron hace décadas, creo que solo quedan los aparejos y la maquinaria que retiraron. ¿Quieres verlo? Se puede llegar desde la parte trasera. Hay un camino precioso por la alameda desde nuestra granja de pollos hasta su acceso.

—Me encantaría —dije.

Y pasamos por delante de los pollos, que picoteaban granos en la tierra a ritmo de Pachelbel, mientras nos adentrábamos por un camino franqueado por los troncos rectos de los álamos.

El contraste entre las copas amarillas y el gris de la corteza me hizo sentir en calma por primera vez en días. La alineación perfecta de la plantación proyectada hacía décadas le daba una apariencia mística.

Fue un auténtico baño de bosque, un lugar donde templar los nervios y pararse a escuchar el rumor del viento entre las hojas doradas. El matrimonio sonrió a mi lado cuando comprendieron el efecto que me provocaba. Sin ser consciente de ello, llevé mi mano al hilo rojo y pensé en que tenía que enseñar aquella cápsula del tiempo a Deba y a Alba.

Pero por muy relajante que resultara aquel entorno, me obligué a continuar con mi trabajo.

—Fidel, ¿por qué decía que Lorenzo Alvar tenía varias caras?

—Era un hombre muy educado, pero en Carnavales se ponía la ropa antigua de su madre o de su abuela. Todos los años, en el pueblo, siempre aparecía vestido de mujer. Era el hazmerreír.

—Siempre no —lo interrumpió su mujer—, alguna vez se disfrazó de soldado.

—¿De soldado? —repetí.

—Sí, el uniforme de algún antepasado, de la ropa que tienen expuesta en el museo. Iba con escopeta, con el zurrón antiguo... No le faltaba detalle.

—En Carnavales era un poco la comidilla de todos —insistió el marido—, de qué se iba a disfrazar Lorenzo Alvar Nograro. Y siempre se decía que a veces lo veían salir de la casa-torre disfrazado sin ser Carnavales.

—Eso nunca se pudo demostrar —dijo Fausti un poco enfadada—, solo eran cotilleos de pueblo.

—Sí, de este pueblo de bastardos —murmuró Fidel para el cuello de su camisa.

—¿Cómo dice? —pregunté.

—No ha dicho nada, hoy lo pillas de mal genio y un poco picón —se apresuró a hacer constar la mujer después de propinarle otro codazo mal disimulado—. ¿Sabes que a los de este pueblo nos llamaban «callarranas»? Hace tiempo, claro. Ahora no, pero es una historia que siempre contamos a los forasteros.

—Pues cuéntemela, suena interesante —le seguí la corriente como si no me hubiera percatado de su torpe cortina de humo.

—Hace bastantes años los Ugarte tenían que subir con varas al foso de la casa-torre para hacer callar a las ranas, por lo visto molestaban mucho con su croar a los señores de la torre, a los tatarabuelos de Lorenzo Alvar Nograro. Se nos quedó el mote, aunque yo nunca he visto esa costumbre.

Mientras charlábamos, habíamos llegado ya al final de la alameda y una verja en mal estado cerraba el paso al viejo almacén.

—Aquí lo tienes. Como ves, no queda mucho por ver —dijo Fausti—. Yo ahora me tengo que ir a preparar el club de lectura.

—Suena interesante. Yo soy muy lector.

—En este pueblo también lo somos. Todas las mujeres de mi edad y algunos jóvenes de Ugarte nos juntamos en el bar un par de tardes por semana, los miércoles y los viernes.

—¿Qué libro estáis comentando ahora?

—El de *Los señores del tiempo,* nadie habla de otra cosa en el pueblo. ¿Lo has leído?

—Estoy en ello, estoy en ello —mentí, como si no me lo hubiera aprendido de memoria de tanto rebuscar entre sus páginas—. Me encantaría poder comentarlo con otros lectores, la verdad.

—Pues pásate, hombre. No hace falta ser del pueblo para venir al club de lectura, es algo muy informal.

—Puede que me pase algún día —asentí—. Gracias por el paseo, voy a quedarme un rato por la alameda.

Nos despedimos y esperé hasta perderlos de vista para inspeccionar la zona. Una verja circundaba parte del perímetro del almacén. Ni siquiera intenté rendirme a la tentación de colarme dentro del recinto. Lo que fue una bodega ahora era un gran edificio alargado de paredes blancas y tejado de pizarra gris.

Empujé con el hombro la puerta de metal de la entrada y cedió.

Por las altas ventanas se colaba la claridad que iluminaba las motas de polvo suspendidas. Al principio me mareó el fuerte olor a madera húmeda y a vino fermentado.

Cientos de barricas se apilaban a ambos lados. Eran enormes, de madera, algunas con tapa. Otras la habían perdido.

Me acerqué a una de ellas. No era la primera vez que veía

una cuba similar. Pero no solo encontré toneles. Me llamaron la atención unos sacos de plástico apilados en una esquina. Los inspeccioné de cerca: una línea roja en un extremo.

Cogí el móvil y llamé a Peña.

—Envía al equipo de la Científica al almacén anejo a la casa-torre de los Nograro. Tengo dos hallazgos: creo que sé de dónde sacó el asesino de MatuSalem el maldito barril y también he encontrado unos sacos iguales a los de las hermanas Nájera.

# 24

# CARNESTOLENDAS

## DIAGO VELA

*Invierno, año de Christo de 1192*

Nada pudo protegerlas, pese a nuestro empeño.

Mucho hubo que lamentar aquel Jueves de Lardero, en todo caso.

Esperé a Héctor a las puertas de la villa, en el mercado que las fruteras habían comenzado a montar desde hacía semanas frente a los portales de la Pellejería, la Çapatería y la Ferrería. Era su modo de negarse a entrar en la villa y pagar las pechas cada vez más altas que los Mendoza les exigían por vender su mercancía intramuros.

Pese a que me hallaba fuera de las cercas, se oía por encima de las almenas el sonido nítido de las carracas, los almireces y los cencerros. La misa de la mañana había terminado en la parroquia de Santa María y las carrozas habían salido ya de los pajares con todos los vecinos disfrazados.

Era costumbre recibir en los portales a los parientes y amigos de las aldeas vecinas y bajé la cuesta en cuanto vi llegar un imponente elefante lanudo.

Héctor se había colocado una larga capa de lana parda sin hilar y sobre la cabeza llevaba una osamenta de una cría con sus dos colmillos curvos. Nagorno se la trajo una vez cuando viajó muy al norte, más allá de las tierras de Gunnarr. El escudo de armas de los Dicastillo era un elefante sobre campo ocre. Las Carnestolendas —*carnis tollendus* o retirada de carne, como decían en latín— eran una excusa para que cada linaje hiciera gala de su estandarte. Nagorno, por su parte, solía colocarse una capa hecha de una inmensa camisa de una sierpe gigante comprada a los bárbaros que vivían al sur de las tierras de los sarracenos.

—Había escuchado lo del mercado de las fruteras. ¿Tan dividida está la villa? —me preguntó Héctor en cuanto me vio, después de echar una preocupada mirada a su alrededor.

—Esto se ha convertido en una villa de murallas, portales y fronteras. Desde la ejecución de Ruiz, sus parientes encienden los ánimos en reuniones nocturnas bajo el Portal Oscuro. Los Mendoza, los Isunza y los hermanos Ortiz de Zárate traman algo. Abre los ojos y avísame si las calles se caldean más de lo habitual en Carnestolendas.

—Así lo haré —asintió, y cruzamos el Portal del Sur en busca del resto de nuestros parientes.

Eran días para la chanza y los artesanos se vestían de nobles con sus escudos de armas pintados en bastos sacos de rafia mientras imitaban la cojera del patriarca de los Mendoza, la chepa del pequeño de los Ortiz de Zárate y los abultados atributos de Johannes de Isunza.

Alix de Salcedo tampoco se salvó de las mofas. Un mozo vestía una saya quemada y cubría su cabello con una toca de tres picos. Cargaba con un saco de cepos, y una calavera dibujada sobre la rafia advertía del peligro de muerte.

Vimos llegar a Nagorno con el rostro pintado de rojo imitando unas escamas y su capa de camisa de serpiente. A su lado, Gunnarr se había colocado la cabeza disecada de un oso albino, al modo de los *berserkir*, y se había despojado de su camisa. Llevaba el torso pintado de arcilla blanca, aunque su envergadura lo delataba y todo el mundo lo reconocía por las rúas.

Onneca vestía de lamia y escondía su larga melena negra bajo una peluca. Un vestido de musgo y unas patas de ánade completaban su atuendo. Peinaba sus falsos cabellos rubios con un peine de oro que a buen seguro Nagorno le había fabricado. Cabalgaba sobre Olbia y el conjunto era tan bello como un atardecer, pero hacía ya un tiempo que yo evitaba a Onneca.

No quería saber nada de ella.

Había elegido a mi hermano.

Y yo no respetaba a alguien que tomase tan mala decisión.

Nos adentramos en la rúa de la Astería, donde muchos mozos ya exaltados por el vino aporreaban a los niños con intestinos de cerdo hinchados.

—¿Os habéis disfrazado de… anciano? —preguntó Onneca extrañada.

—Del viejo y la vieja, en realidad. —Era uno de los disfraces que nunca faltaban, junto al del Oso y el muñeco del Judas. Siempre había algún mozo que se disfrazaba de anciana y colocaba en su espalda un monigote de paja con un abuelo.

—¿Y la vieja? ¿No os falta el muñeco de la vieja?

—Voy a buscar a la abuela Lucía, me espera para que la monte a mi espalda, ¿qué año se ha perdido las *bachannallias*?

Y encaminé mis pasos hasta la esquina de las Pescaderías.

No me gustó lo que vi por el camino. Los vecinos lanzaban harina, poniéndolo todo perdido. Algunos vestían de pastores, con cencerros al cuello y los rostros pintados de negro. Era difícil reconocer a alguien, muchos eran parodiados, como el sayón. Un mozo montado sobre otro repartía mamporros con una tripa de cerdo hinchada. Llevaba una peluca hecha de finas zanahorias, imitando el pelo ingobernable de Mendieta.

Pero lo que me llenó de preocupación fue que sobre la carreta de los Mendoza un muñeco de Judas, hecho de paja y vestido de negro, soportaba cómo otros nobles le arrojaban puerros podridos. Un collar de manzanas, nabos, zanahorias, castañas y otras frutas sustituía al habitual collar de cáscaras de huevo. Un recordatorio muy poco sutil de la animadversión hacia las fruteras y los verduleros que se habían negado a agachar la testa y pagar el excesivo portazgo.

Los nobles se habían disfrazado de cuchilleros, ferrones y pañeros. No faltaban las chepas, los dientes pintados de negro y las falsas barrigas que ridiculizaban a los vecinos más pobres. Me quedé mirando la comitiva, intranquilo, junto al zaguán de la abuela Lucía. Alix de Salcedo saltaba y bailaba al frente de todos los ferreros. Llevaban vestidos y capas con *eguzkilores* prendidos. Repartían bollos preñados de chorizo que los niños zampaban con ganas. Me acerqué a ella cuando cruzó a mi lado.

—¡Qué gusto poder quitarme hoy la toca de tres picos! —me comentó aliviada. Pero noté preocupación en su voz.

—¿Algo os inquieta?

—Nos han robado más sacos de leños que otros años. Los mozos lo tienen por fechoría habitual, pero esta vez han ido a más. No voy a denunciar, pero no me gusta lo que veo hoy por la Villa de Suso. Demasiada saña, demasiada inquina.

—¿Y los *eguzkilores*?

—Nuestro gremio protege la villa, armamos a los vecinos si hay que armar. Tomad, hicimos de más para el Jueves de Lardero. —Y me entregó un bollo que me supo a gloria bendita.

—Voy a por la abuela Lucía, la llevaré a cuestas un rato.

—Si vieseis algún peligro, devolvedla a su casa y hacedme buscar —me pidió.

—Así haré, ¿me prestáis un *eguzkilore*?

—¿Para qué?

—Una vieja ceremonia —dije, y me encogí de hombros.

Pasé la mañana saltando con la abuela Lucía a mi espalda, riendo como una chiquilla, feliz de volver a recorrer las calles. Compartí mis planes con ella y nos acercamos a la pequeña iglesia de Santa María. Encontramos a Vidal, el joven párroco, orando en soledad. La Iglesia de Roma renegaba de una fiesta tan pagana, pero la soportaba porque era imposible impedir que los vecinos la festejasen. Además, nunca faltaba el disfraz de sacerdote borracho y orondo sobre un borrico, y pocos hombres de Dios contaban con la virtud de reírse de sí mismos.

—¿Podemos subir al campanario? —le pregunté al joven.

El párroco se sobresaltó cuando me vio; lo acusé al disfraz y a la presencia poco habitual de la abuela Lucía, pero por un momento noté que me miraba con espanto y no comprendí el motivo.

—Sois el conde don Vela, el resucitado, ¿no es cierto?

—Eso cuentan. ¿Nos prestáis la llave?

—¿Y qué pretendéis hacer allí arriba? Ya he tocado el ángelus.

—Quiero ver la villa desde esa altura, querido niño. No le neguéis este deseo a una anciana —intervino la abuela Lucía y su voz era tan dulce que hasta el diablo se habría enternecido.

El joven nos tendió una gran llave de hierro y la abuela le tomó la mano y la rodeó con su puñico. Los ojos del párroco se toparon con los de la abuela y después los rehuyeron, como si le hubiesen quemado. Después se escurrió fuera de la pequeña capilla y nos dejó solos. No entendimos demasiado su extraño comportamiento.

Subí con la abuela las estrechas escaleras de caracol hasta que alcanzamos el campanario. Una viga de madera sujetaba la gran campana. Ella y yo nos miramos como niños haciendo una diablura, busqué un viejo clavo en el travesaño y tiré de él hasta arrancarlo. Encontré un pedrusco desprendido a mis pies, la abuela sacó el *eguzkilore* de Alix y lo clavé.

—Espero que con esto los *gauekos* no entren en la villa —comentó la abuela mirando preocupada más allá de las murallas.

—No me preocupan los espíritus de la noche, abuela. Me preocupan los males que aguardan dentro de las cercas.

Entonces me miró con cara de niña traviesa y se sacó un cordelico rojo.

—Te trencé esto, llévalo siempre encima —me dijo solemne.

El hilo rojo. En otras tierras por las que viajé había visto a hilanderas atando almas con el hilo rojo. La miré emocionado. Aquello nos convertía en familia más que la sangre roja derramada.

—Átatelo, anda. Ya sabes qué ocurrirá si lo pierdes.

—Eso no pasará, lo prometo por Lur.

—Por Lur —repitió ella con su alma de pagana.

Desmonté a la abuela y ella se asomó hacia el norte.

De repente, husmeó el aire y se volvió hacia mí.

—¿Qué están quemando, niño Diago?

Me acerqué al hueco de la torre y vi que subía humo desde fuera de la villa. Extramuros, los Mendoza estaban quemando al Judas frutero y muchos jaleaban con saltos y bailes alrededor de la carreta con el espantapájaros ardiendo.

—Vamos, abuela. Es hora de que te devuelva a casa —dije preocupado.

Ella asintió y bajamos en silencio a la capilla, pero al pasar por delante de la puerta de la sacristía, la abuela me hizo parar.

—¿No hueles lo que yo huelo?

—¿A qué huele, abuela?

—A lo mismo que el párroco cuando le he dado la mano. Huele a huevos podridos.

Dejé a la abuela sentada en las escaleras junto al altar y me acerqué a la sacristía. La puerta estaba cerrada, pero empujé con un hombro varias veces hasta que cedió. Ella tenía razón, salvo que no era exactamente el olor de los huevos podridos, sino uno muy parecido.

Era un olor que no se olvida.

Un animal muerto, un campo de batalla abandonado a los cuervos, una fosa común abierta después de una ejecución. Me tapé la nariz con una manga y busqué el origen del hedor.

Lo encontré, un pequeño ventanuco apartado a la altura de mi cintura. Una contraventana lo tapaba. Al momento comprendí.

Salí y tomé aire. La abuela ya lo sabía, me miró con sus ojos ancianos y los labios apretados de pena y de rabia.

—Llévame a casa, tienes que encargarte tú.

—Abuela, no digáis nada. Necesito que guardéis silencio.

—Y lo guardaré.

# 25

## LOS SEÑORES DEL CASTILLO

### UNAI

*Octubre de 2019*

Héctor me llamó al día siguiente, había en su voz un tono apremiante que nunca antes había escuchado:

—A Iago y a mí nos gustaría entrevistarnos contigo en Vitoria cuanto antes. Hemos leído con mucha atención la novela y nos hemos puesto al día de los sucesos que han sacudido la ciudad estas últimas semanas. Tenemos que enseñarte algo, pero se trata de un objeto bastante valioso y debe ser custodiado.

—Podéis venir a mi despacho, en la comisaría de Portal de Foronda, en el barrio de Lakua. En cuanto a la seguridad, en nuestras instalaciones estará vigilado mejor que en ningún otro sitio.

—Creo que no me he expresado bien —dijo—. Verás, nada de cámaras, nada de papeleo y nada que deje constancia en un registro. Vamos a compartir contigo un asunto que puedes conocer como investigador, pero prefiero que seas discreto y no quede constancia en los informes, al menos no de momento. Te conozco desde hace años y sé que puedo confiar en ti. Y creemos que los datos que te vamos a aportar pueden ayudarte con la investigación, pero preferimos quedar al margen de todo esto. ¿Podemos encontrar un lugar más adecuado?

—Venid a mi casa, entonces. El portal número 2 de la plaza de la Virgen Blanca.

Los recibí en el rellano del tercero. Hacía varios años que no veía a Iago del Castillo, pero no había cambiado demasiado.

Alto como yo, pelo moreno, ojos muy claros. Una máquina en lo suyo, el estudio del pasado.

Su hermano mayor, Héctor del Castillo, era un tipo tranquilo que siempre sopesaba las palabras antes de contestar.

Iago llevaba un pesado maletín con unos sofisticados cierres de seguridad.

—Unai, ¡cuánto me alegra verte! —me dijo al cruzar el umbral de mi casa—. Héctor me contó lo de tu afasia de Broca. Tienes que cuidar ese cerebro, ¿quieres? Te tiene que durar toda la vida.

La confianza y el cariño que nos profesábamos había llegado con el tiempo. Lo conocí cuando me trasladé durante unos meses a la comisaría de Santander después de especializarme en Perfilación Criminal. Unos desconcertantes asesinatos habían situado su museo privado de Arqueología, el MAC, en el epicentro de una investigación que lideró el inspector Paul Lanero, el viejo Paulaner.

Al principio lo mío con Iago fue un choque de trenes. Estaba convencido de que me ocultaba datos. Pero poco a poco cambié mi percepción hacia él. Era un tipo muy inteligente, tal vez demasiado, pero fue íntegro conmigo y cerramos el caso con éxito.

Me dejé de hostias y lo abracé, yo también me alegraba mucho de verlos a ambos.

—No te preocupes por mi cerebro —dije—, no creo que se eche a perder de no usarlo. Mis asesinos en serie lo mantienen activo. Sentaos y enseñadme el misterioso objeto, si os parece. Sois únicos creando intriga.

Cruzaron una mirada cómplice y se sentaron en las butacas de mi salón mientras yo ponía mi móvil en silencio, no quería distracciones. Miraron de reojo hacia el ventanal, desde el que se veía la plaza de la Virgen Blanca. Iago abrió en silencio la maleta y se colocó un fino guante de paño blanco.

Me acerqué con curiosidad, parecían unas viejas páginas, apenas unidas por un lomo de cuero.

—¿Qué es esto?

—Un cronicón del siglo XII —dijo Iago.

—Traduce, por favor —le rogué hechizado. ¿Aquel libro tenía… mil años?

—Esto, querido amigo, es una especie de diario de un antepasado de nuestra familia, el conde Diago Vela —intervino Héctor.

—¿Sois descendientes del conde don Vela?

—Nuestra rama Del Castillo eran parientes mayores de los Vela, tal y como has leído en esa novela que se acaba de publicar —contestó Héctor—. Tenemos sangre común, sí. En documentos del rey Sancho VII el Fuerte, como los cartularios que se guardan en el Archivo General de Navarra, se pueden encontrar muchas variantes de nuestro apellido: Dicastillo, Deicastello, Diacastello, Diacasteyllo, Dicastello…

—También el nombre de pila del conde don Vela ha dejado una huella indeleble en la familia —intervino Iago—. De hecho, no es casualidad que mis padres me bautizaran siguiendo la costumbre de nuestros antepasados: Diago, Diego, Didaco, Didacus, Tiago, Santiago, Iago, Yago, Jacobo… es una elección recurrente en nuestro linaje. Proviene del griego: *didachos*, que significa «instruido». Los nombres son importantes, ¿no crees? Nos definen durante toda una vida. Volviendo al tema que nos ha traído hasta aquí y como habrás deducido a estas alturas, este cronicón pertenece a nuestro legado familiar.

—¿Puedo leerlo? —me atreví a preguntar maravillado.

Iago sonrió.

—Claro —dijo, y pasó con mimo de orfebre la primera página.

Escruté las líneas del viejo texto salpicado de manchas pardas, pero costaba mucho desentrañar el significado de cada una de las palabras.

—No entiendo nada —tuve que reconocer.

—Esta era la variante escrita que se utilizaba en esta zona. Baste decir que el comienzo es muy similar al de la novela. Y no solo eso, por lo que hemos leído, *Los señores del tiempo* es una versión bastante paralela a este cronicón —señaló Iago.

—¿Vosotros podríais trascribirlo?

—Iago es el experto medievalista, aunque yo también puedo leerlo y conocía el texto. Pero mi hermano lo estudió en profundidad en su día, por eso conoce bien toda su extensión y recurrí a él en cuanto recibí tu llamada. Si te soy sincero, yo no lo había leído en su totalidad —reconoció Héctor—. No deja de ser un diario, algo muy íntimo. Sentiría cierto pudor al adentrarme en los pensamientos de alguien que amó, padeció y sufrió mientras lo escribía.

—Entonces, ¿me estáis tratando de decir que la novela que se ha publicado ahora es una copia de este diario que escribió vuestro antepasado hace mil años y que lo que cuentan *Los señores del tiempo* sucedió de verdad?

—No, no exactamente.

—Vas a tener que explicarte, Iago.

—Por lo que he podido leer, el autor de esta novela ha copiado toda la estructura y los hechos que cuenta nuestro antepasado y lo ha reescrito en lenguaje contemporáneo —me aclaró—. Nuestra opinión es que así sucedieron, el cronicón pasó por una datación y es un manuscrito original de entre 1190 y 1210. Pero algunos sucesos y personajes presentan algunas variaciones.

—¿Por ejemplo? —le rogué.

—Alguno que otro muere, cuando no consta así en el cronicón, ni tampoco en otros documentos históricos. Pero lo que trato de decirte es que este manuscrito permanece inédito, nunca se ha publicado y se ha mantenido siempre en poder de nuestras familias. Por tanto, el que ha escrito la novela ha tenido que acceder a él o a la única copia que nos consta que realizó el mismo conde Vela —dijo Iago.

—Así que hay otra pieza como esta, también inédita.

—Eso es.

—¿Sabéis dónde está?

—Qué más quisiéramos —contestó Iago—. Se le perdió la pista en 1524 en Vitoria, cuando todas las posesiones de una rama del linaje de los descendientes de Diago Vela fueron destruidas y su palacio quemado. Los escudos de la familia en la iglesia de San Miguel Arcángel fueron picados y borrados de la faz de la Tierra, pese a que ellos fueron los promotores del templo, de las cercas y de toda esta zona de la villa.

—¿Quién las destruyó?, ¿quién expolió todo aquel patrimonio?

—Vitoria por aquel entonces era ya un campo de batalla en la lucha de bandos, que empeoró con la Guerra de las Comunidades. Obviamente, los linajes rivales.

—¿Qué apellidos, Iago? ¿Han sobrevivido hasta el presente?

—Sí, muchos de ellos sí. Otros colapsaron, como los Calleja, de los que ya en el siglo XVII no quedaba rastro de la rama primigenia. Eran los Maturana, los Isunza, los Ortiz de Zárate, los Mendoza...

—¿Existe la posibilidad de que esa copia robada forme parte de la biblioteca privada de algún descendiente directo de esas familias? —lo interrumpí.

Héctor y Iago intercambiaron una rápida mirada en silencio.

—Lo que está claro es que alguien con los conocimientos necesarios ha tenido acceso a la copia del cronicón, lo ha leído entero y ha escrito su propia versión de ese diario —concluyó Iago.

—Para que conste, y sabéis que lo tengo que preguntar: ¿ninguno de vosotros ha escrito esta variante o versión del cronicón?

—No, obviamente no.

—¿Existe alguna posibilidad de que os lo hayan robado y después lo hayan devuelto a su sitio?

—Verás, desde el robo del Caldero de Cabárceno hace tres años comenzamos a tomarnos en serio la seguridad en el museo —me explicó Héctor—. Esta crónica y otras piezas de similar valor que custodiamos en el MAC descansan ahora en una cámara de seguridad en el sótano del museo. Solo Iago y yo conocemos las contraseñas para entrar. Hay videovigilancia y guardamos las cintas, que no se borran a las tres semanas, como en la mayoría de los sistemas de seguridad. Las hemos revisado a cámara rápida, aunque no hemos tenido demasiado tiempo desde tu llamada, pero créeme: nadie que no seamos mi hermano ni yo conoce su existencia, ni siquiera los empleados del museo, y nadie ha entrado. Por otro lado, tienes que ser consciente de lo extraño del asunto. No existen muchos documentos del siglo XII que hayan soportado el paso de un milenio, y si has leído la novela, es un testimonio de primera mano de lo que aquí aconteció entre 1192 y el año de Christo de 1200. Lo que quiero decir es que el valor de mercado de la copia perdida estará en varios millones de euros.

—O de dólares —intervino Iago—. Pujarían por él bastantes instituciones, muchos coleccionistas privados y algún museo europeo o americano. ¿Has visitado alguna vez el Conjunto Monumental de Quejana?

—No, la verdad.

—Es una pena —dijo, y se encogió de hombros mientras cerraba el cronicón—, deberías visitar lo que construyó el Canciller. El retablo junto a su sepulcro y el de su esposa, Leonor de Guzmán, es una copia. Las monjas dominicas lo vendieron a principios del siglo XX a un anticuario inglés, de ahí pasó a manos de un magnate americano por una cantidad considerable, cuyas hijas lo donaron al Instituto de Arte de Chicago y allí se expone. Lo que quiero decir es que no tiene mucho sentido que el escritor haya tenido acceso a un documento tan valioso y se haya limitado a reescribir su propia versión de unos hechos reales que acontecieron hace casi mil años. No sé si con esto te estamos ayudando en la investigación o te estamos trayendo más quebraderos de cabeza.

Sonreí, demasiado excitado como para hablar.

—No os imagináis lo que me despeja esto el camino. Solo una última cuestión, ya que os tengo delante. *Las siete partidas* de Alfonso X ¿están también en un lenguaje similar?

—Sí, son posteriores al cronicón —contestó Iago—. Están escritas en 1256, pero el lenguaje es el mismo, tal vez con la variante de Toledo, pero los giros gramaticales y las expresiones orales no cambiaban tan rápido como ahora.

—Gracias —dije—. Me habéis ayudado mucho.

—Eh…, Unai. Nos gustaría contar con tu discreción y, si lo que te hemos revelado ayuda en la investigación, preferiríamos que nuestros nombres no aparezcan en los atestados que tienes que entregar —insistió Héctor mientras los tres nos levantábamos del sofá.

—Encontraré la manera de obviar vuestra presencia, no te preocupes. Si lo que buscáis es discreción, será mejor que no os acompañe cuando bajéis a la calle. Aquí todo el mundo sabe quién soy y conoce mi portal.

—Sea, pues. Si podemos seguir ayudándote, ya sabes dónde encontrarnos —dijo Iago, y me obsequió con un apretón de manos antes de marchar.

Esperé a que bajaran, tenía que ordenar mis ideas. Pero una teoría estaba tomando forma en mi cerebro. ¿Quién podía haber heredado la copia expoliada del cronicón? ¿Quién no necesitaba ese dinero?, ¿quién lo despreciaría? ¿Quién podía leer un documento del siglo XII como un experto?

En ese momento el móvil vibró en el bolsillo trasero de mi vaquero.

—Lutxo, contigo quería hablar —respondí en cuanto vi su nombre en la pantalla.

«A ti te debo mi última discusión marital, amigo», callé.

—¿Andas por el centro? —preguntó con prisas.

—Sí, nos vemos en el Virgen Blanca y nos tomamos un café.

—En diez minutos, si quieres —asintió.

—Hecho.

Bajé a la cafetería que lindaba con mi portal y lo esperé en la mesa de madera más alejada que encontré. Los clientes miraban distraídos la plaza desde el ventanal removiendo sus cafés con leche y acabando con sus pinchos. Lutxo apagó su cigarrillo en la entrada y se sentó a mi lado después de pedir en la barra y cruzar un par de frases con la camarera.

—¿Qué pasa, tío? —me dijo a modo de saludo.

—Sabes que estoy bastante molesto contigo, ¿verdad?

—Mira, Kraken…

—Unai, soy Unai. Tu amigo de la infancia, no la celebridad en la que me estás convirtiendo a golpe de titular.

—Como quieras, Unai. Estoy haciendo mi trabajo. Os vi juntos a Tasio Ortiz de Zárate y a ti, enzarzados en una pelea. ¿Cómo voy a dejar pasar eso? La gente tiene que saberlo, tienen que saber que ha vuelto y que tiene algo que ver con estos asesinatos.

—Cuidado, Lutxo. ¿Quién te ha dicho que Tasio tiene que ver con estos asesinatos? ¿Recuerdas que pasó veinte años en prisión por una falsa acusación? ¿Serás tú el culpable esta vez de poner la opinión pública en su contra de nuevo? Es un capullo, un auténtico capullo, pero tú no lo eres menos si manipulas a la gente en su contra. ¿Qué tienes, una discusión conmigo? No tienes ni idea de lo que estábamos hablando. Y no era acerca de esta investigación ni de estos asesinatos. Has metido la pata hasta el fondo. Tasio tiene que estar muy enfadado contigo en estos momentos. No puede ni venir a Vitoria a un entierro sin que lo acusen de asesinato. Vaya vida que le ha tocado vivir, la verdad.

—Pues cuéntamelo tú. Explícame qué hace aquí y no me veré obligado a publicar sin datos.

—Lo tuyo es un chantaje en toda regla: o te cuento lo que quieres saber para que lo publiques o me sacas fotos y usas mi imagen para difundir especulaciones. Y no comprendes lo que esto entorpece mi trabajo. O no quieres llegar a comprenderlo porque no te interesa.

—¿Te crees que voy a dejar de hacer bien mi trabajo por el hecho de ser de tu cuadrilla? Tú no lo haces, no tienes ninguna consideración conmigo por ser tu amigo. Dime cuál es la diferencia entre tú y yo.

—¿Que tú me destrozas la vida y me arrebatas otra porción más de mi anonimato en Vitoria cada vez que sacas una foto escondido tras un ciprés en un cementerio?

—Sabes que eso tiene fácil arreglo. —Se encogió de hombros mientras mareaba la cucharilla en su café solo.

Suspiré, no había manera.

—Tú y yo vamos a acabar muy mal, y eso no va a haber cuadrilla que lo arregle. Voy a pedir a la jueza que amplíe el secreto de sumario de este caso. No vas a poder publicar nada de las circunstancias que lo rodean.

—No te atreverás, porque si lo haces yo seguiré publicando indiscreciones acerca de tu vida.

Reprimí las ganas de soltar al Kraken y estrangularlo allí mismo.

—¿En qué momento del camino perdiste tu alma, tío? —me limité a decirle mientras me levantaba, a modo de despedida.

En ese momento escuché un *Lau teilatu*, el tono que me avisaba que era Alba quien me llamaba. No sé si disimulé muy bien la ansiedad que tenía por hablar con ella y ponerla al día. Dejé atrás a Lutxo, su mala leche y su perilla.

A falta de un lugar discreto, bajé las escaleras de madera que llevaban a los baños. Miré a ambos lados, allí no había nadie y las puertas estaban abiertas, así que podía ponerla al día con cierta intimidad.

—Estíbaliz me ha llamado porque no le cogías el móvil. Dice que los de la Científica han confirmado que la madera del barril donde practicaron el encubamiento a MatuSalem es idéntica a la muestra que recogieron en el almacén abandonado. Roble francés. Muy poco común en estos días. Se usaba para vino de crianza. Todavía no tienen los resultados de los sacos.

—Yo también tengo novedades —susurré—. Creo que ya tengo al que escribió y mató a toda esta gente.

—Explícate, por favor.

—No puedo hablarte de mi fuente ahora, más tarde te lo contaré todo, pero puedo adelantarte que la novela es una reescritura contemporánea de un cronicón inédito del siglo XII. Y alguien tiene una copia robada que escribió el mismo autor, el conde don Vela. Ese documento vale varios millones de euros, Alba.

—¿Y por qué no llamas a Estíbaliz y se lo cuentas? Ahora es ella quien está al frente del caso —me interrumpió mi mujer.

«Porque me temo que Estíbaliz se ha enamorado del *alter* asesino de nuestro autor fantasma», quise decirle.

Pero callé.

Tenía otros planes en solitario.

## 26

## PAN

## UNAI

*Octubre de 2019*

Llamé al teléfono de información de la casa-torre, oí la voz de Claudia, la guía.

—Buenos días. Quisiera hacer una visita a la torre, pero voy solo —le aclaré—, ¿hay algún grupo al que me pueda sumar?

—Hoy tenemos un par de grupos: el primero comienza en una hora, a las doce, y otro esta tarde, a las seis.

—Perfecto, me apunto al de las seis.

—De acuerdo, sea puntual.

Conduje rumbo al pueblo de Ugarte y aparqué tras un solar abandonado. Después, controlando el reloj del móvil, me fui caminando hasta la casa-torre mientras daba un paseo. No me acerqué demasiado hasta que vi que algunos coches aparcaban y varias personas se arremolinaban en la entrada. Me uní a ellos, la guía ya estaba recibiéndolos cuando accedí al interior del zaguán. La saludé y le dije con gestos que iba a subir al apartamento.

Pulsé el telefonillo, recé para mis adentros.

—¿Sí?

—Buenos días, Ramiro Alvar. Soy Unai, ¿puedo subir?

—Claro, sube.

Tuve suerte, mucha suerte. El que me esperaba era Ramiro Alvar, iba vestido con pantalones y se había puesto sus gafas de pasta. Me aguardaba en el pasillo de paredes añiles con cierta tensión.

—No es que no me alegre de verte, pero ¿va todo bien? —preguntó con su hilo de voz.

—¿Por qué lo dices?

—No sé. Demasiadas visitas, supongo —contestó encogiéndose de hombros.

—¿Te importa si vamos a la biblioteca? —le sugerí.

—No, no me importa. Es mi lugar favorito.

—También sería el mío si tuviera una como la tuya, créeme.

Se sentó en su butacón de lectura y me invitó a hacer lo propio en una silla junto a su mesa de nogal.

—Dime, ¿de qué se trata?

—Si te parece, nos quitamos las máscaras —comencé—. Sabes que está pasando algo a tu alrededor, ¿verdad?

—¿Algo como qué?

—Algo como que has versionado un diario de mil años, lo has publicado y la gente ha empezado a morir del mismo modo en que muere en la novela.

No es que no estuviera preparado. Llevaba la pipa en la sobaquera, el cierre abierto por si las moscas, y me incliné para tenerla más a mano.

Pero Ramiro Alvar se limitó a mirarse las manos como si no fueran suyas.

—Así que has llegado hasta aquí… He intentado… He intentado tenerlo todo controlado, pero es evidente que algo se me ha escapado.

—Si vas a confesar de manera voluntaria, debería trasladarte a comisaría y sabes que puedes llamar a tu abogado.

—No es eso, no voy a confesar unos crímenes, Unai. Yo no los he cometido. No quitaría la vida ni a una rana. De hecho, nunca pude. Llámame blando, ya me lo han dicho antes. No, lo que tengo que confesarte es que sí escribí mi propia versión del cronicón de don Vela, pero se trató de algo muy privado, una escritura terapéutica. Jamás pensé en publicarlo, por muchos motivos y todos ellos evidentes.

—La reclamación de la copia del cronicón de don Vela por parte de sus posibles descendientes, para empezar. Tus antepasados expoliaron los bienes de esa familia.

Ramiro Alvar bajó la cabeza, avergonzado, como si un pecado muy antiguo todavía le pesase.

—Así es, me quedé horrorizado cuando vi el ejemplar de *Los señores del tiempo* y comprendí que alguien me había robado mi manuscrito y lo había publicado bajo pseudónimo.

—Entonces, ¿tú escribiste esa novela? ¿Exactamente como está?

—No han cambiado ni una palabra.

—¿Puedes demostrarme que eso es cierto?

Se dirigió a la mesa de su despacho y encendió el portátil.

—Ven, mira.

Me acerqué, aunque no bajé la guardia y me coloqué tras él, dominando el escenario, no fuera a soplarme algún polvo venenoso medieval.

Accedió a una carpeta y abrió un archivo de texto. Me mostró la fecha de la última corrección. Hacía más de un año de aquello.

—Lo escribí por motivos personales y en un principio pensé que me había funcionado. Tenía una copia en papel que destruí hace un tiempo, porque quería cerrar esa etapa. Pero dejé un archivo aquí, en este ordenador. No soy capaz de explicarme quién lo ha pirateado, ha accedido a él y lo ha publicado. Es un robo de propiedad intelectual, por supuesto, pero no lo registré ni tengo los derechos de autor. Tampoco los quiero ni los necesitaba. No pensaba enseñarlo a nadie y ahora lo están leyendo miles de personas…, y han muerto cuatro. Y no lo entiendo, de verdad que no lo entiendo.

—Pues ayúdame a que yo también lo entienda. Afirmas que escribiste la novela pero no la publicaste y que no eres quien está matando a esa gente, pero tienes tus sospechas. Tienes que tenerlas. Y me estás ocultando tu diagnóstico. Así que va siendo hora de que te sinceres del todo conmigo. Porque tengo indicios que vinculan varios de los crímenes y me llevan a ti: una monja vestida con el hábito de dominica de tu museo en el asesinato de la cantárida, el barril donde metieron al chico y a los animales antes de lanzarlos al Zadorra tiene idéntica madera que los de tu bodega abandonada, y por último, allí hallamos sacos iguales a los que el asesino usó para trasladar a las hermanas que emparedaron.

Ramiro Alvar me miró horrorizado.

—¿Tenéis huellas, ADN, pisadas, algún rastro…? —preguntó.

—¿Algún rastro orgánico que te vincule con las víctimas o que pruebe que estuviste en los escenarios de los crímenes? No lo tenemos, de momento. Pero seguimos buscando. Dime, ¿por qué lo reescribiste? ¿Por qué variaste algunos acontecimientos?

—¡Porque lo quería matar, a él y a todos los que vinieran después! Pero no a los que murieron en la vida real. Quería curarme, quería acabar con mi *alter* y creí que lo había conseguido. Durante un año he vivido en paz, sin su presencia. Pero me di cuenta de que Alvar había vuelto cuando te conocí y deduje que el día anterior habías conocido a mi *alter*. Y que tú eras quien había dejado el ejemplar de la novela, porque por la mañana, cuando desperté muerto de sueño, no recordaba haberlo visto antes ni sabía quién lo dejó en esta mesa. Me di cuenta de que Alvar seguía ahí, que no había muerto, tal y como escribí en la novela, y estoy aterrado desde entonces, porque no lo recuerdo y me da miedo lo que pueda estar haciendo para sobrevivir.

—Me estás confirmando que tienes trastorno de identidad disociativo. Por eso estudiaste Psiquiatría.

—No soy el primer señor de Nograro que lo padece. Ven, te lo mostraré.

Lo seguí con bastante precaución al piso de abajo. Entramos en un salón que antes no había visto. Los tabiques estaban forrados de tela pintada en azul, era una bellísima ciudad cuyas cuatro paredes nos rodeaban y creaban un efecto mareante. Un piano vertical exhibía sobre su repisa medio centenar de fotografías antiguas.

—Carnavales —susurré.

—¿Los Carnavales? —rio sin una sonrisa—. Una fiesta para los del pueblo y para el señor de la torre, que ese día no se ocultaba y salía vestido de alguno de sus *alter*: la vieja condesa, el niño pequeño, la abadesa, el soldado o el sacerdote. Un calvario para el resto de los miembros de la familia, que soportábamos con el estoicismo de los tiempos pasados la mofa a nuestras espaldas. Guardo muy buen recuerdo de mis ancianos padres. No tuvieron muchas fuerzas para criarme, pero mi padre me educó con sensatez, con cariño, no puedo recordar mejor progenitor. Y en mi madre tuve todo el amor y todo el apoyo que una persona puede necesitar. El problema era que mi padre tenía el mal de los hombres de esta familia. En su época se llamaba «personalidad múltiple». Ningún psiquiatra de los muchos a los que acudieron hizo que su trastorno remitiera. Mis padres murieron de manera accidental, fue una tremenda pérdida, pero mi hermano y yo tuvimos que pasar la vergüenza de ir a identificarlos a la morgue del hospital de Santiago y ver que nuestro padre iba vestido de criada. Una cofia, un delantal, unas medias y unos zapatos de tacón.

—¿Qué pasó con tu hermano?

—Era sacerdote. Murió de una enfermedad hereditaria en la sangre. Vino a vivir conmigo cuando nuestros padres murieron porque me faltaba un año para la mayoría de edad y él era mi tutor legal. Éramos uña y carne. Él era un hermano magnífico, brillaba. Lo echo de menos todos los días de mi vida.

—Sabes que tengo formación en Perfilación —le dije— y he estado consultando a una especialista. Es una de las pocas personas en este país que ha tratado con éxito a pacientes con trastorno de identidad disociativo. Hemos hablado de ti y me ha ido guiando para entender cómo funciona tu mente fracturada. En primer lugar, tengo que decirte que tu trastorno no es muy frecuente y no hay muchos estudios sobre su prevalencia, pero no se trata como un trastorno hereditario, no hay ninguna constancia de ello en toda la literatura médica.

—¿No? ¿Y a ti qué te parece que estás viendo? —me señaló las imágenes—. ¿Simples disfraces? Despierta, Unai. Estas fotos no están tomadas en Carnavales. Mis antepasados eran así en el día a día. Empezaban a disfrazarse como un juego inocente, pero con la edad todos desarrollaron varios *alter.* Nadie sabía qué hacer con ellos y sus múltiples personalidades, lo ocultaban de la gente como podían. Siempre tuvimos fama de retraídos, pero ¿cómo mostrar al mundo cada día un vestido, un rostro, una manera de ser diferente sin que los encerraran por locos?

—La doctora Leiva cree que si acudes a terapia con ella te puede ayudar a integrar tu *alter.* Tú eres el PAN, la personalidad aparentemente normal, ¿verdad?

—Me recuerdo así desde pequeño y me recuerdan así desde pequeño. Mi trastorno surgió después.

—¿Por qué ese cronicón?

—Lo asocio a ellos, a mi padre, a mi abuelo, a mi hermano. Era la joya oculta de la familia, un viejo botín en la guerra de bandos. Pero era tan intensamente real, el día a día de nuestros bisabuelos, cómo vivieron lo que les llegó en 1199. Todos lo conocíamos. En la biblioteca que viste he escuchado durante años sus voces mientras el señor de la torre lo leía, y la esposa, los hijos, hermanos y tíos nos acomodábamos junto al fuego y escuchábamos aquel diario.

—Entonces lo reescribiste a modo de terapia —dije—, atribuiste a tu *alter* algún personaje que aparecía en el cronicón y que te recordaba a él, y variaste algunas tramas para matarlo, aunque en ese diario, es decir, en la vida real aquello no ocurrió.

—Creo que Alvar leyó la novela, vio que iba a morir y está matando a gente en el mundo real. Los que él piensa que son paralelos a los personajes de la novela. Los está matando para evitar que lo maten a él.

—Así que hace lo que hacen los *alter:* intentar sobrevivir.

—No lo sé, Unai. Es solo mi teoría. No recuerdo nada cuando aparece Alvar. Solo sé que encuentro una sotana recién usada en mi armario y que tengo amnesia de algunas horas en concreto. Es como si Alvar me desconectara la conciencia y me apagase cuando aparece.

—¿Y crees que ha sido él?

Me miró con un gesto de impotencia.

—¿De verdad no tienes ningún indicio físico que me vincule a esos crímenes? —insistió.

—No. Y por eso no puedo presentar esta línea de investigación a la jueza, me tomaría por loco.

«Y no tengo una sola prueba material que la respalde, solo indicios circunstanciales que un abogado defensor tiraría fácilmente por tierra», guardé para mí.

—Y tú no recuerdas nada —proseguí—, no puedes testificar por algo que no recuerdas. Por eso te insisto en que la única solución es que vengas conmigo a conocer a la doctora Leiva y te sometas a terapia. Ella sabrá activar a Alvar.

Se subió el cuello de la americana, como si un escalofrío le hubiera recorrido la espina dorsal.

—No sabes lo que me estás pidiendo. Me da miedo, me da miedo que Alvar esté muy enfadado conmigo por haber intentado liquidarlo en mi cabeza escribiendo la novela.

—Alvar no puede hacerte nada físicamente, tú eres el PAN. Necesita tu cuerpo para existir, y eso va en contra de sus instintos de supervivencia. Una pregunta, ¿nos ves llegar?

—¿Cómo?

—Desde tu biblioteca se ve la carretera y el aparcamiento. No hay muchos visitantes a diario. Cuando vinimos la inspectora Ruiz de Gauna y yo por primera vez, ¿nos viste llegar?, ¿lo recuerdas?

—Lo había olvidado, la verdad. Pero ahora que me lo preguntas, te recuerdo a ti y a una mujer saliendo de un coche. Pero a ella no recuerdo haberla conocido. ¿Subió también?

«Y te fuiste de *gaupasa* con ella, Casanova», estuve tentado de decirle.

—Sí, y creo que es Estíbaliz la que activa a Alvar.

Pero en ese momento Ramiro se quitó las gafas como si le estorbasen. Su tono de voz se volvió más engolado.

—Nada de psiquiatras, inspector. Y esta visita ya ha durado mucho. ¿Me permite que le acompañe a la salida?

Lo miré, no fui yo, sino mi cerebro reptiliano, ese que te alerta del peligro, el que se llevó la mano a la pistola de manera inconsciente.

—Sí, ya me iba.

No dejé que me escoltara, cualquiera le daba la espalda. Caminé en paralelo por los pasillos deslavados. Alvar alzaba la barbilla con las manos entrelazadas a su espalda y sonreía con suficiencia como un chiquillo guardándose un secreto en su castillo de madera.

—¿Le dará recuerdos a la inspectora?

—Por supuesto que lo haré. Ambos nos preocupamos por su bienestar, ¿verdad? —contesté cómplice.

—Así es. No se imagina lo que puede trastocar una vida un simple encuentro casual con una mujer tan increíble como ella.

—¿Hasta el punto de plantearse colgar los hábitos?

Tragué saliva, tenía delante a Alvar, pero sus gestos eran tan verdaderos como los de Ramiro Alvar.

Miró hacia la pared, como si estuviera recordando un buen momento.

—Si alguien lo valiese, desde luego que sería ella.

—En eso estamos de acuerdo —asentí.

—¿Le hablará bien de mí? —fue un ruego, una mínima ansiedad en aquella voz de oro.

Me acerqué a su oreja, no es que pudiera oírnos alguien, pero tenía que ganármelo y crear también intimidad con él.

—Vamos, Alvar. Sabes que no lo necesitas.

«De acuerdo —recapitulé mientras bajaba las escaleras—. Alvar controla el teléfono y la carretera. Lo está aislando en su torre. Y Ramiro Alvar tiene agorafobia como consecuencia de su miedo a ser descubierto y no va a salir. Hoy ha tomado el control de Ramiro Alvar cuando he nombrado a Estíbaliz, así que se mantiene alerta cuando su PAN está presente, pero desconecta la conciencia de Ramiro Alvar a su antojo y este no lo recuerda cuando aparece.»

Volví al pueblo andando, sabiendo que Alvar estaría controlando mis movimientos por la ventana de la biblioteca.

No era la única visita que tenía pendiente aquel día. Me acerqué al chalé de Fausti Mesanza. La encontré cerrando la puerta del jardín.

—¿Llego a tiempo para el club de lectura? —le pregunté.

—Claro que sí. Ahora iba hacia allí, acompáñame y te presento a todos. El bar del pueblo antes era comunal, entre todos los vecinos reformamos la casa del médico y le dimos este uso. Cada mes lo llevaba un vecino, nos pasábamos las llaves y lo teníamos que abrir los sábados por la tarde y los domingos después de misa. Pero como muchos se han ido haciendo mayores, lo ha cogido gente joven y ahora está a renta. Solemos tomar un vermú y jugar a la brisca o al mus. Cuando hace mal tiempo la lumbre está encendida y se está muy a gusto.

Recorrimos las callejuelas empinadas de Ugarte, el pueblo estaba bien restaurado y no le faltaba ni el pilón junto a la iglesia. No era un pueblo grande, apenas tendría cien habitantes, tenía mérito que en un milenio no se hubiera despoblado. El bar estaba junto al frontón y la pista de madera de los bolos.

Me asomé a los ventanales y pude intuir una barra de madera, una mesa de billar a la que habían dado mucho uso y unos futbolines donde varios jóvenes jugaban su partida. El fuego estaba encendido, la tarde había refrescado y el cuerpo agradeció el calor.

Cuando entramos solo encontramos a una anciana en silla de ruedas que nos observaba en la esquina del local junto a la lumbre. Me miró de arriba abajo con una de esas sonrisas irónicas que algunos mayores tienen cuando han vivido mucho y les acaba dando igual todo. Sus ojillos hundidos no perdían detalle cuando nos acercamos a saludarla.

—Es Benita, mi suegra —me presentó Fausti—. Mejor no le cuentes nada, que tiene retentiva para parar un carro y no olvida un dato ni echando la siesta.

Tomé una silla vacía y me senté a su lado, junto al fuego. Iba a ser una buena cómplice.

—Esa es Cecilia, la farmacéutica —recitó Fausti según fueron entrando más vecinas.

—Boticaria —rectificó Benita—. Y se lleva mal con la que va a entrar ahora, la Aurora. Tenía un puesto de ultramarinos en el Mercado de Abastos y ahora está jubilada y se aburre.

Un chico que no tendría ni veinticinco entró cargando varias cajas de refrescos.

—Es Gonzalo, el chaval que ahora lleva el bar.

El aludido nos saludó con una sonrisa. Llevaba una camiseta de un animal con cuerpo de cabra, cabeza de león y cola de serpiente con la inscripción «Soy una quimera». Se acercó para ver si queríamos algo, Fausti le dijo «lo de siempre» y yo pedí un botellín de agua.

—Txomin es artesano. Se cansó de la vida urbana y ha montado un taller de ebanistería en el pueblo. Deberías pasarte, hace cosas preciosas —siguió Fausti.

—Lo haré —prometí.

Diez minutos después ya había conocido a los veinte vecinos y vecinas que se sentaron en corro con sus ejemplares de *Los señores del tiempo* abiertos en la misma página.

—Tenemos un nuevo miembro en el club de lectura —informó Fausti—. No es de Ugarte, pero lo acogemos igualmente. Se llama Unai y es…

—Soy inspector en la División de Investigación Criminal en la comisaría de Vitoria, pero he venido en calidad de lector —sonreí, nadie lo esperaba y mucho menos Fausti.

Todos me miraron con curiosidad. Busqué reacciones entre ellos y anoté mentalmente lo que vi para analizarlo más tarde.

Después, cuando se les pasó el susto, una chica joven de melena rizada llamada Irati, a la que me presentaron como la propietaria del agroturismo de Ugarte, comenzó a leer con voz alta y pausada.

Me quedé mirando cómo el fuego crepitaba.

Me dejé hipnotizar por la llama y escuché una vez más la historia que ya había leído.

## 27

# LA SACRISTÍA

## DIAGO VELA

*Invierno, año de Christo de 1192*

Encontré a Gunnarr por la calle de las Tenderías, vio mi semblante y buscamos resguardarnos de la fiesta en el huerto de Pero Vicia, el albardero.

—¿Qué sucede, Diago? ¿Qué precisas?

—Tus brazos y dos mazas.

—Vamos a la ferrería, pues.

Nos encaminamos en silencio hacia la fragua, esquivábamos vecinos, harina y ceniza. Miré varias veces a mi espalda, sentía que una sombra nos seguía, pero no distinguí a nadie. Solo cintas de colores, capirotes y rostros pintados de negro y de rojo.

Cuando volvimos a la parroquia encontramos la puerta abierta, pero nadie salió a recibirnos. Era extraño, el párroco no había vuelto. Entramos en la sacristía y Gunnarr se tapó la nariz.

—Estás en lo cierto, me temo —murmuró.

Y sin ganas de hablar, ambos comenzamos a golpear con las mazas la pared de la sacristía.

Un buen rato después, el mortero que unía las piedras empezó a ceder y el agujero que abrimos se fue haciendo mayor hasta que estimamos que uno de los dos podía pasar.

—¿Quieres que entre yo? —preguntó Gunnarr mientras se tapaba la nariz con el antebrazo desnudo.

—Tráeme una vela del candelabro —le pedí.

Pero en ese momento Nagorno apareció en la sacristía con Onneca.

—¿Es cierto, Diago? —me gritó ella—. ¿Es cierto lo que me ha contado Vidal?

Su rostro pintado de verde estaba tan emborronado por las lágrimas que me asustó verla así.

—¿Qué os ha contado el párroco?

—¡Que lo obligaste! —gritó y me golpeó en el pecho—. Lo obligaste a dejar de darles comida y bebida.

—¿Me creéis capaz? —contesté horrorizado.

Le arranqué a Gunnarr la candela que traía y entré por el agujero de la tapia.

No quiero recordar lo que vi. La inmundicia, los dos cuerpos, las ratas, las cartas que no llegaron a leer.

Salí de allí tosiendo y con el hedor de la muerte ya pegada a mi piel.

—No entréis, lo que hay dentro no es de este mundo —ordené, pero mi voz estaba lejos de guardar la compostura.

No había nada que Gunnarr o Nagorno no hubieran visto antes, pero le lancé un mudo ruego con la mirada a mi hermano: «No permitas que las vea».

—¡Quiero pasar, quiero verlas! —gritó Onneca.

Nagorno le impidió el paso, ella lo apartó.

Me quitó la vela, sin reparar en mí, como si no me viera y entró en la tumba de sus hermanas.

La oímos sollozar. La escuchamos hablar a quien ya no podía contestar y aquellos lamentos desgarrados todavía los escucho algunas noches.

Tres hombres cabizbajos contemplamos la escena al otro lado de la pared agujereada.

—Sácala, Nagorno —le rogué entre susurros. Querría haberme tapado las orejas, no podía oír su sufrimiento por más tiempo—. Por favor, hermano. Sácala de ahí.

Nagorno se mantuvo inmóvil mirando el agujero y a su esposa, que abrazaba uno de los cuerpos.

—Nagorno…, si no por él, por mí —intervino Gunnarr en voz baja—. Entra ahí y sácala.

—Por ti, Gunnarr. Por lo que nos debemos —accedió por fin.

Y entró con la calma de la Parca, le susurró al oído, le quitó la peluca de lamia y acarició el pelo negro que quedó liberado.

Nunca supe qué le dijo. Con qué palabras de consuelo consiguió arrancarla de aquel averno.

Cuando salió era otra. Más terrible, toda furia.

Vino a por mí con la larga vela encendida, llena de rabia.

—¡Porque somos familia, Diago…! —bramó—. ¡Porque somos familia y tu hermano me lo ha pedido! Esperaré al juicio y no te haré matar esta misma noche. Esto no te lo perdono.

Y me olvidé de la presencia de Nagorno, de Gunnarr, de las hermanas muertas. Solo estábamos ella y yo, y nuestro odio.

—¡Esto no te lo perdono yo, Onneca! Que pienses que soy capaz de matar a tus hermanas, que elijas pensar eso de quien soy… Con lo que fuimos, con lo que te mostré de mí. Me conociste. Conociste mis mañanas y mis noches, mis días claros y mis días oscuros. Y eliges pensar que soy un asesino de niñas. ¿Te ves capaz de enamorarte de un monstruo?

Nos sostuvimos la mirada, la cera derretida del cirio en su mano caía sobre el suelo de piedra de la sacristía. Todo en mí estaba alerta, como cuando el instinto sabe que un jabalí malherido va a atacarte con sus colmillos afilados.

—Sí, me veo capaz de enamorarme de un monstruo —contestó por fin.

Miré a Nagorno, luego la miré a ella.

—No lo he dicho yo, lo has hecho tú.

Y me dispuse a dejar atrás aquel hedor a podredumbre.

Pero mi primo me impidió el paso y me rogó calma con la mirada.

—Onneca, esta es una mala noche para que se sepa en la villa. La rúa está regada de vino, si hoy se sabe de esta atrocidad lincharán a vuestro cuñado, al párroco o a quien considere culpable cada bando —Gunnarr habló con voz dulce, sabía calmar a los marineros cuando había amenaza de motín en su barco.

—Mi primo tiene razón —intervino Nagorno con su voz monocorde. Sin alterarse, sin alterarse nunca por nada—. Gunnarr, informa al tenente y que guarde el secreto hasta mañana. Que los guardias detengan al párroco para que dé su testimonio. Que cierren todas las puertas y que lo busquen con discreción en pajares y en la iglesia de Sant Michel. Las fruteras se han sentido agraviadas por la quema del Judas. Solo hace falta una excusa para que todos acabemos ensartados. Hermano, ve a casa y no salgas. ¿Quieres protección?

—Sabes la respuesta —contesté sin mirarlos.

—Como quieras. Duerme con un ojo abierto.

—Siempre lo hago. —Y marché a mi casa.

Era ya media noche cuando salté de la tina. Había cerrado con llave el portón de mi vivienda. Y pocas personas conocían el escondite de la llave.

Llevaba horas reposando los ánimos en el agua caliente, a oscuras, frente al fuego de la chimenea.

Me encontró de pie, desnudo dentro del barreño, con una daga en la mano.

—Soy yo, Diago. Bajad esa daga, vengo sola —dijo Alix.

Dejé el arma en la repisa de la chimenea y me tumbé de nuevo dentro de la tina.

—¿Qué os sucede? —preguntó mientras se acercaba. Todavía iba disfrazada con el vestido de *eguzkilores*.

Me sentí un poco más protegido al tener su presencia a mi lado. Su calma me calmaba, desde el primer día había sido así.

—¿Habéis oído algo? —quise saber.

—No, pero la abuela Lucía daba vueltas y vueltas en la cama cuando he subido a su casa y ella se queda dormida en mitad de una batalla. ¿Qué ha ocurrido? ¿Qué ha visto?, ¿qué le habéis contado?

—El párroco ha matado de hambre y de sed a las hijas pequeñas del conde de Maestu, obligado por mí, según su testimonio —confesé, no quería ocultarle nada. No aquella noche, que me sentía en carne viva—. Como yo sé que no he sido yo, alguien lo ha obligado a hacerlo y también lo ha obligado a mentir y a acusarme. Solo hay dos maneras: promesa de dinero o chantaje. ¿Tenía familia?

Alix se tuvo que sentar al borde de la tina, creo que le flaquearon las fuerzas.

—¿Tenía familia? —insistí.

—Una madre, una viuda ya mayor, en Toledo —contestó ausente—. No puedo creer que estén muertas. Bona y Favila..., crecí con ellas. Gateé con ellas, bailé con ellas, recé con ellas.

Pero yo estaba lejos, en Toledo. ¿Hasta allí llegaba la influencia de quien estaba detrás de aquella infamia?

—No podéis hablar de esto —dije al fin.

—Sé que no puedo hablar de esto.

—¿Qué habéis venido a hacer, Alix?

—He venido a estar. Solo a estar. Sabía que algo malo había ocurrido cuando he visto a la abuela. ¿Hay un sitio para mí en esta tina?

Asentí en silencio.

Para qué palabras.

Las palabras ya me habían herido lo suficiente aquel día. Estaba cansado de todo.

Solo quería cerrar los ojos y que el sueño se llevase aquellas palabras. Alix se desprendió del vestido de *eguzkilores*. La luz de las llamas se paseó por su piel desnuda, la contemplé en silencio y ella simplemente entró en el barreño, colocó su pelo suelto sobre mi pecho y me pidió en silencio con sus brazos que yo la rodease con los míos. Y quedamos así, mirando la hoguera a nuestro costado, dejando que la noche nos durmiera uno en brazos del otro.

—¿De qué azul estoy hoy?

—De un azul lejano, más allá de la tristeza. Tenéis la mirada perdida en la hoguera, y es como si miraseis el océano.

—Es cierto.

—Es un azul de renuncia.

—Eso es. Un azul de renuncia. Sé que huelo a muerte, que el olor de sus cuerpos podridos se me ha pegado al cabello y a la piel. Y quería quitármelo por mí, pero también porque sabía que vos lo oleríais —le confesé después de mirar las llamas en silencio.

—No debemos estar juntos. No quiero enterrar a un cuarto marido, y desde que habéis vuelto a la villa estáis empeñado en morir.

—Estoy de acuerdo. No debemos. Es peligroso para vos. Buscarán una excusa para acusaros si me entierran. Durmamos esta noche. Mañana seremos tan solo vecinos de nuevo, pero, Alix…

—¿Qué?

—Nunca olvidaré el modo en que habéis cuidado de mí desde que volví a Victoria.

# 28

## VALDEGOVÍA

## UNAI

*Octubre de 2019*

Era ya de noche, corría por los cantones cuando recibí la llamada de Peña. Salir a hacer mis rutas de *running* me calmaba, y desde que Alba y Deba no estaban conmigo aprovechaba cualquier receso en el trabajo para calzarme las zapatillas y salir a despejarme.

Me paré entre la Zapa y la Corre a tomar aire para coger el móvil y me senté en la entrada de uno de los caños del cantón de las Carnicerías.

De algo tan poco elegante como la gestión medieval de los residuos se ha hecho un bonito trabajo de restauración, y lo que en su momento fueron cañadas al aire libre de las aguas fecales ahora se habían convertido en cuidados jardines interiores. Contábamos con el caño del Túnel, el de los Hospitales, el de los Rosales, el de los Tejos, los Acebos…

—Kraken, ¿has visto lo que se ha publicado en Twitter? —preguntó Peña.

—Hoy no he tenido tiempo para eso —respondí. El viento soplaba molesto y me levantó algunos mechones que dejaron visible mi cicatriz. Me apresuré a taparla.

—Pues se está haciendo viral —contestó con voz preocupada—, te llamo para saber si vamos a tomar cartas en el asunto.

—Antes cuéntame de qué se trata.

—Te leo el tuit: «*Los señores del tiempo* es una versión de un cronicón inédito del siglo XII. Su valor en el mercado, según un experto, puede alcanzar los tres millones de euros».

—Maldita sea —se me escapó.

—¿Tú sabías algo?

—Lo sé desde ayer —respondí mientras me dirigía hacia mi casa. La carrera había terminado—. Y además de mi fuente, no debería saberlo nadie más. ¿Has hablado con Estíbaliz?

—No me coge el móvil. Son las once de la noche, tal vez se haya acostado —dijo.

—Adelantemos entonces nosotros el trabajo, ¿has llamado a Milán?

—Está buscando el origen de la cuenta de Twitter. Lo que se puede deducir hasta ahora es que acaba de ser creada. El autor del tuit no ha sido muy sutil, creo que se ha limitado a dejar caer la bomba y ha conseguido su propósito. El número de retuits aumenta por segundos y mañana la prensa local y nacional se hará eco de la noticia. Lo que me preocupa es que si solo tú y tu fuente conocíais el dato, ¿te están siguiendo o acaso tienes el móvil pinchado?

—Solo hablé del asunto con Alba. Estaba en el Virgen Blanca con Lutxo y bajé a los aseos cuando recibí su llamada. Pero estoy bastante seguro de que él no me siguió ni tampoco pudo oír nada desde el bar.

—¿Y alguien en los aseos? —me tanteó.

—Estaban vacíos, a no ser que…

—¿Qué?

—A no ser que hubiera alguien detrás de la puerta del almacén, donde guardan las bebidas. Es lo único que se me ocurre.

Lutxo conocía a la camarera, pero ¿tanto como para pagarle por escuchar escondida tras una puerta? ¿Aquella filtración favorecía a Lutxo? No lo tenía muy claro. Y no tenía sentido que Iago y Héctor del Castillo hubieran hecho correr ese rumor.

—En todo caso, no hemos presentado nada a la jueza de esta línea de investigación. Y ya no podemos evitar que el tuit se difunda —le dije.

—Mañana por la mañana ponemos todo en común en el despacho, pero tienes razón. No hay nada que podamos hacer un jueves a estas horas. Y llevas días de mal humor, Kraken. Deberías despejarte. ¿Por qué no me acompañas a la Pinto? Han abierto un bar y lo están animando con sesiones en vivo: solo violín y flauta travesera. Noche celta. Tal vez nos ayude a olvidarnos durante un par de horas de tanto muerto y tanto libro. ¿Qué me dices?

Me obligué a aceptar por higiene mental, no muy entusiasmado. Sabía que tenía que desconectar, que vendría bien para el caso. Que llevaba semanas evitando tomar café con la cuadrilla, que una vez más dejaba en suspenso mi vida hasta que no resolviese el caso.

Eran casi las tres de la madrugada cuando salí del bar. Peña se había quedado tomando una copa con sus amigos músicos y yo me había despedido rumbo a mi portal.

No había mucha gente por la Pintorería una noche entre semana. Los colegas de Peña habían acabado su concierto celta con el *Fisherman's Blues* de los Waterboys, el único momento en el que me dejé llevar y me olvidé de mis oscuras circunstancias. Fue al salir a la calle desierta cuando me di cuenta de que mi móvil escupía llamadas de voz frustradas y de que a eso de las dos y media Estíbaliz me había enviado un preocupante: «¡Ven ya a la torre, creo que p...».

La llamé varias veces, no cogía. Y Estíbaliz siempre respondía mis llamadas.

Volví corriendo al bar.

Mi compañero dejó la copa en la barra en cuanto leyó la urgencia en mi rostro.

—Peña, acompáñame a Valdegovía —le susurré—. He recibido una llamada de auxilio de Estíbaliz desde la casa-torre de Nograro y ahora no me lo coge. No sé qué hace allí a estas horas entre semana, pero no me gusta. Vamos a ver qué está pasando.

Dejamos atrás Vitoria y nos adentramos en la oscuridad de la provincia. Los árboles extendían su túnel de ramas en torno a nuestro coche, que avanzaba hacia la casa-torre cada vez más rápido.

—No lo coge —murmuré cada vez más preocupado—. Ni contesta mis mensajes. Pero no lo tiene apagado. Simplemente no responde.

—Ahora llegamos, Kraken. ¿Deberíamos pedir una patrulla?

—Decidimos cuando veamos a qué nos enfrentamos.

«No quiero comprometerla», callé.

Todavía no sabía qué estaba pasando y no quería exponerla llamando a más gente. Tal vez había conseguido hacer hablar a Alvar, pero no me fiaba de él. Prefería comprobarlo.

Aparcamos en un ribazo del camino y apagamos los faros del coche. Conocía el sendero, incluso sin luces y bajo la tenue luz de una noche bastante estrellada. Vimos el coche de Estíbaliz en el aparcamiento.

Cruzamos el puente y nos adentramos en el césped. La pequeña ventana sobre la puerta estaba abierta.

Esta vez llamé al teléfono fijo de Ramiro Alvar, pero nadie contestó.

A través de la ventana oí mi propia llamada. Dejé que sonara, pero nadie acudió. Comencé a golpear la aldaba. Nada.

—Ilumina la ventana —le pedí a Peña.

No parecía rota ni forzada.

«Ventana abierta desde dentro —pensé—. Ramiro es friolero, nunca dejaría una ventana abierta por la noche. Estíbaliz no da señales de vida, hace casi dos horas estaba en la torre. Si está dentro, no puede cogerlo. Así que alguien la tiene y le impide contestar. Está en peligro. Alvar o Ramiro Alvar tampoco lo coge. Y Ramiro Alvar está en la torre, nunca sale. Luego, él está dentro. ¿Qué tenemos? Dios...»

Iluminé el césped bajo la ventana con la linterna del móvil. No había rastro de que hubieran arrastrado ningún peso.

«Ellos siguen dentro y alguien externo ha saltado por la ventana. No se los podría haber llevado.»

—Vamos a entrar por esa ventana. Te subo —le ordené a Peña.

Entrelacé mis manos, él colocó un pie sobre ellas, se apoyó en la pared para impulsarse y se coló en el edificio. Desapareció durante unos segundos, luego volvió a salir.

—Despejado —susurró.

—Baja al zaguán y ábreme desde dentro.

Tuve que esperar un par de eternos minutos, de esos que se hacen largos como un invierno cabrón, hasta que la pesada puerta de madera se abrió y pude acceder al zaguán de cantos rodados.

Todo estaba a oscuras, pero se filtraba la luz del patio interior de la casa-torre. Miré hacia arriba. Una ventana de la planta de Ramiro Alvar tenía la lámpara encendida y emitía una luz cálida.

Llamé varias veces al telefonillo interno, pero nadie contestó. Solo podíamos pasar a la torre, las puertas de las dependencias de Ramiro Alvar estaban cerradas.

Me saqué la pistola. Peña me vio e hizo lo propio.

Crucé sin luz el patio interior con intención de subir por las escaleras.

Pero me resbalé.

Una de las baldosas de barro estaba encharcada y caí. Caí encima de algo blando. Me golpeé el codo contra el suelo al caer. Dolorido, fui a sacarme el móvil para encender la linterna y poder ver algo. Entonces descubrí que tenía las manos empapadas también. No me hizo falta encontrar el móvil, Peña lo había hecho por mí y me iluminó. Estaba sobre un cuerpo casi desnudo y mis manos chorreaban sangre.

—Kraken…, el pelo.

—¿Qué pelo?

—Te has caído sobre alguien que tiene el pelo rojo como Estíbaliz.

«Imposible», pensé. Me negué a creerlo.

—¡Ilumina aquí! —le ordené.

Me levanté como pude, aunque estaba en un charco de sangre y mi equilibrio allí, en mitad de aquella oscuridad, era precario.

El rostro de Estíbaliz estaba pálido. Le arranqué el móvil a Peña y se lo acerqué a las pupilas.

Reaccionaron. Se contrajeron. Estaba viva todavía, aunque inconsciente.

—¡Da el aviso, ya! Y pide una patrulla y que vengan los de la Científica, hay una inspectora herida. Que traigan AB+. Estíbaliz ha perdido mucha sangre. Van a tener que hacerle una transfusión.

—Kraken…, aquí hay alguien más.

Peña iluminó otro cuerpo estrellado también contra el suelo. Un camisón blanco, anacrónico y empapado de sangre descubría unas piernas desnudas. No pude ver más, la oscuridad se comía todo lo que no fuera el haz de luz del móvil de Peña.

—¡Comprueba si está vivo! —le ordené.

Peña se acercó, mientras yo informaba desde mi móvil y pedía refuerzos. Me puse la máscara de criminólogo, observé fríamente las lesiones que presentaba mi compañera. Era la única manera, pensar que el cuerpo fracturado que tenía a mis pies era el de Estíbaliz me resultó inasumible en aquel momento.

«Tú no, tú no, tú no.»

—¡Varón, pupilas reactivas! —gritó—. ¿Qué hacemos?

—No los muevas, no sabemos desde cuántos metros han caído —le pedí. Tomé mi móvil y dirigí su luz hacia arriba, buscando algún lugar de la barandilla de madera que estuviese roto y me diese una pista de la altura—. Es probable que les haya estallado alguna víscera y ahora mismo se estén desangrando por dentro. Descríbeme las lesiones que ves.

—Una pierna con múltiples fracturas. Postura de polichinela, en ángulos imposibles. Creo que ha caído de pie.

—Tendrá entonces trauma de pelvis y muslos, tal vez fractura de talón y tobillos —dije.

—Eso parece, desde luego.

—Estíbaliz está casi en el centro del patio, él está debajo de la escalera. Por lo tanto, ella cayó o ha sido lanzada desde más altura. Pero no hay rotura en la barandilla, por lo que veo. ¿La habrán arrojado por encima? Se necesita mucha fuerza, aunque ella pese menos de cincuenta kilos —pensé en voz alta.

Me hice una composición de lugar de los hechos. Alguien entró en el edificio, Estíbaliz y Alvar disfrutaban de..., en fin, disfrutaban en el apartamento de Alvar. Por los motivos que fueran, uno de ellos bajó por las escaleras de la torre y cayó o fue arrojado al vacío. Después sucedió lo mismo con el otro. Los escasos kilos de Estíbaliz jugaban a su favor: a menos peso, menor la aceleración, menor la energía liberada contra el suelo, menor la deformación del cuerpo, menores las lesiones.

Alvar había caído desde un lugar menos elevado, pero ambos estaban inconscientes. Solo los médicos podían averiguar la gravedad de sus lesiones internas.

—Y ahora, Esti, ¿cómo explicamos que esta noche estés en ropa interior en la casa del principal sospechoso? —le susurré al oído. Sabía que no me podía oír, sabía que me tocaba mentir por ella, como ella mentía constantemente por mí.

Pero, siendo realista y con su vida pendiente de un hilo, aquel era en aquellos momentos el menor de los problemas para Estíbaliz.

# 29

## EL JARDÍN DE SAMANIEGO

### UNAI

*Octubre de 2019*

La madrugada ya había roto cuando conduje camino a Laguardia. La noche había sido larga y seguían operando a Estíbaliz y a Ramiro Alvar Nograro. Era lo malo de ser un PAN, que si tu *alter* se mete en problemas, el cuerpo es tuyo y las consecuencias de las lesiones también.

El equipo médico dijo que todavía iban a tardar varias horas más. No había garantías. Estíbaliz estaba grave, realmente grave.

Y eso era más de lo que yo podía soportar. Mis hombros ya no podían con más peso. Kraken tomó el control: «¿Qué puedo hacer ahora mismo? ¿Qué más hay que hacer?».

Me limité a centrarme en lo que tenía delante. En lo inmediato, en lo susceptible de ser resuelto.

Me daba tiempo a ir a Laguardia y volver. Porque tenía que hacer algo si no quería comerme los sofás de la sala de espera, pero también porque Alba merecía recibir la noticia con todas sus implicaciones de mi boca y no a través de un aséptico móvil.

Cuando entré en el hotel, Deba ya se había despertado y su madre le había dado el desayuno y la había vestido. Me las quedé mirando desde el quicio de la puerta, era una escena apacible, incluso insulsa: un instante perfecto.

Deba y sus superpoderes olfativos me husmearon y se giró como si fuera un cachorrillo:

—¡Papá! ¡Qué feo estás! —gritó con alegría.

—Deba tiene razón, qué mala pinta tienes —dijo Alba a modo de saludo—. ¿Una noche dura?

Iba a responder, pero en ese momento también llegó el abuelo cargando varias bolsas de plástico. Deba se lanzó a abrazarlo como si fuera un bote salvavidas.

Para mí también lo fue.

—¿Cómo has venido tan pronto, abuelo? —le pregunté.

El abuelo dejó las bolsas en el suelo con cuidado. Se rascó la cabeza con su enorme dedo torcido, como siempre que mentía.

—Me ha traído el hijo de Eusebio.

—¿El de Villafría? ¿Y has andado por la carretera hasta Villafría cargado con ese peso?

—Son dos kilómetros, hijo. —Se encogió de hombros, restándole importancia—. Me viene bien caminar.

—Abuelo, ¿podrías llevar a Deba un momento a jugar al parque? Alba y yo bajamos enseguida.

—Ven aquí, *chiguita* —le dijo a Deba mientras cargaba con ella y le colocaba su boina—. Alba, hija, te he traído unos botes de mermelada, se me ha ocurrido que puedes ponerlos en el desayuno de los huéspedes.

Alba sonrió, el abuelo tenía un efecto balsámico sobre ella, como abrazar un grueso roble en una ceremonia *hippie*.

—Gracias, abuelo. Es muy buena idea.

Y los vimos desaparecer escaleras abajo. Nos quedamos en silencio, Alba ya intuía que mi visita matutina traía nubes negras en el horizonte.

—Vamos, Alba. Subamos a la torre, necesito despejarme.

—¿Tan grave es?

«Ni te lo imaginas.»

Me siguió por las escaleras mareantes de caracol. Reprimí el recuerdo, demasiado reciente, de mirar hacia abajo y ver a Estíbaliz estampada contra el suelo. En el exterior el día estaba soleado, pero era un sol blanco y gélido que se negaba a calentar. Alba sintió un escalofrío y se abrazó los hombros, como si estuviera acostumbrada a consolarse ella sola.

Miré alrededor, a la sierra. Seguí el perfil cresteando con la mirada hasta que llegué a la piedra de San Tirso; busqué un ancla.

Desde la torre se veía parte del parque. El abuelo estaba en todo, porque había llevado a Deba a una zona de columpios que podíamos divisar desde nuestra posición.

Mientras el abuelo se sentaba en un banco, Deba conquistaba un castillo de esos de madera con escaleras, presas de escalada para manos pequeñas y puentes colgantes a una altura que no daba miedo.

Me volví y suspiré. Allá iba:

—Estíbaliz está grave. La están operando ahora mismo. Ha caído desde una altura superior a diez metros. Sospechamos que ha sido arrojada al vacío. Estaba en la casa-torre de Nograro esta noche.

—¿Esta noche?

—Esta noche. Prefiero darte los detalles antes de que los leas de un frío atestado. Ramiro Alvar Nograro ha sido hallado también a pocos metros de ella. Hasta que los de la Científica no nos pasen el informe no sabemos la secuencia del ataque. Ramiro Alvar cayó desde más abajo, aunque también está grave. Pero es la vida de Estíbaliz la que ahora mismo corre peligro. Tiene múltiples lesiones óseas, cayó de costado. Ramiro lo hizo de pie, tiene una pierna rota por cuatro sitios. Ignoro las lesiones internas en ambos casos. Pronóstico reservado. Ambos estaban en ropa interior, Ramiro Alvar apenas se había colocado un camisón. El agresor entró desde fuera, la puerta principal estaba cerrada, pero una ventana a poca altura estaba abierta desde dentro, sospechamos que salió por ella después de ser descubierto por Estíbaliz y Ramiro Alvar y arrojarlos al vacío. He pedido a los compañeros de la Científica que comprueben las huellas en la biblioteca, puede que la intención del allanamiento fuera el robo de la copia del cronicón del siglo XII. No creo que el ladrón sea tan tonto de ofrecerlo ahora mismo en el mercado negro. En todo caso, no sabremos si lo han robado hasta que pueda hablar con Ramiro Alvar y me confirme que lo han sustraído. He dado indicaciones a Peña para que pida el secreto de sumario de lo que ha sucedido esta noche. La opinión pública ya va a relacionar los asesinatos con la existencia real del cronicón, pero si se filtra que han robado en la casa-torre de Nograro y que la inspectora que lleva el caso y el dueño han sido atacados, todo el foco de la prensa se va a desplazar hacia la casa-torre. Y este galimatías no va a hacer más que complicarse.

—Tengo que ir con Estíbaliz —fue lo único que respondió—. ¿Está sola ahora mismo?

—Peña y Milán se están turnando. Ellos me llamarán en cuanto haya novedades.

—¡Maldita sea!, ¿has dejado sola a nuestra mejor amiga?

—He venido porque quedan muchas horas de operación y no hay manera de que los médicos nos digan nada. He venido porque no quería decírtelo por teléfono y desde Vitoria. Ya he llamado a Germán, se ha tomado el día libre y nos está esperando para quedarse con Deba. Vamos a llevar al abuelo también a Vitoria. Estos días, tanto si hay hospital como si..., como si hay funeral, tú y yo vamos a pasar muchas horas fuera de casa. Germán y el abuelo se encargan.

A ver quién era el guapo que conciliaba con tanto muerto sobre la mesa. ¿Era posible criar una familia cuando los dos padres trabajaban en Investigación Criminal? ¿Había antecedentes? ¿Lo habían hecho antes otros? ¿Dónde estaban las medallas, las palmadas en la espalda que merecieron aquellos héroes del día a día?

Hice ademán de bajar las escaleras, quería ponerme ya en marcha. Ella me sujetó por un brazo y me frenó.

—Espera. Por el camino no vamos a poder hablar de esto con el abuelo y Deba en el coche. Explícamelo todo. No me omitas nada. Voy a tener que incorporarme de nuevo a mi puesto.

—Lo sé. Hasta ahora he querido mantenerte al margen. Te merecías un tiempo de luto por tu madre. Todo el mundo lo merece, joder.

—¿Desde cuándo? —preguntó.

—Desde cuándo ¿qué?

—Ya sabes por lo que te pregunto: ¿desde cuándo Estíbaliz mantiene una relación con el principal sospechoso y desde cuándo lo sabes?

—Que se acostaban... —Miré el reloj del móvil—. Desde hace menos de doce horas.

—Unai...

—¡Es verdad, hostia! No pensaba que iban a llegar tan lejos.

Estíbaliz no me había hablado de lo suyo. Solo eran sospechas y no quería marearte con sospechas. Te apartaste de la investigación, quise respetar tu decisión.

—Pero no debiste mantenerme al margen de esto. ¡Por Dios, Unai! Te dije que la colocaba al frente del caso, ¿entonces ya sabías que tenía una relación inapropiada con el único sospechoso?

—Desde la primera noche. Fui a correr de madrugada y me los encontré. Ya tenían eso.

—¿Eso?

—Lo que tú y yo teníamos al principio, las miradas sostenidas. Esa manera de mirarse. Estíbaliz pendiente de él, Alvar mirándola como si no pudiera creer que alguien así existiera. No sé si ella se dio cuenta desde esa noche o solo jugaba a que jugaba con él. Yo sí que me di cuenta al verlos. Nunca antes le había visto a ella esa mirada. Se contemplaban como objetos preciados, como regalos sin desenvolver. La doctora Leiva te hablaría del «efecto Halo».

—¿Eso te pasó conmigo?

—Tú ya superaste el efecto Halo. Eres una persona que lleva las riendas de su vida. Tomas tus propias decisiones, yo solo puedo optar a decidir si te acompaño en esas decisiones. Te sigo admirando y me pones como nadie. Estoy pillado, bastante más que el primer día, de hecho. ¿Te es suficiente? Y es algo más, es piel, es sangre. Es lo que estamos criando juntos, dime: ¿Deba nos convierte en familia?

—Las mermeladas del abuelo nos convierten en familia —respondió, y se acarició el hilo rojo que días antes le había anudado en la muñeca—. Vamos a ponernos en marcha, no me voy a perdonar que Estíbaliz esté sola en Vitoria.

Miré en dirección al parque buscando el banco del abuelo.

Y entonces lo reconocí.

Tasio Ortiz de Zárate.

Tasio se había acercado a mi hija, charlaba con ella con algo en la mano. La había interceptado cuando bajaba por el tobogán, pero las paredes de madera del castillo impedían al abuelo verlo, así que permanecía sentado en el banco, ajeno al peligro que estaba corriendo en esos momentos su biznieta.

—Alba, Tasio está hablando con Deba. No le hagas ninguna señal al abuelo, si Tasio se asusta y se la lleva, el abuelo no va a poder seguirlo —le susurré, se me había helado la espalda, un sudor frío me empapó la camiseta.

Nos lanzamos ambos escaleras abajo como un solo cuerpo, salimos a la calle y sin que nos hiciera falta una palabra o un gesto, rodeamos el castillo donde Tasio, en cuclillas, le hacía una tímida carantoña a una Deba encantada de la vida.

—¡Tasio, aléjate de ella! —grité ya a pocos metros.

Alba llegó corriendo por el lado opuesto. Tasio se levantó de un salto y echó a correr. Alba cogió a Deba y la apartó de allí. Yo salí detrás de Tasio. Me costó alcanzarlo pese a que esprinté. Estaba en forma, el cabrón. Le di varias veces el alto pero no frenó. A la altura de la glorieta del fabulista Samaniego aproveché que había reducido su ventaja y me lancé a sus piernas.

El placaje fue efectivo, lo derribé y caímos sobre el césped, húmedo todavía de escarcha matutina.

—¡Está bien, está bien! Disculpe, inspector Ayala —exclamó con las manos en alto.

—Te dije que no te acercaras a ella, Tasio.

—¡Hay un error, inspector! Mire en mi cartera, soy Ignacio.

Frené en seco, sorprendido. Eso no me lo esperaba.

—¿Ignacio? ¿Qué haces aquí?

—¡Tengo un chalé en Laguardia! —gritó todavía alterado—. Estaba paseando por el parque y vi a su abuelo con la niña. Lo siento, me venció la curiosidad, no pude evitarlo. No sabía que había hablado con Tasio ni que le había prohibido hablar con la niña. En mi bolsillo trasero. Mire mi documentación, inspector.

Lo mantuve inmovilizado contra el suelo, pero saqué una cartera de marca del bolsillo de su pantalón. El DNI, el permiso de conducir, las tarjetas de crédito… Era Ignacio Ortiz de Zárate.

Me quité de encima y lo liberé. Ignacio se quedó sentado sobre la hierba, a mi lado.

—Lo siento, de verdad —dijo—. No quiero causarles ningún problema. Ni a usted ni a la subcomisaria. Ya han pasado demasiadas desgracias. Dígame por qué zonas suelen pasear y no volveré a acercarme cuando venga a Laguardia.

Le di una palmada en la espalda y me quedé sentado a su lado, recuperando el aliento.

—Gracias, Ignacio…, y disculpa el placaje.

Ignacio asintió todavía nervioso.

—Ha estado bien, la verdad. Por un momento he vuelto a mis tiempos de inspector, aunque nunca había sido yo el perseguido.

Le sonreí un poco más relajado. Yo también me tomé mi tiempo para que mis pulsaciones volvieran a la normalidad.

—¿Los echas de menos? ¿Echas de menos algo de esta vida, cuando estabas en Investigación Criminal? —me atreví a preguntarle.

Se lo pensó un momento.

—Ya no trato con gentuza a diario. Y antes, durante años, tenía que tratarlos. Los delincuentes estaban en mi vida. Ahora me relaciono con gente normal, gente sin antecedentes y que nunca va a delinquir. No hay violencia, no hay dramas, no hay consecuencias. No se engañe, inspector. La vida es más fácil en el lado blanco.

—En el lado ciego, dirás —repliqué—. Es más sencillo mirar al otro lado, saber que otros los sacaremos de las calles. Pero alguien se tiene que encargar de ellos. Si todos nos desentendemos, camparán a sus anchas, nadie los frenará. No sé si podría vivir en ese lado blanco del que hablas sin subirme por las paredes.

—Ah…, el complejo de héroe. Ese sentido del deber exacerbado. Yo también lo tuve, me salió caro, de hecho —dijo con tristeza—. Y más caro aún a mi gemelo. Le robé veinte años irreemplazables.

Arranqué una brizna de hierba del suelo.

En ese momento mi móvil vibró en el pantalón, eché un vistazo a la pantalla. Era Peña. Tal vez, novedades de Estíbaliz.

Me levanté y le tendí la mano.

—Ignacio, debo contestar esta llamada. Te pido disculpas por la persecución, pero ¿podrías…?

—No se preocupe, no me acercaré a su hija cuando venga a Laguardia.

—Gracias, la subcomisaria acaba de perder a su madre. Puedes entender…

—Lo entiendo —me cortó. Me miró a los ojos, me obsequió con un fuerte apretón de manos y se largó con su ropa cara perdida de verdín.

Me dirigí corriendo hacia los columpios donde había dejado a Deba, Alba y al abuelo. Mientras llegaba le devolví la llamada a Peña.

—¿Hay alguna novedad?

—Todavía no, siguen operándola. Ramiro Alvar está fuera de peligro.

—De acuerdo. Yo voy ahora a Vitoria con la subcomisaria. Está de nuevo al frente. Esta tarde nos reunimos con los de la Científica.

—Por cierto, Milán ha rastreado la cuenta de Twitter desde la que se lanzó el tuit del cronicón. Se creó ayer en el centro de Vitoria. El móvil es desechable, no está activo ahora mismo. No hay más tuits. No creo que escriba más.

—No puede filtrarse el robo del cronicón o esta línea de investigación se nos va a complicar demasiado. Es prioritario que se decrete el secreto de sumario. Y otra cosa: vigílame el portal número 2 de la calle Dato, dime si ves a Ignacio Ortiz de Zárate y qué ropa lleva hoy, quiero imágenes.

# 30

## EL ROBLE DEL JUICIO

## DIAGO VELA

*Invierno, año de Christo de 1192*

Pensé que por el fuego la perdía y el fuego me la entregó.

Me despertaron los gritos, me había dormido en la tina y el agua se había enfriado. Alix había marchado y me sentí más solo que nunca. Me incorporé de un salto y, envuelto con las pieles del oso de Gunnarr, me asomé a la ventana.

No eran gritos de alegría, eran alaridos de horror. Me adecenté como pude, bajé a la rúa y seguí al tumulto. Extramuros, varias mujeres lloraban de rodillas bajo el roble del Juicio.

Colgado de una de sus ramas, el cuerpo del joven párroco se mecía inerte.

El tenente ya había llegado a la plaza del Juicio, esperaba una escalera que tardaba en aparecer. Siete guardias navarros que estaban a su cargo en la fortaleza de Sant Viçente formaron en círculo alrededor del roble e impedían acercarse a los vecinos. Amenazaban con las lanzas, ¿era necesario?

El alcalde, el sayón y el tenente me rodearon. Los cuatro miramos sobre nuestras cabezas a los pies del ahorcado. Había muerto empalmado y se hizo aguas mayores y menores. Y toda aquella inmundicia quedaba expuesta de manera cruda frente a todos los vecinos. Costaba decidir si merecía o no aquel deshonroso final.

—Ya no se puede ocultar lo que ha sucedido esta noche —dijo el tenente—. Pero no podemos frenar las Carnestolendas, todo el mundo está en la calle.

—Coged a vuestros soldados. Ahora —le ordené—. Sacad todo el vino de la villa en carretas por el Portal de la Armería, decid que por respeto al alma de las hijas del conde de Maestu todos los vecinos renunciarán a la bebida. Alcalde, firmad un bando que se lea esta misma mañana en la entrada de las dos iglesias, Santa María y Sant Michel. Informad de los hechos. El párroco no formaba parte de ningún bando y el culpable ha decidido por él mismo su condena. Y por Dios bendito, que alguien baje a ese muchacho del árbol o subiré yo mismo a cortar la soga.

El sayón sacó su daga de la vaina.

—Ya me traen la escala, no será necesario. —Y la apoyó contra el roble del Juicio bajo nuestra atenta mirada.

Abandoné la plaza y me encaminé al hogar de Nagorno, que lindaba con el mío en la rúa de la Astería. Lo encontré avivando el fuego en su chimenea, removiendo unas ascuas que probablemente habían calentado aquella cámara durante toda la noche. No se volvió cuando entré, conocía la cadencia de mis pisadas.

—Sé lo que te estás preguntando: ¿a quién favorece esta muerte? —dijo lentamente, de espaldas.

—¿Has sido tú? —me limité a preguntar.

—Sabes que no.

Se levantó, casi con indiferencia, como si ya se hubiese aburrido de aquel asunto. Se acercó a la ventana y miró al exterior. Me coloqué a su lado.

—Escucha, Nagorno. Las Carnestolendas no han terminado, pero conozco todas tus máscaras. No se lo voy a decir a Onneca. Creo que está enamorada de ti, o algo parecido. Y hasta que su hermano no vuelva de Edesa no tiene más familia. Prefiero que me siga odiando, pero el tiempo que estés a su lado, hazla feliz.

Nagorno asintió como lo haría una serpiente, con apatía. De repente, algo captó su atención.

—¿De dónde viene ese humo tan oscuro? —preguntó extrañado.

Asomé medio cuerpo, preocupado.

—¡Son varios fuegos! —grité—. A ambos extremos de la villa. Yo diría que están ardiendo el mercado de las fruteras y también el mercado de Santa María. ¿Has sido tú? ¿Has exaltado los ánimos de los Mendoza?

—Me confieres demasiados atributos. Te lo agradezco, pero esta vez se han calentado ellos solos, me temo.

—Está bien —dije, y ambos nos pusimos en marcha—. Reúne a los vecinos, que toquen las campanas de las dos iglesias, que lleven cubos al pozo de Santa María y los de Nova Victoria que bajen al Zapardiel y se encarguen del mercado extramuros.

Bajé las escaleras de tres en tres y corrí hacia el final de la rúa de las Pescaderías. Mis peores temores se confirmaron cuando vi arder el tejado de la casa de la abuela Lucía.

Habían prendido las telas que cubrían un par de tenderetes a los pies de su fachada, las llamas eran altas y alcanzaban el primer piso.

Corrí hacia el pozo, saqué un cubo de agua y me lo eché encima. Me arranqué media manga y me la até al cuello cubriendo la boca y la nariz.

La paja del tejado se había convertido en una pira de humo negro, algunos vecinos miraban la fogata paralizados como un ratón frente a una víbora. Otros iban y venían, gritaban órdenes sin sentido, chocaban entre ellos, se lanzaban puñetazos, las mujeres intervenían, tiraban de sus mangas y los separaban, o les daban cubos llenos de agua para que ayudasen a sofocar los rescoldos que quedaban en los palos de madera achicharrados de lo que fueron puestos del mercado.

El portón de la casa de la abuela Lucía estaba abierto, tomé una gran bocanada de aire antes de entrar y me precipité escaleras arriba.

El humo me entró en los ojos y gateé sobre los escalones. Conseguí llegar a la cocina, el colchón de paja de su lecho ya había prendido y desprendía tanto calor que sentí el quemazón en la parte derecha del rostro cuando pasé al lado.

—¡Abuela, grita y dime dónde estás!

—¡Aquí! —chilló otra voz, la de Alix.

Lo que vi me heló las entrañas: Alix intentaba arrastrar el cuerpo inerte de la abuela, pero su vestido y su toca de tres picos habían prendido y toda ella era una fogata que se movía.

Me abalancé con mi ropa mojada, le arranqué la toca y la

lancé bien lejos y me abracé a sus pies, rodeando su vestido hasta que conseguí apagar las llamaradas.

Tosiendo ambos, bajamos por las escaleras mientras los maderos calcinados cedían y el piso se derrumbaba. Bajé a ciegas, con el peso de la abuela entre los brazos, pero ya no se movía y entendí que era inútil, que solo estaba preservando un cuerpo para que fuera enterrado con dignidad, pero que en esa nuececita arrugada y chamuscada no quedaba un hálito de vida. Tropecé y rodé escaleras abajo, y pese a que intenté proteger sus viejos huesos, ambos nos golpeamos mientras la casa se convertía en un volcán y el calor nos abrasaba.

Fue Alix quien tiró de mi brazo para alejarme de una última llamarada cuando quedé tendido en el zaguán. Cargó con la abuela, la depositó en la calle y volvió a por mí.

Pero mi mente divagaba ya por la falta de aire y no quería respirar porque había entrado tanta ceniza en mis pulmones que cada exhalación me estaba abrasando por dentro. Me cayó toda el agua de un cubo que arrojó sobre mí y me alivió el escozor de los ojos y la quemazón del gaznate.

Y fue como si se rindiera cuando no pudo con mi peso. Rodeados de llamas, en el zaguán, se sentó junto a mi cuerpo, me acunó como a un bebé y simplemente nos sostuvimos la mirada mientras esperábamos que las maderas cayeran sobre nosotros y todo acabase.

No fue así, Nagorno apareció entre las llamas, tiró rápido de mí, pese a que siempre fue más pequeño y menos corpulento, y me arrastró hasta la calle. Más tarde volvió a por Alix, cargó con ella sobre un hombro y la sacó también. Era Munio, su lechuza, quien había avisado con sus graznidos de que su dueña estaba dentro del incendio.

Varios vecinos nos dieron agua, nos cargaron en una carreta y nos alejaron del incendio.

—¿Y la abuela Lucía? —pregunté en cuanto pude articular palabra.

—Está muy chamuscada y no le queda pelo, pero el físico dice que vivirá.

Tosí y reí de felicidad a la vez. Hasta entonces no sabía que fuese posible. Después me tumbé de nuevo sobre la carreta, que traqueteaba por los adoquines de la rúa de las Pescaderías, y dejé que cuidasen de mi cuerpo achicharrado.

A mi lado respiraba el cuerpo tendido de Alix. No tenía fuerzas para incorporarme ni para girar la cabeza y comprobar si estaba de una pieza. Pero allí tendidos, mirando un cielo que se había tornado gris y momentos atrás era rojo, naranja y amarillo, busqué su mano y la apreté con fuerza. Ella correspondió con más fuerza aún.

Y así, en silencio, quedó sellado nuestro pacto: «Ya que estamos condenados a morir en breve, no vamos a renunciar a nada».

Tres noches más tarde, cuando dejé de toser ceniza y cada inhalación dejó de dolerme, y mis ojos dejaron de llorar con la luz intensa de las velas, y los paños empapados de manzanilla calmaron mi piel enrojecida, me presenté en la fragua de Alix.

Las calles estaban oscuras y desiertas, faltaban tres horas para que el gallo cantase, pero la luz de las antorchas de la pared bañaba la calle.

Llevaba toca nueva, golpeteaba concentrada sobre el yunque lo que se convertiría en una herradura, y el resplandor del fuego que salía del horno esta vez no era amenazante, sino cálido.

—¿Cómo está la abuela Lucía? —pregunté entre susurros al entrar.

—Muy triste porque la casa donde ha vivido más de siglo y medio ha ardido y solo quedan cuatro maderos negros. Ahora vive conmigo.

—He pagado a un maestro de obras y he contratado una cuadrilla de obreras. La van a reconstruir. Igual que la original. ¿Puedo verla?

—Está dormida —contestó despacio—, y no has venido a ver a la abuela.

Y dejó de golpear con el martillo. Me acerqué a ella, la última vez que la vi toda su piel estaba tiznada.

—¿A qué huelo hoy? —le pregunté cuando su nariz husmeó mi pecho.

—A decisión tomada —dijo lentamente—. Cierra las contraventanas.

Obedecí y cuando me volví ya se había desprendido de la toca.

—Está hablado —murmuró, y me sostuvo la mirada mientras se quitaba el delantal y se apoyaba en la pared—. Dijimos que no debemos.

—Y no debemos, pero quiero hacerte una promesa: no voy a morir. —La tomé por los hombros—. Quiero que lo creas, quiero que estés segura. No voy a morir. No vas a tener que enterrarme y nadie te va a acusar de matar cuatro maridos. Ya lo has visto, soy difícil de derribar.

—Estás rodeado de enemigos.

—Ningún líder, ningún *senior* de nada avanza por el camino de la vida sin tener que batallar a cada paso. Estoy entrenado, Alix. Mi vida siempre ha sido una lucha y mi hermano siempre ha estado al acecho para hacerme pagar cada uno de mis logros, cuento con ello. No ves la armadura, pero estoy blindado y la llevo siempre puesta.

—Pues quítatela conmigo, yo no pienso herirte.

Asentí, la creía.

Y entonces me fijé en su muñeca. Llevaba un hilo rojo, el mismo que la abuela Lucía había trenzado para mí.

—Creo que la abuela Lucía ya nos ha dado su bendición —murmuré mostrándole el hilo que milagrosamente había sobrevivido al incendio.

—Lo vi, solo estaba esperando que tú también te dieras cuenta por ti mismo —respondió.

—Entonces..., ¿consientes? —pregunté, y me arrodillé a sus pies.

—Consiento.

Le levanté la saya, recorrí el camino de sus tobillos a sus muslos.

—¿Esto también lo consientes? —quise saber.

—Por Dios bendito... —Ahogó un gemido—. Calla y continúa con lo que estás haciendo.

—Pero ¿consientes? —insistí.

—Sí. Consiento todo, Diago. Consiento todo.

## 31

## LA RECTA DE LOS PINOS

### UNAI

*Octubre de 2019*

Volví corriendo a los columpios. Mi familia ya no estaba allí, así que entré en el castillo. Alba había cerrado las puertas del hotel.

—¿Y Deba? —le pregunté con la voz demasiado ansiosa.

—Con el abuelo, encerrados en la habitación de Doña Blanca. Le he hecho jurar que se pondrá a gritar si vuelve a ver un hombre rubio y guapo acercarse a ella. ¿Has detenido a Tasio?

—Era Ignacio, comprobé su documentación. No tenía ni idea de que yo había hablado con Tasio y le había prohibido acercarse a Deba. Ignacio tiene un chalé en Laguardia, lo había olvidado. Creo que es en las afueras, camino de La Hoya. Viene muy de vez en cuando. Él no quiere causarnos problemas ni ha tenido nunca la intención de averiguar el origen de Deba. Me ha prometido que no se acercará a vosotras si os ve.

—Entonces no vamos a poder cursar una denuncia, de momento. Ni pedir una orden de alejamiento para Tasio. Si ha sido Ignacio, no podemos ir al juez con eso. Él siempre ha estado al margen de este asunto.

—Así es —asentí.

—¿Qué hacemos ahora? —me preguntó, y me extrañó que usase aquel plural, no solía hacerlo.

—Volvemos a Vitoria. No dejaremos a Deba sola y sin vigilancia. Entre el abuelo, Germán, tú y yo la tendremos protegida. Pero Estíbaliz todavía está en el quirófano y quiero estar allí cuando despierte, si es que lo hace. Ella no se separó de mi cama durante el tiempo que estuve en coma.

—Lo recuerdo. Nos necesita y no vamos a fallarle —dijo.

Miró los techos robustos del zaguán, despidiéndose. Tal vez ella misma había instalado aquella lámpara con su madre.

—Le estaba cogiendo gusto a esta vida —comentó en voz baja.

«Lo sé», callé.

Conduje despacio, fue una vuelta tensa y en silencio. En los ojos opacos del abuelo leí una derrota que no me gustó. Conocía aquellos matices: se sentía culpable por no haber visto acercarse a Ignacio.

—¿Era el raposo, verdad? —me había preguntado cuando subí a la habitación y los encontré peinando un peluche de jabalí. Era el favorito de Deba porque su bisabuelo se lo había regalado cuando le salió el primer diente.

—Era el gemelo del raposo, abuelo. No tenía mala intención. Nos hemos asustado por nada.

—Ya... No volveré a perderla de vista, hijo —susurró cabizbajo.

Media hora después cruzábamos la recta de los pinos de camino a Vitoria. Me había acostumbrado a pasarla muy rápido desde que perdí a mi primera familia contra el gran pino de la orilla derecha.

Desde aquel lejano día, un anónimo de corazón muy grande les dejaba unas flores a los pies del pino gigante todas las semanas. Y no era yo, me resultaba demasiado duro parar en esa maldita carretera. Al principio no miraba, me negaba a hacerlo, pisaba el acelerador y fijaba la vista al frente. Poco a poco, trayecto a trayecto, la cotidianidad del camino le restó dolor al trauma hasta que comencé a fijarme en las flores. A veces dalias, otras veces tulipanes, en ocasiones bastas rosas de las que aguantaban los rigores del clima de la montaña alavesa. Curioso. Siempre coincidían con las semillas que le compraba al abuelo en el Mercado de Abastos para que plantase en la huerta.

Nunca le pregunté. Por una vez, era un enigma que no tenía prisa por resolver.

Pero aquel día reduje la marcha cuando atravesé ese tramo de carretera. Llevaba a mi mujer, a mi hija y al abuelo. Fue instintivo: el miedo a perderlos. Y empecé a plantearme si no estaba una y otra vez arrojándolos contra un árbol por mi empeño en seguir siendo el protector de la ciudad.

Por fin llegamos al hospital, apreté la mano de Deba con fuerza cuando traspasamos el umbral del edificio.

«Ven directamente a la tercera planta», me había escrito Peña en el móvil.

Los cuatro subimos con el alma encogida.

Encontramos a Peña en el pasillo. Germán y Milán también nos esperaban.

—Los médicos dicen que es de goma. Ni riñones reventados ni cerebro hecho puré. Solo fracturas óseas. Collarín cervical, el brazo roto por doscientos sitios diferentes, rehabilitación y a casa. Solo hemos perdido a nuestra mejor tiradora durante una temporada, la inspectora Ruiz de Gauna sigue de una pieza —nos informó Peña triunfante.

—¿Podemos pasar? —le corté ya sin paciencia. Llevaba en mis brazos a Deba, que no dejaba de preguntar por su tía.

—La han subido de reanimación hace un rato. Creo que todavía está un poco mareada por la sedación. Los de la Científica quieren hablar contigo.

—Después, Peña. Eso después. Hoy no.

Entré sin pedir permiso ni llamar. Se me encogieron las tripas cuando la vi con un collarín, el brazo derecho envuelto en complejos vendajes y enchufada a varias bolsas de calmantes que pendían de la bomba de goteo.

—¡Tía *Ezti*!, ¿ahora eres una momia?

Estíbaliz apenas fue capaz de sonreír a mi hija. Me sostuvo la mirada, había una capa más en aquellos ojos. Como de soldado que vuelve de una batalla y reconoce la experiencia de otro.

«La muerte ya te ha probado —pensé—. Ya la has mirado a la cara y has vuelto del túnel.»

—Te llamé. Alvar había salido a la cocina y tardaba en volver, oí ruidos y… —susurró, pero le costaba hablar. Tenía los labios secos y la lengua pastosa.

—Ya, Esti. Ya. Hoy no es el día. Hoy ha venido toda la familia. Están en el pasillo, muertos de preocupación por ti. No vuelvas a darnos estos sustos.

—No tengo familia, Unai. Mi padre ni se enteraría si fueses a Txagorritxu y le informases del accidente. Ya no me queda familia.

—Sí, sí que la tienes —le callé la boca, solo decía tonterías.

Coloqué a Deba con mucho cuidado en su lado no dañado y me tendí junto a ella en la cama.

—¿Ves como tienes una familia? Y relativamente extensa, por cierto —le susurré al oído.

Juntamos la frente, como algunos animales cuando bajan las defensas.

—Mira, tía. Un hilo rojo. Te voy a regalar uno —intervino Deba mostrándole orgullosa su pulsera.

—Lo que te voy a regalar yo es un *eguzkilore* para que te proteja siempre y no te caigas por las escaleras como tu tía —le contestó mientras le peinaba sus rizos indomables.

No vi a Alba, que llevaba un tiempo observando la escena desde la puerta.

—¡Mami! ¡Ya sé qué voy a ser de mayor! —exclamó Deba al verla.

—¿Médico?

—No, voy a tener un hospital. Por las camas.

Sonreí y me incorporé. Deba había comenzado a botar, como si quisiera demostrarle a su madre las virtudes del colchón y así respaldar su decisión profesional. Agarré a mi hija al vuelo por la cintura y la alejé de las bolsas de calmantes.

—Alba, tenemos que hablar —le dijo Estíbaliz.

—Lo sé, Esti. Pero déjate mimar estos días.

—La he cagado, ¿verdad?

Alba se acercó a la cama, yo sabía que tenía demasiado reciente el recuerdo de su madre en ese mismo hospital, pero ella disimuló con aplomo una sonrisa.

—Profesionalmente tendrá consecuencias, sí. El comisario te quiere fuera de la investigación.

—¿Cómo está Alvar? Vi su cuerpo estampado en el patio, bajé las escaleras corriendo y a oscuras, entraba poca luz por las ventanas superiores.

—¿Y...?

—El agresor estaba escondido en un ángulo de la escalera, en las sombras. Me puso la zancadilla, caí de bruces, intenté defenderme desde el suelo, se agachó para cogerme por el cuello y los muslos. Me alzó y me lanzó al vacío.

«Mucha fuerza», anoté mentalmente.

—¿Seguro que viste a Alvar tendido en el patio, a oscuras y desde la planta superior? —insistió Alba.

—Llevaba un camisón blanco, destacaba en la oscuridad. ¿Piensas que lo estoy encubriendo? —contestó a la defensiva.

—No pienso nada, Esti. Todavía no he leído ningún informe.

Se intentó incorporar, rabiosa, pero el codo izquierdo le falló y cayó frustrada sobre el colchón.

—Tía, ¿estás bien? —chilló Deba.

—No es el momento para que nos liemos con el trabajo —reculó Alba con voz conciliadora—. Habíamos venido a apoyarte y a decirte que estamos contigo en esto, pase lo que pase, te hayas equivocado o no. Pero ninguno de los tres sabe separar nuestra vida privada de la profesional. De verdad, lo siento. Tienes que descansar, recuperarte y asumir lo que ha pasado. Unai y yo nos vamos, hay mucha gente que te quiere esperando en el pasillo. Te queremos muchísimo, de verdad.

Se sentó junto a ella en la cama y le dio un gran abrazo. Yo allí sobraba, me llevé a una Deba pataleante y las dejé solas.

Peña, Germán, el abuelo y Milán se arremolinaron en torno a mí en cuanto salí.

—¿Cómo está? —me preguntaron a la vez.

—Lo dicho, es de goma.

# 32

## HOSPITAL DE SANTIAGO

## UNAI

*Octubre de 2019*

Los días pasaron más rápido de lo que esperaba. Ramiro Alvar había despertado aquella misma mañana, todavía no habíamos podido tomarle declaración. Las rutinas de las visitas a Estíbaliz, antes y después del trabajo, nos marcaban la agenda a toda la familia.

Alba tuvo que ponerse las pilas de nuevo en comisaría y hacía malabarismos por teléfono con el personal del hotel de Laguardia. Yo sabía que se negaba a darlo por perdido, que defendería su baluarte con todas sus fuerzas, que no renunciaría tan fácilmente a aquel torreón octogonal frente a su mar de viñas.

Pero en Vitoria teníamos otras urgencias.

Alba entró en mi despacho con cara de circunstancias. Sabía que traía malas noticias. Miré por la ventana. Además de frío, el viento del este convertía el día en molesto y desapacible. No sé si había una promesa de tormenta en el ambiente, el abuelo sabía leer el cielo mejor que yo.

—Estíbaliz está ya fuera de peligro, va siendo hora de que le tomemos declaración por lo que sucedió la noche de su accidente, ¿quieres ser tú? —me tanteó Alba.

—Sí, deja que sea yo. Me va a odiar por esto. Pero incluso entre nosotros alguien tiene que hacer de poli bueno. Hoy me toca a mí ser el poli malo.

—Como quieras. Avísame cuando termines, quiero llamarla después —dijo antes de desaparecer por la puerta.

—Lo va a necesitar —estuve de acuerdo.

Me quedé solo y llamé a Milán:

—Necesito que me busques si Ramiro Alvar Nograro tiene asegurado el contenido de la casa-torre. Y si lo hubiera, el valor del seguro.

Entré en la habitación de Estíbaliz. Había mejorado mucho con el paso de los días, aunque le costaba quedarse quieta en la cama y solía pasear por la habitación empujando el gotero hasta que yo mismo terminaba mareado con sus idas y venidas.

—Hoy traes mala cara —me dijo a modo de saludo.

—Tenemos que volver al mundo real, Estíbaliz.

—Eso suena fatal.

Me coloqué fuera de su alcance, junto a la bandeja vacía de pollo y arroz con leche.

—Vamos a tener que tomarte declaración por el accidente. Estamos frente a un posible delito de robo con violencia. Conoces el procedimiento.

—¿De verdad crees que él mismo se robó el cronicón? —sacudió la cabeza incrédula.

—Todavía no sabemos si el allanamiento de morada se debió al robo del cronicón. Ramiro Alvar ha despertado esta misma mañana y aún no hemos hablado con él. Pero puede que lo hiciera, Estíbaliz. Es una forma de alejar las sospechas sobre su persona.

—¿Me estás diciendo que acostarse conmigo fue una trampa? —preguntó alzando la voz.

Yo también me cansé de su ceguera y subí el tono.

—Dime, ¿de verdad te compensa Alvar? ¿No te sientes amenazada después de lo que pasó?

—Le aplicaría a Alvar cualquier adjetivo menos «amenazante». Y sé de lo que hablo, Kraken. Me crie entre estallidos de violencia de alguien que supo disimular muy bien en su entorno. Sé detectar las señales. Alvar no es violento, Alvar no es nuestro asesino.

—Tengo que hablarte de algo. He estado consultando el caso de Ramiro Alvar con la doctora Marina Leiva, la psiquiatra que me formó en Arkaute. No sabía cómo explicar su amnesia, y al principio también sospechaba de un posible diagnóstico de agorafobia. Pero ahora tanto ella como yo estamos convencidos de que padece TID, trastorno de identidad disociativo. Él mismo me lo reconoció la víspera de vuestro accidente, aunque nunca ha querido acudir a un psiquiatra y comenzar una terapia. Escribió su propia versión del cronicón a modo de escritura terapéutica, para eliminar a su *alter,* y afirma que le funcionó durante más de un año, pero este se activó de nuevo al conocerte. Iba a contártelo la noche que te fuiste a la casa-torre con él. El Alvar Nograro, XXIV señor de la torre, que has conocido es un *alter,* una de las personalidades alternantes de alguien que padece una enfermedad psiquiátrica. ¿No te asusta?

—De momento, lo de las personalidades múltiples es una teoría que no has podido demostrarme. Yo solo conozco al Alvar que conozco. No tienes un diagnóstico, no tienes nada.

¿Cómo explicarle? ¿Cómo hacérselo ver?

Me senté sobre la cama. Habría estado muy bien que los dioses me hubieran colmado con el don de la paciencia cuando nací, pero no era el caso. Me harté.

—Estíbaliz —dije por fin—, creo que tienes hibristofilia.

—¿Atracción por los delincuentes? ¿Y ahora me vienes con esas?

—Es común en gente que se cría rodeada de ellos. Tu padre era un alcohólico y un maltratador. Tu hermano era camello. Te metiste en Investigación Criminal, los tratas a diario por elección propia. Es tu pauta, tu desencadenante emocional.

—¿Y lo dices tú, el que empatiza con todos los asesinos en serie con los que trata? —gritó.

Golpe bajo. Lo encajé como pude y procuré mantener la calma.

—Es mi trabajo, necesito conocerlos y saber cómo piensan —le repetí con voz pausada, tal vez para convencerme a mí mismo—. Ninguno es igual que otro, por mucho que nos empeñemos en clasificarlos. Son piezas únicas. Y la única manera de que se rindan y confiesen es ganándomelos y haciendo que confíen en mí.

—Dime, Kraken. Si yo tengo hibristofilia, ¿qué tienes tú? —chilló—. ¿Cómo se llama al que elige rodearse de mujeres con hibristofilia como Alba y como yo? ¿Hay un palabro para lo que tú eres, un puñetero yonqui ávido de cerebros podridos?

Casi ni me di cuenta de que Alba había entrado en la habitación hecha una furia.

—¡Ya es suficiente! Se os oye desde el pasillo.

—¿No venías más tarde? —le recriminé.

—Esto no puede seguir así, se os está yendo de las manos. ¡A los dos! Como siempre.

—¿Como siempre? —me revolví tan rabioso como Estíbaliz—. ¿Es una queja? Tenemos el mejor índice de detenciones del país. Mira en los archivos, no hay ni un solo caso abierto desde que ella y yo somos pareja profesional.

—Pero ¿a qué coste, Unai? Estáis fuera de control. Vuestras vidas y la mía, las tres están fuera de control. Ahora mismo todo está fuera de control y lo sabes.

Respiré hondo, estaba saturado de nubarrones negros.

—Sí, subcomisaria. Todo está fuera de control, pero en la habitación al fondo del pasillo tenemos a un sospechoso custodiado con TID que se niega a ser tratado por un psiquiatra y al que penalmente no podemos obligar. Y ese sospechoso solo confía en mí y solo hablará conmigo. Y se lo juro, jefa: él tiene la clave para que todo esto acabe. Así que, a no ser que me deje fuera de la investigación, voy a hacer mi trabajo y voy a hablar con el amante de su subordinada.

Me levanté dispuesto a irme.

—Déjame verlo —intervino Estíbaliz de repente.

—¿Estás loca o tienes síndrome de Estocolmo? —le dije.

—Has dicho que su habitación está custodiada, y Alba y tú venís conmigo. Si él fuese el monstruo que andamos buscando, ¿qué puede hacerme?

—Nada, está enchufado a mil cables y tiene la pierna rota colgada del techo —accedí.

—Pues muéstrame de una vez por todas a ese tío que dices que es distinto a Alvar. Quiero enfrentarme a él si ese capullo se acostó conmigo y me hizo esto. Y de síndrome de Estocolmo, nada. No me insultes ni me presupongas una debilidad que no tengo.

Alba y yo nos miramos durante un segundo.

«No hay nada que perder», le rogué en silencio.

«Es la última vez que cedo», contestó su mirada.

—Ven fuera, Unai. Tenemos que hablar —me ordenó.

Obedecí y salimos al pasillo.

—Estaría bien confrontar a Estíbaliz con Ramiro Alvar, me ayudaría mucho observar la reacción de él. Y de momento, no vamos a preguntarle por el robo del cronicón. Quiero ver si él nos saca el tema —le susurré cuando nos apartamos buscando un poco de privacidad.

—De acuerdo —asintió en voz baja después de pensarlo unos segundos—, hay que avanzar en la investigación y esta es la única manera, pero la seguridad de Estíbaliz es prioritaria.

—Eso no tienes ni que decirlo, entremos.

Esti se colocó sobre el camisón una bata de boatiné con margaritas que le había comprado el abuelo y echó a andar pasillo adelante escoltada por nosotros.

Alba habló con los dos agentes que custodiaban la habitación de Ramiro Alvar.

Entorné la puerta, pero a Estíbaliz le pudieron las prisas y se me adelantó, con la bolsa de suero, el collarín y el brazo en cabestrillo. Estoy seguro de que no era el reencuentro de enamorados que ella había imaginado.

—Alvar… —se limitó a decir perpleja.

Ramiro Alvar tenía peor aspecto que ella, parecía más pequeño y encogido desde la caída. Se ocultaba tras sus recuperadas gafas de pasta y uno de los muchos libros que descansaban en su mesilla.

El detalle de las gafas había sido fundamental para mí y por eso había pedido a los compañeros de la Científica que las buscaran durante la Inspección Técnica Ocular. Finalmente aparecieron en un cajón de su armario. La conclusión era clara: fue Alvar quien se acostó con Estíbaliz y Alvar era el que había caído por las escaleras.

—Usted es la inspectora Ruiz de Gauna. Siento conocerla en estas circunstancias. Ni siquiera puedo saludarla en condiciones —susurró.

—¿De verdad no me recuerdas? —preguntó mientras se acercaba.

Alba dio también un paso para colocarse a su lado.

Ramiro Alvar la contempló un buen rato como se mira a alguien por primera vez. Un rizo le caía sobre la frente y Esti no daba crédito.

—Me temo que no —murmuró, y había una súplica de perdón en sus palabras.

—No tienes la misma voz —señaló Estíbaliz.

—¿Perdone?

—Hablas más bajito.

—No me gusta molestar —musitó, y bajó la mirada hacia las páginas del libro.

—¿Y este calor de hospital no te molesta? En la torre siempre tienes las ventanas abiertas, ¿no quieres que la abra?

—¡No! —se le escapó a Ramiro Alvar—, de verdad, déjelo. Soy muy friolero y se va a poner a tronar de un momento a otro.

Me rompió las entrañas ver la mirada de Estíbaliz, se acercó un poco más y le tendió la mano izquierda. Alargó el dedo índice y le rozó el brazo que descansaba sobre la sábana. Muy despacio. Fue un gesto tan íntimo que me sentí obsceno por contemplarlo.

Él se encogió un poco más, como si fuera el dedo de Dios y quemase.

—Alvar, ¿es un juego? ¿Quieres que el inspector y la subcomisaria se vayan? ¿Quieres hablar solo conmigo?

—¡No!, no... no se ofenda, inspectora. No es que no quiera su compañía, pero el inspector López de Ayala... Bueno, él me entiende, es la única persona a quien le he confiado mi enfermedad. Puede que se niegue a creer que padezco trastorno de identidad disociativo, pero así es. Alvar es mi *alter,* la personalidad alternante que he tratado de erradicar de mil maneras.

—¡No empieces tú también con eso! —le gritó.

El tímido Ramiro Alvar le sostuvo la mirada y Estíbaliz buscó en sus ojos algún rasgo conocido.

—Inspectora, creo que es usted quien lo activa —dijo Ramiro Alvar finalmente.

—Y por qué no está aquí ahora, ¿eh? ¿Por qué tengo delante un insulso empollón de mierda y no el tío más fascinante que he conocido en la vida? —chilló.

—Esti, no empieces a gritar, que nos la lías otra vez —le recordó Alba.

—Al infierno, ¿es una trampa? ¿Es uno de tus jueguecitos psicológicos, Kraken?

Abrí la puerta y la invité con la mirada a salir de la habitación. Paseamos furiosos por el pasillo mientras las enfermeras fingían no vernos y volvimos a su habitación.

—No, Estíbaliz. Es la verdad, es lo que hay. Te pillaste de alguien que solo existe a veces, y asúmelo, voy a hacer todo lo posible para que Ramiro Alvar se cure y elimine a su maldito *alter*. Así que la persona de quien te has enamorado tiene sus días contados, si es que vuelve. Porque te he llevado ante él y no se ha activado, Alvar no ha venido. Tal vez otro trauma como el ataque en las escaleras ha cambiado el equilibrio de poder dentro del cerebro del tío que has visto ahí postrado. Es un enfermo psiquiátrico. Y de momento, y tú lo sabes, tenemos un indicio por cada crimen que nos lleva a la casa-torre.

Esti volvió a darme la espalda para acercarse a la ventana y contemplar la tormenta. Relámpagos, truenos y toda la hostia celestial. Llovía con fuerza y las gotas dejaban latigazos diagonales en el cristal.

—Qué oportuno, ¿verdad? Un indicio por cada crimen —se limitó a decir sin ni siquiera mirarme.

—¿Cómo has dicho?

—¿Te crees que pillarme por Alvar me ha nublado el juicio? ¿Te crees que no les he dado vueltas a todas tus líneas de investigación? ¿Te crees que estos días no he releído la maldita novela hasta aprendérmela de memoria?

—Pues dame una sola prueba de que no te has perdido por el camino. Porque no has aportado nada a la investigación hasta ahora.

Entonces hizo un gesto de dolor. Interpreté que el collarín le molestaba o tal vez era algo más.

—Y ahora, déjame un poco en paz. Solo unas horas, solo unos días. Tengo que asimilar lo que he visto en esa habitación —me rogó.

—No nos pillamos de gente fácil en situaciones fáciles. Tú y yo nos pillamos de gente complicada en situaciones complicadas —le contesté con la intención de no molestarla más e irme.

—Antes no era así. Paula, Iker... eran normales. Llevaban vidas normales. Y los quisimos —me contestó.

—Tal vez esta profesión se esté cobrando un tributo demasiado alto en nuestras vidas. Si nuestro trabajo nos obliga a entrevistar y tratar con gente que rodea un hecho delictivo, ¿qué tipo de personas estamos dejando entrar en nuestro día a día, Estíbaliz? ¿Cómo toda esa toxicidad no va a contaminar nuestra vida cotidiana? Traemos a casa cada noche los odios, las neuras no solucionadas, ¿cómo evitar que nos envuelvan en su círculo de influencia?

—Todo el mundo tiene neuras —me recordó—. Todo el mundo vive con conflictos cotidianos. Aunque no trabajásemos en Investigación Criminal estaríamos igualmente expuestos, por dejar el Cuerpo no vas a vivir en un mar en calma.

—Solo digo que en algunos países no hay guerra —murmuré para mí contemplando las calles mojadas a través de la ventana.

Esti me miró como si llevase mucho tiempo sin verme, una inspección de arriba abajo en toda regla.

—Jamás en tantos años de profesión te he oído hablar así.

—Es que nunca te había visto destrozada y con los huesos rotos. Me está afectando. Temí por tu vida. Joder, Esti —dije frustrado—, que tú eres siempre la que me salvas. No me entra en la cabeza que no estés. Además, es como si esta vez tú y yo nos hubiéramos desconectado emocionalmente. Me siento cojo. Y ahora tengo que seguir sin ti con la investigación. Me da demasiado respeto.

—Estás aterrado.

—Sí —reconocí.

Y se sentó en el borde de la cama y yo reposé mi cabeza sobre sus muslos viendo llover. Estíbaliz se limitó a acariciarme el pelo sin acercarse a la cicatriz.

# 33

# YENNEGO

## DIAGO VELA

*Verano, año de Christo de 1199*

Siete años transcurren rápido para un hombre cuando cada mañana despierta y los primeros rostros del día son los de su hijo y los de su risueña esposa.

Y así habían transcurrido los siete años más felices que recuerdo.

¿Debería haber escuchado la muda advertencia del viento del sur —el temible *hegoaizea,* el viento de los locos— cuando aquella nefasta mañana nos despertó al abrir de par en par las contraventanas?

Alix metió la cabeza bajo la sábana huyendo de la claridad. Me encantaba peinar su melena cuando la dejaba libre al entrar en nuestro hogar y odiaba tanto como ella su toca de cuatro picos.

—¿Y Yennego? —preguntó somnolienta.

—Su tío Nagorno pasó con el alba a recogerlo. Quería llevárselo a cabalgar. —Miré de reojo la ventana abierta—. Creo que ya habrán vuelto de su paseo matutino.

Nos vestimos y bajamos al Portal del Norte. Nagorno estaba desmontando de Altai, y Yennego sujetaba las riendas de un precioso potrillo.

—¡Padre! —exclamó al verme, y pese a su cojera se lanzó a mis brazos—. ¡Mira lo que me ha regalado el tío! ¡Un caballo gigante, solo para mí!

Yennego había visto ya seis veranos y nos había traído un poco de deshielo entre los hermanos. Nagorno adoraba a su sobrino, lo colmaba de caprichos y le enseñaba a montar y a tallar joyas como si fuese su propio heredero.

Abracé a mi hijo, tenía mi pelo negro, pero olía a pasteles como su madre. Nació sin taras y su llanto fue fuerte, pero la desdicha se cebó en la rúa de la Astería cuando tenía dos inviernos y una de sus piernas dejó de crecer durante un tiempo.

Aprendió a andar pese a todo, ignoró las chanzas de su cojera y a veces tuvo que lanzar piedras para defenderse, por eso prefería pasarse el día a lomos de un caballo, donde nadie lo cuestionaba. Cuando se zafó de mis brazos hizo un gesto de dolor que no se me pasó desapercibido.

—¿Es el diente, pequeño?

—Se me mueve y me duele mucho, padre. La abuela Lucía me ha regalado un colgante con un diente de erizo, pero sigue doliéndome. —Y me mostró un hilo rojo, idéntico al que nos trenzó a Alix y a mí antes de nuestros desposorios y que era la única prenda que no nos quitábamos ni cuando estábamos bajo las sábanas ni cuando charlábamos durante las noches de invierno en nuestra tina.

—Tal vez debas dar tres vueltas alrededor de la iglesia de Sant Michel —dijo una voz a nuestra espalda—. Dicen que así se va el dolor.

Onneca llegó seria y circunspecta hasta nosotros. Los años la habían vuelto más triste, a la espera de un heredero que no llegaba. Su hermano se dio por muerto en una emboscada cuando regresaba de las Cruzadas y en ella se ostentaba el peso de que el linaje de los Maestu no se extinguiese. Nunca fue pródiga en abrazos con su sobrino, yo tampoco lo esperaba de ella. Me limitaba a las cortesías a las que nos obligaba el coincidir por las calles de la villa. Poco más.

Alix en cambio, siempre optimista, seguía intentándolo.

—Mejor no lo hagas, hijo —intervino mi esposa mientras se acercaba a Onneca y le cogía el brazo con cariño—. Cuentan que en Respaldiza una moza dio tres vueltas alrededor de la capilla y se la llevó el demonio. Nunca más volvieron a verla.

—No asustes a Yennego, mujer. Hoy es un día para la alegría, por lo que veo —dijo Nagorno, a quien los paseos a caballo ponían de excelente humor.

—Ignoro el motivo de tanto júbilo, pero veo que has hecho un regalo generoso al niño, el potrillo que parió Olbia —contestó Onneca.

—¿Alix, lo vas a compartir ya, querida cuñada? —dijo Nagorno, y se acercó hasta ella para acariciarle la barriga—. Llegará cuando termine el otoño, ¿no es cierto?

—Mi hermano tiene muy buen ojo para detectar una vida que se abre camino. Todavía no lo habíamos compartido, aunque Yennego ya sabía que tendrá con quién jugar antes de que acabe el año —dije, pero evité los ojos de Onneca.

Estaban tan apenados que reviví un rescoldo de un antiguo dolor que no quería volver a sentir.

Fue entonces cuando llegaron los caballos por el Portal del Norte. El rey Sancho, séptimo de su nombre, al que apodaban el Fuerte porque doblaba en estatura a todos sus súbditos, había designado el verano anterior a un nuevo tenente que había servido muy eficazmente en San Juan de Pie de Puerto, allá donde comenzaban los peregrinos el Camino del Apóstol. Y es que Petro Remírez se había hecho mayor y Sancho el Fuerte movía las fichas del reino ante las preocupantes nuevas que venían de Toledo.

En toda Navarra se hablaba de su viaje al sur, a la tierra de los sarracenos, en busca de una alianza con el nuevo califa, el Miramamolín. Se le criticaba que buscara aliados en tierras infieles y el papa lo amenazaba con excomulgar. Muchos en la villa veían con buenos ojos los avances del rey de Castilla, Alfonso VIII. En el Portal Oscuro, los Mendoza y los Isunza hablaban de que el monarca castellano los iba a favorecer más de lo que el rey Sabio y su hijo habían hecho en sus fueros, en los que igualaban infanzones con el resto de los vecinos y todos eran francos dentro de las murallas.

Los tenentes eran militares que iban y venían, destinados de un castillo a otro, pero nunca eran vecinos, ni tampoco los soldados que traían, y algunos victorianos estaban cansos de pagar pechas a un rey que no conocían y que yacía con infieles en tierras sureñas. Los chismes calenturientos de princesas moras en brazos del gigante navarro eran los favoritos cuando el vino corría por las posadas de los caminos desde Tudela a Pamplona, desde San Sebastián a Santander.

Aquella mañana lo esperábamos, a Martín Chipia y a la nueva guarnición que traía de su visita a la corte de Tudela. El teniente tenía la nariz hundida por alguna pelea tabernaria, el pelo por los hombros y unas piernas muy cortas contrastaban con unos hombros demasiado anchos.

—Aquí, mis nuevos hombres. —Saltó resuelto de su montura y su cabeza quedó a la altura de mi pecho—. No traerán problemas a la villa. Los consejeros del rey Fuerte me han dado noticias preocupantes. Parece que el rey Alfonso ha iniciado una ofensiva y debemos estar preparados por si acaso. Mañana hablaremos del abasto. Dios quiera que os dé tiempo a cosechar las mieses, por el camino he visto los campos todavía verdes. ¿Están surtidos los graneros?

—No todavía —respondió Alix—. Será un buen año, por lo que auguran las cabañuelas.

—Pues ya puede calentar el sol estos días. Si así fuera, hay que ordenar que adelanten la siega —resolvió—. El rey no se fía de su primo castellano y no me ha dado otro mandato más que Victoria no se rinda.

—No llegaremos a eso, espero —intervino Nagorno.

Era de noche cuando comenzó nuestra pesadilla.

Alix y yo volvíamos de acostar a la abuela Lucía, que últimamente había perdido el apetito y cada vez hablaba con menos fuerza.

Dejamos a Yennego correteando con los chiquillos de la Villa de Suso entre los puestos del mercado. Los jueves el pescado venía de los puertos del norte y era obligado hacerse con unas sardinas o algo de bacalao para soportar la abstinencia que la Iglesia de Roma imponía los viernes.

Por las noches, cuando los pescateros recogían sus cestos, las losas del cementerio de Santa María quedaban cubiertas de tripas de pescado, escamas pegajosas y el hedor de los peces podridos por las horas pasadas bajo un sol poderoso y limpio.

Bajé a por mi hijo, aunque no lo vi entre los pocos chicuelos que quedaban rezagados. El toque de retreta ya había anunciado hacía un buen rato el cierre de los tres portales.

No pude distinguir a ningún niño cojo entre las pequeñas sombras que correteaban en el cementerio.

—¿Sabéis dónde está Yennego?

—No lo sé, *senior* —me contestó el hijo de Sabat el soguero, un muchacho muy grande para sus nueve años.

—Se fue a dar tres vueltas a la iglesia de Sant Michel —dijo una niña, la mayor de uno de los ferreros contratados por Lyra—. Decía que quería sanar el diente.

—¿Hace cuánto no lo veis? —quise saber.

—Era aún de día —contestaron.

No quedaban muchos vecinos por las calles cuando crucé la rúa de las Tenderías. Pedí al nuevo guardia, uno de los recién llegados con Martín Chipia, que me abriese el Portal del Sur y rodeé la iglesia llamando a gritos a mi hijo.

Horas después, con todos los vecinos de la villa movilizados buscando a Yennego, supe lo que había sucedido: el cordón rojo con el diente de erizo que la abuela Lucía le trenzó apareció roto sobre una losa antigua del camposanto de la iglesia de Sant Michel. Una losa que estaba antes de que las cercas se construyesen, porque pasaba por debajo y solo quedaba la mitad extramuros.

A mi hijo no se lo había llevado el diablo.

Se lo había llevado un monstruo.

# 34

## EL PRINCIPIO DE LOCARD

### UNAI

*Octubre de 2019*

Me sumergí en el agua fría y avancé por la calle de la piscina. Desde que visitaba a la doctora en Arkaute me había acostumbrado a practicar unos largos y a charlar con ella mientras nadábamos. Había descubierto que me relajaba más que salir a correr por las mañanas y que mis pensamientos fluían mejor bajo el agua rodeado de silencio.

Aquel mediodía la doctora Leiva se retrasó y me vino muy bien para pensar una vez más sobre el robo del cronicón del conde don Vela. Ramiro Alvar había pedido a su abogado que comprobase su biblioteca privada: solo faltaba el ejemplar del cronicón. El mismo letrado había convencido a Ramiro Alvar para que interpusiera una denuncia por allanamiento de morada y robo con violencia.

Según el principio de intercambio de Locard que había estudiado en la Academia, todo acto criminal deja un vestigio, o parafraseando al famoso criminalista: «Cualquier acción de un individuo no puede ocurrir sin dejar rastros», y el robo del cronicón había dejado más huellas de las que el agresor pensaba. Podía haber sido Alvar o Ramiro Alvar, eso estaba claro, pero era más factible pensar que el agresor había actuado por impulso: se enteró del valor del cronicón y lo robó.

Primera deducción: el agresor era la misma persona que estaba detrás de los asesinatos. Cuando leyó la noticia de la existencia de la copia del cronicón ya sabía que estaba en la biblioteca de Ramiro. Así que sabía de su existencia y su localización, pero hasta entonces no conocía su verdadero valor.

Segunda deducción: la motivación. Había tirado a una o a dos personas por la escalera para llevarse la copia del cronicón. Por los millones o la promesa de esos millones. Hasta entonces no había pensado que el móvil de los asesinatos del empresario, de las chicas y de MatuSalem fuera económico. Pero ¿y si lo hubiera sido desde el principio?

—He nadado dos largos junto a ti y ni siquiera te has percatado de mi existencia —me dijo una voz que me sacó de mis pensamientos.

Miré sorprendido a la calle de mi derecha. La doctora Leiva se había zambullido también en la piscina y me miraba con una plácida sonrisa.

—¡Marina! —exclamé sobresaltado—, estaba demasiado concentrado.

Nos quedamos acodados en una esquina de la piscina, era el lugar más relajante del mundo para hablar con discreción. La puse al día del allanamiento a la casa-torre y del robo del cronicón.

—Estudia el entorno de Ramiro Alvar —me recomendó después de escuchar pacientemente toda la cascada de datos—. Tienes que averiguar qué trauma fracturó su psique y qué mentira se contó a sí mismo para seguir adelante. Todos nos las contamos para superar lo que no podemos aceptar. Los pacientes con TID se cuentan una gran mentira y la llevan al extremo. Por eso se inventan varios *alter,* avatares que encarnen una y otra vez aquel momento del trauma, y se quedan encallados en lo que debieron haber hecho: el matón que plantó cara, la víctima inmóvil, la que huyó. Dudo mucho que el propio Ramiro Alvar te dé las claves de aquel trauma. ¿Habla de sus padres?

—Muy bien, de hecho.

—¿Generalidades?

—Sí.

—A veces eliminan unos años de su vida y los colman de recuerdos agradables pero vagos porque esos momentos no existieron.

—En general, la gente del pueblo habla bien de esa pareja —dije—, salvo por el morbo de que un hombre tuviera cierta querencia a los disfraces, algo que Ramiro Alvar achaca a un trastorno de identidad disociativo hereditario, aunque revisé la bibliografía que me recomendaste y es una teoría que la mayoría de los expertos descartan.

—En principio, así es. Tenemos tan pocos casos que no podemos ni soñar con hacer un estudio intergeneracional que nos lo aclare. No se considera un trastorno hereditario y estamos a años luz de comenzar algún estudio genético que nos pudiese aislar uno o varios genes que nos dieran una tendencia a desarrollarlo. Pero tampoco hay que ser tan cerrados como para descartarlo. Aunque soy de la opinión de que todo tiene que ver con la historia que se cuenta el paciente a sí mismo. Si creció aislado, huérfano, con una inteligencia precoz, y se le educó en la vergüenza y el miedo a heredar un comportamiento que la familia vivía como inaceptable y se escondía socialmente, cuando llega un trauma, la mente se agarra a su peor miedo y se convierte en lo que más teme: la profecía autocumplida. Si una situación es definida como real, esa situación tiene efectos reales.

—Una de las posibles explicaciones a lo sucedido, la que prefiero no creer —reconocí—, es que Ramiro Alvar despertó y vio que Alvar se había acostado con mi compañera. Puede que robase el cronicón para alejar las sospechas de él. Después tiró a Estíbaliz, abrió la ventana y se lanzó él mismo desde las escaleras, desde menos altura, para sobrevivir y simular un allanamiento y un robo con violencia. Eso cuadraría con el hecho de que Ramiro Alvar eliminase a Alvar, de igual modo que lo hizo en la novela y por eso ahora no se activa con Estíbaliz. Alvar ya no está.

La doctora lo valoró durante un par de minutos y luego asintió.

—En los pacientes con este trastorno me he encontrado con que son frecuentes los actos de violencia contra sí mismos: se autolesionan, se tatúan insultos en los brazos o tienen conductas de riesgo como conducir rápido. Aunque suele ser el *alter* abusón el que agrede al PAN, a la personalidad débil, y no al revés.

—¿Qué insinúas?

—Asegúrate de que tienes delante a Ramiro Alvar, y no a Alvar fingiendo que es Ramiro Alvar. Alvar es el *alter* superviviente, hará lo que sea para seguir existiendo. Alvar es teatral; si está disimulando, su propia naturaleza lo delatará: le hiciste un perfil, no lo pierdas nunca de vista. Dices que lo confrontaste con Estíbaliz, y Alvar no se activó.

—Así es. Y no quiero volver a usar a mi compañera —dije.

—Pero Alvar ya había aparecido antes de conocer a Estíbaliz en la vida de Ramiro Alvar, porque la novela es anterior. Hay que saber por qué se activó la primera vez, qué estresor le trajo a Alvar. ¿Hay más *alter*?

—Ramiro Alvar dice que solo estaba Alvar, el sacerdote —le expliqué—. Que en su familia comenzaban con un disfraz en su juventud y que con el paso de los años iban apareciendo más personalidades disociadas, y que él probó la escritura terapéutica para acabar con su primer *alter* porque se asustó mucho y no quería terminar como su padre y sus antepasados. Dice que Alvar murió cuando escribió la novela, que fue catártico. Que creyó que ya no estaba. Y con Estíbaliz reapareció Alvar.

—El abusón.

—Eso es lo que no me cuadra: que Alvar, su hermano sacerdote fallecido, sea para Ramiro Alvar el *alter* abusón. En Ugarte dicen que los dos hermanos se llevaban muy bien y se querían mucho. Eso no se puede disimular, sobre todo si eran jóvenes. Los niños y los adolescentes suelen ser muy espontáneos con sus fobias y sus filias.

—¿Y si Alvar se convirtió en abusón cuando él ya era un adulto y Ramiro Alvar un adolescente a su cargo, en su última etapa? —preguntó Marina.

—En el pueblo cuentan que Alvar volvió enfermo un año antes de morir.

—Tal vez en esa última etapa, cuando estaba enfermo y se ocupó de su hermano, se comportó con él como un abusón. Ramiro Alvar era un adolescente dependiente que acababa de perder a sus dos progenitores, es un momento muy dramático para cualquiera. Y Alvar murió el siguiente año, por lo que cuentas.

—Supuestamente. La verdad es que nadie recuerda haber ido al entierro.

—¿Qué sugieres?

—Nada —dije—, pero hay algo raro en su muerte.

—Pues creo que ya tienes por dónde seguir con tu investigación. Suerte en Ugarte. Yo te voy a dejar, en media hora comienza mi siguiente clase.

Y me quedé nadando un rato más cuando la doctora se despidió de mí para impartir una de sus clases de Perfilación.

Mientras me sumergía de nuevo en el agua volví a pensar en el principio de Locard: todo acto criminal deja un rastro.

Lo que iba a aprender en breve era que todo acto de amor también lo deja.

Porque el amor se estaba abriendo paso en aquellos momentos entre dos personas que se negaban a aceptar unas circunstancias poco favorables.

Después me enteré de cómo comenzó el romance: el tímido Ramiro Alvar sobornó a una enfermera para que le hiciera llegar una carta manuscrita. Estíbaliz la recibió con una mezcla de extrañeza y curiosidad.

> Estimada inspectora Ruiz de Gauna:
>
> Siento mucho cómo ha terminado todo debido a mi trastorno. Créame, pese a que no recuerdo nada de las horas o acaso días que mi *alter* pasó con usted, me doy cuenta de que lo que sintieron fue verdadero. Que Alvar se enamoró realmente de usted, y usted de él. No me extraña, Alvar es audaz y decidido. No piense que usted fue una más para él: lo creo enamorado de verdad, nunca antes había traído a la torre a ninguna mujer. Creo que pasó usted la noche con un hombre, en cierto sentido, virgen. Estoy convencido de que ya no está, de que con la caída murió. Mi conciencia no ha vuelto a apagarse ni he despertado sin recordar mis últimas horas desde entonces. Lo que para mí es una esperanza de curación, de que mi pesadilla personal pueda tener por fin un futuro de normalidad, sé que para usted será una pérdida, porque Alvar ya no está entre nosotros. Entiendo que me odie a mí, a Ramiro Alvar. Que me encuentre…, ¿cómo dijo?, «insulso». Usted me ve como el *alter* gris de Alvar, pero yo soy la persona real detrás de esta psique fracturada.
>
> Atentamente,
>
> Ramiro Alvar Nograro, XXV señor de la casa Nograro

Pero yo por entonces no sabía nada de cartas y sin Estíbaliz a mi lado me sentía atascado en la investigación. Dado que no podía avanzar hacia ninguna dirección, tomé el coche y me dirigí a Ugarte. No era día de club de lectura, pero quería conocer el entorno de Ramiro Alvar, sobre todo el de su hermano.

Encaminé mis pasos hacia el bar.

Encontré el local bastante desierto, salvo algunos jóvenes que jugaban al futbolín y un par de jubilados enzarzados en dirimir las cuentas de los amarrecos de una partida muy igualada de mus. Benita dormitaba en su silla de ruedas, con una manta sobre sus rodillas.

—Puedes hablar con ella, no está dormida, solo lo finge —me dijo el chico que llevaba el bar con un guiño.

—Benita, ¿cómo está hoy? —le pregunté, y me senté a su lado mientras me calentaba las manos junto a la lumbre.

—¡Si es el detective! —me saludó con sorna.

—Inspector, más bien. La semana pasada me perdí una tarde de lectura, ¿ha habido alguna novedad?

—Ya lo creo, se han apuntado cuatro vecinas más: Aurora, Nati, la mujer del alcalde, y las de Ochoa, la madre y la hija. Antes no solían venir a esto de escuchar cómo otros leen un libro en voz alta.

—Me alegra que esto crezca —comenté—. Parece un pueblo unido, con sus más y sus menos, pero unido.

—Ya sabes lo que dicen: «Pueblo pequeño, infierno grande» —comentó con ironía.

—Curioso que lo comente, su hijo el otro día dijo algo que me chocó mucho, dijo que Ugarte era un pueblo de bastardos. ¿Tan mala gente vive aquí?

—¿Bastardos? No lo dijo en el sentido en el que crees. Las palabras se van perdiendo con el paso de los años y los significados se unifican, pero los matices son importantes. Están los legítimos, que son los que han nacido dentro de un matrimonio legalmente constituido. Por tanto, los ilegítimos son los nacidos fuera del matrimonio. Aquí sabemos algo de eso. También tendríamos los mánceres, que son hijos de prostitutas. Los naturales, que son los habidos con una barragana oficial, siempre que se pueda probar su fidelidad. Tal vez tengamos naturales aquí, sí. Luego estarían los adulterinos, que son los nacidos de la unión con una pariente. Qué ofensa a Dios que eso suceda, ¿verdad? Y no podemos permitir que eso ocurra. Luego están los espurios, que son los nacidos de una barragana infiel.

—¿Barragana?

—La mujer que se amancebaba con el cura —me explicó—. Veamos, nos quedarían los fornecidos, que son los paridos por monjas, ¿he citado ya los adulterinos? Sí, creo que sí. Y luego nos quedarían los notos, que son los hijos de una casada adúltera que viven a expensas del esposo en su propia casa. Se han dado casos aquí, sí.

—Así que esos son los notos. El abuelo diría que eso ocurre cuando un raposo cría una camada que no es suya.

—Siempre ha sucedido, ¿verdad? —comentó risueña.

—¿Quedaría alguno más?

—No, creo que ya es suficiente.

—Entonces tenemos legítimos, ilegítimos, mánceres, naturales, adulterinos, espurios, fornecidos y notos —resumí.

—En este pueblo nadie dice nada. Si alguien levantase la liebre, saldrían unas cuantas liebres. Una por cada casa. Y nadie quiere eso. Por eso se soportan a duras penas, y callan, y sufren, y envían a sus hijos y a sus hijas fuera del pueblo para que no se crucen entre ellos. Dios no lo quiera.

—¿Qué quiere decir con eso?

—Que ya has hablado bastante por hoy, mamá —nos interrumpió Fidel—. Me la llevo.

No lo había visto venir, estábamos tan enfrascados en nuestra conversación que me pareció que el tímido marido de Fausti había surgido de la nada para llevarse a su madre y su silla de ruedas con él.

Recibí la llamada de Milán de madrugada, me asomé desnudo al ventanal de la plaza mientras cogía el móvil. Todavía no había amanecido y ya soplaba un viento que barría la calles.

—Kraken, tenemos un aviso de allanamiento con violencia en Quejana. Algo muy extraño.

—Define «extraño» —la apremié.

—Han entrado en el Conjunto Monumental de Quejana. Han encontrado herido al cura octogenario que custodia todo el solar.

# 35

# QUEJANA

## UNAI

*Octubre de 2019*

«Pero ¿qué demonios...?», pensé cuando escuché a Milán.

—¿Te voy a buscar? —me preguntó.

Una hora más tarde aparcábamos frente al convento deshabitado de las dominicas en Quejana, en el norte de la provincia de Álava.

El amanecer nos dio su bienvenida roja en el patio empedrado y rodeado de árboles que unían sus ramas con gruesos nudos vegetales. El lugar estaba desierto, salvo una ambulancia que había llegado antes que nosotros.

Sin saber muy bien adónde ir, recorrimos las casas abandonadas. Por instinto nos dirigimos hacia el palacio, una vivienda fortificada flanqueada de cuatro inmensas torres cuadradas. Una puerta grande de madera estaba abierta y la cruzamos con cierta precaución.

—¿Hay alguien ahí? —grité.

Un chico bastante alto vestido con el uniforme de la DYA salió a atendernos.

—Pasad, hay un hombre herido por una caída. Nos lo vamos a llevar al hospital, puede que tengamos una cadera rota.

Nos adentramos en un patio de piedras húmedas cercado de macetas bien cuidadas. Las hojas mojadas se amontonaban en las esquinas. Alguien mantenía aquello más o menos con vida.

Supuse que era el viejo sacerdote que descansaba sobre una bancada de piedra rodeado de dos miembros más del personal sanitario. Vestía un pijama de rayas y se cubría como podía con una chaqueta negra.

—¿Es usted quien llamó a Emergencias? —le pregunté.

—Lázaro Durana, para servirles. Soy el párroco de Quejana. Esta noche han entrado en la capilla. Oí ruido desde mi dormitorio, no duermo más que cuatro horas, el resto lo paso desvelado o leyendo, vivo aquí mismo, en lo que siempre ha sido la casa del capellán. Bajé a ver qué pasaba. Soy el único habitante de todo el palacio, el convento y la capilla, así que supe que venían a entrar por las malas.

—¿Qué vio? —intervino Milán.

—No mucho, se distinguía un resplandor como de linterna dentro del torreón de la capilla de Nuestra Señora del Cabello. La puerta estaba entornada y pude ver una miaja de luz. Según iba bajando por las escaleras grité: «¿Quién va?». Nadie respondió, pero oí más ruidos. No quise enfrentarme al ladrón y llamé a Urgencias desde el móvil, pero el ladrón me oyó hablar o sintió que hice ruido. Solo vi la sombra de un hombre que salía corriendo y que me empujó con mucha fuerza. Estaba oscuro y al salir apagó la luz, así que no pude verlo. Me duele mucho la cadera. Y cuando me tiró al suelo perdí las gafas, ¿pueden encontrármelas?

Milán y yo recorrimos el patio como si se tratase de una Inspección Técnica Ocular. Dividí el área en cuadrantes imaginarios y procedí a examinar uno a uno en espiral, de fuera hacia dentro, en el sentido de las agujas del reloj.

Las encontré en el extremo izquierdo, a cuatro metros de donde el párroco había indicado que sucedió el choque.

—Aquí están. Los cristales no están rotos, aunque la montura se ha deformado un poco por el impacto. ¿El individuo llegó a tocarlas?

—No, solo me empujó y salió corriendo.

Les saqué varias fotos. Una de cerca, otra a media distancia y una alejada. Por la dirección del impacto, el agresor salía corriendo de la puerta de la capilla e interceptó al cura exactamente donde él decía que había ocurrido.

Tomé las gafas, las enderecé y se las devolví al anciano.

—Mucho mejor —comentó—, ahora veo sus caras.

—¿Podría identificarlo? —intervino Milán.

—No, todo esto estaba a oscuras.

—¿Algún olor?

—Sudor. No sabría decirle si colonia.

—¿De hombre?

—No sé mucho de mujeres. Yo diría que era varón por la corpulencia. ¿Pueden comprobar si han entrado también en la iglesia del convento? Es la puerta que tienen allí enfrente —nos señaló la parte oscura del patio—. Allí sí que tenemos un cáliz de cierto valor, en la sacristía.

Milán se acercó al portón que nos había señalado, se colocó los guantes y empujó la puerta.

—Está cerrada. No hay ninguna señal de manipulación del bombín. No parece que se acercase por aquí.

—Mejor —suspiró el sacerdote—. Menos líos. Entonces, ¿pueden entrar en la capilla y comprobar qué ha pasado ahí dentro?

—A eso venimos. ¿Aquí hay algún objeto de valor?

—Está la tumba del Canciller Pero López de Ayala y su mujer, Leonor de Guzmán. Y una copia del retablo en la pared. El original está en el Instituto de Arte de Chicago. Aun así, espero que no haya sido un vándalo y haya dejado alguna pintada. ¿Pueden comprobarlo, por favor? —insistió el párroco, y se llevó la mano a la cadera derecha con un gesto de dolor.

El chico de la ambulancia cruzó con nosotros una mirada preocupada.

—Nos lo llevamos a Vitoria.

El cura asintió, conforme y dolorido, pero se sacó un manojo de llaves del bolsillo de la vieja chaqueta negra.

—¿Pueden cerrar la puerta principal cuando terminen y me traen las llaves al hospital?

—Yo me ocupo, don Lázaro —le dije—. ¿Alguien más tiene llave de entrada?

—Suelo encargarme yo. A veces vienen los de mantenimiento del Ayuntamiento a podar los árboles del aparcamiento y a mantener esto limpio, aunque el museo no recibe muchas visitas. El personal que contratan en verano es temporal, suele ser gente de la zona. Alguna copia perdida habrá, esto lo llevan el obispado y el Ayuntamiento de Quejana.

—Nos lo tenemos que llevar —interrumpió el joven voluntario.

—Claro —accedí—. Don Lázaro, en cuanto pueda me pasaré por el hospital a devolverle el manojo de llaves. Le mando deberes para entonces. Escríbame los nombres de todos los que recuerde que han trabajado aquí durante los últimos tiempos.

—No sé yo si me acordaré.

—Lo que pueda. Una última pregunta: ¿es la primera vez que entran?

—Pues me alegra que me lo pregunte, porque hace un tiempo denuncié que estaba seguro de que habían entrado porque me pareció que la lápida del sepulcro estaba un poco desplazada. Hablé con los de Patrimonio Histórico del obispado y no me hicieron mucho caso. No había daños ni habían sustraído nada de la iglesia. Quise ir a Vitoria a poner una denuncia, pero mi superior me desanimó. Cambié el bombín de la puerta de entrada, lo pagué yo mismo. Me empeñé por seguridad, soy yo quien duermo solo aquí cada noche y ya no me sentía seguro. Pero desde entonces no ha pasado nada, aunque tuve que volver a hacer copias de las llaves cuando me lo pidió el Ayuntamiento.

—¿Cuándo ocurrió eso?

—Pues no me acuerdo, hace un año o año y medio.

—De verdad, sentimos interrumpir, pero nos lo tenemos que llevar ya para que lo traten en Vitoria —insistió ahora el conductor de la ambulancia mientras lo sentaban en una silla de ruedas plegable.

—Claro —dijo Milán—. Adelante.

Los voluntarios se llevaron al sacerdote dolorido. Milán y yo asentimos en silencio. ¿Qué demonios había querido llevarse un ladrón de allí?

Todo era humedad y silencio. Un lugar bastante inhóspito para vivir durante todo el año.

Nos pusimos los guantes antes de entrar y Milán me lanzó una de esas miradas impacientes tan suyas. Pensaba que estábamos perdiendo el tiempo. Y yo también.

Una gamberrada, un amago de acto de vandalismo. Si era un ladrón y quería robar algo de valor, habría ido a la iglesia de las dominicas, donde probablemente hubiera algún objeto transportable que vender rápido.

Que el sacerdote lo hubiera sorprendido saliendo de la capilla del Sepulcro me decía que el intruso no había estudiado el lugar y había entrado primero en el recinto equivocado.

De todos modos entramos.

Era una pequeña capilla rectangular de unos cincuenta metros cuadrados. Apenas unos bancos de iglesia vacíos y la celosía de madera de un coro sobre nuestras cabezas. Frente a nosotros la pared estaba forrada por la famosa copia del retablo. Unas pinturas que mostraban figuras humanas, hombres y mujeres con ropajes medievales, la mayoría arrodillados en actitud orante. En el centro de la pintura reinaba un trono vacío.

Pero no era eso lo que Milán y yo nos quedamos mirando, sino la enorme escultura funeraria blanca.

—Joder, un maldito loco —susurró Milán negando con la cabeza—. ¿Tenemos un profanador de tumbas?

No le respondí, todavía no tenía claro a qué nos enfrentábamos.

El sepulcro del Canciller y su esposa era una cama de alabastro. Un doble lecho nupcial para dos esposos que reposaban juntos también en la muerte. Una reproducción a tamaño natural de lo que habían sido ellos en vida. Un hombre dormido tallado en piedra. Una mujer a su lado. Ambos con un perro a sus pies. Tal vez un símbolo de su fidelidad.

«*Fidelitas*», pareció decirme Maturana desde el más allá.

Pero la pesada losa que soportaba aquellos dos cuerpos de piedra había sido movida. Se necesitaba mucha fuerza para aquello. El sol del amanecer iba ganando terreno y en aquella lúgubre capilla con apenas luz, en aquellos momentos entró un rayo por la puerta entornada y nos permitió ver lo inimaginable.

Me asomé a la tumba abierta del más ilustre de los López de Ayala. El escritor, el diplomático, el Canciller. El hombre renacentista al que medio milenio después muchos recordaban.

Unos huesos, demasiados, llenaban aquel espacio sagrado. No eran solo los restos de un hombre y su esposa. Conté seis fémures.

¿A quién pertenecía el tercer cuerpo y por qué el ladrón había destapado aquel secreto?

## 36

## EL PORTAL OSCURO

### DIAGO VELA

*Verano, año de Christo de 1199*

—¿Se habrá quedado dormido extramuros? ¿Tal vez en un pajar? —Oí a mi espalda.

—Acaso se distrajo atrapando ranas en el Zapardiel y encontró las puertas cerradas.

Anglesa, Pero Vicia y Sabat el soguero murmuraban en corro cerrado.

—Y esta mañana habría vuelto —les dije—. Su tío le regaló ayer su primer potro, estaba ansioso por montarlo de nuevo. Seguid buscando. Detrás de cada seto, tras el cercado de cada huerta.

Después de una noche llamando a gritos a Yennego apagué la antorcha en un charco del suelo, ya no era necesaria.

Con el *gallicantus* se abrieron las puertas de la villa. Los vecinos que nos habían ayudado a buscarlo extramuros se fueron directamente a sus talleres o a montar las tiendas de sus puestos.

Yo fui en busca de Nagorno a las calles nuevas, él se había quedado intramuros para buscarlo entre las huertas, los talleres y cualquier lugar donde se hubiese podido esconder un chiquillo tan vivo como Yennego.

Por el rumor de la algarada supe que algo estaba sucediendo. Y no me gustó que estuviesen reunidos bajo el Portal Oscuro.

Mi hermano tenía a uno de los Isunza sujeto del cuello, con la punta de su daga apretando la carne. Lo rodeaban una docena de vecinos, entre ellos los hermanos Ortiz de Zárate y los Mendoza.

—No habrá familia en la Villa de Suso o en la Nova Victoria que no llore hasta que mi sobrino no aparezca. Si alguien hoy lo tiene retenido, está a tiempo de devolverlo. No haré preguntas. Pero mi sobrino ha de estar vivo —dijo, y yo sabía que hablaba en serio.

Me acerqué al grupo, varios se volvieron hacia mí, muchos se llevaron la mano al cinto en busca de su arma.

—Suéltalo, Nagorno. Esto no va a ayudar a Yennego.

—Sí que va a ayudarlo. Si alguno de los presentes se ha vengado de lo que pasó con Ruiz de Maturana, entraré en el hogar de cada uno de vosotros antes de que me apresen y moriréis todos.

—¡Suéltalo de una vez! Ya es suficiente —grité.

Nagorno lo liberó de mala gana. Todos salieron corriendo y en un momento el portal quedó desierto.

—Eres un necio, hermano. Lo que has hecho no va a traerlo de vuelta —le increpé.

Nagorno estaba fuera de sí y no era muy común ver a mi hermano fuera de sí.

—Y qué piensas hacer tú, ¿eh? —murmuró con rabia—. ¿Vas a permitir que nuestra sangre se pierda sin hacer nada?

—Venía a reclutarte. Vamos a la fortaleza de San Viçente. Cojamos a los mejores hombres del tenente y salgamos ya a buscar a mi hijo.

Subimos por el cantón de Angevín y cruzamos un par de puertas hasta que llegamos al Portal del Sur. Encontramos al tenente colocando una silla a su montura.

—¿No aparece? —preguntó Martín Chipia cuando vio que nos acercábamos.

—No —contesté, y miré más allá del portón.

Alix se había quedado fuera buscando. Se negaba a volver sin Yennego.

—Los chicuelos hacen travesuras, pasan la noche al raso…, volverá. No habrá ido muy lejos, vi que una de sus piernas…

—Yennego no se ha ido, se lo han llevado —le corté—. Encontré un cordel roto con un amuleto que le regaló la tatarabuela de su madre. Él lo habría recogido para arreglarlo y no darle ese disgusto. No, Chipia. Voy a organizar una batida con vuestros mejores exploradores. Mi hijo está extramuros y cada vez más lejos, me temo.

Pero en ese momento entró por el Portal del Sur uno de los guardias del tenente montado en un caballo sudado a punto de reventar.

—¡Tenente, han atacado varias fortalezas!

—¿Ya ha comenzado? —exclamó—. No esperaba que ocurriese ya. Hablad, ¿qué fortalezas?

—Todas las del sur y también vienen por el oeste: la Puebla de Arganzón, Treviño, Salinas de Añana y Portilla.

—En Portilla es tenente Martín Ruiz, es tan experto como obstinado. ¿Qué podéis decirme?, ¿están aguantando?

—Como pueden. *Senior,* hay más…

—¿Qué?, habla.

—Roderico dice que por el camino ha visto un jinete con caballo blanco con el estandarte de los dos castillos. Mucha infantería, arqueros y ballesteros. No demasiada caballería. Pero hay carros con avituallamiento que los siguen. Incluso una carreta cubierta, muy lujosa, solo puede ser del rey. Y viene con López de Haro, el alférez mayor de Castilla.

Chipia me miró con ojos preocupados.

—Esto es peor de lo que me lo habían puesto los consejeros del rey Sancho. Si su primo Alfonso ha salido de Toledo, no viene a por pequeñas fortalezas sobre una mota. Es una campaña en toda regla. Viene a rendir la llave de la frontera, esta villa. Me temo, Vela, que voy a necesitaros para preparar la plaza para un posible asalto. Todavía no conozco a nadie más resuelto que vos. Voy a reunirme con el alcalde y el sayón en la fortaleza de San Viçente, pero mientras tanto necesito que congreguéis a los del arrabal extramuros, no estarán seguros si nos atacan. Que los vecinos acondicionen pajares y zaguanes para acogerlos. Y la siega se nos va al garete. Llamad a los labriegos, en todo caso. Que hoy recolecten todo lo que puedan de sus huertos y lo metan a la villa. ¿Se os ocurre algo más que pueda sernos de utilidad?

«Yennego, habéis olvidado que toda Victoria debería estar buscando a mi hijo», callé a mi pesar.

—Enviad a uno de vuestros hombres a la cantera de Ajarte —me obligué a decir—. Que carguen carretas con piedras y las traigan. Las vamos a necesitar para repeler a los que quieran expugnar los muros. Y piedra de molienda, ya os explicaré más tarde su utilidad. Tenemos la ferrería recién surtida del hierro de las minas de Bagoeta, pediré a mi hermana que ponga a sus ferreros a construir puntas de lanza. No habrá tiempo ni material para armaduras. Que los pellejeros se pongan a coser petos de cuero en su lugar. Que los leñadores vayan a los bosques y traigan madera para lanzas, flechas y virotes para ballestas. Y mucha leña.

—Es verano, no hace falta —replicó Chipia.

—Vos encargaos de traer leña —insistí—. Que saquen hoy a pastar todo el ganado: vacas, puercos, ovejas, cabras y demás guiberrías, pero que retornen con ellos a la villa antes del toque de retreta. Sé que no es buen momento, pero si me prestáis media docena de hombres, haremos una batida rápida. Quiero llegar a los Montes Altos...

—Creo que no habéis entendido la gravedad de la situación, querido conde —me cortó—. Voy a ordenar que se cierren todos los portales en cuanto metamos en la villa a todos los vecinos, los animales y todo lo que nos permita aguantar hasta que el rey Sancho venga con su ejército a auxiliarnos.

—Iremos entonces nosotros, sin hombres —intervino Nagorno.

—No, os necesito aquí a ambos. Soy el hombre del rey en la villa y, si marcháis fuera, con el peligro acechando a las puertas, os tendré que considerar traidores a la Corona.

—Dadnos hasta el ángelus, prometo volver antes. Lo prometo —insistí.

—Sé que sois un hombre honorable, pero yo no sería buen tenente si os dejase marchar ahora. —Se volvió hacia el guardia de la puerta—. ¡Cerrad el portal, ahora! Y subid al paso de ronda. Dejad pasar solo a los vecinos que busquen cobijo y a sus bestias.

—¡Esperad, no cerréis! —gritó una voz.

La voz de Alix. Subía por la cuesta del mercado de las fruteras recogiéndose el vestido, no había ni rastro de la toca, y el cabello, empapado en sudor, se le pegaba al rostro.

Corrí a su encuentro; ella tuvo que tomar aire.

—¿Yennego? —le susurré.

—No he encontrado nada, Diago. Nada.

El tenente se le acercó.

—Sé de vuestra desgracia, pero tenéis que entrar, el ejército de… —comenzó a explicarle Chipia.

—Por eso he vuelto, los he visto. Se ha levantado polvo por el camino de Ibida, pero no era polvo… Cientos de soldados se acercan. Estamos atrapados en la villa.

## 37

## LA VIEJA AULA

## UNAI

*Octubre de 2019*

Todo empezó con la llamada de Estíbaliz la tarde anterior. Escuché la voz preocupada de mi compañera:

—Kraken, creo…

—Unai, Esti. Soy Unai —la corregí.

—Unai, quiero que vengas. Creo que debería enseñarte algo. Vete a mi casa, Alba tiene las llaves, y tráeme al hospital lo que encuentres bajo los jerséis de invierno del armario de mi dormitorio.

Después de visitarla y escuchar lo que me explicó, tomé el móvil y quedé con la doctora Leiva para vernos al día siguiente a media mañana, esta vez fuera de la piscina. Marina me esperaba en un aula vacía de la Academia de Arkaute. Pese a sus sesenta y pico años, siempre vestía con unas zapatillas deportivas y un traje entallado.

—Cuánto tiempo sin volver por estas aulas —dije, y miré alrededor. Poco había cambiado desde que terminé mi formación. Los mismos pupitres de madera, las mismas paredes lisas para no distraer. Mucha luz entrando a raudales por los ventanales.

—Acabas cogiéndole el gusto a la docencia. Deberías probarlo, es muy gratificante. Aunque prefiero el aula cuando está llena. Tiene otra energía —comentó mirando alrededor—. Jóvenes que se empapan de todo lo que les cuentes, ansiosos por asimilar las pautas que le puedas dar para detener a los culpables.

—Yo también fui así. Impulsivo. Hambriento. Todavía no

había pisado las calles. Imagino que las calles son lo que te cambia y te asquea de la profesión.

—¿Te asquea?

—Lo he dicho sin pensar, la verdad —reconocí.

«¿Me asquea?», pensé confundido.

—Te he traído un par de documentos —dije para imponerme un cambio de tema—. Necesito tu ayuda.

—¿Documentos? ¿Y para qué me necesitas exactamente?

—Sé que has colaborado como perito caligráfico en algunos procesos de falsificaciones de herencias.

—Así es.

—Y has impartido formaciones de Grafología forense…

Me miró de reojo, se colocó sus gafas rojas de media luna en la punta de la nariz.

—Anda, dame esos papeles. ¿Por qué me los has traído?

Le tendí dos folios diferentes en una funda de plástico transparente y una pareja de guantes, aunque eran de mi talla, la XL, y sus pequeños dedos no se adaptaron del todo al látex.

—Ramiro y Alvar. Alvar y Ramiro. Escriben cartas. A la inspectora Ruiz de Gauna. Ayer me llamó, la visité en el hospital. Desde la caída parece que Alvar ha desaparecido. Sabes que los confronté. Alvar no se activó con la presencia de Estíbaliz. Ramiro Alvar no la reconoció, le pidió disculpas y asumió su trastorno frente a ella.

—Eso es muy bueno —me interrumpió—. Es un gran paso para su rehabilitación.

—Estoy de acuerdo —coincidí—. Poco después Estíbaliz recibió esta carta. Ramiro Alvar sobornó a una enfermera con sus mohínes de chico guapo e inofensivo y le hizo llegar lo que ves.

Marina leyó con atención y frunció el ceño concentrada. Una arruga vertical entre las cejas le dividió la frente en dos.

—¿Y…? —insistió después de leerla.

—Que mi compañera me hizo subir a su casa a buscar las cartas que le escribió Alvar. Cartas de amor manuscritas, que él mismo le entregó. Mira el nombre del remitente.

—Alvar de Nograro, XXIV señor de la casa Nograro —leyó.

—Bonita grafía, ¿verdad? Nada que ver con la de Ramiro Alvar. Sin ser un experto, ni Estíbaliz tampoco, la diferencia entre los dos tipos de letras es tan…

—... abismal —terminó ella, absorta en una de las cartas que le tendí. Pero ya no me hacía caso.

Colocó los dos documentos en la mesa del profesor, uno junto al otro. Después de compararlos durante un buen rato se volvió hacia mí.

—Esto es más de lo que esperaba —dijo por fin.

—¿A qué te refieres?

—Observa la escritura de Ramiro Alvar. Estas letras desligadas indican aislamiento e introversión. Pero el grado de inclinación es lo más llamativo: una inversión hacia atrás de unos sesenta y cinco grados no es nada común. Entra en el plano negativo. Hay una lucha por el autodominio. Una represión del yo que oculta temor, inhibiciones. Y es la letra de alguien que denota mucha sensibilidad.

—¿Qué me dices de Alvar? —le pregunté mientras señalaba su misiva.

—Este es un hombre encantado de conocerse, una psique superior, madura. Se permite rodearse de arte, de belleza. Un hedonista, un disfrutón. El otro es un asceta, sus letras carecen de bucles, son casi marciales. Por otro lado, Alvar tiene un gran conflicto con la muerte de su padre, su madre o ambos. Algo no resuelto. Observa el bucle tan alto de su «D» mayúscula. Es un rasgo de orfandad. Ramiro Alvar ni lo acusa. Es una «D» mayúscula equilibrada.

Escuché en silencio, era consciente de que Marina estaba muy intrigada.

—Te las he traído por si puedes confirmarme que Alvar no está agazapado tras el Ramiro Alvar hospitalizado, si sigue cortejando a Estíbaliz porque no quiere perderla. Si esta última carta, en resumen, es de Alvar fingiendo ser Ramiro Alvar.

—No, para nada. Son dos personas diferentes. No hay fingimiento alguno en la misiva de Ramiro Alvar. Ni un solo signo de simulación. Estos suelen observarse al final de la palabra que termina una frase, o en la célebre coletilla del falsificador: un leve temblor en el último trazo de la firma. No es el caso. Esta letra transmite la psique del individuo que la ha escrito de principio a fin. He podido acceder a documentos similares en otros casos célebres y documentados de trastornos disociativos, pero esto...

—¿Qué? ¿Qué pasa, Marina?

—Que esto va más allá de una psique con dos personalidades. Estas cartas están escritas por dos personas diferentes, Unai. Te voy a hacer una pregunta que tal vez te descoloque un poco, pero ¿puedes asegurarme al cien por cien que Alvar Nograro está muerto?

—Murió hace años.

—¿Lo has comprobado?, ¿hay tumba o sepultura?, ¿son sus restos los que reposan en el cementerio?, ¿fue incinerado…?

—Para un momento, por favor —la frené—. No, no lo sé. No podemos pedir a un juez que exhume los restos de todos los muertos en la historia familiar de un sospechoso. Los vecinos de Ugarte también contaron que había vuelto a la casa-torre cuando estaba ya grave y que murió al poco tiempo, aunque ya te dije que nadie en el pueblo fue al funeral.

—Sí, lo recuerdo. Y es extraño para tratarse de un pueblo pequeño, ¿no crees? ¿Alvar no era un sacerdote guapo y encantador?

—No lo sé, tal vez por eso mismo.

—Tienes que volver a Ramiro Alvar, al PAN. Tienes que llegar con él al momento de la fractura de su psique. Al trauma o al estresor que desencadenó a Alvar, si es que no estamos ante una grandiosa simulación y nos ha engañado, o nos han engañado a todos.

—¿«Nos han», en plural?

—Es que estas cartas son tan diferentes que no sé qué creer. No tienen rasgos comunes, nada. Ni siquiera la fuerza con la que están escritas.

—Ramiro Alvar está convaleciente de una caída al vacío —le recordé—. La fuerza de su mano puede estar alterada.

—Unai, tienes que enfrentarte a él de una vez por todas. Tiene que contártelo todo. Esto no me cuadra nada. —Y miró el reloj.

Algunos alumnos comenzaban a entrar en el aula y se quitó los guantes de látex después de devolverme las dos cartas.

—Una última cuestión —me comentó en voz baja—. Tu presencia en la Academia no ha pasado desapercibida. Sabes que aquí eres una leyenda y se te tiene mucho aprecio. El director me ha pedido que impartas una charla de Perfilación práctica. A los alumnos les aportaría mucho tu experiencia. ¿Qué me dices?

Su propuesta me tomó por sorpresa, la verdad.

—No sé qué decirte, sabes lo liado que estoy en estos momentos —me excusé.

—Solo prométeme que lo pensarás.

Una melodía nos interrumpió en ese momento.

Me despedí de la doctora Leiva con la mirada mientras cogía el móvil.

Era Milán, ella también había tenido una mañana muy ajetreada, por lo visto.

—¿Has estado en el Ayuntamiento de Quejana? —quise saber.

—Sí. Les ha costado, pero tengo un listado con los operarios y personal que han trabajado los últimos años en todo el complejo del palacio, el convento, el museo, los jardines y el aparcamiento. Ningún nombre me dice nada. Te lo paso.

—Muy bien, te lo iba a sugerir ahora mismo. ¿Has hablado con la doctora Guevara?

—Ha enviado los restos al Instituto Forense. Van a tener que hacer pruebas de ADN. Lo que ha descubierto es muy interesante, Kraken.

—Unai —la corregí. Quería que los cercanos me tratasen como a una persona, no como a un puñetero mito.

—Unai —repitió—, te decía que el examen preliminar de Guevara nos ha traído más de una sorpresa.

—¿Y eso?

—Tal y como sospechábamos, son tres cuerpos completos diferentes: dos de mujer, el otro es un hombre. Pero lo extraño es que el esqueleto de una de las mujeres es mucho más reciente. Tal vez quedó en estado cadavérico después de ser abandonado durante varios meses a la intemperie y después fue trasladado al sepulcro. Los otros dos parecen restos mucho más antiguos.

—Así que tenemos al Canciller, a su esposa y a una intrusa contemporánea.

—Es muy pronto para hacer conjeturas. Y los análisis van a tardar unas semanas.

—¿Has hablado con la subcomisaria de todo esto?

—Se va a abrir una investigación aparte. No tiene ningún punto en común con el caso de Los señores del tiempo. Allanamiento de morada y agresión. En el caso de la tentativa de profanación de la tumba no está clara la intencionalidad, tal vez fue solo un caso de vandalismo. El obispado va a interponer denuncia y el Ayuntamiento de Quejana también. De momento no entran los de Patrimonio Cultural, a no ser que se demuestre que se llevaron algo. Más trabajo para todos, y nos falta la inspectora Ruiz de Gauna.

—Envía a la Científica entonces a Quejana —le pedí—. A ver si pueden sacar huellas o rodadas de algún vehículo. El autor no llegó andando hasta allí.

—Si nos dan alguna marca, la cruzaremos con la base de datos de antecedentes por robos al Patrimonio Histórico.

—No vamos a encontrar nada —le dije—. No era un profesional. No tiene antecedentes, no lo ha hecho antes. Y no iba a por ningún objeto. Iba a la tumba. El cura lo sorprendió y él lo oyó desde las escaleras. Con ese silencio y por la noche, los sonidos llegan con claridad desde la escalera a la capilla. Dejó lo que estaba haciendo y salió dándole un empujón al sacerdote. No quería matarlo ni es alguien violento. Habría sido muy fácil rematarlo en el suelo, es un anciano. Tampoco llevaba armas de fuego ni arma blanca. La habría usado en el cara a cara. Simplemente lo empujó.

Milán se tomó su tiempo para contestar. La imaginé tomando notas en algún post-it guardado en el bolsillo de su inmensa trenca.

—Si no es un ladrón ni un agresor, ¿qué tenemos? —preguntó por fin.

—Alguien que buscaba algo en la tumba. Alguien que volvió —razoné—. Que ya estuvo antes y movió la lápida. Alguien que ha tenido dos veces acceso a las llaves, tanto la primera vez, hace más de un año, como esta segunda, con el bombín cambiado por el propio sacerdote. Alguien que no quería simular un robo, porque habría reventado la puerta. Solo quería acceder a ese sepulcro, robar los huesos o lo que fuese y marcharse procurando que nadie lo advirtiese.

—O puede que solo sea una gamberrada que se le ha ido de las manos —respondió no muy convencida—. Y puede que nunca encontremos al que lo hizo. En todo caso, hay que priorizar, y tenemos cuatro cadáveres sobre la mesa de autopsias.

—Lo sé, lo sé. Es un enigma menor.

—Hay otra novedad, Kra... Unai —se corrigió—. Tenías razón con los objetos que se encontraron en el escenario del crimen de MatuSalem. El equipo de la Científica ha analizado toda la basura que se encontró en el césped: una lata de refresco, una bolsa vacía de pipas, unas cincuenta cáscaras vacías de pipas de girasol, el envoltorio de un helado... Y un lápiz del número dos muy afilado.

—Tiene material genético —le corté—. En la punta. Habéis encontrado algo de sangre en la punta del lápiz.

«Puto genio —pensé—. Bendito MatuSalem.»

—¿Cómo lo sabes?

—MatuSalem estuvo en la cárcel. Solo alguien que ha estado en prisión ve un lápiz afilado como un arma —le expliqué—. Y los llevaba encima. Matu siempre llevaba encima un lápiz para apuntar en papel lo que no quería que fuese rastreado, desconfiaba de todo lo que pasase en Internet. Era un paranoico, como buen *hacker*. Si quería estar seguro de que algo no fuese investigado, usaba el mundo analógico. Ya tenemos un perfil del ADN de su asesino.

Salí del recinto de la Academia. Me perdí durante un rato por mis laberintos mentales mientras caminaba sin rumbo por caminos que una vez transité. Por fin un indicio físico, por fin un hilo de Ariadna del que tirar.

Hacía tiempo que me sentía perdido y no solo porque estaba frente al caso más desconcertante de toda mi carrera como perfilador. Perdido porque estaba olvidando aquel impulso por saltar de la cama cada mañana y dirigirme a mi despacho. Perdido porque mi vida se estaba acercando a un cruce de caminos, lo intuía, y no quería renunciar a ninguna de las sendas que me ofrecía el horizonte.

«Gracias, Maturana —le recé en silencio—. Ya estoy más cerca de vengar tu muerte.»

## 38

## EXTRAMUROS

## DIAGO VELA

*Verano, año de Christo de 1199*

Subí corriendo al paso de ronda, Chipia me seguía.

—Voy a enviar un jinete de vuelta a Tudela. El rey castellano ha aprovechado que su primo el Fuerte está en tierras musulmanas desde primavera, pero desde la corte le harán llegar el mensaje y él nos enviará un ejército de auxilio.

—Espero que no sea necesario esperar la orden real desde el sur, tardaría un mes en llegar al monarca y otro mes para volver con su decisión —comenté preocupado.

—No habrá menester de tanto trámite, se trata de una urgencia. En la corte seguirán la misma orden que me dio a través de sus consejeros: «Victoria no se rinde a mi primo». Nos auxiliarán, defenderán la llave del reino. Solo tenemos que aguantar hasta mañana. Más me preocupa ahora mismo por dónde van a aparecer. Si vienen por el sur, si llegan a este portal, será una buena señal —me dijo mientras oteaba el horizonte.

No se veía nada aún. Campos verdes de trigo, árboles dispersos de quejigos y bueyes faenando en las huertas roturadas a golpe de arado.

—Si suben por la cuesta del mercado de las fruteras se exponen a ser vulnerables. La altura que nos dan el terreno y la muralla son nuestra ventaja. Sería un alivio, vendrían buscando un parlamento, no un asalto —continuó el tenente—. Pero llegarán, más pronto que tarde. Voy a la fortaleza a por mis armas y mi peto. Deberíais hacer lo mismo.

Asentí. Cuando entré en el taller de la ferrería, Lyra y sus hombres trabajaban con todos los hornos encendidos. Hacía un calor de mil demonios.

—Toma, hermano. Un casco, una cofia y un peto de metal —dijo en voz alta delante de todos, pero me hizo un gesto después de entregarme mi panoplia y fuimos a un rincón apartado donde no pudieran oírnos—. Deberíamos olvidarnos de todo y salir a buscar a Yennego. Que los reyes peleen por fortalezas y fronteras, nosotros deberíamos pelear por nuestra sangre.

—Nadie más que yo o que Alix queremos salir extramuros a buscarlo, Lyra. Pero... Alix ha vuelto, no lo ha encontrado. Ni Nagorno, ni Gunnarr ni tú habéis hallado resto alguno dentro. Sabes lo que significa.

Me apoyé en ella, cansado de una vigilia tan prolongada, cansado de la búsqueda, cansado de la batalla que se avecinaba. Con mi hermana podía mostrarme débil y eso me hacía bien.

—Me da igual recibir una flecha por la espalda y desobedecer al tenente. Solo dímelo, cojo el caballo de Nagorno y salgo a buscarlo —dijo.

—Estarías sola en una tierra que ahora mismo está siendo atacada por un ejército desplegado sobre todas las villas y las fortalezas. No podrías volver. No puedo arriesgarte de esa forma.

En ese momento oímos varios toques de retreta. Uno, dos, tres..., algunos sonaban sobre nuestras cabezas, otros más distantes. Los soldados de Chipia estaban cerrando todas las puertas en la Villa de Suso y en Nova Victoria.

Lyra corrió a la fragua y comenzó a dar órdenes apremiantes a sus ferreros. Yo dejé en el suelo lo que mi hermana me había fabricado y salí a la rúa, que se llenó de carretas con sacos de frutas, leña y gorrinos. Todos los vecinos del arrabal de los cuchilleros que habían abandonado sus casas cargaban hoces, guadañas y chiquillos.

Busqué a Alix, que había empezado a organizar a todos los que entraban.

—¡A la fortaleza! ¡A la fortaleza y a la iglesia! —gritaba.

En mitad del tumulto y la locura que llenaba las calles, encontré a Onneca saliendo de un zaguán. Se sorprendió al verme, diría que se turbó.

—¿Qué hacéis? —me preguntó incómoda.

—Prepararme para la llegada de las tropas. ¿Alguien se ha ocupado de la abuela Lucía?

—Con esta algarabía, me temo que no —contestó.

—La llevaré con el resto de los vecinos —dije, y fui corriendo a la casa de la abuela Lucía.

—Abuela, os llevo a la iglesia con los demás —la apremié.

—Yo me quedo por si Yennego vuelve. No quiero que se asuste si sube a casa y la encuentra vacía —contestó sin dejar de mirar por la ventana.

—Yennego irá a la iglesia y os encontrará, no os preocupéis —la tranquilicé—. Es más listo que vos y que yo. No le deis un disgusto. Vamos.

Dejó que la cargase a mi espalda y la dejé en la iglesia, sentadita en las escaleras junto al altar. Volví corriendo a la fragua, recogí el casco, la cofia y el peto y fui a mi casa.

Allí me coloqué el peto de metal sobre uno de cuero, lo cubrí con una loriga de manga larga y una túnica con el blasón de los Vela: un gato montés sobre campo de azur y la leyenda en letras de sable: «Quien bien vela, Vela». Me coloqué la cofia de malla que me cubría los hombros y el cuello y me puse el casco, pese al calor de aquel aciago día.

Las tropas llegaron por el sur, pero cuando se acercaron a la villa la circunvalaron y subieron por el Portal del Norte después de cruzar los puentes de los dos fosos. El tenente, el alcalde, Nagorno y yo subimos al paso de ronda sobre el portón. Buscaban parlamento, un estandarte blanco se acercó al portal y se detuvo unas varas bajo nuestros pies.

—¡El rey Alfonso, octavo de su nombre, viene a parlamentar! ¿Respetáis la tregua y bajáis las armas?

—¡La respetamos! —contestó el tenente, y a su gesto todos los arqueros apostados que apuntaban a la avanzadilla bajaron sus armas.

—Son unos cuatrocientos —calculó Chipia—. En la villa somos casi trescientos, pero no tenemos nada que temer. No veo máquinas de asedio, no pueden entrar. Tenemos los números. Y el rey lo sabe.

«Entonces, que dure lo menos posible y yo pueda salir a buscar a mi hijo», estuve tentado de decirle.

Solo teníamos que esperar una jornada. El ejército navarro vendría, nos auxiliaría y toda nuestra familia podría continuar buscando a Yennego. O al menos, averiguar lo que le había ocurrido para poder dormir en paz.

—Vienen frescos, con los uniformes limpios, sin sangre —observé en voz alta—. Estos no han batallado aún. No están cansados todavía, no han perdido hombres y están motivados. Es cuando más letales son.

—Vendrán enardecidos después de haber rendido algunas plazas por negociación —intervino Nagorno.

Varios jinetes se acercaron. Un imponente caballo blanco se adelantó, escoltado por otras dos monturas.

El rey se quitó el casco. Tenía buena planta, hombros fornidos como los arqueros. Nariz ancha y ganchuda, tal vez en batalla una carga le había aplastado el nasal del casco. Bigote largo pero sin un solo pelo en la cabeza. Rostro cuadrado, el porte de quien era rey desde los tres años. Una cierta ironía y mucha desenvoltura.

—No quiero una conquista de sangre —dijo con autoridad en la voz—, vengo a reclamar lo firmado en el año de Christo de 1174. Estas tierras eran mías, pero por entonces era bisoño y no supe defenderme frente a mi tío, el rey Sabio, un experto en diplomacia. Ahora que soy hombre os vengo a pedir que rindáis la plaza, abráis las puertas y nos dejéis entrar. Respetaré los fueros con su exención de pechas y me comprometo a no aforar más fortalezas y despoblar las heredades de los condes y *seniores* de estas tierras, como han hecho los navarros, imponiéndoos tenentes que no son vecinos ni pertenecen a vuestros linajes.

—Antes de que malmetáis más, *senior*—lo interrumpió Chipia—, he de deciros que Victoria no se rinde, por expreso mandato de vuestro primo.

—El tenente, supongo. Y los *seniores* de la villa. —Nos saludó con una leve inclinación de cabeza.

—El conde Vela y el conde de Maestu —grité, y correspondí su saludo.

—Conde don Vela, he escuchado la triste historia de vuestro heredero por las posadas. Mal momento para cerrar las puertas, ¿queréis salir a por el chiquillo? Rendid la plaza y podréis hacerlo, no os lo voy a impedir.

Nagorno levantó levemente su ballesta, pero lo frené con un gesto discreto. Yo también podría haber apuntado con el arco y desde aquella distancia podría haber cometido regicidio. Pero era tanto lo que se podía perder...

—Sois un rey —contesté en su lugar—, se os presupone la nobleza. No creo que hayáis jugado con la vida de un infante para rendir una villa, por mucho que sea el heredero de un conde enemigo.

El rey alzó la cabeza, me miró fijamente.

—La ofensa es grave. Os perdono la vida porque soy padre y si algo le sucediese a mi hija Blanca... Comprendo el dolor.

Y todo lo que vi fue un hombre seguro de sí mismo que no rehuía mirarme a los ojos.

—Si es que hablamos de hombre de honor a hombre de honor, ¿me juráis entonces que no estáis detrás de esta desgracia? —le pregunté.

—Si alguien hubiera usado una treta tan mezquina en mi reino, lo ejecutaría de la peor manera. Siento la pérdida de vuestro heredero, vuestro linaje es legendario también en Castilla y no merecéis este trago, pero hablemos ahora de las condiciones de vuestra rendición, abrid la villa y respetaremos a los buenos vecinos que la habitan.

—Me temo que soy yo quien habla por el rey don Sancho, séptimo de su nombre —intervino Chipia de nuevo—. Y la villa no se rinde. Las tropas de auxilio están a punto de llegar. Libraréis la batalla frente a nuestras murallas, eso será todo. No tenemos más que parlamentar, vuestra usurpación es ilegal.

—Es mi primo quien ha sido excomulgado por el papa de Roma por sus pactos ilegales con los infieles, no os equivoquéis. Es mi primo quien está aislado porque ni Aragón, ni León ni Portugal quieren respaldar sus pretensiones. Es mi primo quien ha abandonado desde hace meses sus tierras y a sus vasallos y convive con los sarracenos. ¿De qué sirve pagar todos los años el buey de marzo a un rey al que no conocéis y que desprecia a los *seniores* de la tierra?

Miré de reojo al alcalde, que cambiaba el peso de sus piernas, nervioso.

—¿No hay respuesta? ¿Abrís las puertas, entonces? —insistió Alfonso.

—De eso nada. Esta noche dormiréis al raso y mañana vais a sacrificar muchos soldados en la batalla, cuando llegue el ejército de auxilio. ¿Eso hace un buen rey con sus hombres? —contestó Chipia—. El parlamento ha terminado.

El rey y los dos jinetes que lo escoltaban dieron media vuelta. Los cuatro bajamos hacia la plaza del camposanto, junto al pozo.

Nagorno me sujetó por un brazo mientras bajábamos. Nos quedamos rezagados en el primer piso de la torre.

—Están talando árboles. En la retaguardia. Mientras el rey parlamentaba, algunos de sus hombres han quebrado con hachas varios troncos.

Nos miramos preocupados.

—Eso no es bueno, no es nada bueno —murmuré —. Habla con Lyra, que deje un horno libre para calentar el polvo de piedra que han traído de la cantera.

Nagorno marchó, sigiloso como siempre era, y yo me acerqué a la plaza.

Allí estaban congregados todos los vecinos de los dos barrios. Nobles y artesanos, todos con espadas, lanzas, arcos o martillos.

—¿Ha dado tiempo a que entren todos los de los arrabales? —preguntó el alcalde.

—No han venido las de la posada de la Romana. Dicen que se quedan, que si hay soldados, van a estar ocupadas y a salvo —contestó el sayón.

—Nosotros defenderemos las puertas de Nova Victoria —se adelantó Mendoza—. Repartid vuestros soldados por nuestras torres. Si atacan por el oeste, nuestra muralla y nuestras calles caerán primero.

—A los asteros, cuchilleros, panaderos y tenderos nos tocará defender la muralla del este y los portales del Norte, del Sur y el de la Armería. Estamos más altos y protegidos, pero el rey buscará rendir la Villa de Suso y la fortaleza de San Viçente. En caso de ataque, empezarán por nosotros —contestó Alix. Y un murmullo de vecinos secundó sus palabras.

—De acuerdo, un hombre en cada una de las veinticuatro torres —concedió el tenente—. No tienen efectivos para rodear los dos barrios. Pero sí que colocarán puestos avanzados desde los que vigilar si salimos de la villa. Pasad por la ferrería, que os entreguen flechas, virotes para los que tengan ballestas y las armas que les haya dado tiempo a fabricar. Sacad vuestras horquillas, tridentes, cuchillos, martillos y todo lo que os pueda ayudar a defenderos.

—¿Se sabe algo de las fortalezas del sur? —preguntó Yñigo el del peletero.

—No, tarugo. Las puertas están cerradas y el enemigo nos rodea, ¿cómo voy a enviar exploradores a que nos traigan nuevas del sur?

—Entonces, ¿tendremos que luchar nosotros? —quiso saber Mendoza—. ¿No debería estar el rey Sancho al frente de la campaña de rescate?

—He enviado un correo a Tudela pidiendo auxilio —le interrumpió Chipia un poco corto de paciencia—. Mañana o pasado mañana, a más tardar, llegarán nuestros soldados desde Pamplona. Pero estad alerta y preparados por si algo se torciese. Al toque de campana, los que no puedan luchar que se refugien en Sant Michel, en el castillo de Sant Viçente y en Santa María. Ahora, todos a sus casas, esperaremos la ayuda.

Y la muchedumbre se fue dispersando, murmurando reniegos y mirando un cielo soleado y azul.

Fui a buscar a Alix, yo portaba todavía un casco que me oprimía las sienes y me empapaba el pelo de sudor.

La encontré dando órdenes y acompañando a los vecinos más rezagados. Nos refugiamos en el zaguán de la abuela Lucía. No nos habíamos visto desde que dividimos la búsqueda de Yennego en varios grupos.

—Lo hemos perdido —me dijo derrotada—. Con este caos, ni dentro ni fuera de la villa encontraremos rastro alguno de él.

La abracé impotente. Era cierto y no había consuelo, solo más peligro acechando.

—No vamos a dejar de buscarlo. Si estos días desaparezco y no encontráis mi cuerpo es que he conseguido romper el cerco y he salido a buscar a nuestro hijo. Confía en que volveré. Sé que harás lo posible por seguirme, pero tú has de proteger a nuestro hijo no nato. Estás más segura, de momento, buscando a Yennego intramuros. Sigue preguntando a todos y aprovecha el desorden para colarte con cualquier excusa en las casas de Nova Victoria.

—¿Crees que llegarán a tiempo los de Pam…?

No le dio tiempo de terminar. Oímos un estruendo en el Portal del Norte.

Un ariete golpeaba la puerta de madera y amenazaba con partirla en dos.

## 39

## EL VIEJO CAMPOSANTO

### UNAI

*Octubre de 2019*

—Gracias por traerme a casa de nuevo —murmuró Ramiro Alvar sentado junto a mí en el asiento del copiloto—. Podría habérselo pedido a alguien del pueblo.

—Lo sé —contesté mientras aparcaba junto al foso—. Las estancias largas en el hospital acaban desubicando a todo el mundo y es bueno salir de vez en cuando, aunque solo sea por unas horas. Después te devuelvo a tu habitación. ¿Cómo te encuentras?

—Moría por volver a casa, si te soy sincero. Aunque me quedan semanas de ingreso. La recuperación va muy lenta.

«Si te soy sincero», me repetí en silencio. Era irónico que Ramiro Alvar me hablase de sinceridad.

—Pensé que me ibais a detener, que del hospital pasaría a comisaría y de ahí a prisión preventiva. Me alegra que ya no esté custodiado, con dos agentes en la puerta, era muy intimidante.

—No hay pruebas de que tú lanzases al vacío a la inspectora Ruiz de Gauna —dije, pero mi mano aferró con fuerza el volante en un gesto inconsciente.

—Sabes a lo que me refiero.

—Dímelo tú, quiero entender a qué te refieres.

—Me refiero a que ni yo mismo puedo asegurar que no fuese mi *alter* quien lo hizo. —Y se ajustó las monturas mientras dejaba que un rizo rubio le estorbase el campo de visión.

—Tienes muy mala opinión de tu *alter.*

—Si tú supieras...

—Eso es precisamente a lo que he venido aquí contigo. A saber, a que me cuentes de una vez. Vamos. —Le abrí la puerta y saqué del maletero su silla de ruedas. Cargué con su cuerpo y lo coloqué sobre ella.

—¿Adónde vamos? —preguntó mientras yo empujaba la silla.

«Al camposanto de los Nograro», callé.

—Ahora lo verás.

Encaminé mis pasos hacia la pequeña ermita familiar. En uno de sus laterales se levantaba un pequeño cercado. Ese era mi objetivo. Una puerta enrejada nos cerraba el paso.

—Puedes empujar, no está cerrada con llave —me indicó Ramiro Alvar con voz tensa.

En el muro del camposanto las hiedras sobrevivían como podían y las cortezas de los cipreses de la entrada parecían descarnadas. Era casi un lugar abandonado, algo chocante para una familia que tanta importancia le daba a sus ancestros.

Quedamos frente a varias lápidas. El nombre de Alvar se repetía en todas ellas. Era uno de los pocos cementerios sin nichos que había visto en mi vida. Solo lápidas. Solo tumbas bajo la tierra.

Lo miré de reojo, Ramiro Alvar tragaba saliva a mi lado.

—Sabes qué tumba hemos venido a visitar, ¿verdad?

—¿Por qué me haces esto, Unai? —me rogó. Hizo un intento de dirigir la silla de ruedas hacia la puerta. Yo se lo impedí.

—Porque ya me he implicado demasiado en esta investigación y necesito ver el cuadro completo. Solo me enseñas fragmentos. No puedo entenderte si solo conozco algunos fragmentos. Y Estíbaliz solo conoce otros fragmentos. Y aquí estamos, encallados. Ni siquiera tú sabes si eres culpable. Vamos a armar el puzle, Ramiro. ¿Cuál de estas es la tumba de tu hermano?

Ramiro Alvar se encogió. Si bien era cierto que el cementerio era un lugar húmedo y lúgubre, diría que aquel escalofrío fue algo más.

—Es esa, la de la izquierda —la señaló con una mano.

Lo acerqué un poco más, hasta colocar su silla frente a la lápida.

«Alvar Nograro, señor XXIV de la casa Nograro. 1969-1999.» Era la más reciente, pero estaba rota. Alguien la había golpeado con algún objeto contundente y el granito estaba agrietado. Curioso que su propio hermano no la hubiese sustituido o reparado.

—¿Está vacía? —le pregunté.

—¿Cómo va a estar vacía? ¡No, por Dios! —respondió horrorizado—. Falleció y fue enterrado aquí.

—¿Estabas presente?

—Sí, yo me ocupé del entierro y de todos los trámites cuando él falleció —dijo.

—¿Y por qué nadie del pueblo vino? ¿Por qué fue tan íntimo que solo acudiste tú?

—¡Porque fue mala persona! Porque dividió a todas las familias de Ugarte. Porque nadie quería coincidir con nadie en el entierro.

—¿Fue mala persona contigo? —le apreté.

—El último año de su vida, cuando nuestros padres murieron, sí. Ya lo creo que lo fue. Un auténtico cretino.

—Pero no siempre fue así, ¿verdad?

—Hasta que cumplí trece años él era mi mejor amigo, pese a que era mi hermano mayor y tenía veinticinco. Era mi modelo, mi guía. Después fue al seminario y volvió siendo otro.

—¿Qué crees que lo cambió?, ¿tu padre? ¿Algo que vio?

—No, Unai. No fue mi padre.

—¿Quién fue entonces?

—¿Y si no quiero recordar? —me gritó. Era la primera vez, y el contraste con su voz habitual, siempre tan comedida, me puso en alerta.

—Vas a tener que recordar si quieres salir de este lío —insistí.

—No puedes obligarme a recordar.

—Escúchame, Ramiro Alvar, porque estoy perdiendo ya la paciencia —dije, y me agaché hasta ponerme a su altura—. Está muriendo gente por un libro que escribiste para curar un trastorno tal vez mal autodiagnosticado. Tu opción no ha podido salir peor. Y mi mejor amiga, mi hermana, casi muere en esa torre y sigue creyendo en tu inocencia. Vas a tener que esforzarte, porque necesito que te desbloquees y admitas tu pasado de una vez. ¿Qué le pasó a Alvar?, ¿qué fue eso tan grave como para que te inventaras un *alter* y quisieras matarlo?

A Ramiro Alvar le tembló la barbilla y alargó un dedo hasta el nombre de su hermano para eliminar el polvo de las letras.

—Empezó como empiezan todas las historias cuando eres joven, supongo. Empezó por amor.

## 40

## EL PASO DE RONDA

## DIAGO VELA

*Verano, año de Christo de 1199*

No solo llegaron los arietes. Cientos de flechas se clavaron en los tejados. Fue aterrador ver el cielo sembrado de agujas afiladas que cayeron sobre el suelo empedrado y también sobre las losas del camposanto, donde ya no podían segar vidas.

—¡Recogedlas, las vamos a necesitar! —grité a un grupo de niños que se resguardaba bajo tablones de madera.

Algunas chiquillas, las que no estaban paralizadas por el miedo, se internaron por la rúa de las Pescaderías a apoderarse de las flechas huérfanas.

Lyra y sus ferreros aparecieron con calderos de arena caliente.

—¡Protegedlos! —ordenó Chipia a sus soldados.

Yo me uní a ellos, agarré un escudo y cubrí a mi hermana mientras sus hombres subieron como pudieron las escaleras de la torre del Norte.

Cuando llegué a las almenas y me asomé, vi que todo el grueso del ejército estaba atacando por nuestro portal. Eran pocos. El rey y su alférez, López de Haro, sabían que si repartían sus tropas entre varias puertas, los arqueros y los ballesteros de Chipia abatirían fácilmente a varias docenas de hombres desde la seguridad de las saeteras.

Bajo nuestros pies ocho soldados empujaban el ariete, un tronco grueso de punta afilada. No iba protegido por un tejadillo de cuero, como era la costumbre si el ejército iba preparado. Pero los ocho llevaban cascos metálicos y peto.

Lyra colocó a sus ferreros y los calderos varios metros sobre las cabezas de los soldados.

—¡Ahora! —ordenó—. ¡Arrojadla!

La arena ardiente cayó sobre el ariete y los hombres que lo sujetaban. Se coló por los huecos de sus yelmos y varios cayeron al suelo, en un inútil intento de arrancarse sus petos.

El tronco quedó abandonado en el suelo y nos dejó unos momentos de alivio.

Pero no duró mucho porque vimos correr desde la retaguardia al grueso de la infantería hacia la muralla. Cada dos hombres portaban una escalera, apenas un palo largo con traviesas a ambos lados. Esta vez iban más dispersos, se dirigían hacia ambos lados del Portal del Norte.

—¡Escalas! —grité al interior de la plaza—. ¡Subid todos los vecinos con las piedras!

Anglesa, la amasadora, subió de dos en dos las escaleras abrazada a varios pedruscos. La siguieron todos los aprendices ferreros de Alix. Entre todos defendieron el lienzo este. Arrojaron rocas de todos los tamaños, mientras los arqueros los cubrían lanzando flechas con rapidez sobre los soldados que intentaban trepar por las escalas y alcanzar las almenas.

Pocos estaban llegando a coronar los merlones. Nagorno cortó por la cintura a un soldado muy delgado que consiguió subir por la pared del oeste. Gunnarr lanzaba sus dos hachas franciscas a su diestra y a su sinistra. Era contundente y efectivo, pero su corpulencia y su barba rubia atrajeron muchas flechas y una de ellas traspasó el peto de cuero y se hincó en su brazo.

Acudí a socorrerlo asustado, pero él se resguardó tras una almena.

—Ya habrá tiempo de curas —me dijo sonriendo.

—¿Has tomado beleño? —pregunté al verlo tan feliz.

—No me ha hecho falta, esto todavía no es peligroso.

Gunnarr había combatido en el pasado con un grupo de doce mercenarios nórdicos de malas costumbres. Su adiestramiento incluía el uso de polvos de cornezuelo, que permitía que luchasen sin protección y en un estado de euforia que los convertía en letales. Lo llamaban «la espuma de Odín», y odiaba verlo combatir bajo sus efectos. Se volvía insensato y yo temía perderlo.

Pero en ese momento oímos varios gritos:

—¡Retirada! ¡Retirada!

Miré alrededor. Fue como si todos se hubieran quedado congelados. Chipia sujetaba con ambos brazos una enorme piedra sobre su cabeza y se contuvo de lanzarla. Los ferreros, que volcaban otra olla de arena caliente, se miraron entre ellos sin saber qué hacer.

Me asomé a extramuros. No era una treta, los pocos soldados que podían correr lo hacían. Se refugiaban tras los primeros árboles y otros continuaban su desbandada mucho más lejos.

Sonó la trompeta, la orden venía del propio rey.

Retirada.

Gunnarr y yo suspiramos apoyando la cabeza en la piedra del paso de ronda.

Después del silencio llegaron los gritos de alegría. Algunos perdieron la sensatez y todavía tiraron piedras.

—¡No seáis necios, todavía podemos necesitarlas! —los reprendió Nagorno.

—¡Seguid apuntando, arqueros! ¡No bajéis la guardia! —ordenó Chipia—. ¡Vecinos, no os expongáis más! ¡Todos a la iglesia!

Irrumpimos en el templo de Santa María, donde los más ancianos rezaban su enésimo *paternóster*.

—¡Los hemos repelido! ¡La villa ha aguantado! —gritamos todos exultantes.

Hasta Mendoza, con varios roces de flechas en la cara, se abrazó a varias tejedoras.

Los niños comenzaron a bailar en corro.

—¡Voy a por mi cornamusa! —oí cerca.

Ni siquiera Gimeno, el grueso párroco que sustituyó al malogrado Vidal, reprendió a nadie por danzar en la casa de Dios. Se sentó en el suelo con las piernas abiertas y su gran barriga, y apoyó su cabeza en el altar. Después cerró los ojos y se persignó.

Al poco rato, todos los vecinos, nobles y artesanos, girábamos en círculo al son de la música de violas, rabeles y laúdes.

Busqué a Alix, la encontré abrazada a la abuela Lucía, que reía con los ojos achinados de felicidad y mostraba su hermosa sonrisa desdentada.

Me senté con ellas, apoyé mi cabeza sobre los muslos de Alix y me permití cerrar los ojos y evadirme durante unos momentos. Acaricié la barriga del hijo que tenía que nacer. Pensé en el otro, en el que no danzaba con los chiquillos. Ella apretó mi mano muy fuerte en silencio.

Chipia interrumpió nuestro receso. Se sentó junto a nosotros en las escalerillas junto al altar. Olía a matanza de San Antón, venía respirando pesadamente, por la ceja le chorreaba un hilo de sangre que le bajaba por el cuello y se colaba por debajo de su cota.

—Es milagroso, no ha habido muertos —me comentó—. Solo heridos de flecha, y únicamente dos de importancia. Tendrán que cortar la pierna a Ortiz de Zárate, se le han clavado cuatro y eso va a gangrenar. Y a Milia la difuntera le han dado en un costado y le han alcanzado las tripas.

—Envía a los vecinos a sus casas. No conviene que circule el vino, esta celebración no puede durar toda la noche —le advertí. Compartía su alegría, pero ellos no compartían mi preocupación por lo que iba a venir.

Chipia se levantó y mandó callar a los músicos.

—¡Id y descansad! —gritó colocándose en el centro del corro—. Hemos aguantado, las tropas de Pamplona llegarán a lo largo del día de mañana. Repelerán al rey, estamos salvados.

Pero ni Alix, ni Lyra, ni Nagorno, ni Gunnarr ni yo descansamos. Nos colamos en cada zaguán, en cada huerta. Yo me metí en la sacristía con un palo y golpeé cada tramo de la pared por si a algún malnacido se le había ocurrido emparedarlo.

Pero no había nada. Ni rastro de Yennego.

Todos los miembros de mi familia se negaron a ir a sus casas a dormir, así que volvimos a dispersarnos y fui con Alix a inspeccionar por enésima vez los portales de la rúa de la Astería.

Todavía no había roto el alba cuando vimos un resplandor

que clareaba el añil del cielo. Nos miramos preocupados y corrimos hacia el Portal del Sur.

Subimos las escaleras y nos asomamos.

—¿Habías visto… «eso» antes? —preguntó Alix asustada.

—Sí, me temo que sí. Esto no es un asalto más. Vamos a la fortaleza de Sant Viçente a avisar a Chipia. No sé si la villa sobrevivirá a lo que se nos echa encima.

## 41

## EL HORNO

## ALVAR

*Abril de 1994*

Alvar miró varias veces a su espalda. Era la hora de la siesta, en la casa-torre todos dormían. Ramiro estaba estudiando en la biblioteca, su padre dormitaba en su despacho, junto al fuego. Se había asegurado de que así fuera.

Tragó saliva cuando pensó en su padre, Lorenzo Alvar, XXIII señor de la casa Nograro.

Pero ya no había vuelta atrás.

Lo había hecho. Había ido a Vitoria, había rellenado los papeles. Agustín, su mejor amigo desde que eran niños y ahora recién ordenado sacerdote, había accedido.

—Gemma —susurró al entrar en el horno abandonado de la vieja ferrería—. Estoy aquí. Nos tenemos que ir ya, no tenemos mucho tiempo.

Pero Gemma no había llegado todavía. Miró el reloj. En una hora tenían que llegar a Vitoria. Agustín los esperaba en la capilla de los Dolores dentro de la iglesia de San Vicente. Ante los hechos consumados, su padre no podría oponerse.

«Vamos a llegar tarde —se inquietó mirando de nuevo el reloj—. Mira que le dije que hoy no podía llegar tarde.»

Gemma era a veces así, un poco alocada. Responsable en los estudios, soñaba con estudiar Biología Marina, aunque todos supiesen que se tendría que quedar en Vitoria y elegir entre las carreras que se ofertaban allí. Pero los fines de semana, cuando se veían en Ugarte, se dejaba la seriedad en casa y empujaba a toda la cuadrilla de Ugarte a organizar cenas, salidas a caballo, subidas al monte, las fiestas del pueblo. Así era Gemma, una líder natural de pelo grueso y ondulado, de rostro cuadrado y desafiante. Alvar estuvo siempre loco por ella, desde que fueron niños, era la única chiquilla que no le hacía caso. Todas las demás habían sido excusas desesperadas para llegar a ella.

Alvar se sentó sobre un viejo saco de leña. Aquella fragua en ruinas había pertenecido a su familia, pero desde el siglo pasado ya no daba ningún rédito. Le llevaba años dando vueltas a la idea de montar un agroturismo, un hotel rural después de restaurarla.

Su padre se opondría, era reacio a los cambios. Tampoco lo necesitaban, pero Alvar no quería ser un señor de la torre que se limitase a mantener el patrimonio. Quería reformar la casa desde sus cimientos y sabía que con su padre tendría que hacerlo poco a poco. Y era consciente de que iba a estar un tiempo disgustado por aquella boda.

Qué más daba, últimamente su padre había empeorado.

Los humillantes disfraces. Hasta para cenar bajaba disfrazado, cambiaba de voces, hablaba en castellano antiguo. El último psiquiatra ni siquiera creyó en el diagnóstico de personalidades múltiples. Pensó que era fingido. Un travestido que no quería aceptar su condición.

«Pobre mamá —se dijo una vez más—. Lo que tiene que aguantar.»

Miró por las pequeñas ventanas del viejo edificio. A lo lejos solo vio algunas casas de Ugarte.

«Hechos consumados —se repetía una y otra vez—. Esa es mi arma: hechos consumados.»

Pero Gemma no venía y no iban a llegar a tiempo a su propia boda en Vitoria. Se levantó dispuesto a arriesgarse e ir a buscarla a su casa. La abuela de Gemma no diría nada. Siempre había sido una silenciosa aliada.

Estaba a punto de alcanzar la puerta cuando esta se abrió lentamente. Suspiró aliviado. No se ponía nervioso muchas veces, pero aquel día las manos le temblaban un poco.

No esperaba verla entrar. No a ella.

Tal vez había temido que su padre se enterara, que la gente

de Ugarte le comentara algo, que él montase en cólera como cuando se disfrazaba de militar, tan irascible siempre.

Pero no esperaba que fuese su madre quien apareció. Inés se presentó circunspecta, con su piel demasiado bronceada por los rayos UVA, la ristra de pulseras de oro que nunca se quitaba, la eterna chaqueta de beata anudada sobre los hombros. La adoraba, era su única aliada adulta en la casa y estaban unidos como una resina a la corteza.

—¿Qué haces aquí, mamá?

Su madre estaba seria, tal vez demasiado seria.

—Solucionarte la vida, eso es lo que hago.

Alvar se puso alerta, dio un paso atrás sin darse cuenta.

—No sé lo que habrás oído, pero…

—Siéntate, Alvar —le indicó señalando el único saco que podía servir de asiento. Ni una sonrisa. Eso era extraño en ella. Paciente, educada y siempre sonriente.

—Es que tengo que irme. —Miró el reloj una vez más.

Qué desastre, si llegaba Gemma en esos momentos… Qué desastre.

—No va a haber boda —dijo, y se sacó del bolsillo de la chaqueta el permiso de boda que Alvar creyó que llevaba en su propia cartera.

Su madre rompió el papel en varios trozos. Muy pequeños, no quedó ni una sola palabra indemne.

—Entiendo que estés enfadada porque no os he contado que me iba a casar. Sé lo importante que son estos asuntos para esta familia, pero os lo iba a contar. Deja que te lo explique… Gemma está embarazada. Y quiero estar con ella.

—Como con tantas, Alvar —dijo su madre, y se sentó a su lado. Cogió las manos de su hijo, sin sonreír. Se las quedó mirando, sin levantar la cabeza.

—No, esta vez era distinto —trató de explicarle Alvar—. Y no es solo por el embarazo. Sé que no confías, siempre dices que soy un inconstante, que nada me ha costado en la vida, que nací con el futuro resuelto. Pero quiero estar con Gemma y encargarme del hijo o la hija que tengamos.

Entonces oyeron un ruido fuera de la fragua.

—¡Es ella! —Alvar se levantó de un salto, esperanzado.

—Siéntate, será algún perro. No es Gemma, Alvar.

Al otro lado de la pared, en el exterior del edificio, Ramiro escuchaba en silencio. Había visto a Alvar raro e inquieto los últimos días. Había sido discreto testigo de las idas y venidas de su madre a altas horas de la noche. Las mentiras a su padre, los viajes a Vitoria. Su casa parecía últimamente un nido de conspiradores medievales. Intrigas, silencios, sonrisas disimuladas. Y al joven Ramiro, tras esos lentes que lo protegían, no se le escapaba nada. Había seguido a Alvar porque sabía que algo tramaba con Gemma. Y él siempre estaba pendiente de Gemma. Era cinco años mayor que Ramiro, un crío de trece enamorado hasta la médula de una chica de dieciocho. Y quería averiguar qué se traía entre manos con su hermano. Saber si estaban juntos, renunciar a ella si así era, olvidarla. No interferir en la vida de Alvar si para su hermano Gemma era importante.

Se quedó quieto, rogándole a Dios que su hermano o su madre no salieran de la ferrería y lo sorprendiesen espiándolos.

—Y cómo sabes que no es ella, ¿eh? —se escuchó a Alvar desde dentro de la fragua, bastante alterado.

—Porque ayer por la noche se fue de Ugarte.

A Alvar le costó un par de segundos encajarlo. El sábado por la tarde había hablado con ella. Una larga conversación cerrando todos los hilos sueltos de su plan.

—¿Está en Vitoria? —dijo, y se volvió a sentar, sin comprender todavía nada de lo que venía.

—Lo tiene prohibido.

—¿Cómo? —repitió incrédulo.

—Que no va a volver nunca, ni al pueblo ni a Vitoria.

—No me lo puedo creer, ¿qué has hecho?

—Pagarle. Mucho, mucho dinero. Por irse de aquí, por no volver a verte, por deshacerse de un hijo que no tiene que nacer.

«No, mi hijo no.» Fue un pensamiento aterrador.

Por primera vez se sintió padre. Antes nunca lo había pensado. Solo era una idea ilusionante y abstracta cuando ella se lo dijo. Gemma era lo importante. Pero ahora, ¿su hijo? ¿Gemma se iba a deshacer de su hijo? ¿Sin hablarlo con él?

—¿Qué? ¿Qué estás diciendo? ¿Que mi hijo no tiene que nacer? ¿Tan clasista eres?

—¿Clasista? Tú no te has enterado de nada, hijo. Llevas toda la vida en Ugarte y no te has enterado de nada.

—¿Y de qué tenía que enterarme? ¿Por qué nunca te gustó Gemma, ni su madre, ni su padre ni nadie de su familia?

Su madre suspiró. Cuánto le costaba decir aquello. Qué vergüenza, tener que contarle aquello a su propio hijo. Remover lo que pasó hacía veinte años. Volver a lo mismo. Maldito Lorenzo Alvar. Maldito XXIII señor de la torre.

—Porque ella es tu hermana —por fin lo dijo. La verdad salió de su boca clara y cristalina. Rotunda.

—¿Qué?

—Tu padre dejó embarazada a su madre cuando éramos jóvenes. Él y yo estábamos ya casados, tú tenías seis años. Ella tenía novio, se casaron de penalti. Todo el mundo en Ugarte sabía que la niña que tuvieron no era ochomesina. Gemma es hija de tu padre. Sois medio hermanos. Y es una irresponsabilidad que vayáis a tener un hijo.

—¿Me he enamorado de mi hermana?

—Me temo que sí.

—¿Me he acostado con mi propia hermana?

—Así es.

—¿Y nadie..., nadie ha sido capaz de decirnos nada en Ugarte?

—¿Quién os iba a decir algo? Has estado con todas las chicas de este pueblo y de los alrededores, digno sucesor del faldero de tu padre. Todo el mundo pensaba que te duraría una semana. ¿Para qué desenterrar un escándalo y volver a destrozar a dos familias?

—¿Y Gemma... y yo? ¿Alguien ha pensado en que esto nos va a destrozar la vida?

—Por eso estoy haciendo lo que estoy haciendo. Frenarlo.

Alvar tuvo que tomarse un rato para asimilar y decidir si creer lo que estaba escuchando. Levantó la cabeza, miró alrededor, a la ferrería, el que tantos años fue su picadero. Se sintió como un chiquillo jugando en un escenario mientras todo el pueblo contemplaba su irresponsable obra de teatro. Todos mirando. Todos sabiendo. Todos callando. Todos conociendo el final.

«Creía que hoy me iba a convertir en adulto, en un hombre casado», pensó con un resquemor amargo.

Suspiró, asumió.

—Así que has hablado con Gemma. ¿Qué le has contado? —preguntó con otra voz. Más antigua, más grave. La que usaba para seducir y parecer mayor.

—Todo.

—¿Todo?

—Ayer se enteró de que está embarazada de su propio medio hermano. Lloró. Bastante. Le ofrecí dinero para que se fuera, para que hiciera esos estudios sin salida que quería hacer. Le he regalado una vida.

«Una vida... Una vida sin mí. Y la ha aceptado.»

—¿Cuánto? —quiso saber.

—Mucho.

—¿Cuánto?

—Al principio le ofrecí cincuenta millones de pesetas.

—¿Estás loca? Y papá, ¿no se va a enterar?

—Tu padre no se entera de lo que tiene en los bancos desde hace demasiado tiempo. Todo va bien. Los abogados saben lo que hacen, nos informan puntualmente. Él, o más bien él cuando es él, ya ni finge que le importa —dijo cansada.

Estaba cansada. De disimular. De ocultar a su marido. De evitar que nadie sospechase que el señor de la torre era un enfermo psiquiátrico descompensado al que podían ingresar, declarar incapacitado mental y quitarle todo.

Tanta tensión. Tanto control, ¿merecía la pena?

«Por ellos —se repitió Inés una vez más mirándose todos los anillos de oro que adornaban sus dedos—. Por Alvar, por Ram. Por ellos.»

—Has dicho lo que le ofreciste al principio. ¿Por cuánto accedió?

—Regateó. Al final se fue por ochenta.

—¿Regateó? ¿Regateó por deshacerse de nuestro hijo? ¿Regateó por abortar? ¿Regateó por no volver a ver a su familia y por no despedirse de mí?

—Tampoco la odies por lo que ha hecho. Estaba tan horrorizada por saber que sois hermanos como tú.

—Pero ha regateado un precio… —murmuró Alvar. Ya no hablaba con su madre. Hablaba para él. Se estaba relatando la historia que iba a tener que contarse cada noche hasta el día de su muerte. Y quería saberlo todo.

—¿Cómo te enteraste de que hoy me iba a casar?

—Agustín —se limitó a decir.

«¿Tú también, Brutus? Mi mejor amigo. Tú también.»

Y entonces lo notó.

Cayó a plomo, como un saco a sus pies.

Fue casi físico.

El respeto.

Por su madre, por aquella mujer que lo había parido, que lo había criado, que siempre escuchaba, que era su aliada, alguien confiable.

Tres máscaras se resquebrajaron aquel día: su madre, Gemma y Agustín.

—De acuerdo —dijo por fin, y se levantó—, no voy a casarme. Ni con ella ni con nadie. Quién sabe cuántas hermanas tengo dispersas por estas tierras. Mañana ingreso en el seminario. Y tú no me lo vas a negar. Es precepto de familia. Puedo hacerlo. Ramiro Alvar heredará el señorío. No lo quiero. No quiero nada de vosotros. Adiós, madre. Gracias por ponerme un precio. Ahora ya sé cuánto valgo.

Y se marchó.

Ramiro, ahora Ramiro Alvar, se tuvo que agazapar en el trigal para que Alvar no lo viera cuando salió hecho una furia de aquella fragua.

El portón de la ferrería cedió ante el impacto, las tablas mal sujetas antaño por unos clavos oxidados no soportaron la violencia de la embestida de Alvar y la puerta quedó hecha añicos. No pudieron repararla. «Fue una pena», comentaban todos cuando la descubrieron rota, pues era antigua y valiosa. Hubo que sustituirla por otra, aunque la nueva nunca llegó a encajar del todo, la madera no era tan fuerte.

Ramiro, ya coronado como Ramiro Alvar, cayó a tierra del susto. Del susto, sus gafas volaron y aterrizaron sobre una roca, junto al trigal. Uno de los cristales se rompió, quedó una fractura que recordaba a una tela de araña.

Y no volvió a ver a su hermano aquel día. Supo, de la boca de un padre desconcertado, que había sentido la llamada de Dios y había ingresado en el seminario de Vitoria.

Aquella noche cenaron en silencio. Los tres. Su padre, devastado, cenó vestido de criada. Su madre ni siquiera se dio cuenta de que Ramiro Alvar tenía roto un cristal de las gafas. Las miradas perdidas, el sonido metálico de las cucharas de plata rozando la vajilla de sus antepasados. Las crestas de gallo que nadie probó, porque eran las favoritas de Alvar y se sintieron un poco sacrílegos al mirarlas.

La ausencia del alocado Alvar rompió la frágil cotidianidad en la burbuja de la casa-torre. Su madre, tal vez ya sin fuerzas para fingir que la vida era una perfecta sucesión de días apacibles o acaso incapaz de soportar el peso de la culpa, dejó de sonreír.

Cuando Alvar volvía del seminario, todo el ecosistema doméstico quedaba patas arriba. Altanero, frívolo, encantador para los de fuera, frío e indiferente con los suyos. Se empleó a fondo en Ugarte. El carisma lo dejaba para ellas. Digno sucesor de su padre, volvió acompañado a la vieja ferrería muchas veces. Ahora con sotana.

Ramiro Alvar se limitaba a observar, preguntándose adónde había ido su hermano mayor, su modelo, su mejor amigo, y por qué no había vuelto. Nadie fue capaz de contestarle esa pregunta.

Nadie tampoco supo por qué conducía Inés cuando su coche hizo el salto del ángel en el puerto de Vitoria.

Ver el cuerpo inerte de padre sobre la cama de acero, con las ropas robadas de la criada, alteró profundamente a Ramiro Alvar.

—Si tu *alter* ha muerto, ¿dónde estás tú, papá? ¿Por qué no vienes a buscarme? —le susurró junto a una oreja gélida que ya no podía oír nada.

Alvar tampoco lo escuchaba, ambos miraban incrédulos dos cuerpos que los dejaban huérfanos y solos en el mundo. Llevaba un par de años sin verlo. Había dejado de ir a la casa-torre. Excusas mal hiladas cuando le preguntaba a su madre. Cortinas de humo, a veces sentía que insultaba su inteligencia.

Lo entendió todo, o al menos a medias, cuando lo vio entrar en la morgue con un bastón, convertido en un anciano prematuro. Demacrado por el dolor, con el rostro macilento por la anemia y sin aquel vigor altanero bajo la sotana. Ahora solo había amargura. Y no lo supo entonces, no lo entendió. Pero había una hostilidad hacia él, algo nuevo, muy agresivo.

—Esto es lo que hacía nuestra madre. Lo hacía bien, ¿verdad? —se dignó por fin a decirle Alvar a su hermano.

—No te entiendo, ¿qué hacía?

—Conducir el destino de esta familia sin que nadie se enterase. Eso hacía ella.

# 42

# REFUERZOS

## DIAGO VELA

*Verano, año de Christo de 1199*

—De acuerdo, Alix. Tengo un plan. Habla con todos los pañeros. —Bajamos a la plaza, y una vez allí le hice un dibujo con un palo en la tierra.

Alix acercó la antorcha y se agachó asintiendo.

—Con tres varas es suficiente. Que lo dejen todo, que todos los hombres y mujeres de la villa que puedas reclutar se pongan a coser en los talleres. Sin descanso.

—¿Y crees que eso frenará esos monstruosos ingenios?

—No lo creo, pero estoy desesperado.

Me dirigí a casa del carnicero, toqué la aldaba con fuerza. El hombre bajó todavía sin vestir, con una camisa que apenas cubría sus peludas piernas.

—Mata media docena de gorrinos. Los más rollizos.

Creo que mis palabras lo desperezaron al momento.

—¿No es más sensato guardarlos para más adelante?

—Nunca van a tener tanta grasa como ahora. Necesito que los carniceros me traigáis todo el tocino que podáis juntar. Lo necesitamos hoy. Tenemos buenas reservas de sal de Añana, poned el resto de la carne al salazón.

Salí a la plaza, media villa había subido al paso de ronda y se asomaba desde las almenas. Yo también subí desde las escaleras de madera de la torre.

Las antorchas marcaban el camino. Un ejército, esta vez numeroso, se aproximaba a la villa.

Busqué a Chipia por las rúas, lo localicé junto al Portal del Norte. Daba órdenes a los arqueros, que llenaban los cestos de flechas a sus pies. Corrí hasta él.

—¿Cuántos creéis que son?

—Al menos tres mil —contestó preocupado. No vi ni rastro de esa sonrisa irónica que siempre lo acompañaba—. Y no son los nuestros, maldito sea el Altísimo. He visto los estandartes de las órdenes de Calatrava y Santiago, aliados poderosos respaldan a Alfonso VIII. Y vienen con tres torres de asalto arrastradas por bueyes. Tres robustas bastidas y otros ingenios. El ataque es inminente, van a aprovechar que todavía no han llegado las tropas de auxilio desde Pamplona. La muralla aguantará, está bien reforzada. Por cierto, os tengo que felicitar por haber usado la arena caliente en lugar del aceite.

—El aceite es muy caro y no hay grandes cantidades intramuros. Tal vez lo necesitemos más adelante. No voy a malgastar un recurso tan valioso.

—Cualquier otro sin experiencia lo habría usado al verse atacado.

—No pienso en hoy, no pienso en lo que sucederá dentro de un mes. Me pongo en el peor de los casos, y si nos cercan durante largos meses, el aceite tendrá más usos que la arena. Y mientras haya casas de piedra, muretes que dividan las huertas y rúas empedradas tendremos la opción de convertir la piedra en arena con un mortero y calentarla en la fragua. Os dejo al frente, he de hablar con mis hermanos.

Lo abandoné y corrí a la ferrería, donde encontré a Lyra y a Nagorno distribuyendo armas. Nagorno se llevaba varios cestos de virotes para los ballesteros de Nova Victoria.

—Lyra, necesito que nos fabriques flechas mayores que estas. Más gruesas y más largas. Han de soportar más peso. No hay tiempo para que les añadas una argolla, envía a alguno de tus ferreros a buscar a los sogueros. Que nos traigan cordeles.

Les expliqué mi plan en pocas palabras. Ambos asintieron.

—Se necesitará buena puntería. Solo tú y yo mantendremos la calma necesaria para disparar —murmuró Nagorno.

—Lo sé —contesté—. Lo haremos nosotros. Ni siquiera voy a compartir el plan con Chipia, no quiero arriesgarme a que lo desapruebe y nos lo impida. Sigue esperando una ayuda que no llega. Y esa falsa esperanza va a despoblar la villa.

No había acabado de hablar cuando cayeron las primeras rocas contra los tejados. Se oyeron gritos y maderas que se despedazaban, aplastadas por la potencia de los lanzamientos.

Los tres salimos a la rúa.

—¡Traían onagros y mangoneles! —les grité—. ¡Lyra, fabrica esas flechas ahora!

No solo lanzaban grandes piedras con sus máquinas de asalto, también comenzaron a llovernos bolas de paja ardiendo que prendieron en los tejados.

Las calles se llenaron del caos del humo negro y las fachadas reventadas.

—¡Todo el mundo a cubierto! —se oyó gritar—. ¡A Santa María!

Después llegaron las flechas, esta vez nadie corrió a recogerlas. Vi una niña pequeña, una de las hijas de la difuntera. Corrí tras ella, no tendría ni cinco veranos. Estaba a punto de alcanzarla cuando una flecha se me adelantó. Le cruzó la espalda. Cuando me abalancé sobre ella ya no se movía. Cargué con su cuerpo y lo metí en el primer zaguán que encontré abierto, prometiéndome que volvería después del asalto para darle cristiana sepultura.

«¿Habrá un después?», me pregunté.

Podían aniquilarnos. Podían seguir hostigando con fuego, piedras y flechas hasta que no quedasen ni los cimientos. Podían repoblar la villa, en dos generaciones nadie recordaría a los que allí vivimos y a los que la erigimos.

Corrí hasta el taller de los pañeros.

—¿Os han traído el tocino? —pregunté.

—Todavía están matando los gorrinos, tal y como ordenasteis, pero ya han empezado a traernos todo el tocino fresco que guardaban para la venta.

—Extended entonces los lienzos en el suelo y restregad el tocino en las telas. Vendré en breve a llevármelos, no creo que aguantemos mucho.

Oí varias embestidas junto a las murallas. Los onagros disparaban rocas contra las cercas. No eran máquinas muy precisas, pero un militar experto sabía colocarlas donde más daño podían hacer: frente a una torre-puerta o para cubrir una zona de estrangulamiento.

Observé el paso de ronda. Chipia tenía bien cubiertas las almenas con los arcos y las ballestas. Fui entrando en cada casa incendiada para comprobar que no oía gritos y que nadie había quedado atrapado.

Después de adentrarme en varios infiernos y quemarme el brazo con una viga de madera que me golpeó a traición, escuché voces que me llamaban.

—¡Conde don Vela, vuestros hermanos os buscan! Dicen que os esperan en la ferrería y que traigáis los lienzos.

Un buen rato después, Nagorno y yo subíamos al almenado, en la parte oeste del Portal del Norte. Frente a nosotros avanzaba una de las tres bastidas. Era una torre de asedio de varios pisos, los bueyes la habían acercado hasta el primer foso, pero un grupo de soldados ya trabajaba colocando fajinas de ramas atadas con cuerdas para salvar el hueco, colocar unos maderos y permitir que la bastida continuara acercándose a la muralla.

Si los soldados quedaban a la altura de las almenas y conseguían entrar en la villa, no íbamos a poder hacer nada contra tres mil hombres.

Mi hermano y yo portábamos cada uno un arco largo de tejo, como acostumbraban los arqueros anglos, y una flecha robusta que sujetaba con un cordel parte de un inmenso lienzo.

Nagorno husmeó el ambiente, como si fuera un jabalí frente a unos bojes.

—Hay viento del sur, va a ser un magnífico espectáculo —murmuró con su voz ronca.

Nos separamos varios codos. La gran tela, empapada en la grasa del tocino, pesaba lo suyo. Tensé la cuerda con el brazo quemado, apunté a mi objetivo, concentrado. Eché mi espalda hacia atrás.

—¡Apunta! —le grité a mi hermano, retuve el aliento y solté el aire—. ¡Lanza!

Las dos flechas partieron a la vez y se clavaron en las tablas altas de la torre de asalto. La tela rodeó y se pegó al resto de la bastida.

Lyra me procuró una flecha con la punta encendida. Otros ferreros hicieron lo propio con los cuatro arqueros que nos escoltaban.

—¡Apuntad! —ordené—. ¡Lanzad!

Todas las flechas con fuego se clavaron en la tela y el tocino prendió. Un fuego azul y rojo devoró la torre de asalto, los soldados que ocultaba en sus dos pisos se lanzaron a tierra envueltos en llamas. El viento sopló como si fuera nuestro aliado, avivó la hoguera y los maderos negros se derrumbaron a los pies de la muralla.

Algunos de nuestros hombres lanzaron gritos de alegría y se abrazaron, pero Lyra, Nagorno y yo corrimos escaleras abajo. La segunda bastida nos cercaba en los arrabales de los cuchilleros.

Subimos de nuevo al paso de ronda, los pañeros arrastraban sobre sus hombros por la rúa de la Astería otro enorme lienzo remendado. Se acabaron resguardando con él de las flechas que arreciaban. Vi cadáveres a nuestro paso, íbamos tan rápido que no pude reconocerlos, había tocas quemadas y se adivinaban piernas inertes cubiertas de hollín bajo los escombros.

La segunda bastida no cayó del todo. Los soldados, ya avisados, saltaron en cuanto disparamos las grandes flechas con la tela. Tiraron de ella desde el suelo, y pudimos clavar varias saetas antes de que se desprendiera del todo, pero solo conseguimos que ardiese el pie de la torre.

—¡Es suficiente! —me gritó Nagorno—. De momento, la hemos frenado y no podrán superar las murallas desde el este. ¡Vayamos a por la tercera!

—¡Vayamos, pero la repararán, no hemos acabado con ella! —dije.

La tercera bastida amenazaba las cercas de Nova Victoria, a la altura del Portal Oscuro. Ortiz de Zárate nos abrió paso por el cantón de Angevín, despejando escombros para que pudiésemos pasar.

En esta ocasión la torre casi había coronado la muralla. Algunos soldados estaban tendiendo unos tablones amarrados para apoyar sobre las almenas.

Mendoza y varios de los suyos dispararon sin dar tregua con sus ballestas. El tablón cayó al vacío.

—¡Apuntad! —ordené, aunque apenas los teníamos a unos metros—. ¡Disparad!

El tercer lienzo abrazó a la última torre y una nueva remesa de flechas con fuego prendió la gran máquina, que esta vez quedó destruida en poco tiempo.

El viejo Mendoza, vestido con su escudo de armas de banda roja sobre campo verde, me hizo un leve asentimiento de cabeza, muy serio. Creo que era un agradecimiento; le correspondí.

Habríamos seguido, habríamos quemado los onagros e intentado abrasar a las tropas que arremetían contra las murallas, pero oímos de nuevo el grito salvador:

—¡Retirada!

Docenas de ecos se sucedieron extramuros ante nuestro estupor.

—¡Retirada! —se oyó por el camino de la Cruz Blanca.

—¡Retirada, obedeced al rey! —gritaron por el Campillo de los Chopos.

Cesaron las flechas, cesaron los estruendos de las piedras contra las murallas. Solo quedó el crepitar de los incendios que abrasaban los tejados, los gritos de los vecinos buscando a las madres, los esposos, las hijas, los abuelos.

—¡Sancha! ¿Alguien ha visto a Sancha?

—¡Paricio, grita si me oyes!

—¡Muño, aguanta! —gritó la mujer del carnicero—. ¡Que alguien me ayude, está preso bajo el portón del taller!

No hubo euforia aquel día.

Cientos de fantasmas chamuscados se desgañitaban apartando escombros. Las gallinas cacareaban aterradas, atrapadas en corrales que nadie esperaba salvar.

Yo tiré el arco al suelo y bajé las escaleras de la torre corriendo.

—¡Yennego! —grité, y me dejé la voz recorriendo la villa durante horas—. ¡Yennego, hijo, estoy aquí!

## 43

# UNA LÁPIDA ROTA

## UNAI

*Octubre de 2019*

—¿Fue entonces cuando empezaste a ser él? ¿A raíz de la muerte de tus padres?

—No, fue después, con su propia muerte.

—¿Qué pasó aquel año, el año que te hiciste mayor de edad y Alvar volvió a la casa-torre?

—Fue un infierno. Alvar hizo de mi vida un infierno cotidiano.

—¿Por qué? ¿Por qué te odiaba a ti?

—No lo entiendes, murió por mi culpa.

—¿Cómo va a morir por tu culpa? Murió de una enfermedad. Tú no tuviste la culpa. No podías salvarle la vida.

Ramiro Alvar apretó los puños, se apoyó en los reposabrazos de la silla de ruedas y se levantó, lleno de rabia.

Me puse en alerta, él quedó frente a mí. Me esperaba una agresión, un ataque, todo en él temblaba.

Los labios, la barbilla.

Las palabras.

—Sí que podía. Sí que pude. Tenía talasemia, un trastorno hereditario en la sangre que algunos miembros de la familia padecían en distintos grados. En su caso derivó en la forma más grave y lo afectó de manera muy cruel. Tuvo que soportar la anemia y las infecciones. Le acabó atacando al bazo, al corazón, al hígado y al esqueleto. Aguantó dolores de huesos insoportables y fracturas en las piernas, se volvió adicto a los analgésicos. ¿De quién te crees que es esta silla de ruedas? Cuando volvió a la casa-torre ya estaba desahuciado y era tarde, pero una donación de médula a tiempo habría bastado. Y yo era su hermano. Era compatible.

—¿Y por qué no...?

—¡Porque no lo sabía, por Dios! Porque Alvar y mi madre se llevaban ya tan mal cuando le dieron el diagnóstico que mi madre no me dijo nada durante aquellos dos años. Ella nunca le perdonó que cuando volvía a Ugarte se comportara de aquella manera, que fuera la comidilla de todo el mundo con su comportamiento, separando a amigas, enfrentando a familias. Avergonzándonos. Se reía de ella. La estaba castigando por lo que le hizo con Gemma. Y mi madre... no nos contó nada de la talasemia. Mi padre por entonces se pasaba todo el día drogado, el penúltimo psiquiatra lo diagnosticó y lo medicó como un enfermo psicótico. No se enteraba de nada. Cómo decirle que su primogénito iba a morir antes que él. Y no decírmelo a mí..., mi madre fue buena conmigo, pero eso nunca se lo perdonaré.

—¿Y Alvar?

—Alvar pensaba que yo no quise donarle la médula, nuestra madre le hizo creer que toda la familia le habíamos dado la espalda por su mal comportamiento en Ugarte. Y él eligió creerlo, maldita sea. Nunca le voy a perdonar que eligiese pensar eso de su hermano. Alvar vino de nuevo a vivir a la casa-torre durante aquel último año, pero fue despectivo, maleducado y muy agresivo verbalmente. Todos y cada uno de los días me recordó que podía haber evitado su enfermedad. No me escuchó. No había manera. Su personalidad había cambiado demasiado y la adición a los analgésicos y el dolor permanente que sufría solo agravaban el cuadro. Dicen que el dolor deshumaniza y que los propios cuidadores deberían ser cuidados. Yo puedo confirmártelo. Aquel año, el año que cumplí los dieciocho, fue un infierno en vida. Y también creo que Alvar vivía en una realidad paralela, que a la verdad solo le hacía caso a veces, cuando le cuadraba.

—Y te quedaste solo.

—No del todo. Ellos siguen. En mi cabeza. Alvar, mi padre, los tíos, los abuelos, los que conocí y de los que me hablaron. Todo un puto linaje en mi cabeza. No, no estoy solo. Estoy muy acompañado en mi torre. Solo Alvar se ha llegado a convertir en un *alter*, pero el resto vendrá, irán tomando cuerpo con el paso del tiempo. ¿Entiendes ahora por qué lo intenté todo para acabar con mi primer *alter*?

Me sorprendió escucharlo hablar así. Ramiro Alvar nunca blasfemaba. Y más me sorprendió que, en un arranque de fuerza, se hubiera levantado pese a su pierna quebrada.

—¿Cómo has podido ocultárselo al mundo? —pregunté—. Los vecinos te visitan a menudo. Tienes a Claudia, la guía, en el mismo portal de tu casa, y trabajas con tu abogado, con el editor… ¿Cómo lo haces para que nadie hasta ahora te haya visto disfrazado excepto cuando apareció Estíbaliz?

—Controlando. Disimulando. Estudiando Psiquiatría. Aprendiendo a apagar la luz cuando la gente se acerca a la casa-torre. Y ahora vivo aterrado con la idea de que Alvar vuelva, de que no se haya ido del todo, como cuando escribí la novela. Desapareció durante un año y se activó con tu compañera, la única mujer que lo ha enamorado desde Gemma.

«Es como un asedio», pensé. Ramiro Alvar controlando las defensas en su fortaleza tras la muralla, impidiendo sacar al monstruo cuando se acercaba la amenaza.

—Tal vez no tengas que eliminarlo —le insinué.

Me miró sin comprender.

—¿Cómo no voy a querer eliminarlo?

—Lo sé, es tu *alter* abusón. Te machaca, te desprecia por ser tan pasivo.

—Eso es. No quiero que esté en mi cabeza. Solo quiero estar solo. Ser yo. Solo yo.

—Ya eres tú —le expliqué—. Y tu *alter*, Alvar, no es tu hermano. Tu hermano está frente a ti, o lo que queda de él. A un metro bajo tus pies. Ya no está, Ramiro. Tu *alter* eres tú haciendo de él. Y esa faceta de tu personalidad, más brillante, canalla, persuasiva…

—Fuerte.

—Fuerte, eso es. Ese también eres tú, aunque te recuerde tanto a tu hermano que quieras eliminarlo de tu vida por los malos recuerdos que te trae. Tu familia te ha contado una película de miedo durante toda tu vida: que los Alvar tenéis una enfermedad psiquiátrica hereditaria, pero es solo una historia que no puede demostrarse. Puedes elegir interpretar el papel con el que te asustaron desde pequeño o apartarte de todo eso y blindarte. Decir: «No es mi vida, fue la vuestra. Elijo vivir al margen de cómo lo hizo mi padre y todos los que estaban antes que él». No eres ellos. No estabas predestinado a ser un paciente con TID.

—Pero Alvar continúa existiendo en mi cabeza, no puedo apagarlo. Tiene vida propia.

—No, Ramiro. Esa es la mentira que te cuentas. Crees tener una psique fracturada por un trauma familiar que no pudiste asimilar cuando eras adolescente y no tenías recursos psicológicos ni vitales. Alvar te machacó durante el año que cuidaste de él y de su enfermedad, y eras muy joven para tanta carga y la pasaste tú solo. Elegiste seguir el modelo que viste en casa, el que te dio tu padre, porque era el único que conocías pese a que era nefasto. Ahora eres un adulto centrado, deja de odiar a tu *alter,* no es tu hermano. Si tu *alter* ha sido capaz de enamorar a una mujer como Estíbaliz, esa era una faceta de ti que necesitaba salir y expresarse. Tienes que integrar a Alvar, no rechazarlo ni intentar matarlo, como hiciste cuando escribiste tu versión de la novela. Asume lo mejor de su personalidad e intégrala en la tuya.

—¿Cómo?

—Si te resulta demasiado difícil cambiar tu discurso mental, empieza cambiando tu comportamiento. Sal de la torre, haz lo que tú crees que haría él, pero ahora sé consciente de que en realidad siempre has sido tú. Monta a caballo de nuevo, lo adoras. Oblígate a bajar todos los días a Ugarte, la gente allí te quiere y te respeta. No tienes que ser un ermitaño, no vas a liarte con todas las mujeres que encuentres. Tú estás enamorado de Estíbaliz desde el primer día que la viste. Tú, Ramiro. Y tu falta de seguridad cogió una sotana, se quitó las gafas y se peinó como Alvar cuando la viste llegar desde el aparcamiento. Pero eras tú el que se iba a comer unas crestas de gallo porque también eres un sibarita y te gusta disfrutar de la comida, de estos paisajes, de la belleza de una buena novela.

—Es cierto —comentó nervioso—, ahora estoy recordando

nuestra conversación nocturna junto a la gruta en el parque de la Florida. La primera vez que Estíbaliz me miró como si yo le gustase, creí que no lo merecía y me he negado a recordar ese momento durante semanas, pero estaba ahí, en mi cabeza, esperando a que yo recuperase ese recuerdo. Igual que nuestra primera noche en la torre cuando...

—Ya..., ya es suficiente, Ramiro —carraspeé incómodo.

«Guárdate para ti el recuerdo de vuestra primera noche juntos», le rogué en silencio.

Pero Ramiro temblaba a mi lado. En algún momento de nuestra conversación se había quebrado y había empezado a llorar. En silencio, como él era, sin hacer ruido. Se quitó las gafas empañadas y se limpió las lágrimas. Se tuvo que sentar de nuevo en la silla de ruedas, sin dejar de mirar la lápida rota.

—Así que eso era todo: no era Alvar, soy yo mismo siendo lo que admiraba y odiaba de él.

Negué con la cabeza.

—Creo que solo has sido lo que admirabas de él. El Alvar que yo conocí en ningún momento fue frío o maleducado. Porque eras tú siendo Alvar, y tú no eres frío ni maleducado. Coge lo mejor de lo que creías que tenía tu hermano, pero asume que siempre has sido tú.

Diría que esa verdad lo partió como un rayo, pero lo cierto es que hizo el efecto contrario: lo recompuso, reparó las partes dañadas. Ramiro miró más allá de la tumba de su hermano y se le borró el tenso rictus que siempre lo acompañaba y sonrió abiertamente. Era como un chiquillo viendo su primer amanecer. Me parece que se dio cuenta de que la vida no tenía por qué ser tan dolorosa como la que él conocía.

—Tienes un cerebro portentoso —le dije mientras empujaba su silla de ruedas fuera del cementerio—. Creo que encontrarás la manera de superar esta inmensa mentira. Vamos, te llevo a la casa-torre para que la veas con tus nuevos ojos, y después te devuelvo al hospital.

## 44

## LA CAPILLA DE SANTA MARÍA

## DIAGO VELA

*Verano, año de Christo de 1199*

Alix se acarició la barriga mientras mirábamos con incredulidad las treinta y cuatro mortajas a nuestros pies, en la plaza del mercado de Santa María. El camposanto de nuestra iglesia se había quedado sin espacio. En el interior de Sant Michel se abrieron algunas losas y en el pequeño cementerio de Sant Viçente se apartaron huesos antiguos para dejar paso a los nuevos habitantes.

—Todas las familias han perdido a alguien —comentó con la mirada ida—. Han quedado diecisiete huérfanos, cada gremio se ha encargado de los suyos. Pero Milia estaba amamantando a su recién nacida y Tello también ha muerto. Le compraré la leche a la pescatera y, si no está destetada para cuando nazca nuestra hija en invierno, yo me ocuparé.

Asentí, conforme. Alix tenía claro que íbamos a tener una hija. Acudía a escondidas a una tumba del camposanto de Sant Michel situada a medio camino bajo la cerca. Parte de la lápida se veía desde Nova Victoria y parte se hallaba en la Villa de Suso. Y yo sabía que las espigas de lavanda que había sobre la tumba y el cordel rojo eran un tributo a Yennego. Un «Vuelve», un «Tu madre no te olvida, hijo».

Pero Yennego había quedado ya lejos, expulsado del horror que estábamos viviendo. Casi me alegraba de que no hubiera padecido el intento de asalto como otros chiquillos, que vagabundeaban sin rumbo por las calles gritando el nombre de sus padres y algún vecino tenía a bien darles una miaja de pan y un par de palabras amables.

El párroco de Santa María mandó pías a favor de todas las almas que habíamos perdido. Después los vecinos se fueron a dormir, muchos de ellos a sus casas y talleres quemados, a comprobar lo que quedaba tras una vida de trabajo duro convertida en escombros.

Alix marchó a buscar a la abuela Lucía. Nuestras casas habían resistido, también la de la abuela, pero siempre le dieron miedo los estruendos y no dejaba de decir que los truenos de la mañana volverían.

Yo me escondí en la iglesia buscando algo de paz, o tal vez un lugar que no apestase a humo y sangre.

Todos los vecinos habían marchado y solo quedaba un último cirio encendido. Las sombras que provocaba bailaban en la pared junto al altar. Entonces descubrí que no estaba solo y conocía muy bien aquella silenciosa presencia.

Nagorno, con una rodilla hincada en el suelo, parecía llorar. Me acerqué extrañado.

—Nunca le he rezado —murmuró sin girarse. Sabía que era yo, siempre me reconocía, por los pasos o por el olor, tanto daba—. Al crucificado. En mi alma sigo siendo un pagano.

—Tan pagano como yo. Pero le pido explicaciones a Padre Sol y a Madre Luna y ambos callan, como este al que tantos rezan ahora. ¿Estabas implorando por tu vida?

—No, sabes que la muerte me es indiferente y no le guardo el mínimo respeto.

—¿Por qué finges rezar, entonces?

—Por que me conceda tu ayuda —dijo. Y pronunció las palabras lentamente, midiéndolas. Se puso de pie y me sostuvo la mirada.

—Habla, pues. ¿Qué es eso que quieres de mí? Tus precauciones no auguran nada bueno.

—Quiero que duermas con mi esposa.

Acogí su petición en silencio. Onneca…

—No me lo estás pidiendo —contesté en voz baja—, y calla, que estás en casa de un Dios que no te permite ni siquiera pensarlo. Estás cansado, mañana nos vemos en las cercas, hay asuntos más graves que tus retorcidas apetencias.

—Ella se pensaba estéril. Se lo he contado.

Lo miré fijamente, extrañado.

—¿Que eres tú el mañero, incapaz de darle hijos?

Asintió desviando la mirada.

—Nunca antes se lo habías reconocido a una mujer. Entonces..., ¿Onneca te importa?

—Quiero que la preñes —respondió.

Negué con la cabeza, era de locos.

—No soy tu semental —contesté con rabia—. Busca a otro que te haga la labor.

—Ha de ser de nuestra sangre.

—Gunnarr pues —le sugerí.

—Sabes que es célibe.

—Héctor entonces.

—Está extramuros.

—Alguien encontrarás dispuesto. —Y di media vuelta para marcharme.

Pero Nagorno fue más rápido y se interpuso en mi camino impidiéndome el paso.

—¡Solo quiere contigo! —me increpó.

—¡No soy vuestro semental! —grité de nuevo, y me dispuse a abandonar aquel templo antes de que toda la villa se despertase.

—La odias, ¿es eso? —preguntó, y me sujetó por el brazo con garra firme—. ¿Y no es lo mismo que el amor que antes sentías por ella, pero en distinto extremo?

Tomé aire para calmarme y no hacer una barbaridad en suelo sagrado.

—Alix es mi esposa, todavía estamos buscando a nuestro hijo y viene otra en camino. No voy a destrozar más vidas. Y no voy a dejar que destroces mi familia. Ni tú ni Onneca.

—No temo morir en un asalto y no temo un asedio, pero sabes que el rey Alfonso no va a renunciar a esta plaza y has empezado a comprender que deberíamos rendirla antes de que se despueble. Conoces las leyes castellanas, si Onneca y yo no tenemos descendientes, el rey se cobrará el impuesto de mañería y todas las posesiones del condado de Maestu pasarán a sus arcas.

—Y yo voy a poner el pijo al servicio de tus títulos. —Y dicho esto me largué a dormir con mi esposa.

## 45

## UN LÁPIZ ROTO

## UNAI

*Octubre de 2019*

A primera hora entramos circunspectos a la sala de reuniones, las luces se apagaron. Alba presentaba las novedades del caso. Milán, Peña y yo escuchábamos sentados a oscuras alrededor de la mesa.

—Vamos a seguir otras líneas de investigación —nos anunció—. Hasta ahora teníamos solo a un sospechoso: Ramiro Alvar Nograro. Tenemos indicios circunstanciales, como el tonel en el que se encubó a Maturana, que es idéntico a los de su bodega familiar abandonada, y se ha confirmado que los sacos. Pero pese a la inspección del equipo de la Científica, no hay rastros de huellas ni de pisadas, el suelo de la bodega abandonada se barrió recientemente, lo que nos indica conciencia forense. Además, tenemos a una persona vestida de dominica que huye del inspector López de Ayala después de encontrar al industrial Antón Lasaga envenenado y coincide con un hábito que la familia Nograro exponía en su casa-torre y que ahora no aparece. También en el convento abandonado de las dominicas en Quejana hemos tenido un allanamiento con agresión. Volviendo a Ramiro Alvar Nograro, sabemos que en alguna ocasión ha contribuido económicamente con el mantenimiento del Museo de Ciencias Naturales, pero es costumbre familiar, porque la agente Milán ha encontrado donaciones anteriores de su padre Lorenzo Alvar Nograro. Se confirma el robo de ejemplares de mosca española en dicho museo, al igual que la víbora disecada que apareció en el cubo donde mataron a Maturana. Hemos investigado sin éxito a Ramiro Alvar por su evidente conexión con la novela, aunque estos indicios también nos llevan a su entorno, al pueblo de Ugarte.

—¿Qué sugiere, subcomisaria? —preguntó Peña.

—Dado que vamos a darle un nuevo enfoque a la investigación y que todas eran víctimas de bajo riesgo en situaciones de bajo riesgo, vamos a comenzar a aplicar técnicas proactivas. La investigación del entorno laboral, social y familiar de cada una de las víctimas no nos ha dado ninguna motivación clara en ninguno de los tres casos. Vamos a tener que empezar a asumir que tal vez sean víctimas al azar.

—¿A qué se refiere con técnicas proactivas? —insistió.

—Empezaremos con la prensa —dijo Alba.

Milán también se extrañó cuando lo escuchó.

—¿Prensa? ¿No empeorará las cosas? Tenemos a la inspectora Ruiz de Gauna en el hospital debido a una filtración que muy probablemente vino de la prensa.

—Lo sé y lo asumo, pero vamos a dejar de ponernos palos en las ruedas y van a colaborar con nosotros.

—¿Cómo? —preguntó.

—He citado en diez minutos a varios periodistas de los principales medios locales. He hablado ya con la jueza y tenemos su permiso.

Poco después se nos unían Lutxo, una periodista conocida de Alba y varios medios digitales.

Todos nos miraban expectantes. Alba les dio la bienvenida, yo tomé la palabra.

—Como ya os ha adelantado la subcomisaria, necesitamos vuestra colaboración. Tenemos una estrategia de varios pasos, es importante que comprendáis que el asesino está siguiendo la investigación y va a leer todo lo que publiquéis. Empezaremos con las hermanas Nájera.

—¿Qué tenemos que publicar?

—Estas fotos que nos ha facilitado la familia —dije, y el proyector mostró imágenes de Oihana con tres años jugando en el pantano de Ullíbarri-Gamboa, y de Estefanía en las fiestas de La Blanca, vestida de *neska*. Se sucedían fotos entrañables de cumpleaños, las pedí expresamente. Sus últimos cumpleaños. Una niña soplando una vela de doce, una adolescente haciendo lo propio con otra de diecisiete. El mensaje no era nada sutil, de eso se trataba: «Por tu culpa no soplarán más velas».

—¿Por qué mostrar la vida de las chicas y no la del empresario o la del chico encubado? —preguntó Lutxo interesado.

—Porque sabemos que mostró arrepentimiento con ellas —contesté—. Las tapó con un saco. No quería verles la cara cuando las emparedó. Se sintió mal. Vamos a exprimir esa culpabilidad. Por las circunstancias en las que murió el empresario, con un veneno, no sabemos si se sintió culpable o era una víctima al azar. Es un asesinato cobarde, en diferido. Alguien que no quiere ver la agonía de la víctima, ni verla morir, ni su cuerpo sin vida. No ve las consecuencias. Y no sabemos si se arrepintió. Tampoco con la víctima del encubamiento. Pero vemos claramente una conducta de arrepentimiento con las hermanas Nájera.

Había otro motivo para no exponer a MatuSalem. Maturana era un *hacker* que había pasado por prisión después de estafar a docenas de personas por Internet. También había sido el protegido de Tasio Ortiz de Zárate y habían seguido en contacto hasta el día de su asesinato. No quería que la opinión pública cuestionara a MatuSalem por su pasado. Quería lograr lo que no conseguí en vida: protegerlo.

—¿Qué más queréis que publiquemos? —preguntó una joven periodista.

Entregué un folio a cada uno.

—Son los proyectos que tenían. Estefanía estaba estudiando Música, quería ser concertista de violoncello, como su madre. Este verano se iba a ir con su cuadrilla a Escocia. A Oihana le gustaba programar aplicaciones. Era una niña muy precoz, destacaba en los cursos de Robótica y los profesores dicen que tenía un futuro brillante. Eso es lo que tenéis que mostrar: sueños rotos, vidas segadas que no van a llegar a ser. Quiero tocar todas las horquillas de las posibles edades del asesino, así que necesito que mostréis imágenes de sus padres, abuelos, amigos y profesores durante el entierro. Tenéis que mostrar el dolor de personas de todas las edades. Aquí tenéis un dosier del material que conseguimos en el cementerio. Repartíoslas y que cada medio publique varias. Necesitamos guiarlo en lo que siente y mostrarle el dolor de la pérdida de esas dos vidas. Queremos que la prensa sea un espejo de su culpabilidad, un recordatorio diario de lo que ha hecho. No queremos que lo olvide y pase página. Tiene que estar presente en su vida. Todos los días.

—¿Pueden coordinarse para que haya una publicación durante todos los días de la próxima semana? —intervino Alba—. Necesitamos una presión sostenida sobre el culpable para ir monitorizando sus reacciones.

—¿Tan seguros están de que va a reaccionar a lo que publiquemos?

«Ya lo ha hecho —callé—. Pregúntaselo a Estíbaliz.»

—Así es —contestó de nuevo Alba—. Les agradezco de antemano su colaboración. Y los emplazo para reunirnos a esta misma hora en unos días. Si todo sale bien, pondremos en marcha la segunda fase de su colaboración.

Como todos los miércoles y viernes, había tomado la costumbre de conducir hasta Ugarte y acudir al club de lectura.

Desde la acera ya se podía prever que el bar estaba concurrido. Había varios coches aparcados, cada vez se apuntaban más vecinos de todas las edades al club de lectura. Entré y saludé a todos. Diría que había mucha expectación en aquellos rostros. Diría también que todos miraron de reojo el ejemplar del periódico que llevaba bajo el brazo. Había transcurrido una semana y los periódicos hicieron bien su trabajo.

Pasábamos a la fase dos del plan que Alba y yo habíamos pergeñado durante varias noches con informes esparcidos sobre el edredón. Nos juramos que nunca sucedería, que los monstruos no invadirían nuestro espacio sagrado y estábamos perdiendo la batalla del día a día.

Pero el esfuerzo había valido la pena. El titular había impactado y se había clonado retuit a retuit en la red: «Vuelco en la investigación del joven asesinado en el río Zadorra: ha aparecido un testigo que ha dado una descripción detallada del asesinato del encubamiento. Fuentes policiales han declarado que la detención es inminente».

Peña y Milán habían acudido días atrás a Ugarte y habían ido casa por casa tomando declaraciones a todos los vecinos y anotando cuidadosamente las coartadas de las tres fechas de los crímenes. También habían pedido una muestra de ADN para todo aquel que quisiera entregarla voluntariamente; algunos vecinos accedieron, otros no.

Me senté entre Benita y su nuera. La anciana me presentó a todos los que no conocía. Cándido, el que siempre ganaba a los bolos; Juani, la que trabajó en el Ayuntamiento… Fidel, el marido de Fausti Mesanza, se quedó de pie en el umbral de la puerta, de brazos cruzados, como si quisiera controlar toda la escena. Incluso había venido Claudia, la espigada guía de la casa-torre. Según me informó Benita, era hermana de Irati, la chica que llevaba el agroturismo de La Ferrería con su taller de vidrio a las afueras del pueblo, aunque no podían ser más distintas: una alta, la otra muy bajita. Una de pelo lacio y largo, Irati con el pelo claro rizado. Y esta última, no sabría el motivo, pero me resultaba familiar. Benita llevaba así un buen rato, el implacable inventario de vecinos no llegaba a su fin.

—El de las gafas es el picapleitos, Beltrán —continuó Benita.

Era un chico con rostro avispado y vestido impecablemente que saludaba a diestro y siniestro a los últimos que iban entrando.

—Parece muy joven —comenté.

—Lo es, ha empezado hace poco. Ramiro Alvar le deja que lleve algunos asuntos menores.

—Me ha hablado de él, entonces —asentí entre susurros.

—Vamos a empezar ya con la lectura —nos cortó Fausti después de que los más rezagados se sentaran y de que un Gonzalo encantado de la vida nos sirviera las bebidas a todos los presentes.

Le tocó el turno de lectura a un jubilado de voz ronca. Media hora después, el debate giraba en torno a la mención de que Gunnarr hubiera tomado beleño durante el asedio.

—¿Y no está un poco exagerado el efecto que dice que tiene? —preguntó Cándido.

—Es muy curioso que en una novela escrita en 1192 se hable de un comportamiento inducido por drogas que ahora se ha comprobado —intervine. Quería recordarles que no estaba allí como un simple lector. Quería que todos supieran que yo era inspector y ver sus reacciones—. Se deduce que el personaje de Gunnarr Kolbrunson ha sido un *berserker* en el pasado, un mercenario al servicio de los reyezuelos nórdicos. Los polvos que Diago sabe que toma antes de las batallas, el beleño, provocaban esa enajenación mental, y después de una amnesia muchos morían deshidratados —expliqué recordando lo que estudiamos en la Academia—. Creo que Gunnarr conocía los efectos y sabía inducírselos porque quienes los consumían se sentían invencibles y servían como fuerza de choque en las batallas. Yo creo que se trata de un caso documentado del síndrome de Amok. Por desgracia, este síndrome es una de las contingencias para las que tenemos que estar preparados en mi trabajo. Una persona enajenada mata a docenas de inocentes en una explosión de ira; cuando se le pasa, suele suicidarse. Tenemos demasiados casos recientes.

Noté que todo el mundo me miraba en silencio. Durante unos momentos había olvidado dónde estaba y que estaba trabajando. Me había dejado llevar por mi propio discurso y había sentido algo parecido al disfrute.

—Eres buen maestro —me susurró Benita al oído con una sonrisa satisfecha.

—Gracias —murmuré.

Poco después los asistentes se levantaban de su silla y se estiraban. Comenzaron a formarse corros según las edades y las afinidades. Claudia se acercó con su hermana a saludarme.

—¿Cómo está, inspector? Cada vez se le ve más por Ugarte.

—Es que me está gustando mucho este pueblo. Tiene mucho encanto.

—Entonces debería ver el taller que Irati ha montado en La Ferrería.

—Pues no me lo pidas dos veces, me gustaría acercarme y comprar algún recuerdo —respondí rápido.

En realidad, lo que quería era visitar la antigua ferrería reconvertida en agroturismo. Empaparme del lugar que quebró a Ramiro Alvar y donde se decidió el futuro de una familia de la que apenas quedaba ya un miembro.

—Entonces no se hable más, inspector. Yo volvía ya al trabajo —dijo Irati sonriente.

Y nos encaminamos a las afueras del pueblo, siguiendo un

camino paralelo al río que también terminaba cientos de metros más adelante en el perímetro de la casa-torre.

Irati era una chica agradable, más habladora que su hermana. Me contó los apuros que pasaba en invierno para cubrir las reservas del agroturismo.

—Conozco el negocio por alguien de la familia —le comenté—. A veces se hace duro, pero tengo la impresión de que vivir sin jefes y al margen de unos horarios de oficina también da satisfacciones.

—A mí me ha salvado el taller de vidrio. La marca se va creando un nombre y el boca-oreja va haciendo su trabajo.

—Me alegra mucho por ti, de veras. Así que esto era antes la ferrería de los Nograro.

—Está todo restaurado —asintió mientras entrábamos en el edificio de piedra—. Tengo varias habitaciones, para este fin de semana están todas libres. Pasa a la tienda y dime qué quieres que te ponga.

Detrás de nosotros se habían acercado más vecinos para aprovechar el paseo de la tarde y volver a casa con alguna colección de vasos azules o cualquier maravilla de vidrio que les llamase la atención.

Estaba ya saliendo del taller con unas botellas decorativas que pensaba regalarle a Alba para su hotel cuando recibí una llamada de Peña.

—Kraken…

—Unai —le corté—. Por favor: Unai.

—Tenemos unos resultados del laboratorio que van a dar un giro a todo lo que habíamos pensado durante las últimas semanas. Dime que estás sentado, porque vienen curvas.

—No estoy sentado, la verdad —dije mientras otro cliente abría la puerta del taller en busca de algún objeto que regalar—. Pero habla de una vez, ¿qué sucede ahora?

—La sangre del ADN del lápiz de la escena del crimen de MatuSalem. Pertenece a Ramiro Alvar Nograro.

«¿Cómo…?», pensé, incapaz de creerlo.

—¿Ramiro? —repetí—. ¿Estás seguro?

—Me temo que sí. La doctora Guevara dice que no hay ningún margen para la duda en los resultados del laboratorio.

Me apoyé en la pared exterior de la ferrería, me costaba creerlo. Porque eso significaba que todo lo que Ramiro me había contado que sucedió en esa misma fragua, décadas atrás, ¿era falso? ¿Había salido de su imaginación? ¿Era una actuación? ¿Era Ramiro el asesino desde el principio o realmente tenía trastorno de identidad disociativo y había sido su *alter* Alvar, a espaldas de su consciencia? ¿Frente a quién estaba, era un farsante, un encantador de serpientes, un… un psicópata integrado con una magnífica fachada compensatoria?

Me obligué a ser resolutivo:

—Por suerte, lo tenemos localizado en el hospital, ¿cuánto tardamos en conseguir una orden de detención?

—Vamos a tener que dar muchas explicaciones a la jueza, no es la línea de investigación que estábamos siguiendo y eso no le va a gustar —dijo Peña—, pero espero que en un par de horas la tengamos.

Todavía entraban algunos clientes, me choqué con un chico corpulento de hirsuta barba castaña cuando colgué con la cabeza echa un lío y me di la vuelta sin mirar.

—Perdone —se disculpó con gesto serio y ni me miró.

Me sonaba de algo, lo seguí con la mirada durante un momento por deformación profesional, pero solo era el novio de la chica.

—Sebas, ya era hora —le dijo Irati con una carantoña.

Se dieron un discreto beso y entraron en el taller.

Qué inútil. Tantos datos, tantos nombres, tantos rostros almacenados. Me di cuenta de que mis rutinas de observación seguían alerta, obligándome a registrarlo todo y a catalogarlo todo para no tener que pensar en lo que tenía delante: Ramiro Alvar había matado a MatuSalem, maldita sea. Y había estado a punto de acabar con la vida de mi compañera después de seducirla.

Maldito monstruo.

Cómo le contaba yo a Estíbaliz que Ramiro Alvar nos había engañado a todos.

# 46

## PARLAMENTO

## DIAGO VELA

*Verano, año de Christo de 1199*

Chipia me avisó al día siguiente. El rey anunciaba parlamento y esperaba a las puertas de la villa.

Acudimos el tenente, el alcalde, el concejo de vecinos y los nobles al paso de ronda. Todos protegidos por nuestros pertrechos, con cascos y petos, nadie se sentía seguro allí después del ataque.

—¡El rey Alfonso os trae una nueva oferta de rendición! —vociferó López de Haro—. Chipia, tenéis derecho a rendir la plaza sin deshonor. No hay por qué luchar a muerte si vuestro rey no acude en vuestro auxilio. Y si no han llegado por ahora, desengañaos, no van a venir.

—Por eso habéis construido la línea de reparo, ¿no es cierto? Sabéis tan bien como yo que las tropas vendrán —contestó Chipia con una sonrisa.

—Mis mensajeros traen nuevas de victorias en todas las plazas que pretendíamos recuperar. Se han rendido, con más o menos resistencia, casi todas las fortalezas desde La Puebla de Arganzón. Rendíos ya, los comerciantes querrán que este siga siendo su mercado. Abrid las puertas y que todos los vecinos continúen con sus quehaceres —dijo el rey Alfonso.

—Y yo creo que resisten las fortalezas de Treviño y de Portilla, conozco a sus tenentes. No las han rendido —se aventuró Chipia.

Tanto el rey como su alférez se removieron intranquilos.

Nagorno se acercó a Chipia y al alcalde.

—No va a atacar de nuevo, no quiere despoblar la villa, no quiere arrasarla y tener que reconstruirla. Quiere de Victoria lo que Victoria es: el cruce de caminos y el paso obligado entre Castilla, los puertos del Cantábrico y Aquitania.

—Tal vez debamos rendir y negociar mientras haya algo que negociar —intervino Onneca, y todos los Isunza la secundaron—. Si destruyen la villa y entran, nos pasarán por la espada y la repoblarán con nuevos vecinos. Los de Nova Victoria estamos por la rendición.

—Los de Villa de Suso preferimos esperar los refuerzos de Pamplona —dijo el alcalde.

—Yo sigo órdenes del rey Sancho y sus últimas palabras fueron: «Victoria no se rinde». Tal vez hayan ido a auxiliar las otras fortalezas o San Sebastián, y confían en que aguantemos —insistió el tenente.

—Chipia, si hay alguien que quiere que esto acabe y salir de la villa a buscar a su hijo, ese soy yo —dije—, pero ¿y esta demora?

—Estoy empezando a pensar que el propio rey Sancho ya ha conseguido su alianza con los almohades y vendrá desde el sur, por eso está tardando tanto. Calculo que en un mes estarían aquí, hay que resistir un mes esta situación. Además, si llega el mal tiempo nosotros tendremos ventaja, no aguantarán en las tiendas si viene la lluvia y la nieve, aunque ellos tengan la caza y la pesca de los alrededores, pero el frío y las enfermedades los mermarán. No les interesa un asedio.

—¡Yllegarán otros soldados de reemplazo! —le increpó Nagorno—. Es Castilla, ¿creéis que su ejército se limita a estos tres mil hombres?

Todos miramos a las tropas que se desplegaban a nuestros pies. El rey Alfonso, impaciente, hacía dar vueltas a su caballo.

—¿Qué decís? No tengo todo el día.

—¡Que no hay rendición! —gritó Chipia.

El rey se acercó a su alférez y le susurró unas palabras al oído. Nagorno y yo cruzamos la mirada preocupados.

Ninguno nos movimos de allí, pendientes de la próxima orden del rey. Chipia hizo un gesto con el brazo a los arqueros que coronaban las torres. Tensaron los arcos, dispuestos a disparar.

Pero lo que vimos, frente a nuestros ojos desolados, fue cómo el ejército se desplegaba y rodeaba toda la villa. De las carretas sacaron telas y comenzaron a montar más tiendas. En otra zona del campamento hincaron trípodes y vimos cazos para las comidas. Muchos vecinos de los arrabales de los cuchilleros vieron con impotencia cómo los soldados entraban en sus casas y se instalaban en lo que habían sido sus hogares durante años.

Cuando nadie quedó sobre el paso de ronda, cuando todos fueron bajando las escaleras cabizbajos, rumiando infortunios y malos presagios, mi hermano Nagorno y yo permanecimos de pie.

—Ya lo tienes, hermano —me susurró—. Esto es un asedio en condiciones. Reza a tus dioses para que los victorianos no terminen como los numantinos, comiéndose los unos a los otros.

# 47

# EL CAMALEÓN

## UNAI

*Octubre de 2019*

Llegué sin aliento, quería ser yo quien lo detuviese. Mirarlo a los ojos y ver de una vez por todas la verdad de Ramiro Alvar. Pero al abrir la puerta de la habitación solo encontré una cama vacía recién hecha, todo impoluto salvo un libro sobre el sillón del acompañante.

—¡Se nos ha fugado!, ¡quiero agentes en todas las salidas del hospital!—ordené a Peña.

—Vamos a la habitación de Estíbaliz —me susurró mi compañero preocupado.

Corrimos por el pasillo, ya sin guardar las formas.

—¡Esti! —casi grité—. ¿Estás bien?

—Me han dado el alta. Yo me voy ya de aquí —dijo mientras intentaba llenar una bolsa con sus zapatillas y su neceser con su único brazo útil.

—¿Ha venido Ramiro Alvar? —le urgí.

—No, claro que no ha venido. ¿Qué pasa, no lo habéis detenido ya? —preguntó extrañada.

—No está en su habitación, me temo que se nos ha adelantado y ha huido —dije—. Peña, encárgate de todo el operativo. Yo me quedo con ella.

Peña asintió y cerró la puerta a sus espaldas.

Miré a mi compañera, tenía los ojos rojos y apretaba los labios.

—¿Cómo estás? —era lo único que se me ocurrió preguntar.

—He vomitado unas cuantas veces, pero me quiero ir ya de aquí. Esta mañana me han dado el alta, tendré que seguir viniendo a rehabilitación.

—Es más seguro que no estés en el hospital —dije—. No sabemos si Ramiro Alvar se ha escondido o ha logrado salir del edificio. Te pondremos protección.

—¡No quiero protección! Lo que quiero es entenderlo. ¿Es él?, ¿mató a MatuSalem? ¿Nos ha engañado a todos? —preguntó, y se sentó sobre la cama sin hacer.

Yo me senté a su lado.

—Me temo que sí.

—¿Y cómo ha sabido que íbamos a detenerlo?

—Eso es lo que hay que averiguar ahora —dije—. Peña te llamó, te dijo los resultados de las pruebas de ADN y que íbamos a cursar la orden de detención. Te ofreció un par de agentes en la puerta y los rechazaste.

—No quiero agentes en la puerta —insistió.

—Prométeme que no has sido tú.

—¿Crees que lo avisé?

—O que lo quisiste confrontar y te volvió a engatusar.

—No quise protección, pero no fui a contárselo. Pide una copia a las cámaras de seguridad del hospital —contestó enfadada.

Pero aquel no era el camino. No lo era. Era Estíbaliz, seguía siendo Estíbaliz.

—No lo voy a hacer. Te creo.

Nos quedamos en silencio mirando hacia el exterior. Los dos necesitábamos dejar atrás aquel hospital.

—¿Cómo ha sido capaz de jugar con todos nosotros? —preguntó Estíbaliz al cabo de un rato.

—Porque me equivoqué de perfil. Fue como un mago, nos presentó un objeto brillante con una mano y con la otra, frente a nosotros, hacía y deshacía mientras nos seducía. A ambos. A ti y a mí.

Me levanté, tenía que ponerme en movimiento.

—Termina de hacer tu bolsa, voy a controlar todo el operativo, pero poco más puedo hacer. En un par de horas tengo que dar una clase en Arkaute de Perfilación práctica, ¿por qué no me acompañas? Me vendría bien tenerte a mi lado.

Estíbaliz levantó una ceja.

—¿Miedo escénico?

—No, para nada, pero si queremos que este caso no haga mella en nuestra relación tenemos que trabajar duro para recuperar las rutinas y la confianza perdida. Me pides que confíe en ti, te pido que vengas conmigo. Nos vendrá bien a ambos.

—Hecho —dijo, y sonrió por primera vez en semanas.

La dejé terminando de cambiarse y volví a la habitación de Ramiro Alvar. Había un detalle que me había llamado la atención. Como el tipo pulcro y ordenado que era, se había fugado después de dejar la cama hecha y estirada, pero había dejado la novela *Los señores del tiempo* abierta de manera descuidada sobre el sillón para las visitas. Lo recuperé y pude ver qué capítulo me mostraba.

«Qué interesante, Ramiro —pensé—. Muy interesante.»

Marina Leiva nos dio la bienvenida en cuanto llegamos a la Academia. El aula estaba a rebosar, cuando Estíbaliz y yo entramos las luces ya estaban apagadas y un proyector en blanco esperaba a que yo pasase las imágenes. La doctora Leiva y mi compañera se colocaron en la última fila. El collarín y el brazo vendado de Estíbaliz llamaban demasiado la atención. De todos modos, todo el mundo nos conocía allí. El inspector López de Ayala y la inspectora Ruiz de Gauna. Para qué escondernos.

Me quedé frente a los alumnos. Miré durante unos segundos sus bolígrafos, dispuestos a garabatear apuntes en cuanto yo abriese la boca. Sonreí. Decidí olvidar la presentación de imágenes asépticas y fríos datos que tenía preparada.

—Hoy he venido a hablaros de los psicópatas integrados y de qué podemos hacer para detectarlos. Como perfiladores, lo primero que tenéis que aprender es a olvidar vuestros prejuicios. Siempre buscamos a un monstruo inadaptado, al hombre del saco, al Sacamantecas de cráneo deforme, como si fuéramos frenólogos del siglo XIX. Pero el asesino en serie es un profesional con experiencia, tiene un buen currículo en lo suyo, se especializa en matar de manera efectiva. Por eso no lo pillamos en el primer crimen, ni en el segundo. Evoluciona. Se va convirtiendo en un experto en escapar y pasar desapercibido con su fachada compensatoria. «Es un buen hijo, es un buen hermano.» ¿Cuántas veces lo hemos escuchado en las noticias? Claro que lo son.

Una alumna de primera fila levantó la mano.

—¿Cómo puede afirmar que son buenos hijos?

—Como sociedad y como individuos partimos de una desventaja: el error básico de atribución. Nos cuesta creer que somos incapaces de detectar la maldad absoluta en alguien cariñoso y encantador. Y ellos exprimen toda su vida esa ventaja: nuestra disonancia cognitiva. Nuestra dificultad para ver la manipulación cuando alguien es carismático y a la vez nos hace daño nos estafa. O en un asesino, un maltratador o alguien que nos amenaza verbalmente. Sé que habéis estudiado el perfil de los psicópatas, así que quiero que me digáis qué rasgos detectaríais.

—Forma de vida parasitaria —dijo alguien en el fondo de la sala.

—Eso es: su vida consiste en depredar. Viven el presente, para los psicópatas no existe el mañana, no tienen conciencia de futuro. Tienen falta de realismo en sus metas a largo plazo. Suelen tener un largo historial de parejas de corta duración. Más.

—Falta de empatía.

—Aprenden a fingir sentimientos y expresiones faciales —añadí—. Incluso alardean de dominar el lenguaje no verbal. Y lo hacen: saben que están vacíos por dentro y saben que tienen que encajar para que no los detectemos y nos repele su falta de respuesta normal ante un drama o la muerte de un familiar cercano, por ejemplo.

—Son grandes actores —continuó otra voz.

—Así es. Conseguir los objetivos de su vida depende de eso. Y aquí entra el papel de los llamados «lacayos», «seguidores» o «adeptos». Los psicópatas integrados no tienen amigos, los usan y los tiran, y tienen subyugada a la familia, padres, hermanos, hijos y abuelos, con su fachada compensatoria. Gente ajena a su entorno más íntimo puede llegar a ver cómo estos son esclavizados para sus objetivos personales: contactos en el trabajo, cuidado de los hijos, herencias, una red de apoyo familiar…, y estos miembros dominados por el psicópata se negarán a creer ninguna otra versión aparte de la que el psicópata lleva toda su vida programando para ellos debido a la disonancia cognitiva. Por eso estamos acostumbrados a escuchar después de los crímenes más atroces un: «Era un buen vecino». O la esposa que sigue visitando al monstruo en la cárcel pese a los hechos demostrados y a la confesión. La fachada compensatoria es su red salvavidas y la trabajan a diario.

—¿Cómo se trabajan la fachada compensatoria? —preguntó la misma voz.

—Para ellos solo es la máscara cotidiana, están acostumbrados a llevarla. Jamás van a sentir remordimientos por el daño infligido. No tienen esa capacidad. Siempre intentan que los demás hagan todo por ellos, sobre todo el trabajo sucio. Son vagos. Gastan mucho dinero porque no piensan en el mañana. Suelen estafar y acumular deudas, no saben ahorrar, piden dinero a su entorno. El psicópata suele cambiar de actividad, se aburre, no es constante. Muchos no acaban sus carreras universitarias porque son incapaces de esforzarse a largo plazo, para ellos no existe la gratificación por el esfuerzo, sino la gratificación de lo inmediato. No les importa la ética de lo conseguido o si explotan económicamente a sus propios padres o parejas. Más rasgos —pregunté.

—Buscan adrenalina con deportes extremos o sensaciones al límite. No tienen conciencia de peligro —añadió alguien.

—Muy bien. Más.

—Son generadores de hipnosis, entran en tu cerebro y lo reprograman.

—¿Cómo lo consiguen? —les pregunté.

—Mirada sostenida, empatía inmediata. En el caso de las parejas, la *almagemelización* automática.

—Esa sería la respuesta corta —aclaré—. No es tan sencillo. Siguen siempre unas pautas que funcionan. Se trata de la estrategia del camaleón: se mimetizan con sus víctimas. Después viene la adulación del ego: halagos a la víctima de baja autoestima. *Almagemelización:* tú y yo somos iguales, teníamos que estar juntos. Tercera etapa: confía en mí, cuéntame tus debilidades. Cuarta etapa: soy tu amigo ideal, tu pareja ideal, tu hijo o hermano ideal. Con todo esto consiguen la mitificación: su reputación se convierte en intocable para esos adeptos que va a necesitar para que le hagan el trabajo sucio o para que lo defiendan cuando muestre su verdadera cara con sus víctimas. Los adeptos, el entorno, la sociedad donde están integrados, ya sea empresa, vecindario, familia..., no ven la personalidad real del psicópata, sino la mimetización ideal que él se ha trabajado, incluso llegan a encubrir sus fraudes y delitos porque se creen sus justificaciones. Los detractores del psicópata son perseguidos y excluidos de la organización social. Y solo un porcentaje muy pequeño de estos psicópatas delinquen. Pero todos nos vamos a encontrar a lo largo de nuestra vida con una media de siete psicópatas, y un psicópata llegará a victimizar a unas cincuenta y ocho personas a lo largo de su vida. En este país hay un millón de psicópatas puros y unos cuatro millones de psicópatas integrados o normalizados en sociedad. Excelentes profesionales y buenos vecinos que no generan alarma social. Pero son depredadores sociales y familiares que van dejando un reguero de víctimas destrozadas.

Hubo un silencio absoluto y supe que mi mensaje había calado. Porque les estaba hablando a ellos, a cada uno de ellos. Y podía leer en sus cerebros, como si fueran transparentes, los recuerdos que estaban recuperando de sus encuentros con los psicópatas de sus historiales vitales.

—Ahora vienen las malas noticias: no son reinsertables. No mejoran con la terapia psicológica, de hecho empeoran. A no ser que se detecte su psicopatía cuando son niños y se les reeduque, porque un psicópata no es un enfermo, es una manera de ser. Uno que lleve años yendo a un psicólogo habrá aprendido muchos recursos emocionales para manipular más y mejor, empezando por su terapeuta.

Todos tomaron nota en sus cuadernos.

—Y como sociedad tenemos un problema con los psicópatas de la población reclusa, porque los informes de la terapia psiquiátrica se basan en las respuestas de estos mismos pacientes. Un convicto que quiere salir dirá al terapeuta lo que quiere escuchar. Tenemos asesinos en serie en Estados Unidos, como Ed Kemper, que estaban acudiendo a terapia y, según las palabras de sus psiquiatras, estaban progresando. En ese mismo momento estaban cometiendo los crímenes más espeluznantes que os podáis imaginar. Y tenemos testimonios de presos condenados en firme como asesinos en serie que han llegado a afirmar: «Déjame un DSM, el Manual Diagnóstico de Trastornos Mentales, elige la enfermedad psiquiátrica que desees, y en un par de sesiones soy capaz de convencer a cualquier terapeuta de que padezco esos síntomas».

Miré al fondo del aula. La doctora Leiva me sonreía complacida, Estíbaliz atendía concentrada.

—Y en la esfera de lo privado —terminé—, debemos educarnos y formarnos para saber detectarlos, porque el peligro para cada uno de nosotros es real. No tenemos que intentar rehabilitarlos ni que cambien porque quedaremos destrozados. Así que solo tengo un consejo que daros. En cuanto los detectéis, solo hay una solución: contacto cero. Soltad todo lo que tengáis entre manos y salid corriendo.

# 48

—

# TIERRA DE LOS ALMOHADES

## DIAGO VELA

*Invierno, año de Christo de 1200*

Los meses que siguieron fueron un infierno en vida. Nos cortaron los suministros, los mercados dejaron de tener sentido. No permitieron las visitas de las familias que vivían en las aldeas vecinas, Héctor Dicastillo no pudo cruzar el cerco pese a sus diplomáticos intentos. No volvimos a recibir mensajes de extramuros y mantenernos sin saber el destino de las otras plazas era el peor de los castigos para el tenente, que comenzó a perder su sempiterna sonrisa irónica.

A veces tocaban a retreta durante largas horas nocturnas, nos hacían temer un ataque inminente y nos agotaban. Los festejos del Día de los Difuntos fueron recordados con rabia entre los vecinos, pues los soldados asediantes cabalgaron a lo largo de toda la muralla cargados con carne asada de caza. A intramuros nos llegaba el aroma a ciervo con vino tinto y a jabalí con romero. Algunos vecinos se asomaron al paso de ronda y volvieron a sus casas llorando.

Solo hubo una luz entre tanta tiniebla. Alix parió a una niña tranquila a la que bautizamos con pocas horas de vida ante el temor de que un ataque nos sorprendiera de nuevo y muriese sin las bendiciones de un Dios en el que Alix creía. La abuela Lucía fue su madrina, era la hija de su tataranieta, lo que la convertía en su chozna.

Gunnarr, por su parte, juró protegerla ante el Dios crucificado, y aunque cruzó los dedos a sus espaldas mientras recitaba solemne sus votos como padrino, yo sabía que moriría por mantenerla con vida.

Y cuando pensábamos que todo estaba perdido llegó nuestra salvación.

Lo precedió un toque de retreta, llegó escoltado por soldados castellanos recelosos ante el intruso.

La nueva corrió veloz por las rúas y todos los vecinos subieron al paso de ronda.

—¿Qué sucede? —gritó el tenente desde arriba.

—He conseguido una tregua temporal del rey Alfonso, me permite entrar y traeros nuevas. Abrid el portón antes de que se arrepienta y haya hecho este penoso viaje desde Pamplona en vano —dijo el obispo García sonriente.

Todos suspiramos aliviados, llevábamos desde el verano sin ver un rostro nuevo.

El párroco, que se había convertido con el paso de los meses en un hombre flaco y mucho más viejo, subió corriendo al campanario de Santa María y comenzó a hacer tañer las campanas.

Aquel sonido nos supo a gloria.

Chipia, prudente, colocó a todos sus soldados armados con ballestas alrededor del Portal del Norte.

Todos los vecinos los rodeamos, cada uno armado con lo primero que encontró.

—¡Abrid! —ordenó el tenente—. ¡Pero lo justo para que pase un hombre y su montura!

El gozne de la puerta, después de tanto tiempo sin moverse, nos devolvió un sonido espantoso.

La testa del caballo del obispo García asomó y los soldados de Chipia se apresuraron a cerrar de nuevo el portón.

El clérigo desmontó y Onneca, que había acudido como todos los vecinos al toque de campana, se abrazó a su primo.

—¡Pensé que no os vería más! —exclamó aliviada.

—Si esto continúa, así será. Y no quiero presidir la misa de vuestro entierro, prima.

García se nos quedó mirando a todos con ojos preocupados.

—Presentáis un aspecto lamentable. Este asedio ha de terminar ya —nos dijo.

—No vengáis a intentar convencernos de que nos rindamos. No es una opción —le contestó el tenente.

—No soy yo quien debe decidir una cuestión mayor como esta. Pero me preocupan tantas almas y voy a viajar al sur, a tierras almohades, con un caballero de la villa, el que decidáis. Hablaré con el buen rey Sancho, le explicaremos que la situación se ha alargado en demasía y que es insostenible. Que nos aclare si enviará refuerzos o nos dé las órdenes que crea convenientes, ¿lo veis razonable?

Se formaron varios corros, nobles y comerciantes, cada uno por su lado. Después de cuchicheos y algún que otro exabrupto, todos asintieron conformes.

—Yo os acompañaré, García —dije.

—Ni hablar. Sois la balanza de esta villa, sin vuestra sensatez todos estaríamos ya muertos —dijo el alcalde.

—Tiene razón —me susurró Nagorno al oído—. Todos nosotros deberíamos quedarnos y permanecer unidos.

—¿Quién pues?

—Un vecino de Nova Victoria y uno de la Villa de Suso —intervino Mendoza—. Solo nos fiaremos de los nuestros.

—Sea pues, ¿algún voluntario? —preguntó el tenente.

Para nuestra sorpresa, Onneca se adelantó.

—Yo acompañaré a mi primo, iré con Olbia. Todavía tengo fuerzas para emprender un viaje de dos meses.

Un murmullo recorrió los corrillos, pero nadie se atrevió a contradecirla.

—¿Algún vecino de la Villa de Suso? —tanteó el alcalde.

—Yo los acompañaré —dijo Alix a mi lado. Llevaba a nuestra hija dormida en sus brazos, me la entregó y la miré en silencio.

Yo no era nadie para impedírselo. Era su villa y eran sus vecinos.

—Partid ya entonces, os queda mucho trecho hasta el sur —dijo Chipia.

Del viaje a tierra de los almohades puedo contar lo que me fue contado. Parte de la historia que sigue me la relató mi esposa, Alix de Salcedo. Otros detalles me fueron revelados por Onneca de Maestu, mi cuñada.

El mal tiempo eternizó el viaje y tardaron casi cinco semanas en llegar al sur y ser recibidos por Sancho VII el Fuerte. Alix y Onneca quedaron a la espera, solo el obispo García entró a hablar con el rey. El parlamento fue largo, pero García era un diplomático ya curtido y siempre tuvo el cariño de su monarca. Salió victorioso con la carta de dispensa que nos permitía la rendición.

—¿Qué ha dicho nuestro rey? —preguntó Alix ansiosa.

—Que no habrá ejército de auxilio. El Miramamolín tiene sus propios problemas en Túnez y precisa de los hombres del monarca. No es que lo tenga retenido en contra de su voluntad ni que sea prisionero, pero lo colma de joyas y oro y se habla de una hermosa infiel. El rey Sancho os libera del juramento de obediencia y defensa del reino. Promete recuperar la villa en cuanto pueda volver al norte, pero no sabe cuándo será.

Onneca y Alix se miraron frustradas, aunque no se atrevieron a desconfiar de las palabras de un rey.

—¿Eso es todo? ¿Después de lo que hemos pasado por defender su reino? —preguntó Onneca—. ¿Seguro que no va a enviar un ejército para socorrernos?

García la miró en silencio y la abrazó para consolarla.

—Hemos hecho lo que buenamente hemos podido, prima. Los reyes hacen y deshacen, siempre ha sido así. Volvamos a Victoria antes de que mueran más vecinos. Si el monarca dice que recuperará la villa, ten por seguro que lo hará.

El viaje de vuelta fue más rápido. Alix cabalgaba ansiosa por reencontrarse con su recién nacida, Onneca quería dar la noticia a los vecinos y volver a sus rutinas junto a su esposo. Los paseos montados sobre Olbia y Altai, las madrugadas patinando en soledad por el helado Cauce de los Molinos.

Tuvieron que circunvalar el camino que llevaba al Portal del Sur. Una mala tormenta los sorprendió a pocas leguas en una noche cerrada y no era momento de pedir audiencia al rey Alfonso. A indicación del obispo García y a regañadientes, torcieron hacia el mesón de la Romana y allí se refugiaron.

Lo que sucedió a continuación me ha costado mucho escribirlo, pero quiero que conste y que no se olvide.

## 49

## EL CAMPILLO

### UNAI

*Octubre de 2019*

¿Qué piensa un anciano antes de morir? ¿Qué pensamientos se le cruzan a una persona que nació con el siglo pasado? ¿Piensa en sus hijos, los que ya no están, piensa en los treinta y seis mil amaneceres que han visto sus retinas cansadas de procesar belleza, destrucción, calma, ruindad? Tal vez piensa en su mujer, en su compañera, en aquella que lo acompañó durante media vida por los caminos empedrados de Villaverde.

«¿Qué es lo que más le gusta hacer en la vida, señora?», le preguntó la oncóloga a la abuela después de superar una operación que la abrió en canal y raspó la metástasis de siete órganos como quien lima unas uñas que han crecido demasiado.

«Trabajar en el campo», respondió la abuela después de encogerse de hombros. El gesto le hizo daño. Ella disimuló, la educaron para no quejarse nunca, ni siquiera en las puertas de la muerte.

«Pero tiene usted más de setenta años. Ya está jubilada. No tiene que seguir trabajando. La acabamos de someter a una intervención muy agresiva. Tiene que tomarse la vida con calma y dejar de hacer esfuerzos físicos. ¿Qué es lo que más le gusta hacer?», insistió la oncóloga.

«Bajar al almacén, hacer cascos toda la tarde.»

Difícil de entender. Hacer cascos supone pasar horas en un almacén helado cortando patatas para siembra en varios tajos, con una pequeña navaja y las manos cuarteadas por el frío.

«Yo disfruto con eso», zanjó la abuela.

Y ambas mujeres callaron. Porque ambas sabían que la abuela seguiría bajando cada día al almacén, con o sin cicatriz. Con o sin cáncer.

Yo sé que el abuelo respondería igual: bajando al almacén, subiendo a la cosechadora, cuidando de su biznieta.

El peor día de mi vida empezó con una llamada a mi buen amigo Iago del Castillo.

—Iago, siento tirar tanto de ti, pero te necesito en calidad de experto, ¿puedes acercarte a Vitoria?

—Hoy estoy en Santander. En tres horas nos vemos en tu portal si quieres —contestó.

—¿Podrías venir directamente al Archivo del Territorio Histórico de Álava?

—Sea. Nos vemos en el campus entonces —convino.

Varias horas después estaba caminando por el paseo de la universidad cuando me vibró el móvil. Era Peña:

—Hemos visionado las cintas de seguridad del hospital. Ramiro Alvar salió con ayuda, un doctor empujaba su silla de ruedas.

—¿Ayuda? —pensé en voz alta—. ¿A quién puede Ramiro Alvar haber pedido ayuda para fugarse?

—Eso estamos averiguando. Al sujeto solo se le ve de espaldas, lleva bata blanca. Hemos puesto a un par de agentes a trabajar con el personal del hospital para ver si damos con algún nombre. Que Ramiro Alvar no tenga móvil y no podamos rastrearlo no nos facilita las cosas. Cambiando de tema, tengo novedades del caso de la mosca española. Por fin he accedido al listado de los empresarios invitados junto a Antón Lasaga la tarde que falleció en el palacio de Villa Suso. He encontrado un nombre que debes saber, porque hace poco me pediste un seguimiento: Ignacio Ortiz de Zárate. Iba como representante del Slow Food Araba. Y por cierto, el día que me pediste que sacase imágenes de la ropa que llevaba puesta Ignacio no fui capaz de localizarlo en Vitoria. No entró ni salió de su domicilio.

—¿Ignacio, aquel día en Villa Suso? Puede ser solo una casualidad, desde luego. Pero gracias, seguid con el operativo de búsqueda de Ramiro Alvar. Una patrulla ha estado en la casa-torre de Nograro y allí no hay rastro de él. Ahora te dejo —le corté al ver que Iago del Castillo se acercaba.

Nos saludamos efusivamente antes de entrar en el edificio del Archivo.

—Casi había olvidado que esta noche es Halloween —comentó mientras recorríamos los pasillos—. Ya hay gente por la calle disfrazada de la Parca.

—¿No te gusta esta fiesta? —le pregunté con curiosidad. Parecía un poco molesto, y no era habitual en un tipo tan templado como Iago.

—No me tomes por supersticioso, no lo soy, pero en esta fecha siempre le suceden cosas nefastas a alguien de mi familia y me trae muy malos recuerdos. Preferiría no tener un recordatorio permanente cada vez que salgo a la calle una víspera de Todos los Santos.

—Yo he disfrazado a mi hija de *eguzkilore*, para que los malos espíritus no entren en la familia —le comenté.

—Bien hecho, un padre prudente —comentó de mejor humor.

Había hablado ya con la encargada del Archivo y teníamos acceso al fondo de los Nograro.

—¿Qué estamos buscando exactamente, Unai? —quiso saber Iago mientras avanzábamos por los pasillos desiertos.

—Un documento de 1306 firmado por el rey Fernando IV: «Los privilegios de concesión del señorío de Nograro». Necesito que me expliques los términos.

La funcionaria nos facilitó lo que le había pedido. Al verlo, Iago lo estuvo estudiando durante un buen rato.

—Es la fórmula clásica del mayorazgo —dijo por fin—: *Ius succedendi in bonis, ea lege relictis, ut in familia integra perpetuo conservatur, proximoque duque primogenito ordine succesivo deferantur.*

Lo miré en silencio, creo que ni siquiera era consciente de que estaba hablando en latín.

—«El derecho de suceder en los bienes dejados por el fundador con la condición de que se conserven íntegros perpetuamente en su familia para que los lleve y posea el primogénito más próximo por orden sucesivo» —me tradujo de cabeza.

—De acuerdo, estoy buscando un pasaje en concreto —le expliqué—. Este: «Que no pisare presidio ni fuera condenado para mantener el linaje circunscrito a hombres de bien». ¿Esto seguiría vigente?

—A falta de ley posterior que anulase el privilegio concedido por el rey, sí. Es bastante frecuente que en estas familias las condiciones se hayan ido adaptando a las sucesivas legislaciones.

—¿Qué crees que ocurrió para que se entregaran y terminaran siendo parte del reino de Alfonso VIII? —le pregunté para obligarme a pensar en cualquier otro asunto.

—No puedes verlo con mentalidad contemporánea. Los mismos contendientes del asedio, el rey de Castilla y Sancho VII de Navarra, lucharon juntos pocos años después en la batalla de las Navas de Tolosa de 1212 contra el Miramamolín, el mismo que durante el asedio a Victoria había sido el aliado de Sancho el Fuerte. Las fronteras entre el reino de Navarra y Castilla eran prácticamente líquidas, cambiaron cinco veces durante ese siglo. El pueblo llano no tenía un sentimiento de pertenencia tal y como lo entendemos ahora, luchaban por la supervivencia de su día a día según el estrato social en que hubiesen nacido, y se posicionaban a favor o en contra del rey de turno según los privilegios que otorgaban a una villa y de si los favorecía o no. No tenía que ver con un sentimiento patriótico. La lucha por el territorio era una lucha por la conservación de un estatus, incluso para los reyes, que tenían que demostrar constantemente su fortaleza porque no se les admitía la debilidad.

Miré el reloj del móvil, con los hermanos Del Castillo el tiempo transcurría de otra manera. Llamé al teléfono del abuelo, me había dicho que iba a llevar a Deba a los columpios del jardín de Etxanobe, junto al mural del Triunfo de Vitoria.

Marqué el número un par de veces, el abuelo debía de estar distraído porque no lo cogía.

—Hablando de linajes, me gustaría presentarte a alguien. El abuelo, está cuidando de Deba, mi hija.

Iago sonrió interesado.

—Un hombre vigoroso, entiendo, si puede cuidar de su biznieta.

Me encogí de hombros, tal vez lo que para mí era tan evidente no lo era para todo el mundo.

—Es longevo. Lo recuerdo siempre anciano. No se marchita. No pierde vigor. Y aunque estas últimas semanas ha empezado a usar bastón, yo creo que no lo necesita.

Yo tenía la sospecha de que después del susto que le dio Ignacio en Laguardia había decidido llevar un bastón como medida disuasoria. Pero el abuelo se había hecho el despistado cuando intenté arrancarle una confesión.

—Me encantaría conocer a ese hombre —asintió Iago.

Encaminamos nuestros pasos hacia el Casco Viejo mientras esquivábamos a gente disfrazada de esqueletos y demonios. Media hora después llegábamos al jardín. Me encantaba aquel lugar, era el punto más alto de toda la ciudad.

Entramos por la verja de hierro, la secuoya herida por el rayo que alguien convirtió en escultura era lo único que vimos. Ni los grititos de una Deba feliz luciendo su disfraz de *eguzkilore,* ni al abuelo diciendo: «Ya te tengo, raposilla».

—¡Unai! —gritó Iago. Yo fui incapaz de reaccionar—. ¡Llama a una ambulancia!

Iago se lanzó hacia el cuerpo inerte del abuelo en el suelo.

Yo me quedé mirándolos paralizado, como si fueran de otro mundo.

Mi amigo comprobó su pulso en el cuello, la boina con sangre estaba a mis pies. No la cogí.

—¡Está en parada cardiorrespiratoria! ¡Unai, por los dioses, llama a una ambulancia, necesita una reanimación ya!

Pero no llamé. El abuelo no se movía. Deba no estaba.

Mis ojos registraron, como fríos testigos, cómo un hombre experimentado abría el chaquetón del abuelo, ponía sus puños sobre su pecho y apretaba rítmicamente.

Extendió su cuello, taponó su nariz, le insufló su propio aire. Una vez, esperó. Dos veces.

—¡Unai, reacciona! ¡Acércate! —me gritó desesperado.

Pero yo fui incapaz de moverme.

Abrí la boca, pero descubrí horrorizado que mi afasia de Broca había vuelto y que no podía articular una sola palabra.

Iago continuó con la reanimación cardiopulmonar. El abuelo ni se movía. Se colocó sobre él, continuó empujando con todo su cuerpo contra su corazón.

—Unai —cambió de tono. Me habló con voz calma, bajito, como a los niños—. Unai, acércate, solo acércate. Da un paso. Solo un paso.

No fui yo quien obedeció. Fue mi cuerpo, respondió a aquella voz paternal. Mi pierna derecha dio un pequeño paso hacia ellos.

Iago siguió insuflando aire sobre la boca del abuelo mientras yo era consciente de todo, como una película que no quieres ver pese a que no puedes salir de la sala.

—Muy bien, Unai —repitió aquella voz que tanto me calmaba—. Ahora otro paso más. Acércate a mí, solo un poco más.

Mi pierna izquierda obedeció. Otro pequeño paso. Lo suficiente como para ver que el tono siempre arrebolado de las mejillas del abuelo se había ido de aquel lugar. Estaba cetrino, sin vida.

—Otro paso más, Unai. Poco a poco. Sigue andando. Sigue viniendo, no pares —decía aquella voz tranquila. Iago me miraba a veces de reojo. Cuando volvía la cabeza, se aplicaba sobre el abuelo. Continuaba insuflando aire a aquel corpachón sin vida.

Llegó un momento en que mi pie llegó a ellos, tocó el cuerpo del abuelo. Iago se sacó el móvil del bolsillo, marcó algún número.

—Varón de cien años con traumatismo craneoencefálico severo. Ha entrado en parada cardiorrespiratoria. Llevo tres minutos de reanimación. Traigan un equipo ya al jardín de Etxanobe. Que inicien también un operativo de búsqueda de una menor. No sabemos cuánto tiempo lleva desaparecida. Posible secuestro, su abuelo ha sido agredido. Avisen a la comisaría de Portal de Foronda. Se trata de la hija del inspector López de Ayala. Continúo con la reanimación.

¿Tres minutos? Mentira. Fue una vida. Una vida entera: el columpio que nos fabricó a Germán y a mí en Solaítas, siguiendo el camino del río Ega; el día que compartió conmigo el secreto de la ubicación de los *perretxikales* de la familia, las noches tumbados en el camino de las Tres Cruces mirando las Perseidas.

Iago dejó el móvil en el suelo, cerca de él, y reanudó su trabajo.

He pensado durante mucho tiempo en aquel día.

En qué fue lo que me paralizó de aquella manera tan brutal.

Fue la disonancia.

La disonancia cognitiva.

Mi cerebro no pudo aceptar que perdiese a la vez a las dos personas más sagradas para mí.

A las dos.

Durante aquellos larguísimos minutos, hasta que llegó la caballería, fui incapaz de decidir a quién prestar ayuda primero, al abuelo o a Deba.

Y esa disyuntiva me llevó por delante y arrasó conmigo.

# 50

# LA TORMENTA

## DIAGO VELA

*Invierno, año de Christo de 1200*

La tormenta los dejó una noche más en el mesón de la Romana. Libre de peregrinos del Camino del Apóstol que, espantados por las noticias del largo asedio, evitaban los caminos que llevaban a Victoria, la posada estaba vacía y desangelada. Los soldados castellanos tampoco la visitaban últimamente. Los meses interminables de la contienda habían vaciado sus bolsas de cuero y ya no había sueldos para pagarse un desahogo rápido en sus camastros.

García había subido a la planta alta, acaso a descansar sus huesos de tantas leguas sobre un caballo menos noble que Olbia. Onneca se secaba el vestido mirando las llamas de la chimenea mientras Alix ayudaba a hornear los pasteles de crestas de gallo que García había pedido a Astonga.

Pero Onneca oyó más truenos y se dirigió a los establos, sabedora de que su yegua estaría aterrada.

—Calma, mi dulce dama —le susurró mientras le acariciaba las crines—. Calma. Mañana comeremos por fin en la villa.

Pasó con ella un buen rato, Onneca gustaba mucho del silencio y evitaba las conversaciones largas, la agotaban. Era otro de los motivos por los que rehuía siempre que podía a la dicharachera Alix de Salcedo.

Sucedió que se fijó en las alforjas del caballo de su primo García. Con las prisas del estallido de la tormenta habían quedado en el suelo de la cuadra. Se agachó a recogerlas, las limpió de la paja embarrada y entonces lo vio.

Un pequeño lacre: el sello real. El sello del rey Sancho el Fuerte. ¿Por qué su primo tenía un sello real? Solo el notario, el viejo Ferrando, debería custodiar uno. Disponer de copias de aquel sello suponía delito de alta traición.

Onneca rebuscó preocupada en el interior de la alforja y encontró otro cuño. Más antiguo y usado: el sello del difunto Sancho el Sabio.

Tomó ambos sellos y subió por las escaleras hecha una furia en busca de su primo. Le debía una explicación. Le debía varias explicaciones.

Oyó su voz y la de un joven al otro lado de la puerta. Le extrañó. Pensaba que en el mesón solo pernoctaban la dueña y sus hermanas de mal vivir. Se acercó con cautela y escuchó:

—Aquí tenéis polvos para esta noche, mi madre os visitará cuando las invitadas duerman. Pero no es eso lo que me trae hasta vos hoy. Ya tengo edad, padre —decía el chico con voz alterada—. Y son muchos los riesgos tomados y los servicios que os he prestado.

—Y me has juzgado mal, Lope. Nunca he olvidado la promesa que te hice cuando envenenaste a Maestu. Pero entonces no era el momento, este mesón estaba cerca de la sospecha y yo me habría expuesto demasiado de haberte reconocido entonces. Ahora que han pasado los años, la villa ha olvidado el asunto. ¿Cuándo he dejado yo de enviaros dinero a tu madre y a ti? ¿Habríais sobrevivido estos inviernos o al absurdo asedio? No seas ingrato, hijo. Aquí tienes el documento que tanto has ansiado —dijo su primo García.

«¿Envenenaste a Maestu?», se repitió Onneca.

Y no lo pensó e irrumpió en la cámara, tal vez sin medir el peligro.

—¿Este chico le dio el escarabajo aceitero a mi *senior* padre? —gritó, y García miró horrorizado los dos sellos que su prima portaba en la mano.

—Onneca, calma. Os daré todas las explicaciones que demandáis, pero ahora devolvedme esos sellos, os lo ruego. Vais a hacer que parezca un intrigante.

—¿Y para qué usáis estos sellos? ¿Para qué usasteis el del rey Sabio? ¿Enviasteis vos la misiva que daba por muerto a Diago Vela? ¿Me destrozasteis la vida para evitar que fuera mi esposo?

García miró con calma alrededor.

Calma.

Siempre iba bien la calma.

Un camastro, una jofaina, una chimenea, un atizador, unas velas. Pocos objetos con los que golpear.

—Hijo, sal de la cámara. Baja con tu madre y tus tías. Entretén a Alix de Salcedo. Que nadie suba hasta dentro de un buen rato —dijo lentamente.

—Padre, ¿qué pensáis hacer? —preguntó el joven inquieto.

—Decide: o sales o reniego del documento que te reconoce.

Lope le dedicó una mirada resignada a aquella mujer antes de cerrar la puerta, sabiendo que ya estaba condenada. Onneca no temía aún por su vida, todavía veía al primo cariñoso frente a ella.

—Sentí mucho lo de Bona y Favila, también lo de vuestro hermano. De todos los Maestu, tú siempre has sido la más cercana a los intereses de los nobles de Nova Victoria.

—¿Y qué tenéis vos con ellos?

—El palacio de Pamplona, las heredades que me han ido legando mientras he controlado como he podido a los dos Sanchos. Pero ya es imposible, Onneca. El rey Alfonso traerá más privilegios a los nuestros y lo sabéis.

—¿Y toda mi familia debía morir? ¿No había otra manera? —gritó—. Yo también habría conspirado con vos desde dentro. Solo teníais que compartirlo conmigo, habría sido vuestra mejor aliada.

—¿Con Diago Vela? ¿Lo creéis influenciable, necia? Convencí al rey Sabio para que lo enviase a una misión tan arriesgada que no debería haber vuelto vivo. De hecho, mis mercenarios lo siguieron por el camino de vuelta y aun así no pudieron alcanzarlo. Jamás conocí a nadie tan difícil de matar.

Fue rápido. Eligió el viejo atizador. Comenzó a golpearla y Onneca se defendió con la rabia que le daba el recuerdo de su buen padre. Cuando se vio en el suelo, sabedora de que era el final, probó a gritar con las fuerzas que le quedaban.

«Al menos que sepan que me está matando. Al menos que les pesen estos gritos en sus conciencias», fue su último pensamiento mientras caía sobre ella la lluvia de hierros.

Y desde el suelo distinguió que la puerta se abría y que una saya que conocía detenía los golpes.

—¡Onneca! ¿Qué barbaridad es esta, García?

No pudo ver más, supo que Alix se había abalanzado contra su primo y, sin saber el resultado de la batalla, se permitió cerrar los ojos y entregarse a la oscuridad.

# 51

# EL CANTÓN DE LAS CARNICERÍAS

## UNAI

*Octubre de 2019*

Recuperé la voz. Ver a Alba en activo dando órdenes sin descomponerme me obligó a salir de mi refugio mental y ser operativo.

Tomé el móvil que Iago había dejado en el suelo. Marqué el número de Germán.

—Seré breve: es el abuelo. Ven —fui capaz de decir.

Mi hermano comprendió. Era abogado, descifraba a diario los matices de la desesperación humana.

—¿Dónde?

—En el hospital de Santiago.

—¿Y tú?

—Deba. Te cuelgo.

Y fue suficiente. Sabía que él se encargaría del abuelo para que Alba y yo pudiésemos centrarnos en el secuestro de Deba.

Alba ya había montado el operativo. La Almendra Medieval estaba sellada. Todas las calles gremiales se cortaron y se colocaron controles. Sabía que nadábamos a contrarreloj, que en cuanto el comisario Medina se enterase de que la desaparecida era nuestra hija nos apartaría del caso.

Me recordó al asedio de la villa. Mil años atrás los vecinos quisieron impedir que la amenaza entrase.

Ahora sitiábamos las mismas calles para no dejar salir al monstruo.

—¡Aquí! —Fue la voz de Milán la que reconocí por encima del circo que se había montado en el Campillo.

Alba y yo corrimos hasta el cantón de las Carnicerías.

Milán estaba agachada mirando algo en el suelo.

—Esto es de la niña, ¿verdad? —nos dijo cuando llegamos esprintando.

Su pulserita de hilo rojo con el pequeño *eguzkilore* de plata que le había regalado su tía Estíbaliz.

Buena chica.

Siempre le dije que dejara miguitas de pan por el camino si se perdía.

Pero mi hija no estaba perdida. Alguien había golpeado al abuelo con su propio bastón. Y el abuelo nunca habría dejado que alguien le cogiese su bastón de boj. Él se había enfrentado y el agresor lo había neutralizado. Lo que dejaba poco margen para la conjetura: alguien se había llevado a Deba, mi hija no se había perdido por las calles de la Almendra.

—Llama a la Científica. Que procesen los dos escenarios —se limitó a decir Alba.

Iago bajó hasta nosotros por el cantón.

—Sé que es el peor momento para presentarme. Supongo que usted es la subcomisaria Díaz de Salvatierra.

—Él es Iago del Castillo. Ha intentado reanimar al abuelo —le expliqué a Alba.

Iago le dio un comedido apretón de manos, después me apartó a un lado con un gesto discreto mientras Alba volvía a tomar el mando y continuaba dando instrucciones.

—No quiero estorbar en estos momentos, así que seré breve: ¿tenéis red de apoyo para todo lo que se os viene encima? ¿Hay alguien en el hospital para velar por el abuelo y avisaros de lo que tenga que suceder?

—Mi hermano Germán está de camino. Y hay red, claro, sí —pensé, pero estaba a miles de cosas en ese momento—. Basta una llamada y vendrá la familia, los vecinos de Villaverde, la cuadrilla… Está todo cubierto, gracias por ofrecerte.

—Si te parece, voy al hospital por si os soy de ayuda. No podría volver a Santander sin saber cómo está el abuelo. Tú ahora mismo no puedes hacer más por él. Céntrate en Deba. ¿Has escuchado? Céntrate en Deba.

Tuve un momento de pánico, Iago lo vio en mis ojos.

—¿Qué necesitas? —me dijo—. Una cosa cada vez, ¿qué es lo más urgente ahora?

—Una foto de Deba, revisar las cámaras de seguridad de la zona centro... —enumeré de memoria el manual de la Academia.

No quería parar. Por ella. Por Deba.

—Solo una pregunta, Iago, porque ahora mismo no soy capaz de pensar en nada más. El pequeño del conde don Vela desapareció. ¿Lo... lo encontraron alguna vez? ¿Hay constancia o fecha de su muerte en el cronicón o en algún documento de la familia?

Iago apartó la mirada y cerró los ojos, como si estuviera alejando un recuerdo doloroso.

Después disimuló y se recompuso. Apoyó su mano fuerte sobre mi hombro, como una secuoya soportando con una de sus ramas un joven esqueje.

—No, Unai. Lo siento. Lo siento mucho. Yennego, el hijo de Diago Vela, no vuelve a aparecer.

# 52

# EL PASO

## UNAI

*Octubre de 2019*

Habíamos tomado declaración a los pocos testigos que circulaban por las inmediaciones del Campillo y por el cantón de las Carnicerías a esas horas. Que hubiese tantas personas disfrazadas de asesinos sangrientos y la mitad de ellos fuesen con máscara no ayudaba.

—¿Qué tenemos? —pregunté a Alba—. Fiable, quiero decir. ¿Hay algo entre tanta paja?

—Nadie ha visto a una niña disfrazada de *eguzkilore*. Eso es lo preocupante. Los únicos testimonios que coinciden son tres personas que refieren haber visto a una mujer con un carro de niño cerca de Fray Zacarías Martínez a la hora que sospechamos que agredieron al abuelo. Poco más.

—Hemos cerrado la Almendra. O se escapó antes de que diésemos la voz de alarma, o puede estar en cualquier portal, casa o edificio entre estas calles. —Reprimí el recuerdo de las chicas emparedadas a pocos metros de allí.

—Son palos de ciego, Unai. Vamos a dejarnos de sutilezas: quiero que la cuenta oficial de Twitter de Emergencias suba una foto de Deba. Y que las radios difundan ahora mismo su descripción, también la de una mujer con carro, pero no podemos olvidar que Tasio Ortiz de Zárate ya ha manifestado su intención de acercarse a la niña en varias ocasiones y que es el principal sospechoso.

—Adelante —me limité a decir.

Germán me llamaba cada veinte minutos, el abuelo había entrado en coma y el pronóstico no era bueno. Me dijo que nos teníamos que preparar para lo peor.

—Pero él querría que buscaras a Deba, no te fustigues por no despedirte de él, Unai. Yo te llamo cuando..., si..., yo te llamaré en cuanto pase algo. Por favor, encuéntrala.

Empezamos a recibir avisos de todos los puntos de la ciudad. Mucha gente afirmaba estar viendo a una niña rubia vestida de *eguzkilore* de la mano de una mujer con un carro. En Judizmendi, en el parque de San Martín, en Zaramaga. Enviamos patrullas a comprobar todas y cada una de las falsas alarmas.

—¿Algo nuevo? —le pregunté a Milán.

—Estamos intentando filtrar todo lo que nos llega. Un empleado de Renfe dice que le ha parecido que Tasio Ortiz de Zárate teñido de moreno le ha comprado un billete a Hendaya y que iba con un carro, pero que era un niño pequeño dormido, no una niña —comentó.

Miré a Alba, no nos hizo falta hablar. Cogí el primer coche que encontré y me dirigí hacia la estación de trenes, al final de la calle Dato.

No llevaba pistola, no llevaba chaleco, mi Halloween había comenzado con una inofensiva visita al Archivo junto a Iago del Castillo. La estación estaba a rebosar, por suerte no había mucha gente disfrazada en el andén.

Recibí un mensaje de Alba, se estaba encargando de montar el operativo en la estación y había conseguido que se retrasasen todas las salidas.

Pero no vi a nadie con carro en ninguno de los andenes. Me metí en los aseos, tampoco encontré a Tasio ni a mi hija.

Hasta que corrí escaleras abajo por el paso subterráneo entre los dos apeaderos.

Cuando bajé, los vi. Tasio llevaba el pelo teñido de moreno y se había dejado barba. Una barba espesa, no sé cómo el de las taquillas pudo reconocerlo. En el carro dormía un niño rubio con el pelo rapado y una manta hasta el cuello que ocultaba su disfraz de *eguzkilore*.

Y no era un niño, era Deba. ¿Estaba inconsciente? No podía

estar muerta, me obligué a pensar. No querría sacarla en tren del país si estuviera muerta.

—Tasio, deja a mi hija a un lado y hablemos —le dije alzando las manos para que viera que no iba armado.

—No es tu hija. Cuando hablé con ella por primera vez en el parque de Laguardia le regalé una piruleta y después me la quedé. Tenía su ADN, tú me perseguiste y ni siquiera te diste cuenta.

—Muy buena actuación, pensé que eras Ignacio. Hablé contigo de nuestro trabajo para tantearte, no estaba seguro. Pero me convenciste. Eres bueno haciendo de él, cabrito —dije.

—Te acabo de revelar que no es tu hija, que es mi sobrina. Esperé a los resultados del ADN y me lo han confirmado: soy su tío.

—Lo sé, siempre lo he sabido.

—Te estoy diciendo que no tiene tu sangre y tiene la mía y ni te has inmutado. No tienes derechos sobre ella, y mi gemelo y yo somos la única familia que tiene.

—Lo supe desde el día que nació. Pero no te equivoques: tiene mis apellidos, yo la he criado y desde luego tiene una familia. Una familia que la quiere y la protege, no una que la secuestra, la duerme, le rapa el pelo y se la lleva por la fuerza. Y acabas de cometer un delito de sustracción de menores con el agravante de violencia y eres pariente de segundo grado, así que te enfrentas a un mínimo de dos a cuatro años de prisión y una orden de alejamiento. Y dudo que puedas optar a la patria potestad cuando salgas porque por lo que acabas de hacer te correspondería una inhabilitación de cuatro a diez años. Y tenías la intención de trasladarla fuera de España, te caerá la pena en su mitad superior.

Yo permanecía a cinco metros de Tasio y del carrito, con los brazos en alto, sin acercarme por miedo a que fuese más rápido e hiciera daño a mi hija. Pero por el otro lado del túnel, a su espalda, Alba avanzaba sin hacer ruido con el arma desenfundada.

Continué hablando:

—O puedes entregarla ahora y alegar arrepentimiento ante el juez. Podemos conseguirte una rebaja de la condena, no creo que quieras pasar ni un solo día de más en prisión sabiendo cómo las gastan contigo allí dentro. ¿Qué piensas que te harán ahora cuando sepan que has secuestrado a una niña de dos años?

—Eso no va a pasar —se limitó a decir Tasio—. Porque no vas armado y no te vas a acercar a la niña. Y me vas a dejar marchar a no ser que…

—A no ser que nada —le susurró Alba al oído. No se cortó. Le colocó el cañón de la pistola bajo la mandíbula y lo inmovilizó con el brazo libre—. Esto es lo más cerca que vas a estar de Deba en tu vida. Quedas detenido por sustracción de menores y tentativa de homicidio. Santiago López de Ayala está muy grave. Reza para que le queden unos años más para criar a su biznieta.

Las puertas de la ambulancia se cerraron. Alba y yo nos sentamos a ambos lados de Deba. Le dimos la mano, no tenía fuerzas. Tasio le había cortado los rizos rubios, parecía un niño bastante travieso, pero nos resultaba ajena, extraña. El sedante que Tasio le había suministrado le seguía haciendo efecto: nuestra hija continuaba dormida.

—¿Lo has escuchado todo? —le pregunté a Alba.

—¿Cómo tienes la certeza de que Deba no es tu hija desde el día que nació? ¿Le hiciste pruebas de ADN a mis espaldas y no me has dicho nada?

—Jamás haría eso. Durante tu embarazo nunca me preguntaste por mi grupo sanguíneo. Soy A. Cuando nació le extrajeron una muestra de sangre, como a todos los bebés. Tú eres A y ella es B. Tu marido era B, yo lo sabía porque había leído el informe de la autopsia, era mi trabajo. Te mentí. Te dije que yo era B. Elegiste criarla con la duda de quién sería el padre y lo he respetado.

—¿Quién más lo sabe?

—El abuelo, es más listo que un raposo, ya lo conoces. No hubo manera de esconderlo. Pero Deba y yo decidimos ser padre e hija desde el momento en que me la entregaron y eso es lo que somos, estamos por encima de la sangre. No sé si puedes llegar a entender lo que tenemos, de igual modo que nunca podré entender lo que os une después de haberla llevado dentro de ti durante nueve meses.

—¿Mi madre?

—No, tu madre se fue sin saberlo. Y así está bien. Era su nieta, y murió pensando que soy el padre biológico. Las dos familias nos hemos unido y hemos sido una familia para Deba, no lo cambies ahora por unas cuantas cadenas de proteínas. Solo es ADN, Alba. Me niego a que algo físico determine a quién debo querer y con quién quiero vivir.

—¿No te da miedo que herede la psicopatía de su padre?

—De momento, no presenta ningún rasgo. Tiene empatía, no manipula y expresa sentimientos espontáneamente, no los finge. Pero si lo hiciera, ha nacido en el mejor de los hogares, ¿no crees? Una madre fuerte que fue subcomisaria y un perfilador. Si alguien puede detectarlo e intentar imponerle valores somos nosotros, la doctora Leiva nos podría ayudar. Hay programas para reeducar a niños psicópatas.

—¿«Fue» subcomisaria? —preguntó mientras acariciaba la mejilla a Deba, que seguía sedada.

—Sé que vas a dejarlo. Y te mereces tu castillo en tu mar de viñas, y Deba también merece estar fuera de toda exposición. Ya no puede vivir aquí después de que toda la ciudad haya visto su foto. Tenéis que volver a Laguardia.

—Y sé que a ti te parte la vida en dos. No tienes que criarla si no quieres.

—¿De qué hostias estás hablando? —me enfadé y apreté la mano de Deba con más fuerza de la debida—. Por lo que sea, hay un hilo rojo que nos une a los tres.

Pero lo cierto era que ni el hilo rojo ni el *eguzkilore* habían protegido a los que más me importaban en el mundo.

En mi casa aguardaba un disfraz de cazador de zombis que no llegué a estrenar aquel nefasto Halloween. Me había visto obligado a continuar con el engaño frente a mi hija y fingir que su padre llevaba en la espalda veintidós muertos vivientes.

Y en realidad, el conteo de muertos por mi culpa se iba acercando bastante a aquella cifra.

Disimular, fingir, alargar el engaño. Eran los verbos que dominaban mi vida.

Hasta un ciego como yo se dio cuenta de que no podía continuar así.

# 53

## EL FIEL MUNIO

## DIAGO VELA

*Invierno, año de Christo de 1200*

Onneca despertó de frío a media noche. Había dejado de llover, pero sentía los huesos helados, sería porque tenía el cuerpo apaleado y tiritaba entumecida.

—¿Y García? ¿Qué ha sido de García? —le preguntó a Alix.

—Ya no os tenéis que preocupar por él —contestó ella, y dio por zanjada la cuestión.

—¿Dónde estamos?

—En el viejo molino, junto al Cauce de los Molinos. La posada no era segura y tampoco vamos a poder acudir al rey Alfonso para que nos permita entrar en la villa. Querrá saber por qué García no nos acompaña.

—¿Y el mensaje del rey Sancho? Necesitamos el documento para que en la villa nos crean y podamos rendirnos de una vez.

Alix tosió. Se sentía mal pero lo ocultó.

—¿Qué nos queda, entonces? —insistió Onneca.

—Voy a salir y acercarme a la muralla, esperad oculta en las sombras de ese rincón —le ordenó.

Alix salió a la noche destemplada, por suerte Madre Luna, como la llamaba su esposo, lucía plena en un firmamento despejado ya de las nubes de la tormenta.

Se aproximó lo suficiente como para ser oída y silbó.

Silbó varias veces y nada sucedió.

Pasaron varias horas, la noche avanzó lenta, pero Alix no abandonó su empeño.

Y finalmente llegó el ángel. La envergadura de sus alas blancas tapó el cielo por un breve momento.

—¡Munio! —susurró loca de contento.

Su fiel lechuza, un anciano blanco al que los últimos años tenía que ayudar a cazar los ratones, acudió a la llamada de la que él consideraba su esposa.

—Munio, entrega esto a Diago y tráelo hasta mí —le ordenó mientras se arrancaba un trozo de saya mojada y se lo ataba a una pata.

Después marchó a recoger a Onneca y la arrastró como pudo hasta la muralla, con miedo en el cuerpo por no toparse con algún soldado asediante que estuviera haciendo la ronda.

Estaba a punto de clarear cuando Gunnarr se descolgó por la cerca, atado a una maroma que sujetábamos Nagorno y este que aquí escribe, un par de condes ansiosos por recuperar por fin a sus esposas.

## 54

## LA TUMBA DE MANZANAS

## UNAI

*Noviembre de 2019*

Habíamos recuperado a una López de Ayala, pero estábamos perdiendo a otro.

Germán se ocupó de introducir a escondidas todas las manzanas en el hospital. El abuelo continuaba en la UCI, sin signo alguno de mejora. Por la habitación pasaron los del seguro de decesos, y aunque los eché de malas maneras, las enfermeras nos aconsejaron que fuésemos resolviendo los detalles con la funeraria. El patriarca estaba viviendo su último otoño.

El viernes a última hora, cuando todo estaba en calma y los ruidos del trasiego hospitalario se amortiguaron como gritos bajo la almohada, procedí a mi último cometido como nieto.

Tardé un tiempo en restregarle los cuartos de las manzanas de la huerta por toda la extensión de su piel rocosa. Hablamos —o al menos yo hablé— de las casas con fardos que nos construíamos todos los agostos, después de cosechar en las Llecas. O de cuando yo volvía a las cuatro de la mañana de la verbena de las fiestas de Bernedo, lo despertaba y salíamos a colocar tubos de riego en las piezas porque aquel año no llovía.

Después de soportar a duras penas su silencio, cogí el coche y conduje hasta Villaverde.

Deba había pasado muy mal día y la habíamos alejado de Vitoria y del hospital. Jamás la vi tan desolada y enfadada como cuando se miró al espejo y vio su pelo corto de chico. Odié a Tasio por ello.

Tasio Ortiz de Zárate había dormido en el calabozo y le esperaba una orden de prisión provisional. Dudo que saliese en una buena temporada. Preferí no pensar en él, solo Deba y el abuelo ocupaban mi cabeza desde la noche anterior. En cuanto mi hija llegó a la casa del abuelo en Villaverde buscó una de sus boinas y se negó a quitársela pese a que le quedaba grande. Cayó rendida junto a su madre, pero aun así no se quitó la boina. Yo le até otro hilo rojo. Era mi manera de decirle al destino que ya me encargaba yo de lo mío.

Había sido el Día de los Difuntos, noviembre comenzaba y a nuestra familia le tocaba aquel mes tocar las campanas para llamar a misa, a muerto o al ángelus.

El pueblo tenía la costumbre de tocar aquel día cada tres horas para recordar a los que no estaban, así que Germán y yo nos encaminamos con la gran llave de hierro hacia el campanario.

Abrimos el portón de la iglesia y subimos por la escalera empedrada de caracol. El campanario era un lugar estrecho y no muy seguro. Apenas unos tablones viejos de madera junto a la campana. Frente a nosotros la sierra se veía como un bloque negro e intimidante, la luz amarilla de la farola junto al campanario apenas iluminaba un par de tejados frente a nosotros.

Pocos metros más allá, solo la noche cerrada.

Germán y yo comenzamos a tocar en silencio, como el abuelo nos había enseñado. El sonido atronador del badajo junto a nuestras cabezas me dio los únicos momentos de paz que recuerdo durante aquellos oscuros días porque me impidió pensar durante unos minutos y eso me hacía bien.

No pensar.

—¿Recuerdas el sol que nos enseñó a dibujar el abuelo hace tantos años? —me señaló Germán cuando soltamos la cadena de la campana.

Lo había olvidado. Me fijé que todavía se podían distinguir los trazos básicos de un pequeño sol en la cara norte del campanario.

«Mirad, hijos. Os voy a enseñar algo por si yo falto algún día», recuerdo que nos había dicho el abuelo una calurosa mañana de agosto desde aquel mismo campanario. Frente a nosotros una cosechadora recogía el trigo maduro y el cielo despejado no traía ni una nube.

«Tú qué vas a faltar —había saltado yo sin pensarlo—. Me pongo malo cuando empiezas a decir tonterías.»

Germán y el abuelo me habían mirado con paciencia hasta que me callé.

«Creo que el abuelo nos está intentando transmitir un secreto de familia al mismo nivel que la ubicación de las plantas de té de montaña en San Tirso», intervino Germán, que siempre fue más juicioso que yo.

«Solo lo hacemos los de la familia cuando nos toca ser campaneros —nos contó el abuelo después de rascarse la boina—. No lo contéis a los vecinos. Es un dibujico, aquí en la piedra, junto a la campana. Yo creo que es un sol, el abuelo Santiago se lo dijo a mi padre, es lo último que recuerda de él antes de que se marchara. Debía de ser importante para él.»

«¿El que se fue cuando tu padre tenía diez años?», quise saber.

«El mismo. No sé por qué, pero quería que en la familia nos asegurásemos de que había dibujado este sol o esta flor. Yo era pequeño cuando padre me trajo aquí y no atendí mucho, no sé si padre lo llamaba el Sol de la Abuela o la Flor de la Abuela. Decía que protegería Villaverde. Que en la familia siempre lo había hecho así.»

Así que desde entonces, cuando nos tocaba el turno de ser campaneros, Germán y yo subíamos las escaleras del campanario con alguna navaja y repasábamos los trazos en piedra del dibujo del abuelo cuando veíamos que el polvo y el tiempo los iban desdibujando.

Miré el reloj en el móvil, se estaba haciendo tarde y me impuse un cambio de tercio.

—¿Conoces a Beltrán Pérez de Apodaca? Es un recién titulado de tu gremio.

—He coincidido en el juzgado alguna vez con él, sí. ¿Qué quieres saber?

—Háblame de él —le pedí.

—Hambriento, rápido de reflejos, un joven tiburón. No acaba de despegar, de todos modos. Le falta la pillería que se adquiere en los juzgados con los años. Pero la aprenderá. Ya lo creo que la aprenderá. Me llevo bien con él.

—Tú te llevas bien con todos. ¿Lo contratarías para tu despacho?

Lo pensó por un momento.

—No. No lo haría.

—¿Por qué? Yo diría que apunta maneras para destacar.

—Y lo hará —dijo—. Pero solo contrato a gente honesta, ese es siempre mi criterio. Quiero estar rodeado de personas con ética. Y con los años aprendes a distinguir el fondo de las personas, no sé si me explico.

—Perfectamente, Germán. Me has sido de mucha ayuda. Vamos bajando, todavía me quedan un par de tareas pendientes hoy.

—¿Sospechas de él?

—Nos dio el ADN de forma voluntaria cuando lo pedimos a los vecinos de Ugarte y no hubo coincidencia. Desde luego, no mató a MatuSalem. No, solo intento ver el cuadro completo alrededor del principal sospechoso —le expliqué.

—Vas a seguir con el caso de Los señores del tiempo, ¿verdad?

—Alguien tiene que encargarse.

—¿Y no hay ningún «alguien» más que tú?

—Sé que el coste está siendo alto para nuestra familia... —comencé.

—Si te metes en el centro del huracán, acabará destrozando tu mundo —me interrumpió—. ¿Por qué, de entre todos los trabajos, de entre todo lo que se te da bien en esta vida, tienes que elegir Investigación Criminal, hermano?

—Alguien tiene que proteger a la gente —repetí—. Tal vez lo lleve en la sangre. El abuelo fue alcalde de Villaverde durante años y lo hizo por responsabilidad, nadie quería hacerlo. Es como nos ha educado. Tú eres igual, haces lo mismo que yo desde tu despacho. Violencia de género, despidos improcedentes..., aceptas casos para ayudar a la gente. Tú eres igual.

—Yo no llevo pistola ni chaleco antibalas, esa es la diferencia. Estaría encantado de que mi hermano fuese abogado.

Qué inútil intentar explicarle...

—Hay algo que quiero preguntarte desde hace tiempo —dije en todo caso—. No me gusta meterme en tu vida personal, pero es más que notorio que desde hace dos años no has vuelto a salir con nadie. ¿Has dejado tu vida en un compás de espera hasta que yo deje de ser investigador criminal?

No contestó.

—¿Es por eso? —insistí—. ¿Tienes miedo a que tus novias acaben muertas?

—Yo no he dicho eso. Nunca te echaría en cara lo que sucedió, pero…

—Pero lo piensas —concluí.

Mi hermano se había convertido en un monje por mi culpa. Era un niñero, siempre lo fue, moría por Deba, sé que él añoraba tener una familia propia. ¿Y estaba esperando a que yo dejase mi trabajo?

Bajamos del campanario callados y taciturnos. Pasé por casa del abuelo a coger la cesta con las manzanas cuarteadas. A falta de periódicos, acabé usando folios garabateados con los dibujos que mi hija había estado pintando durante todo el día. Alba y ella continuaban dormidas. Entré en el dormitorio, las besé en la frente a ambas y marché escaleras abajo en silencio.

Entré en la huerta del abuelo con el cesto de las manzanas atadas con cordeles, como él hacía antes de enterrarlas. Me puse a escardar con el azadón bajo nuestro enorme peral. Una farola me bañaba la espalda con su luz dorada y proyectaba mi sombra sobre la tumba que estaba excavando.

La abuela hablaba a veces, evasiva, de las monedas romanas que contaban que su padre encontró una vez mientras roturaba con el arado. Yo había escuchado de niño mil variantes poco creíbles de la misma historia. Pequeños sacos de cuero acartonado escondidos dos mil años atrás, tesorillos que en ocasiones los labriegos encontraban y entregaban a la Diputación, y muchas otras veces no. Los museos estaban llenos de pequeños hallazgos fortuitos de monedas, cerámica y material arqueológico.

De pequeños, Germán y yo habíamos buscado más sacos con monedas durante meses. Excavábamos aquí y allá, incluso ahorramos para comprar un hipotético y efectivo buscador de metales en un pueril arranque de optimismo. Después crecimos y nos olvidamos de aquellos tesoros que dormían bajo tierra. Todo lo que estaba enterrado era inerte y no brillaba. Aprendimos el matiz por las malas.

Despejé mi cabeza y espanté mis negros pensamientos.

Me arrodillé y comencé a entregar las manzanas remendadas a la tierra. Quería que se pudriesen. Que se pudriesen pronto.

Y entonces me fijé en los dibujos que mi hija había pintado en los papeles que envolvían las manzanas. Un monstruo con cabeza de gallo, cuerpo de león, cola de culebra. Los limpié de tierra y apunté con la linterna del móvil, extrañado.

No hacía más que ver quimeras y monstruos. Mi cerebro había registrado más de uno últimamente.

«¿Dónde?», intenté recordar.

Manejaba, registraba y clasificaba tantos detalles de escenarios, sospechosos y testigos que a veces me costaba recuperarlos del rincón del cerebro donde me esperaban pacientemente etiquetados.

A veces toda aquella miríada de datos era tan inservible como aquel.

—¿Qué haces? —me interrumpió la voz de Estíbaliz a mi espalda.

Di un respingo y me tuve que ayudar del azadón para incorporarme.

—¿Qué haces tú en Villaverde a estas horas? —le pregunté cuando me recuperé del susto.

—Quería ver a mi sobrina, aunque he subido a casa del abuelo y está ya dormida. Germán me ha dicho que habías bajado a la huerta. Y sé que ya no estoy en el caso, pero también venía a traerte el listado de trabajadores del Ayuntamiento de Quejana. Milán quería hacértelo llegar ayer, pero con todo lo que pasó…

—Dame.

Me senté sobre el murete y estuve leyendo todos los nombres. No me sonaba ninguno. Ninguno salvo… Claudia. Claudia Mújica.

—¿La guía? —pregunté en voz alta.

—No me había dado cuenta, ¿sabes su apellido?

—Está escrito en una placa del mostrador del zaguán de la casa-torre. Es alta, pero es muy delgada. Desde luego tiene las llaves del hogar de los Nograro y ella pudo entrar para robar la copia del cronicón, ¿dirías que te enfrentaste a ella?

—No vi nada en la oscuridad y sucedió muy rápido, pero me enfrenté a alguien con mucha fuerza y desde luego era corpulento.

—También tuvo acceso al disfraz de dominica —dije—, pero yo perseguí a alguien mucho más bajo. De eso estoy seguro, no creo que mi recuerdo esté contaminado. Por otro lado, viendo este listado de empleados, ella estuvo contratada como guía del museo del convento de las dominicas hace un par de años. Está claro que pudo tener las llaves del recinto de Quejana, pero no encaja con la descripción que dio el sacerdote de quien lo agredió. De todos modos, vamos a tener que llamarla para que nos conteste algunas preguntas. Mañana por la mañana le pediremos que nos explique dónde estuvo los días de los crímenes.

Pero Estíbaliz ya se había levantado, dispuesta a irse.

—¿Y a qué estás esperando? —me increpó cuando vio que yo no me movía—. Llamemos ahora a Peña y que se acerque a Ugarte a comprobar sus coartadas. Da igual la hora que sea. Esto es prioritario.

—Te recuerdo que ya tenemos un sospechoso fugado, y que fue un doctor, o alguien disfrazado de doctor, quien lo ayudó a salir del hospital, no una mujer —le recordé.

—Milán me ha dicho que no lo habéis podido identificar y que ningún empleado del hospital lo reconoce de espaldas. ¿Y si ella tuviese algo que ver? Te sedujo la teoría del *alter* asesino que mata en la vida real para evitar su muerte en la ficción y no ves todo lo que no encaja.

—¿Y qué no encaja, según tú? —quise saber.

—No encajan las víctimas. Como todos los perfiladores, te centras tanto en el asesino y en su *modus operandi* que te olvidas de las víctimas.

—Para eso estás tú, la experta en Victimología, para recordármelo, ¿no crees?

—Pues aquí estoy, pero he tenido que estar entre la vida y la muerte para que me prestes atención. La primera víctima,

Antón Lasaga, encajaba con tu teoría de los paralelismos en el *modus operandi*, el lugar y el oficio. Podría ser un trasunto del conde de Maestu, el padre de Onneca. Por otro lado, MatuSalem, tu colaborador, era un Maturana y murió como el Maturana de la novela. Pero las niñas..., a las hermanas Nájera las emparedaron como a las hermanas de Onneca. No tienen nada que ver con el *alter* de Ramiro Alvar, ni con lo que sucede con el obispo García.

—¿El obispo García?

—El obispo García tiene detalles que he visto en Alvar. Creo que lo caracterizó como él. Es un joven religioso, atractivo y rico. Le sobra con una sotana en los inviernos gélidos, le encanta montar a caballo, adora los platos de casquería...

—No me había dado cuenta —tuve que reconocer.

—Tal vez hayas tratado más con Ramiro Alvar que con Alvar. Lo que intento que veas es que tal vez el que está imitando la novela con sus asesinatos no tiene ni idea del trastorno de identidad disociativo de Ramiro Alvar ni de su intención cuando reescribió su propia versión de aquel cronicón.

—Ramiro Alvar ha huido, Esti. ¿Y si Alvar ha vuelto?, ¿y si estuvo todo el rato en el hospital y volvió a seducirte? ¿Y si realmente él fue quien te tiró y fingió robarse a sí mismo el cronicón?

Esti encogió las piernas y se las abrazó.

—No tienes ni idea de qué tipo de persona es Ramiro Alvar. No la tienes. En el hospital hemos pasado muchas horas hablando. Esta vez hemos ido despacio. Por otro lado, tampoco he olvidado mi trabajo, aunque no esté en el caso. Pero Ramiro es buena persona, y eso no se puede disimular.

—Pues ilumíname —le pedí.

—Le donó la médula.

—¿A Alvar? No es eso lo que me contó.

—No, no a Alvar —me aclaró—. Al hijo de Alvar.

Me tomé unos segundos para comprender lo que decía.

—¿Alvar tiene un hijo? —pregunté.

—Sí, el chaval que lleva el bar.

—¿Gonzalo Martínez?

—Sí, ese. Se presentó hace año y medio en Ugarte, cuando su madre desapareció. Cuando se enteró de que sus abuelos habían muerto fue a la casa-torre. El chaval no tiene estudios, Ramiro Alvar le dio dinero para hacerse cargo del bar.

—¿Cómo que le donó la médula?

—Hace menos de un año —dijo—. A Gonzalo le diagnosticaron talasemia en su grado más grave. Ramiro ni se lo pensó, él era el único familiar que le quedaba al chico y le donó la médula. Y te aseguro que no miente, vi la cicatriz que tiene en la espalda la noche que… Esa noche.

—¿Gonzalo es sobrino de Ramiro Alvar? —repetí en voz baja.

—Ninguno de los dos quiere que se sepa. Ugarte es muy pequeño, me contó la historia de que los Nograro pagaron a su madre por irse y abortar. No es una historia familiar de la que enorgullecerse y contar en el bar.

—No, no lo es —contesté pensativo.

—¿Qué te pasa? Te has quedado blanco. ¿Crees que Gonzalo tiene algo que ver con los crímenes?

—No, fue uno de los voluntarios que nos permitió que recogiésemos el ADN. No, desde luego está descartado —le aclaré—. No es por eso.

Maldito pueblo de secretos y silencios, hasta Ramiro Alvar me ocultó que el niño de su hermano nació y que había vuelto.

«¿Cuántas mentiras, Ramiro Alvar? ¿Cuánto más has callado?»

—¡Oh, Dios…! —pensé en voz alta—. La quimera.

Me saqué del bolsillo del vaquero el dibujo arrugado de mi hija.

—¿Qué pasa?

Me quedé mirando el papel, embobado, como si fuera un *aleph* y concentrara todo el universo.

—Joder, Esti. ¿Qué decimos siempre?: «Cuando descartamos lo imposible, lo único que queda es…

—… lo improbable» —rematé.

—Lo estadísticamente improbable, pero posible. Está documentado.

—¿Qué está documentado?

—La quimera, Estíbaliz. La quimera.

—Me vas a tener que dibujar un plano, porque no entiendo nada.

Me levanté eufórico.

Dicen los neurólogos que cuando resuelves un enigma el cerebro te regala una descarga de dopamina. Es adictiva. Te hace sentir bien.

Yo era adicto a aquella sensación de *eureka*.

«Gracias, abuelo», le recé exultante cuando pasé junto a su tumba de manzanas.

—¿Adónde vas? —me gritó Estíbaliz

—¡Tengo que hablar con la doctora Guevara! —le grité mientras subía por las escaleras de piedra de la huerta.

«Ella lo entenderá todo.»

## 55

## EL CÍRCULO

## UNAI

*Noviembre de 2019*

Me pasé el día siguiente en mi despacho. Una conversación con la forense, la doctora Guevara, me había aclarado muchos puntos. Solo tenía que cerrar el círculo. Sobre la mesa, todas las fotos del entierro de MatuSalem esparcidas frente a mí. Buscaba rostros afines y acabé encontrando lo que quería.

Después llamé a Milán:

—Necesito que me des acceso a toda la base de datos de la DYA en Álava.

—¿Qué buscamos? —preguntó.

—Cuando lo vea, lo sabré. ¿Puedes conseguírmelo hoy mismo?

—Eso está hecho.

Al cabo de un rato recibí otra llamada, miré la pantalla y era Iago del Castillo.

—Buenos días, Unai. ¿Cómo está el abuelo?

—Continúa en la UCI, nos han dicho que es cuestión de días. Tiene casi cien años y los médicos dicen que debería haber fallecido ya, no comprenden cómo sigue vivo. Creen que el corazón se le irá parando poco a poco hasta que se detenga.

—Ese corazón lleva latiendo un siglo, hacéis bien en dejar que concluya su camino a su ritmo —dijo lentamente—. En otro orden de cosas, me alegra de verdad que Deba esté de nuevo contigo. Ningún padre debería pasar por el trance de perder a un hijo.

—Gracias, Iago. De hecho, iba a llamarte esta misma mañana. Tengo una pregunta que hacerte. Solo tú, además del que escribió *Los señores del tiempo,* conoce las diferencias entre la verdadera historia que cuenta Diago Vela y la novela.

—Dime.

—En la versión de tu antepasado, ¿el obispo García muere?

—No, no muere. El diario es muy fiel a la realidad, coincide con el relato de Jiménez de Rada en su *De Rebus Hispaniae.* Aunque él lo escribió en la primera mitad del siglo XIII, de ahí el valor documental del cronicón de don Vela: es historia viva contada de primera mano por uno de los protagonistas.

—Entonces, es una de las variaciones de esta versión que se ha publicado en *Los señores del tiempo.*

—Así es. El obispo García volvió a Victoria con un caballero de los sitiados e informó del permiso del rey Sancho el Fuerte para que los vecinos se rindiesen. En el cronicón no aparece, pero hay documentos de la época que sitúan a García en Pamplona después de esa fecha, alguno de 1202, en los que arrienda terrenos a don Fortunio, arcipreste de Salinas.

Ese detalle me preocupaba. Me preocupaba mucho.

Estíbaliz dijo que el obispo García era una encarnación de Alvar. Ramiro Alvar le atribuyó su personalidad, sus manías, su idiosincrasia. Si en la novela el obispo García murió…, ¿quién pensaba Alvar que lo había matado? ¿A quién quería eliminar? ¿Tenía sentido preocuparse por los odios de un *alter* que no había vuelto a aparecer desde el robo de la copia del cronicón? Me inquietaba no saber dónde estaba Ramiro Alvar ni sus próximas intenciones, ¿se limitaría a huir?

Pero me di cuenta de que me había perdido durante demasiado tiempo en mi mundo cuando Iago carraspeó con educación al otro lado de la línea.

—Me ha surgido también una duda respecto al documento de los privilegios de la concesión del señorío de Nograro —me obligué a continuar—. ¿Recuerdas alguna alusión a si los bastardos heredan?

—En ese caso no hace falta. Actualmente todos los hijos se consideran iguales a efectos de herencia, la ley no distingue entre ilegítimos o legítimos. Pero sí que el Tribunal Supremo dictó una sentencia hace tres años en la que excluía a los hijos extramatrimoniales de la sucesión de títulos o privilegios nobiliarios. Y en este caso, la concesión del título de señor de Nograro es requisito indispensable para heredar todos los bienes, por lo que te expliqué hace unos días de la fórmula clásica del mayorazgo. Pero en el documento de Fernando IV entra la siguiente excepción: «A falta de primogénito más próximo por orden sucesivo que cumpla con los requisitos, el bastardo de mayor edad, si lo hubiera». No sé si te he servido de ayuda.

—No te imaginas. Voy a dejarte, hoy tengo mucho trabajo.

—Mucho ánimo. Seguiré llamándote estos días por si tienes novedades con el abuelo.

—Gracias por el apoyo —dije, y colgué.

No esperaba verla entrar por la puerta. Estíbaliz continuaba de baja, pese a que ya había recuperado bastante movilidad en el brazo. Y desde luego, estaba apartada del caso de Los Señores del Tiempo. Pero era Estíbaliz y para ella las «normas» solo eran una palabra de seis letras.

Se sentó sobre la mesa, muchas de las fotos del entierro cayeron al suelo, pero apenas se percató.

—Creo que sé dónde está Ramiro —dijo entre triunfante y emocionada.

—Yo también, pero vamos a necesitar ayuda para cazarlo.

Hablamos durante un buen rato y montamos una estrategia entre los dos.

Poco después llamaba al bar de Ugarte, regentado por el sobrino de Ramiro Alvar.

—Buenos días, Gonzalo, soy el inspector López de Ayala.

—¿Cómo está, inspector? ¿Viene esta semana al club de lectura?

—No te llamaba por eso, en realidad, sino por un tema bastante más serio.

—Le escucho —contestó, y tragó saliva.

—Puede que ya sepas que Ramiro Alvar Nograro está huido y en busca y captura. Y creo que se va a poner en contacto contigo más pronto que tarde. No podemos asignarte un dispositivo de seguridad por temor a que él pueda darse cuenta y eso aborte nuestro operativo, pero voy a darte unas pautas de autoprotección para estos días y mi teléfono directo. Si te localiza, voy a darte las instrucciones de lo que tienes que hacer. Me temo que tenemos la sospecha de que va a por ti y de que vas a ser su próxima víctima.

# 56

## MAR DE BOTELLAS

### UNAI

*Noviembre de 2019*

El bueno de Gonzalo recibió una llamada desesperada esa misma noche al teléfono fijo del bar.

—Tío —murmuró Gonzalo nervioso—, te están buscando.

—Lo sé. ¿Puedes ayudarme a salir de aquí?

—No te preocupes, te voy a ayudar. No tengo mucho dinero, pero pensaremos algún plan de fuga. Ni por un momento pienses que voy a dejarte en la estacada. Te debo la vida, no olvido lo que hiciste por mí.

Ramiro Alvar suspiró al otro lado de la línea.

—Gracias.

Poco después Gonzalo contactaba conmigo:

—Inspector, Ramiro Alvar me ha llamado. Pero tengo que contarle algo más.

El momento, por fin, había llegado.

—¿El fugado está cerca en estos momentos?, ¿puede oírte? —le pregunté.

—No, estoy en mi bar. Pero voy ahora mismo hacia donde ha estado escondido estos días. Está muy nervioso —dijo.

—¿Alguien más lo sabe? Tengo que saber cuántos efectivos voy a llevar.

—No sabía qué hacer, lo he consultado con Beltrán Pérez de Apodaca. Tengo confianza con él, es abogado. No sé si habré hecho bien.

Lo pensé unos instantes.

—No me parece mal. Ramiro Alvar también confía en él y yo me siento más seguro si vais los dos. Os doy instrucciones de cómo tenéis que encarar vuestro encuentro con él. Yo voy a montar el operativo y rodearemos el edificio, estaréis seguros en todo momento. Estaremos allí en menos de una hora.

Llegamos con las últimas luces del día. Un discreto operativo de agentes rodeó el edificio de La Ferrería. Milán, Peña y yo llevábamos los chalecos antibalas e íbamos armados.

Llamé a Gonzalo, llevaba veinte minutos sin saber nada de él y me tenía preocupado.

—¿Todo bien? —pregunté cuando contestó a mi llamada.

—Estoy en el agroturismo, en el pasillo de la planta baja. Ramiro Alvar está escondido en la habitación al fondo del taller de la vidriería. Está muy nervioso, Beltrán y yo estamos intentando tranquilizarlo.

—Pero ¿cómo ha llegado hasta ahí? —quise saber.

—Llamó a Sebas —susurró—, el novio de Irati, desde el hospital. Sebas trabaja con ambulancias, le dijo que le habían dado el alta y le pidió el favor de traerlo a casa. Como va en silla de ruedas lo convenció para quedarse en La Ferrería y así estar mejor atendido. Ni Irati ni Sebas sabían que se había fugado ni que estaban colaborando con un huido de la Justicia. Acaban de enterarse ahora.

—Ramiro Alvar es así, manipula a todo el mundo —le expliqué con calma—. Por favor, aguantadlo en la habitación y no permitáis que os convenza para salir de ahí. Improvisará y os dirá lo que necesitéis escuchar. Que no salga. Nosotros estamos ya entrando.

Irati nos esperaba en la entrada del agroturismo, le pedí con un gesto que guardara silencio y enfundé la pistola. Pude leer la tensión en su pequeño rostro, imagino que nuestros uniformes le imponían.

Después nos guio por el taller de la vidriería, diez agentes se fueron desplegando y avanzando a lo largo de las estanterías cargadas de botellas azules de vidrio y jarrones esféricos hinchados como peces globo.

Cuando llegamos al final del taller, tomé aire y golpeé la puerta con mis nudillos. Milán y Peña se apostaron a ambos lados con el arma desenfundada. Era importante que los presentes en la habitación no los vieran, todo podía torcerse por un mal gesto o una mirada de más. Era consciente de que estaba trabajando con nitroglicerina emocional y que todo podía salir volando por los aires en aquel mar de botellas.

—¡Adelante! —se oyó la voz de Beltrán, el joven abogado.

Irati y yo entramos. Ramiro Alvar estaba sentado en la silla de ruedas de su hermano, tragó saliva cuando me vio. A su lado había un coqueto camastro donde supuse que había dormido las últimas noches desde su fuga. Y esta vez sí reconocí a Sebas, no solo como novio de Irati, sino como el gigantón de la ambulancia que atendió al cura octogenario en Quejana.

Gonzalo se adelantó:

—Lo siento, tío. Esta huida ha terminado —se limitó a decirle.

Yo saqué la pistola y apunté. Ramiro Alvar ni siquiera levantó los brazos, se quedó mirando a Gonzalo con unos ojos devastados.

—¿Y tú me entregas? Te di dinero para que tuvieras un trabajo, te doné mi médula para salvarte la vida. ¿Eso es lo que le haces a la familia? —Y en su voz cabía toda la decepción del mundo.

—¡Y tú no me acogiste en nuestra casa-torre! Me apartaste al pueblo, como un Nograro de segunda, como un bastardo más.

Todos miramos sorprendidos a Gonzalo. Nadie habría dicho que un joven tan tranquilo y educado era capaz de un acceso de rabia de ese calibre. Porque en esos momentos tenía los puños cerrados y le temblaba la voz.

—Lo hice por protegerte, hay tantas bajezas de esta familia que desconoces que no quise exponerte a ellas —dijo Ramiro, y su volumen de voz también subió.

—¿Protegerme, tú? ¿De qué tenías tú que protegerme?

—De mi *alter*, de mi trastorno de identidad disociativo, el mismo que han padecido todos nuestros antepasados. Tú activaste a Alvar, al peor Alvar, la personalidad disociada de tu padre. Y yo no sabía cómo iba a reaccionar contigo. Si te odiaría por haber nacido, si te iba a despreciar y hacerte la vida imposible como hizo conmigo. Por eso te evitaba y empecé a evitar bajar a Ugarte, para no convertirme en un cura faldero y seguir destrozando familias como han hecho desde siempre los hombres de esta casa.

—¿De qué narices me estás hablando? —preguntó Gonzalo sin comprender.

—Muchos miembros de tu familia han padecido TID —intervine yo—, trastorno de identidad disociativo. Seguro que lo conoces como personalidad múltiple. Tu tío creyó que tu vuelta desencadenó el trastorno en él y que tomó la personalidad de tu padre. Te ayudó en todo lo que precisaste, pero también te protegió de él mismo y de los males de tu propia familia.

Y entonces di la orden:

—Podéis entrar.

Peña, Milán y varios agentes más irrumpieron armados en la habitación, apuntando a todos los presentes excepto a Ramiro Alvar. Yo había sido muy específico con las instrucciones.

—Gonzalo Martínez, estás detenido por el asesinato de Samuel Maturana. Beltrán Pérez de Apodaca, estás detenido por el asesinato de Antón Lasaga. Irati Mújica y Sebastián Argote, estáis detenidos por los asesinatos de Estefanía y Oihana Nájera.

# 57

# BAJO LA MURALLA

## DIAGO VELA

*Invierno, año de Christo de 1200*

Durmieron ambas hasta bien entrada la mañana. Nagorno maldijo a todos los dioses, a los paganos y al crucificado, cuando vio a su esposa en un estado tan lamentable.

Alix no se encontraba mejor, abrazó a nuestra pequeña y nos acostamos los tres junto al calor de nuestra chimenea, pero yo velé durante aquella noche mientras rogaba que mis peores temores no vinieran con el día en forma de pesadilla.

En la villa los vecinos se agolpaban en el portal, famélicos y exhaustos, pendientes de las nuevas que traían. Todo el mundo preguntaba por la ausencia del buen obispo García y en pocas horas se convirtió en un mártir, en un santo, en nuestro sacrificado defensor.

Para cuando Alix despertó yo ya había diagnosticado su mal. Había orinado sangre y al abrirle la boca descubrí las ampollas en la garganta.

—¿Qué ha ocurrido, amor? —le pregunté.

—García... —susurró a mi oído—. Me enfrenté a él porque estaba apaleando a Onneca, pretendía matarla cuando nos alojamos en el mesón de la Romana. Los polvos, me metió los polvos pardos en la boca. He vomitado para no tragarlos y acabar con las tripas asadas como el conde.

Alix tosió e hizo un gesto de dolor, imaginé el calvario que suponía cada palabra.

—Fue Lope —continuó—, fue el hijo de la posadera el que

echó los polvos al conde de Maestu, se lo ordenó el obispo García a cambio de que lo reconociera como hijo. Y el sello... Onneca me lo ha contado todo. La carta que os dio por muerto, él falsificó la misiva con una copia que guarda del cuño real. No rindáis la villa. Onneca y yo nunca vimos al rey Fuerte, solo García se entrevistó con él. El obispo trajo un documento dispensando a los vecinos y al tenente. Dice que podemos rendirnos, pero ahora no estoy segura. El obispo también tenía un sello falso de nuestro rey.

Me mordí los labios impotente. Lo que Alix había hecho para salvar su vida la había condenado a muerte. Al vomitar los polvos se había abrasado la garganta y la boca. Solo podía darle belladona para aliviar el dolor de sus últimos momentos. No le quedaba ni una hora de vida.

—Calma, Alix. Voy a llamar a la abuela Lucía, está muy triste y solo pregunta por ti.

Le dejé a nuestra hija en sus brazos y salí corriendo a por la abuela.

Así murió Alix, abrazada a su abuela y a su pequeño bebé, que se empeñaba en vivir pese a la hambruna.

Pedí a Lyra que dispersase a los vecinos que aguardaban sentados en la rúa, a los pies de mi portal, no quería testigos cuando salí con la mortaja de Alix en mis brazos. Le coloqué mi hilo rojo en su pulsera, había llegado el momento de que se reuniera con Yennego.

Crucé toda la Astería mientras las contraventanas de madera se cerraban a mi paso en señal de respeto. Y Gunnarr me ayudó a mover la losa de la tumba bajo la muralla junto a la iglesia de Sant Michel. Alix había acudido cada madrugada a rezar allí a Yennego y a rogar por su vuelta. La piedra tenía todavía semillas secas de la lavanda que le llevaba a diario a su hijo, pese a las nevadas y las tormentas que trajo aquel maldito invierno.

Recogí las semillas que pude entre mis manos y las esparcí sobre el cuerpo de mi esposa, después cerramos la tumba. Me negué a rezarle a ningún dios, tan desolado estaba.

Con tal estado de ánimo entré en casa de mi hermano. Onneca se recuperaba de sus magulladuras y ya presentaba mejor aspecto.

—¿Y Alix?

—Acabo de enterrarla. El obispo García le hizo tragar polvos de escarabajo aceitero. Ha muerto envenenada, como vuestro padre. ¿Qué versión me traéis, cuñada? —le pregunté mientras me sentaba junto a su lecho.

—Mi primo estuvo tras la muerte de mi *senior* padre, de mis hermanas y de mi hermano. Y eso quedará entre él y yo para cuando nos reunamos después de esta vida, pero ahora hay que hablar con el tenente y contarle que el rey Fuerte lo dispensa de su obligación de defender la villa. Permite que nos rindamos. No enviará refuerzos, buen cuñado. El documento quedó en el mesón de la Romana, debéis parlamentar con el rey Alfonso y que os deje recuperarlo, o que envíe a sus propios soldados a la posada.

—¿El documento real, Onneca? —grité ya sin paciencia para tantas omisiones—. ¿Y no me habláis de los sellos falsos que guardaba vuestro primo, esos que me dieron por muerto?

—Esos que nos separaron, dilo todo, Diago —replicó mientras me sostenía su mirada de oro.

—No lo he dicho por respeto a mi hermano, agua pasada no mueve molino. Pero no doy pábulo a una dispensa real que aguarda junto a unos sellos falsos. ¿Qué sucederá si rendimos la villa y el rey Sancho no dio permiso para rendirla? Pasaremos a manos castellanas y tendremos a los navarros como enemigos, en cuanto vuelva de tierras sarracenas vendrá a recuperar la villa. Entonces los que sufriremos y moriremos seremos los vecinos.

—Diago —me interrumpió Nagorno—. Mira con ojos fríos lo sucedido los pasados meses. El rey Sancho no vendrá a socorrernos, no lo ha hecho en casi un año. Ha tenido tiempo de sobra para enviar un mensajero a Pamplona y ordenar un rescate. Pero no lo ha hecho. Y mira ahora lo que tienes alrededor. Vecinos famélicos, los de Nova Victoria y los de la Villa de Suso que tanto amas. Eres un hombre docto y sabio, como el rey Salomón. Recuerda que cuando dos madres se disputaron a su hijo, el rey se lo entregó a la que estuvo dispuesta a perderlo antes que permitir que lo cortaran en dos. Así supo el rey que era la verdadera madre. ¿Qué *senior* de la villa eres tú, hermano? ¿Vas a seguir permitiendo que desangren a tu hijo o prefieres verlo vivo aunque en otras manos?

—Tú quieres rendir la villa a los castellanos, siempre lo has querido. Sabes que va a favorecer a los tuyos.

—Sabes cómo acaban los asedios cuando no llegan refuerzos: estamos a pocos días de que los vecinos empiecen a abrir tumbas y después empezarán a comerse a los enfermos. ¿Crees que quedará alguien vivo para primavera? ¿Crees que los vivos que sobrevivan se perdonarán el resto de sus vidas lo que están a punto de hacer?

# 58

# LA VIDRIERÍA

## UNAI

*Noviembre de 2019*

—La trampa era para vosotros —les dije.

Los cuatro estaban demasiado sorprendidos como para moverse.

Ramiro Alvar había llamado a Estíbaliz el día anterior, a espaldas de Irati. Le explicó que nunca se fugó, que fue Sebas quien apareció en su habitación del hospital y lo apremió a escapar antes de que lo detuvieran. Ramiro Alvar le siguió el juego, no sin antes dejarme un mensaje: la novela *Los señores del tiempo* abierta por el capítulo de «La vieja ferrería».

—Los cuatro queríais colaborar en la detención de Ramiro Alvar para alejar definitivamente las sospechas sobre vosotros porque a todos os falta una coartada para cada uno de los crímenes de Los señores del tiempo. Por eso los cuatro entregasteis voluntariamente una muestra de vuestro ADN. Irati: tienes coartada para el crimen de Samuel Maturana y una muy inteligente para la tarde de Villa Suso, cuando te disfrazaste de monja. Estabas vendiendo tus piezas de vidrio en un puesto de la plaza del Matxete. Te resultó sencillo disfrazarte de dominica y correr delante de mí para distraer las sospechas de aquel día sobre lo que sucedió horas antes: un encuentro de empresarios en el que tú, Beltrán, echaste los polvos de cantárida. Sabías que tarde o temprano tu nombre aparecería o que alguien te situaría en aquella reunión. ¿Antón Lasaga fue una víctima al azar o tenías algún interés en que fuese él quien cayese?

—No voy a declarar nada —se limitó a decir.

Contaba con ello. Era el eslabón más fuerte de la cadena.

—Sebas, ni Irati ni tú tenéis coartada para la horquilla de horas en las que Estefanía y Oihana Nájera desaparecieron. Irati, eres de la cuadrilla de la novia de Samuel Maturana, tenemos imágenes tuyas en su entierro consolándola. Y conocías a Estefanía Nájera. Y Gonzalo, tú mataste a Samuel Maturana, y ese día no tenías coartada, por eso te apresuraste a entregar el ADN en cuanto se publicó que había un testigo en el río Zadorra. Si era cierto, si la descripción coincidía contigo, querías que te descartásemos.

—Yo no maté al chico del río Zadorra —contestó tranquilo—, sabéis que el ADN que habéis encontrado no es el mío.

Y era curiosa esa tranquilidad y esa seguridad, porque apenas un minuto antes Gonzalo nos había demostrado hasta dónde llegaba su rabia.

—No —le contesté—, y tú sabes muy bien de quién es el ADN de esa sangre: de tu tío.

—Eso es.

—Eso es lo que arrojan los resultados de las pruebas genéticas y contabas con ello. Pero no es cierto, esa sangre era tuya aunque tenga el ADN de Ramiro Alvar. Por eso me diste el ADN de tu saliva. Eres una quimera humana. Tu tío fue donante de médula, te convirtió en un paciente con quimerismo postrasplante hematopoyético. Tú lo sabías, tu tío no.

—¿Cómo? —preguntó Ramiro Alvar sin comprender.

—Gonzalo tiene dos materiales genéticos diferentes en su cuerpo —le expliqué—. En algunas partes domina el suyo propio y en otras tu ADN. Y desde el trasplante está controlado por sus médicos mediante análisis de secuencias polimórficas regenerativas. Cuando entregó su ADN de la saliva de su exudado bucal sabía que era diferente del ADN de su sangre encontrada en el lápiz de Maturana. Sabía que ese ADN tenía el perfil de Ramiro Alvar y que lo implicaría definitivamente en los crímenes asociados a la novela. Y has tenido esa sensación de impunidad hasta ahora, te has paseado por el pueblo y delante de mí con esa camiseta donde proclamas que eres una quimera. Esposadlo de una vez, por favor.

Milán se colocó frente a él con cara de pocos amigos, Gonzalo la miró desafiante, pero le entregó las muñecas.

—¿Y por qué vosotros tres? —quiso saber Ramiro Alvar—. Irati, a ti te ayudé a poner en marcha este negocio. Beltrán, te he dado asuntos para que los llevases y tuvieses una experiencia que aportar a tu currículo.

—¿Todavía no te das cuenta? —le dije—. Los tres crecieron pensando que eran tus sobrinos, o eso les hicieron creer en Ugarte. Beltrán, apuesto a que tú te metiste abogado y te ofreciste a Ramiro Alvar para tener acceso a toda la documentación de las condiciones de la herencia. Y vosotros, Irati y Sebas, vuestro caso es más trágico. Os fuisteis a vivir juntos y vuestras madres os asustaron con el miedo a que fueseis medio hermanos. Vuestras familias os han dado la espalda, ¿verdad?

Había tenido una charla muy instructiva con Benita el último día del club de lectura. Irati, Sebas y Beltrán habían crecido siempre bajo la sospecha de ser los bastardos de Alvar Nograro. Las madres, Cecilia la farmacéutica, y Aurora, la dueña jubilada de la tienda de ultramarinos, arrastraban su enemistad desde hacía años. Ambas se quedaron embarazadas a la vez, tras un fugaz encuentro con un Alvar desatado, en una de sus escapadas del seminario durante los fines de semana, cuando hacía de Ugarte su coto de caza privado. Ambas tuvieron bodas precipitadas y soportaron siempre la sospecha sobre la dudosa paternidad de sus hijos. Eso unió a Irati y a Sebas desde pequeños, eran diferentes y se sentían excluidos. El drama llegó cuando ambos comenzaron a salir. Sus familias se horrorizaron y se pusieron en su contra.

—Odiáis a Ramiro Alvar y lo que representa: el hijo legítimo. Pero el dinero siempre fue vuestra motivación. Gonzalo, te diste prisa en robar la copia del cronicón en cuanto te enteraste de su verdadero valor. No sabías cómo iba a salir todo, si Ramiro Alvar acabaría finalmente en la cárcel, porque los indicios que dejasteis no iban a ser suficientes para condenarlo. El cronicón era tu seguro de vida.

Gonzalo me miró y habló con calma, como quien explica a un niño:

—Tú lo has visto como unos asesinatos. Pero es un robo con

víctimas. Las víctimas eran la cortina de humo del atraco. Mil trescientos millones de fortuna familiar. Para los cuatro. Para que mi talasemia esté controlada y pueda acudir a la mejor clínica si recaigo. Para que Beltrán pueda abrir su propio despacho y contrate a los mejores sin pasar por años de arrastrarse hasta que lo tomen en serio. Para que Irati y Sebas se vayan de este pueblo y no necesiten trabajar nunca más. Hemos sido víctimas del apellido Nograro desde que nacimos, ¿no merecemos lo que Ramiro Alvar se niega a compartir?

—No, Gonzalo —le corté—. Eso te cuentas para justificar lo que has hecho: manipular a los tres para que te hiciesen el trabajo sucio. Solo te implicaste cuando Maturana descubrió que el mensaje se envió desde la casa-torre y de que solo podía haberse hecho desde el ordenador de Claudia Mújica, hermana de Irati, la amiga de su novia. La novia de Maturana le contó a Irati que el famoso Kraken le había ordenado investigar en la casa-torre, y cuando Maturana compartió con ella que había encontrado una prueba informática del origen del mensaje que se envió al editor de Malatrama, viste que tu plan iba a fallar. Antes de morir dentro del cubo donde lo encerraste, se dio cuenta de que los culpables erais varios y por eso me dejó un mensaje en su brazo: «Kraken, más de uno».

Esposamos a los cuatro y se dispusieron a pasar su primera noche en el calabozo de Portal de Foronda.

A medianoche, cuando llegué a casa, coloqué de nuevo en el cristal de mi ventanal una cruz negra.

«Ya he cumplido, Matu. Hemos encerrado al monstruo.»

## 59

## BAJO LA LLUVIA

## RAMIRO ALVAR

*Abril de 2017*

Ramiro Alvar había salido a pasear bajo la lluvia. No le importaba volver a la torre con las botas embarradas, adoraba el olor del campo después de una tormenta. Caminó por el sendero que lo conducía a Ugarte, se perdió con calma durante un buen rato por el bosque de los álamos. Valoró acercarse al pueblo a charlar con los vecinos, pero el viento arreciaba y pensó que lo más sensato sería volver a la torre, encender la chimenea y perderse en alguna buena novela.

Fue al pasar junto a la iglesia cuando se dio cuenta de que algo extraño había sucedido. La verja del cementerio familiar estaba abierta y él nunca la dejaba abierta.

Entró con precaución, se le habían mojado los cristales de las gafas y no veía muy bien, pero había alguien frente a una tumba.

—Disculpe, ¿buscaba algo?

El chico se volvió, tenía el rostro hinchado, había estado llorando y se asustó un poco al oír la voz de Ramiro Alvar.

—Perdone, no debería estar aquí, ¿verdad? —contestó el chaval.

—Así es, es una propiedad privada, ¿te conozco de algo?

Aquel rostro le sonaba, la mandíbula cuadrada, el pelo ondulado y oscuro. Pese a que estaba empapado y ofrecía un aspecto bastante lamentable, el chico vestía ropa de buena calidad y parecía educado.

—Me llamo Gonzalo Martínez, soy hijo de Gemma Martínez, ella nació en Ugarte. Hace poco me he enterado de que mi padre fue el hombre que está aquí enterrado, Alvar Nograro. No sabía nada de su familia y estoy viendo su tumba. Tiene que ser él, nació en 1969.

—Y murió en 1999, así es —le confirmó Ramiro Alvar.

El hijo de Gemma. Así que no abortó, así que cogió el dinero y tuvo a aquel bebé, hijo de dos medio hermanos.

—¿De qué murió?

—Talasemia, una anemia hereditaria en su variante más grave. —No supo por qué le había dado tantas explicaciones a un extraño y se dio cuenta de que era la primera vez que contaba a alguien los motivos de la muerte de Alvar. Con dieciocho años no tuvo fuerzas para bajar al pueblo y encararse con nadie.

—¿Lo conocía? —preguntó Gonzalo, y Ramiro Alvar pudo fijarse en él con más detenimiento. Tenía el rastro de una cicatriz del labio leporino que le daba un aspecto atigrado, tal vez por eso parecía un poco tímido y huraño.

—Soy su hermano.

Gonzalo se lo quedó mirando durante un buen rato.

—Disculpe, es la primera persona de mi familia paterna que conozco.

—¿Y tu madre? —preguntó Ramiro Alvar. No solía ser tan expeditivo ni tan directo, pero el chico había revuelto todos los recuerdos de una etapa que Ramiro había sepultado hacía tiempo.

—Mi madre está desaparecida desde hace un tiempo. Sospecho que se ha largado con su último novio y que yo suponía una carga para ambos. Se le acabó el dinero, la Policía no la encuentra en el país y cree que la desaparición ha sido voluntaria. Estoy solo. Poco antes de marcharse, después de que yo le insistiese para que me contara algo de mi familia, me acabó hablando de Ugarte y de Alvar Nograro y de la familia Martínez. He estado en el pueblo y mis abuelos también han muerto. No queda nadie. He venido a preguntar por mi padre. Disculpe si he entrado en su propiedad, yo ya me iba.

—No pasa nada, ¿dónde vas a quedarte?

—Hay un agroturismo aquí cerca, La Ferrería. La chica me ha dicho que hay habitaciones libres. Después me iré —dijo, e hizo ademán de darse la vuelta.

—Espera —lo frenó—. ¿Dónde? ¿Dónde se fue Gemma después de abandonar Ugarte, cuando estaba embarazada de ti?

—Yo nací en un pueblecito de Asturias, pero hemos vivido en muchos sitios. —Gonzalo fue deliberadamente vago, notaba que Ramiro Alvar estaba ya a punto de caer—. Oiga, entiendo que piense que he venido aquí para reclamar algo de mi padre, pero no estoy buscando dinero, puede quedarse tranquilo. Aunque no me da miedo que me hagan una prueba de ADN para demostrarlo, creo a mi madre, no tenía por qué haberme mentido para luego irse por ahí. Tengo veintitrés años y he crecido sin familia y sin raíces, ahora mi madre ha huido y estoy solo. Simplemente quería saber algo más acerca de dónde vengo, aunque aquí no hay mucho para mí ni esto me dice nada.

Y se marchó bajo la lluvia. La chica del agroturismo, no recordaba su nombre, lo esperaba. Se habían acostado la noche anterior y Gonzalo sabía que iba a conseguir la habitación sin pagar durante unos días más.

Ramiro Alvar se quedó mirando cómo su espalda desaparecía por el camino embarrado hacia Ugarte. Se parecía tanto a Gemma…

A la mañana siguiente despertó congelado. Alguien había dejado las ventanas abiertas de su dormitorio y la lluvia había empapado la colcha. Se había quedado dormido sobre la cama sin deshacer. Comprobó horrorizado que llevaba puesta la sotana de Alvar, ¿de dónde la había sacado?, ¿no tiró toda su ropa después del entierro? Buscó sus gafas en la mesilla de noche, pero no las encontró.

Alvar se las había escondido. Había entrado en su cerebro y comenzaba a jugar con él.

# 60

## LA SALA

## UNAI

*Noviembre de 2019*

Beltrán y Gonzalo se negaban a declarar. Pero teníamos a Irati y a Sebas dispuestos a hablar. Me metí en mi despacho a primera hora de la mañana a puerta cerrada. Estuve pensando en mi estrategia, todavía quedaban algunos puntos por aclarar y no quería que quedase nada en el tintero.

Llamé a Peña:

—Haz pasar a Irati Mújica a una sala pequeña, en un par de horas voy a bajar a hablar con ella.

Dos horas daban mucho tiempo para pensar, para ponerse nervioso, para esperar y desesperarse…

A media mañana me presenté frente a la joven con varias carpetas de informes, una libreta y un bolígrafo. Era una manera poco sutil de entrar en situación: yo quería datos. La escenografía debía inducirle a creer que yo asumía que me iba a responder a todo lo que le preguntase.

—¿Cómo has pasado la noche, Irati? —comencé en cuanto me situé frente a ella, aunque un poco ladeado. No quería que me asumiera como un enemigo al que tenía que enfrentar.

—¿Cómoda? —respondió con cierta ironía.

—Eso está bien —asentí—. Me han dicho que querías hablar conmigo. Haces bien mostrándote colaboradora desde el principio, tenemos suficiente para presentar a la jueza. Cuéntame cómo empezó todo.

—No sé a qué te refieres con «todo». Sebas, Beltrán y yo nos conocemos desde siempre. Y ya estás al día de los rumores que hemos tenido que soportar siempre en Ugarte por culpa de Alvar Nograro y de que se liara con nuestras madres. Fue Beltrán quien pidió trabajo a Ramiro Alvar cuando terminó Derecho, quería tenerlo cerca, quería tener acceso a toda la documentación de los Nograro. Siempre fantaseó con heredar o reclamar la herencia, y nos contagió la fantasía. Nos pasábamos tardes enteras hablando de lo que haríamos si reclamábamos nuestros derechos y un juez nos daba la razón. Era como vivir soñando que tarde o temprano nos iba a tocar la lotería y seríamos millonarios. Creo que al final contábamos con esa lluvia de millones, de ser una fantasía por despecho pasó a ser el plan A de nuestras vidas.

—Y Beltrán os empujó a dar un paso más —la tanteé.

—Beltrán subía a menudo a la casa-torre, consiguió una muestra de la saliva de Ramiro Alvar y enviamos a un laboratorio las nuestras para que comparasen los ADN.

—Y no hubo coincidencias.

—No, ninguno de los tres somos familia de Ramiro Alvar. No somos Nograro. En parte, fue un alivio. Beltrán y yo no éramos medio hermanos. Eso fue lo mejor de todo. Pero reconozco que a los tres nos afectaron los resultados de las pruebas. No había plan A, no íbamos a ser millonarios. Y cómo contar en un pueblo que nos había machacado toda la vida con rumores falsos que no éramos bastardos de los Nograro. Habíamos obtenido el ADN de Ramiro Alvar sin su consentimiento. De todos modos, Sebas y yo hablamos con nuestros padres, quisimos que al menos ellos supieran la verdad y nos dejasen de machacar por ser pareja. Fue una catarsis. Ha sido lo único positivo de todo lo que ha sucedido. Aunque mi madre y Aurora, mi suegra, continúan sin hablarse. Han sido muchos años, no creo que lleguen a tratarse nunca.

—Así que tuvisteis vuestra decepción económica.

—Fue como el día después de la lotería de Navidad. Te pasas la víspera imaginando que te toca y lo que harías con ese dinero, pero después tienes que volver a una realidad que te recuerda que nunca vas a tener esa vida. Fue un jarro de agua fría, sí.

—Y entonces llegó Gonzalo Martínez a Ugarte en… —repasé mis notas— en 2017. Se hace amigo de vosotros tres y os cuenta que es hijo de Alvar Nograro y Gemma Martínez.

—No le creímos. Le dijimos que nosotros ya habíamos pasado por eso, por los falsos rumores. Le contamos que a los vecinos de Ugarte les encantan las comidillas que tuvieran que ver con los Nograro, que siempre había sido así. Que no creyera nada. Pero después le diagnosticaron la talasemia y Ramiro Alvar corrió a ayudarlo. Las pruebas preliminares para confirmar que eran consanguíneos dieron positivas. Gonzalo sí era un Nograro. Tuvieron más contacto. Gonzalo a veces lo visitaba. Y meses después, cuando Gonzalo ya estuvo recuperado, nos llegó un día con el manuscrito que había visto en el despacho. Lo había escaneado y devuelto sin que su tío se diese ni cuenta. No teníamos ni idea de que estaba basado en un libro antiguo tan valioso. Beltrán tenía la dirección del editor de Malatrama porque cuando el Ayuntamiento de Ugarte publicó el catálogo de la exposición temporal, él se encargó con Ramiro Alvar de los permisos de propiedad intelectual de las imágenes. De hecho, fue cuando Ramiro Alvar comenzó a confiarle pequeños asuntos legales.

Suspiré. De nuevo todo sucedía en el mundo analógico mientras nosotros nos obsesionábamos por buscar en el mundo *on-line*. Nadie había entrado en el ordenador de Ramiro Alvar. Nadie lo había *hackeado*.

—Y gracias a las pesquisas legales de Beltrán Pérez de Apodaca sabíais que había una condición para heredar y para ser desheredado: «Que no pisare presidio ni fuera condenado para mantener el linaje circunscrito a hombres de bien» —recité.

—Beltrán nos dijo que, si conseguíamos que Ramiro Alvar fuese a la cárcel, le quitarían todos los bienes que ha heredado del señorío y pasarían a un Nograro vivo. Y Gonzalo ya tenía las pruebas legales para demostrarlo. Y Beltrán nos aseguró que el detalle de llevar el nombre de Alvar ya no estaba vigente en ningún documento que él hubiera comprobado, y en todo caso era un trámite tan sencillo como ir al Registro y añadirlo a su nombre.

—Pero lo habría heredado legalmente a la muerte de Ramiro Alvar.

—¿A su muerte? ¿Esperar cuarenta años y que se nos pase la vida? ¿O arriesgarnos a que tenga hijos? —saltó—. No, Gonzalo tenía prisa y odia a Ramiro Alvar porque no lo acogió en la casa-torre. Le resulta humillante estar detrás de la barra de un bar, no lo soporta. Siempre vivió bien con su madre. Era un *nini*, no terminó el instituto, no se formó en nada, jamás trabajó porque vivió del dinero de los Nograro. Pero si mataba a Ramiro Alvar y reclamaba la herencia, sabía que todas las sospechas caerían sobre él. Y además quiere verlo en la cárcel, quería verlo sin nada. Esa es su obsesión: desheredarlo.

—Incluso después de que Ramiro Alvar le diese el dinero para hacerse cargo del traspaso del bar. Incluso después de que le donase la médula.

—Lo hizo porque se sentía culpable de lo que había hecho su familia —descartó con la mano—. No lo justifiques.

—A ti también te ayudó económicamente a poner en marcha el agroturismo y el taller de vidrio. Te cedió sin coste el edificio y pagó la reforma. ¿No guardas ni un gramo de agradecimiento hacia él?

—Me lo tomé como una indemnización moral, la verdad. Creo que lo hizo porque conocía los rumores y era una manera de que los Nograro me compensaran. Y sigo viéndolo así.

Guardé silencio y marqué una equis en mi libreta. Habíamos avanzado a la siguiente fase: las justificaciones. Era la parte más desagradable de mi trabajo: soportar la ruin sucesión de excusas que cada culpable esgrimía cuando no tenía más remedio que reconocer sus delitos. Cada violador, cada homicida, cada estafador, cada ladrón, cada maltratador. Todos llegaban a esa sala rebosantes de aquella anestesia moral que cada día me costaba más trabajo soportar.

«Pasemos al caso Frozen», me obligué.

—Vas a tener que explicarme cómo secuestrasteis a Estefanía y Oihana Nájera.

—¿Secuestrarlas? Nadie las secuestró. Fani me contó que sus padres tenían cena y se tenía que quedar a cuidar a Oihana. Yo quedé con ella en el piso en obras de la Cuchi.

—Por eso no hubo llamada al móvil ni la recogiste en el portal. No hay constancia de imágenes —dije.

—No, las palabras se las lleva el viento y no dejan pruebas físicas ni grabaciones. Todo muy artesanal. Tal vez lo he aprendido después de pasar tantas horas en el taller. Nada de tecnología. Es más limpio.

—¿Y cómo alguien tan joven tiene acceso al piso de la Cuchi?

—Era un portal en obras que no cerraba bien. Los de la cuadrilla lo descubrimos una noche de marcha cuando estábamos apoyados en el escalón. Subimos por las escaleras medio en broma, medio en serio. La mayoría de los pisos estaba sin terminar, parecía una reforma paralizada. Nos acostumbramos a subir a fumar y a beber. Fani también subió alguna vez.

—Así que no hubo secuestro.

Nadie arrastró a las chicas ni se las llevó por los tejados.

—No, simplemente la llamé y ella se coló por los caños.

—¿Los caños?

—El caño de los Acebos. Cuando quedábamos en el piso en obras ella se colaba por el patio interior. Era agosto, no había vecinos a esas horas de la noche y estaba oscuro. Sabía que iba a dejar abierta la ventana de su dormitorio para después volver. Pero cuando entraron en el piso de la Cuchi, Sebas neutralizó a Fani y yo a Oihana, las metimos en los sacos que habíamos traído desde Ugarte y Sebas terminó la pared. Le hicimos un corte a la cría para dejar la sangre en su propia casa y desviar la atención del piso de la Cuchi. Era lo único que nos preocupaba, que estaba demasiado cerca de su domicilio y la Policía las encontrase vivas. Después entramos en el piso de Fani a través de la ventana que daba al caño, manchamos con sangre el suelo y cerramos la ventana corredera desde fuera. Y limpiamos de huellas el cristal. Fue la primera prueba y nos salió bien.

»Cada uno nos teníamos que encargar de algún crimen que pudiésemos llevar a cabo con facilidad. Sabíamos que si éramos distintos culpables, la Policía se volvería loca y se centraría en el escritor, y eso era lo que queríamos: inculpar a Ramiro Alvar. Sebas y yo pensamos que podíamos recrear a las emparedadas de la novela. Él es más de obedecer y no se lo piensa demasiado. Había muchos crímenes para elegir. Beltrán, por su parte, eligió la mosca española. Poner veneno en la comida era sencillo y le daba igual qué empresario muriera, les tenía manía a todos.

—Y elegisteis por orden, los del principio.

—Sí, descartamos los que eran difíciles de reproducir. Lo de MatuSalem surgió después, no pensábamos cometer más. Pero Matu habló con su novia, le contó lo que le habías pedido y su novia me lo comentó a mí. Yo tuve una discusión con Gonzalo, le dije que tenía que pararlo antes de que hablase contigo, pero él no se quería mojar.

«Como todo buen psicópata, Irati —estuve tentado de decirle—. Os manipuló a los tres, jugó con vuestras frustraciones, os hizo creer que eran también las suyas y le hicisteis el trabajo sucio.»

—Matu era un listillo —continuó—, Sebas se puso hecho una furia y quería encubarlo, pero no queríamos arriesgarnos a que viese quiénes éramos, así que al final fue Gonzalo porque a él no lo conocía.

—No contabais con que, como buen expresidiario, un lápiz bien afilado para él era un arma y me dejó el ADN.

—En realidad, te lo dejó Gonzalo. Es cierto que Matu se intentó defender con el lápiz, pero no alcanzó su objetivo. Y Gonzalo dejó su sangre sabiendo que eso inculparía definitivamente a Ramiro Alvar.

—¿Y Claudia? Robaste a tu propia hermana las llaves de la casa-torre para que Gonzalo se llevase el cronicón, y antes ya lo hicisteis para robar el hábito de dominica de Magdalena Nograro. Y también le robaste las llaves de Quejana. ¿Para qué? ¿Para qué entrasteis entonces y para qué entrasteis hace unas semanas en Quejana?

Pero Irati cruzó los brazos y se cerró en banda. Miró hacia la pared. Se negó a contestar.

—Vas a tener que explicármelo, porque sigo sin entender por qué alguien entró en Quejana hace año y medio…

Y callé, callé porque recordé: «Hace año y medio, cuando Gonzalo llegó a Ugarte».

Y entonces caí.

Año y medio.

## 61

# ALTAI

## DIAGO VELA

*Invierno, año de Christo de 1200*

Diecisiete días transcurrieron desde el nefasto retorno de Alix y Onneca. Si los vecinos de Nova Victoria hubieran tenido fuerzas, habrían cargado contra los de la Villa de Suso. Nunca estuvimos más divididos. Los unos querían rendirse sin condiciones, los otros querían morir esperando al ejército salvador.

Chipia ya no oteaba confiado el horizonte desde el paso de ronda y permitía a sus soldados distracciones como jugar al alquerque de doce, cuando solo unos meses antes los habría castigado por ello con varias noches en la celda.

Ya no quedaban animales en los corrales: ni cerdos, ni gallinas ni conejos. Recorrer las rúas empedradas de la villa era como visitar un camposanto, un silencio casi sólido suplantaba lo que antes fueron graznidos, cacareos y relinchos.

Solo la compañía de mi hija y de la abuela Lucía me consolaban de la ausencia de Alix. Me quemaba en las entrañas lo doloroso de su muerte, que después de tanta lucha y tanto viaje no viera el final del asedio. Pero el asedio no tenía visos de terminar nunca.

Subí con mi hija en brazos a visitar a la abuela. Últimamente era solo pellejo y huesicos, pese a que todos los vecinos, desde Sancha de Galarreta hasta Lorenço el pastor, se empeñaban en llevarle a escondidas parte de sus raciones.

Silbé cuando entré en el zaguán avisándola de mi llegada. No podía llevarle cinturones de cuero para que los mordiera y les sacara un poco de sustancia como hacíamos todos porque ya no le quedaba ni un solo diente. Pero había cortado varios pergaminos de tripa de vaca que guardaba para terminar este cronicón. Pensé en hervir los trozos en agua y hacerle un caldo que pudiera alimentarla un poco.

Y lo supe en cuanto entré en su cámara.

Se había ido.

La abuela Lucía ya no llenaba la estancia, solo quedaba aire gélido entre las paredes desangeladas.

La encontré sentadita en el suelo, abrazada a un arcón abierto.

Nos dejaba un regalo: cecina de cerdo, queso, castañas... Toda la comida que le habíamos llevado los últimos meses y que sabía que no íbamos a aceptar. Toda la había guardado para nosotros, sus hijos, sus nietos, sus biznietos, sus tataranietos, sus choznos.

Me senté junto a ella, con mi hija dormida en mis brazos, y me permití llorar.

Por Alix, por Yennego, por los que había dejado atrás.

Estaba siendo un mal padre, estaba permitiendo que cortaran en dos a mi hijo con tal de no verlo en manos ajenas.

Pero fueron los gritos de Gunnarr llamándome los que me sacaron de mi sopor.

Por la rúa se oyó su voz atronadora, había un matiz desesperado que no era común en él.

—¿Qué sucede, primo? —pregunté después de asomarme a la ventana con mi hija en los brazos.

—¡Es Nagorno, tienes que venir! Quiere quemar la villa y no van a quedar ni los cimientos. Está fuera de sí —me urgió.

—¿Fuera de sí, Nagorno? —repetí incrédulo.

Corrí escaleras abajo y seguí a Gunnarr hasta las cuadras del hogar de mi hermano.

Encontré a Nagorno tirado sobre la poca paja que quedaba y a Lyra sobre él, conteniéndolo como podía con el extremo de su daga apretando el cuello de mi hermano.

—¿Qué está pasando?, ¿qué es este sindiós? —exigí cuando vi la penosa escena.

—Los vecinos han entrado esta noche y se han comido a Altai. Él y Olbia eran los únicos animales de toda la villa. Todos saben que Nagorno los va a matar de la peor manera, pero tal vez por eso hayan preferido saciarse y esperar que nuestro hermano les dé una muerte rápida —explicó Lyra—. Habla tú con él, conmigo no razona.

—Suéltalo —le pedí.

—Ni loca.

—Yo me encargo, hermana. Suéltalo —repetí.

Lyra me lanzó una mirada reprobadora, pero finalmente obedeció.

Nagorno se incorporó de un salto. Si sus ojos normalmente no mostraban más que un oscuro túnel, ahora parecían más muertos que de costumbre.

—La abuela Lucía ha muerto. Vamos a rendir la villa. Esto ya no tiene ningún sentido —me limité a decirle después de poner mi mano sobre su hombro—. Vamos, hermano, quiero que seas tú quien organice su entierro. Habla con los vecinos de Nova Victoria. Lyra, reúne a los de la Villa de Suso. Que toquen a muerto, todos los victorianos nos juntaremos en el camposanto de San Viçente, como se hizo siempre desde que esta colina era Gasteiz.

Y lo que no unió ni el hambre ni las murallas lo unió la abuela Lucía. No hubo candelas por las rúas, ni Milia la difuntera estaba para colocar el pan de las ofrendas porque no había Milia ni pan. Tampoco quedaban endechadoras para componerle lamentos.

Para qué, si el lamento ya nos iba por dentro a cada uno de nosotros. La creíamos eterna, la abuela Lucía siempre fue parte de la Villa de Suso, en su casica donde veía pasar la vida a sus pies mientras nos hilaba sus cordeles rojos.

Todos los vecinos que sobrevivimos, apenas cien, hicimos un corro en torno a su mortaja. Nagorno bajó el arcón con la comida que nos había guardado. Nos sentamos sobre las tumbas y compartimos, Mendozas con sogueros, Isunzas con fruteras, las mejores viandas que recordábamos en siglos.

—¿Estáis de acuerdo entonces? —pregunté cuando dimos con todo.

Las cabezas asintieron, todas a una.

—¿Todos y cada uno de vosotros? —insistí.

—Todos y cada uno de nosotros —clamaron todas las voces.

## 62

## LA TUMBA DEL CANCILLER

## UNAI

*Noviembre de 2019*

Subí corriendo a mi despacho, por el pasillo me crucé con Alba. Yo estaba exultante, miré a ambos lados y no vi a nadie.

—Ven aquí. —Y le planté un beso que no esperaba.

—¿Y eso? —sonrió.

—Tengo que hacer un par de comprobaciones y luego te cuento —le prometí.

Cerré la puerta, de nuevo esa sensación de euforia, lo que me mantenía enganchado a aquel trabajo. Cogí el móvil y marqué el número de la forense:

—Doctora Guevara, creo que ya sé de quién son los huesos encontrados en Quejana. Quiero que los compare con el siguiente ADN.

Le expliqué mi teoría, ella tomó nota.

—Yo tengo algo importante que decirte y creo que deberías sentarte —me dijo—. Es bastante inesperado y pedí al laboratorio que repitiera los análisis, pero no tenemos dudas.

—¿De qué se trata? Me está asustando —respondí, y me senté esperando una mala noticia.

—Tengo que compartir contigo los resultados del ADN de los otros dos cuerpos encontrados en la tumba del Canciller Ayala. Los cotejamos con todos los ADN del caso y, como bien sabes, también con los de las bases de datos de los investigadores de cada caso para evitar falsos positivos por lo sensibles que son estas pruebas y lo fácil que es contaminarlas. Ese hombre y esa mujer son tus antepasados. Ellos no son consanguíneos, hemos consultado con la delegación de Patrimonio Histórico-Artístico del obispado y se da por hecho que son los cuerpos del Canciller don Pero López de Ayala y de su esposa Leonor de Guzmán, enterrados allí en 1407 por orden expresa del propio Canciller.

—Pero se dice que esa rama de los Ayala colapsó hace siglos y que ningún López de Ayala contemporáneo pertenece a ese tronco —fui capaz de decir.

—Pues acabamos de comprobar que tu familia continuó y que el linaje ha sobrevivido.

Quería haberle hecho mil preguntas, no sabía por dónde empezar. Pero en ese momento Alba abrió la puerta y, del impulso, golpeó con la pared.

—Unai, el abuelo… Tenemos que ir al hospital.

Vi su rostro y salté de la silla. Se me olvidó coger el abrigo, se me olvidó hasta quitarme la placa que llevaba colgada. Condujo ella, yo no estaba para tocar un volante.

Germán había llamado para darnos la noticia. Él cuidaba de Deba cuando el hospital le avisó.

Subimos impacientes en el ascensor más lento del mundo. Corrí por el pasillo y abrí de golpe la puerta de su habitación.

—¿Qué pasa, mocete? Traes cara de susto —me dijo el abuelo sonriente.

—¿Cómo…? —Le lancé una mirada interrogativa a Germán, no fui capaz de pronunciar en voz alta mi pregunta. Un nudo de emoción me estranguló la garganta y temí volver a caer en la afasia de Broca.

—Los enfermeros dicen que simplemente ha abierto los ojos y ha preguntado: «Y vosotros, ¿quiénes sois, los cuervos?» —explicó Germán.

Pero el abuelo sonreía como si tal cosa, jugando con Deba a colocarle la boina.

Alba me apretó la mano con fuerza, ella también estaba emocionada. Sé que habría dado cualquier cosa por que su madre hubiera vivido aquel milagro en familia.

Pero ya no estaba, Nieves había muerto y yo no podía hacer nada para traerla de nuevo.

Me quedé pensativo mirando la pantalla del móvil. La imagen de desbloqueo seguía siendo la foto que nos sacamos la tarde de la presentación de la novela en Villa Suso. Todos sonrientes: el abuelo, Nieves, Alba, Deba y yo.

Me senté, un poco ausente, en el sofá en el que tantas horas había pasado mirando al abuelo y suplicando un prodigio, una quimera.

Y me decidí. O tal vez la decisión ya estaba tomada desde hacía tiempo y solo estaba esperando ser verbalizada.

—Os he traído un regalo. A los cuatro —les dije, y me levanté—. Tomad, ya no es mía. Os la habéis ganado.

Y sobre la cama, junto al abuelo, dejé mi placa de inspector de la División de Investigación Criminal.

El abuelo la cogió feliz y se la colgó del cuello.

—Ya era hora, hijo —se limitó a decir, y se encogió de hombros.

Alba me miró y por fin sentí que estábamos en el mismo punto del camino, que yo había llegado después de recorrer mi propio viaje y que ella había tenido la sabiduría de saber esperar.

A Germán le comenzó a temblar la barbilla y se lanzó a por mí. Me tuve que agachar para abrazarlo a tiempo.

—Gracias, gracias, gracias… —susurró entre sollozos.

Y todos, incluida Deba, como una piña, me rodearon y me abrazaron.

—¿Por qué lloramos, mamá? —dijo mi hija al cabo de un rato.

—Porque tu padre nos ha elegido a nosotros —le susurró Germán.

## 63

## KRAKEN

## UNAI

*Noviembre de 2019*

Y la vida, ya con el abuelo caminando de nuevo entre nosotros, volvió poco a poco a la normalidad. Una mañana me metí en la peluquería donde me cortaba el pelo desde que era adolescente, había algo que me sobraba desde hacía un tiempo.

—Corto. Muy corto. Como lo llevaba antes —le pedí a la dueña.

—Se te va a ver la cicatriz. ¿No quieres taparla?

—No, ya no.

Había llegado el momento de abrazar mis cicatrices.

Y con aquellos mechones que caían me desprendí de Kraken, de las cargas imposibles sobre mis hombros. De mi autodestructivo sentido del deber que tantas bajas se había cobrado. Yo también era un *serial killer,* a mi manera. La mentira que me contaba, esa de «Debo ser yo quien proteja la ciudad» había matado y puesto en peligro a tanta gente querida de mi entorno que me merecía la perpetua. No revisable.

Salí de allí sintiéndome nuevo y extraño.

Y aquella sensación esperanzadora estaba bien.

Bajaba por el cantón de las Carnicerías, con la torre de Doña Otxanda al fondo, cuando me pareció ver una calva conocida.

—¿Lutxo? —grité.

Él se volvió y se sorprendió al verme.

—¿Qué haces por aquí a estas horas?, ¿no estás trabajando? —preguntó extrañado.

—Quiero organizar este viernes una cena de cuadrilla, vendrás, ¿verdad?

—No me has contestado, ¿no trabajas? —insistió.

—Tengo ganas de veros a todos, últimamente no había manera de coincidir. Será una cena de celebración, ¿qué me dices?

—Que eres único manejando cortinas de humo, ¿me quieres hacer el favor de decir por qué no estás en tu despacho?

—Te estoy contestando desde el principio, Lutxo. El viernes quiero celebrar con la cuadrilla que he renunciado a mi puesto en la División de Investigación Criminal. Puedes publicarlo si quieres. De hecho, me harías un gran favor publicándolo. «Kraken se retira.» Alega razones personales o profesionales, lo que quieras.

—¿Y qué vas a hacer ahora?

—Paso al banquillo del entrenador: voy a formar a perfiladores. No volveré a trabajar en casos abiertos. Eso también estaría bien como titular.

Lutxo se tomó un momento para asumirlo. Después se acarició la perilla y sonrió.

—Pues... me alegro. La verdad. Me alegro. Podremos volver a subir al monte los domingos sin esa tensión que siempre estaba entre tú y yo.

—Sí, yo también espero recuperar la amistad que teníamos.

Nos despedimos mirándonos por primera vez a los ojos sin ocultarnos nada. Pero lo cierto es que me quedaba una última actuación: Quejana.

Siempre presenté al juez instructor de turno los atestados más completos y era el último caso de mi carrera. Todavía quedaban flecos en el asunto de Los señores del tiempo.

«Impecable e implacable», había dicho de mí una vez el juez Olano.

Miré el hilo rojo cuando tomé el volante y arranqué.

«Sin cabos sueltos», me ordené mientras conducía rumbo al norte de la provincia.

Me quedaban pocos kilómetros para llegar al hogar de los Ayala cuando recibí una llamada. El nombre que leí en la pantalla me sorprendió: Ignacio Ortiz de Zárate. Desvié el coche hacia una diminuta ermita rodeada de un verde seto y aparqué allí.

—¿Sí? —contesté.

—Buenos días, inspector.

—¿Qué quieres, Ignacio?

—De entrada, que no me cuelgue y me dé la oportunidad de explicarme.

—No voy a colgarte, no eres Tasio.

—De eso quería hablarle. Por eso le llamo, obviamente. En primer lugar, y aunque no puedo hablar en nombre de mi gemelo, siento mucho lo que ha sucedido con su hija y su abuelo. Estoy informado y sé que finalmente ha salido del coma y está fuera de peligro.

—Así es.

—Seré breve, entonces. Esto es tan incómodo para mí como para usted. Voy a mudarme definitivamente a Estados Unidos. Mi gemelo está en la cárcel por secuestrar a una menor, ya pasé por este calvario hace veinte años. He puesto a la venta el chalé de Laguardia y el piso de la calle Dato. No tengo intención de volver. Nuestro abogado, Garrido-Stoker, me ha explicado el tema del ADN de su hija. Por mi parte, no tengo ninguna intención de molestarles ni de interferir en su vida. Si la niña supiera la verdad de su origen en algún momento y quisiera saber algo de su familia paterna, ha de saber que tiene un tío dispuesto a ejercer como tal. Pero si eso no ocurre, y así lo espero por el bien de ella, jamás sabrá nada de mí. Y poco más que añadir. Siento mucho que su familia haya tenido la mala suerte de cruzarse con la mía.

Y colgó.

«Otra víctima colateral», pensé.

Las acciones de los narcisistas eran como esas piedras lanzadas a un estanque. Provocaban ondas que se convertían en olas y acababan barriendo las vidas de los que tenían a su alrededor.

Poco después aparcaba bajo los árboles pelados, de esos cuyas ramas acaban uniéndose a las del árbol vecino con nudos gruesos. Recé para que el sacerdote estuviera en la vieja casa del capellán.

—¡Don Lázaro! —grité después de golpear la aldaba del portón.

—¿Quién va? —contestó una voz cascada al otro lado del patio.

Le pedí que me abriera la capilla del Canciller Ayala y cuando me dejó solo me coloqué unos guantes. Tal vez era la última vez en mi vida que me los ponía, entré en la cripta y quedé frente al sepulcro de aquel matrimonio cuyo ADN decía que eran mis antepasados.

Todavía me resultaba difícil creer lo que suponía, pero una vez allí, en la soledad de aquella cripta, sentí que aquella historia era parte de mi historia y que nada de lo que me rodeaba me era ajeno. Aquellas piedras proyectadas para guardar una estirpe durante los siglos venideros, la copia del inmenso retablo rojo y dorado, hasta el silencio me pertenecía un poco.

Me acerqué al sepulcro de alabastro. El equipo de la Científica había inspeccionado a fondo el interior y no había encontrado nada más que los tres esqueletos.

Las otras pruebas que le encargué a la doctora Guevara habían confirmado que el cadáver de la mujer hallada en aquella tumba era el de la madre de Gonzalo, Gemma Martínez.

No fue Gonzalo quien confesó, sino Irati, a cambio de una reducción en su condena. El hijo de Alvar había asesinado a su propia madre cuando Gemma gastó todo el dinero que le había dado Inés y viajaron juntos desde Asturias con la intención de volver a reclamar más a los Nograro.

Pero Gonzalo estaba cansado de que fuese su madre quien lo gestionase. Toda la vida dependiendo de ella, dando explicaciones de sus gastos, siempre mintiendo. La discusión terminó de la peor manera, con Gonzalo cavando sin pala una tumba improvisada bajo la lluvia en un monte de eucaliptus de Cantabria.

Aquel mismo día llegó a Ugarte, se hospedó en La Ferrería y supo de la mano de Irati todos los pormenores de los vecinos del pueblo y de los Nograro. A la mañana siguiente se dirigió directamente al cementerio de la casa-torre. Allí conoció a su próxima presa: Ramiro Alvar.

Con el tiempo, ya ganada la confianza, convenció a Irati para que consiguiera las llaves del recinto de Quejana donde trabajaba su hermana Claudia. Un lugar apartado y apenas visitado, un sepulcro donde esconder mejor un cadáver... y algo más.

Me acerqué al retablo e intenté separarlo de la pared. No cedía. Fui siguiendo la línea que lo unía a las piedras, con paciencia y con tacto, hasta que lo noté. Una esquina, la que mostraba al Canciller Ayala con la rodilla hincada en el suelo. Esa esquina estaba suelta. Con mucho cuidado palpé detrás del lienzo.

Y la hallé: la copia del cronicón del conde don Vela.

Un libro de tapas de cuero cosidas y hojas de pergamino.

Lo saqué de su escondite, no podía negarle a Gonzalo su aplastante lógica.

¿Qué mejor lugar para esconder una copia que una copia?

## 64

## RAMIRO

## UNAI

*Noviembre de 2019*

Miré a mis alumnos, toda la clase llevaba una hora escuchando atenta mi explicación. Me pareció oportuno ilustrarles con un caso todavía caliente la realidad práctica de la Perfilación Criminal. Con todos mis errores y mis pasos en falso.

—Al principio creí que se trataba de un asesino en serie. Después pensé que era un asesino con personalidad múltiple, finalmente me di cuenta de que eran en realidad una serie de asesinos. El hecho de centrarme solo en el *modus operandi* medieval me impidió durante unas semanas valiosísimas comprender que cada uno dejó su propia huella en cada crimen: la cobardía de un asesinato en diferido en el caso de la mosca española, el arrepentimiento en las emparedadas, la crueldad del encubamiento.

»Pero lo importante en este caso es que Gonzalo Martínez, el instigador, convenció a sus adeptos para que lo vieran de otra manera: un atraco con víctimas. Le querían quitar a Ramiro Alvar Nograro su fortuna de mil trescientos millones de euros a la fuerza, pero el atraco no podía ser un asalto al uso, apuntando con una pistola y llevando sacas de dinero. El atraco consistió en despojarle de su fortuna con la ley en una mano y con su propia novela en la otra. La ley que le impide ser señor y poseedor de los bienes de su familia si pisa la cárcel, y con su propio instrumento de curación, la versión del cronicón, como arma del crimen para implicarlo en los asesinatos.

Miré al fondo del aula, la doctora Leiva había prometido que acudiría para darme el testigo en mi nueva etapa profesional, pero la clase había terminado y no se había presentado.

Los alumnos fueron vaciando el aula hasta que me quedé solo recogiendo el material audiovisual. Entonces la vi aparecer, aunque no venía sola.

Estíbaliz estaba junto a ella, y empujaba la silla de ruedas de Ramiro Alvar.

—No hemos llegado a tiempo, lo sé —se excusó Marina en cuanto entró.

—Culpa mía —se adelantó Ramiro Alvar—. La hemos entretenido.

—Me estáis intrigando, ¿qué hacéis los tres aquí? —pregunté todavía sin comprender nada.

—He convencido a Ramiro para que se someta a terapia con la doctora Leiva —dijo Estíbaliz con gesto serio.

—Si tenemos que ser sinceros, la verdad es que me lo ha puesto como condición para seguir viéndonos.

—Y no te prometo nada —contestó ella—. De ti depende que recorras el camino de curarte si lo quieres recorrer. Después, cuando tengas claro quién eres y cómo eres..., después me tocará averiguar a mí lo que quiero contigo.

—Es el último caso que acepto antes de jubilarme, en realidad —intervino Marina—. Dejo la docencia y también dejo la consulta. Pero estoy convencida de que puedo ayudar a Ramiro, y tal vez no haya muchos colegas que se atrevan a un diagnóstico sin prejuicios.

—Me alegra —dije—. Me alegra mucho escuchar eso. Ramiro Alvar, ¿podríamos quedarnos a solas un momento? Todavía tengo un par de cuestiones pendientes contigo.

—Ramiro, Unai. A partir de ahora soy solo Ramiro. El Ramiro Alvar queda para los documentos oficiales. Me pesa menos el nombre.

—Ramiro, entonces —sonreí.

La doctora Leiva y Estíbaliz se despidieron de nosotros y nos quedamos en el aula vacía.

—¿De qué se trata?

—Necesito cerrar el último cabo suelto para comprender

este caso. Y necesito que me confirmes algo y será confidencial, aunque no tienes por qué hacerlo. Creo que tu *alter* se identificó con el obispo García porque era tu antepasado, pero no lo dijiste en la novela. No dijiste que Lope, el hijo bastardo de García, fue el origen de vuestro linaje. Por eso tú mataste al obispo García en la novela, cambiaste el final para matar simbólicamente a tu *alter*. Por eso tú temiste que el obispo matase a sus enemigos y te cuadraba que matase a alguien paralelo al conde de Maestu en la vida real, y temiste por Estíbaliz porque creíste que Alvar la mataría. Por eso no te cuadró que Alvar matase a las niñas, porque en la novela no eran enemigas del obispo García. Cuando estuve en el Archivo accedí a los documentos con el nombre del primer señor de Nograro, y fue Alvar López de Nograro, hijo de Lope Garceiz. Ese Lope Garceiz era el bastardo de la posadera de La Romana, ¿verdad?

Ramiro se subió las gafas con un gesto que repetía mil veces y bajó un poco la mirada.

—Sí —reconoció por fin—, es el origen documentado del linaje, pero siempre se ha ocultado que éramos descendientes de una alcahueta que prostituía a sus hermanas, aunque fuese por no morir de hambre, y del asesino del conde de Maestu. Ese era otro de los motivos por los que me horrorizó que se publicase la novela. El mozo del prostíbulo es el hijo bastardo del obispo García y lo heredó todo cuando él murió en la vida real. Los Nograro siempre lo ocultaron, pero heredó una gran fortuna para la época, vendió al rey Sancho VII el Fuerte su palacio de Pamplona y vino a residir a tierras de Valdegovía, lejos de la fama que arrastraba en la villa de Victoria. Ese era el gran secreto familiar de los Nograro.

—Voy comprendiendo que los linajes antiguos se van cargando de silencios y ocultaciones. Tengo algo que contarte acerca de otro de vuestros secretos: hemos rescatado la copia del cronicón del conde don Vela. Gonzalo lo ocultó tras la copia del retablo en la cripta del Canciller Ayala en Quejana.

—¡No la quiero! —se apresuró a decir Ramiro—. No quiero estar cerca de ese ejemplar, es un recordatorio de todo lo que voy a dejar atrás. No lo quiero.

—Lo que voy a contarte también es confidencial y no puedo

darte nombres, pero una rama de los descendientes del conde don Vela posee el original y pueden demostrar con documentación que son quienes dicen ser. Creo que puedes hacer una donación para que recuperen lo que es suyo.

—No hay más que hablar entonces.

Poco después llamaba a Iago del Castillo:

—Creo que en Vitoria hay algo que os pertenece.

# 65

# UNA VILLA

## DIAGO VELA

*Invierno, año de Christo de 1200*

Todos los vecinos subimos al paso de ronda del Portal del Norte. Un soldado de Chipia dio el toque de trompa y al cabo de un rato López de Haro se acercó a caballo.

—¿Qué sucede ahora? —preguntó. También se le veía desmejorado, pero nada comparado con los esqueletos que éramos los de arriba de la cerca.

—Llamad al rey Alfonso —dije—. Hoy habrá parlamento.

A mi lado, Chipia y el alcalde. Nos secundaban Nagorno, Onneca, Lyra, Gunnarr, los Isunza, los Mendoza, los sogueros, el carnicero, dos chiquillas y un abuelo.

Alfonso apareció en su caballo blanco. Me miró expectante y me hizo un gesto para que comenzase a hablar.

—Vos diréis, Vela.

—Os entregamos la villa de Victoria. Toda ella, la Villa de Suso y Nova Victoria. Vuestro primo Sancho el Fuerte nos ha dispensado de seguir defendiéndola, ya podéis desmantelar la línea de reparos, que no ha de venir un ejército de apoyo por retaguardia. También vuestro calvario ha terminado.

Y pude notarlo, los hombros tensos de todos sus soldados perdieron su rigidez. Los más rezagados, sabiéndose a salvo de la mirada del rey, se abrazaron con alivio. Hubo un estallido mudo de alegría entre las tropas de los sitiadores.

—Y yo acepto vuestra renuncia —proclamó el rey, solemne—. Abrid pues esa puerta de una santa vez.

—Hay condiciones —lo frené.

—No estáis en condiciones de exigir condiciones —rio López de Haro.

—Hay condiciones —me enroqué.

—Dejad que hable —intervino el rey.

—Será una entrega sin represalias.

—Continuad.

—Todo el que desee abandonar Victoria y buscar una nueva vida en otras villas del reino podrá hacerlo sin ser perseguido por los caminos. No queremos encontrar ahorcados en los árboles de los Montes Altos.

—Eso no sucederá, tenéis la palabra de un rey. Valoro la nobleza con la que habéis defendido lo vuestro y no se olvidará vuestro valor.

—No habrá pillajes —proseguí—, aunque nada queda dentro de valor, pero las mujeres serán respetadas y nadie será pasado a cuchillo cuando dejemos entrar intramuros a vuestros soldados. Queremos dormir tranquilos sin atrancar las puertas, esta villa siempre ha tenido los zaguanes abiertos, así seguirá siendo si queréis mantener a vuestros nuevos súbditos contentos.

—Contad con ello, vuestro nuevo rey no es un carnicero.

—Hablando de carne, traed ahora mismo, os lo ruego, jabalíes, conejos, ciervos o lo que sea que estéis asando que huele tan bien. Es urgente.

—Alférez, dad la orden. Mis nuevos súbditos se han ganado un banquete.

López de Haro asintió y obedeció a su rey.

—Y no dejéis de privilegiar el mercado de Santa María, y no las pechas de los portales —continué—. Esta es una villa de comerciantes y artesanos. Sin ellos no hay mercado, y sin mercado no hay impuestos de portazgo. No olvidéis nunca las prioridades.

—¿Estáis dando órdenes a un rey?

—Estoy aconsejando a un hombre sabio, al igual que hice con vuestro bien amado tío Sancho VI.

—El valor de la escucha. Sí, él me lo inculcó. Pero ya es suficiente. Dejadme pasar, quiero saludar a mis nuevos súbditos.

Di la orden a Yñigo, el unigénito de Nuño el peletero.

El Portal del Norte se abrió y dejamos entrar al nuevo rey.

Con él llegó también una carreta de panes y carne asada que no acabó nunca en ninguna mesa porque los victorianos se abalanzaron sobre ella y la vaciaron allí mismo, junto al mercado desierto de Santa María.

Pasaron varias jornadas hasta que la villa fue volviendo al trasiego de antaño.

Una docena de artesanos empacaron sus herramientas y marcharon a Pamplona a abrir nuevos talleres.

Lyra volvió a la cantera de Bagoeta a aprovisionar de nuevo la ferrería.

—Hemos entregado Victoria, pero ahora somos una villa, no dos —me dijo a modo de consuelo antes de despedirse.

—Pero el precio ha sido muy alto, hermana —murmuré cuando la vi marchar con su carreta—. Jamás volveré a obcecarme en defender unas tierras, una villa o una fortaleza. Solo a las personas. Nada puede pagar el precio de una vida amada que se ha ido.

Gunnarr y yo partimos a la aldea de Castillo para visitar a Héctor. Sabíamos que estaría preocupado por nosotros, y también quería que conociera a su nueva sobrina.

Gunnarr marchó rumbo al puerto de Santander aquella misma noche. Su tripulación lo esperaba para seguir pasando peregrinos por el Camino Inglés y yo sabía que añoraba el mar y la libertad de no vivir entre unas cercas. A su espíritu de gigante cualquier villa se le quedaba pequeña, y él se sentía pleno solo ante horizontes bastos y despejados.

Caminaba junto a la fortaleza de Sant Viçente con mi hija entre mis brazos cuando me topé con Martín Chipia, que ensillaba un caballo prestado por los castellanos.

—Me ha llegado una misiva de los consejeros del rey. Sancho me envía de tenente a Mendigorría. Ha quedado conforme con mi labor en esta villa. Me llevo a mis hombres. Partimos mañana.

—¿No esperáis a que recobren fuerzas y se repongan de la hambruna? —le pregunté con cautela.

—Somos soldados navarros y las rúas están tomadas ahora

por los castellanos. Es más sensato que no nos crucemos, debajo de un peto late el corazón de un hombre, al fin y al cabo. Y todos hemos perdido compañeros de fatigas a manos del enemigo. Partimos mañana, conde Vela. Ha sido un privilegio luchar a vuestro lado.

—Marchad con Dios, tenente. Queda buen recuerdo de vos en esta villa. No creo que volvamos a vernos, os deseo que la muerte os siga siendo esquiva —me despedí.

Y vi cómo la vida continuaba, intramuros y extramuros, y cada uno seguía su destino.

Y llevé a mi hija a visitar la lápida de su madre y de su hermano, y comencé a contarle la historia de nuestra familia, que de momento termina aquí, a febrero del año de Christo de 1200, en la villa de Victoria.

## 66

## LOS SEÑORES DEL TIEMPO

## UNAI

*Diciembre de 2019*

Una mansa y copiosa nevada estrenó el mes. La ciudad amaneció blanca y en silencio, como si la nieve hubiera limpiado los malos recuerdos. Me asomé al mirador y el aire fresco se coló en mi piso.

Vi aproximarse a Iago y a Héctor del Castillo por la plaza de la Virgen Blanca. Les había comentado por teléfono el resultado de las pruebas del ADN que me señalaban como descendiente directo del Canciller Ayala, quería conocer su opinión y saber si podían darle verosimilitud al dato, pero fui consciente de que la noticia también les impactó y estaba impaciente por hablar con ellos.

Héctor me dio un efusivo abrazo cuando nos encontramos en el umbral de mi piso. Iago, por su parte, traía un maletín. Los hice pasar.

Los tres nos sentamos en torno a la mesa de mi salón y les llevé la copia recuperada del cronicón.

—Aquí la tenéis. El actual señor de Nograro va a iniciar los trámites para donárosla legalmente. Pero es vuestra, de nuevo.

Iago se olvidó de sacar su guante y rozó el lomo de cuero.

—Cuánto tiempo… —susurró.

—Cuánto tiempo ha esperado nuestra familia este momento —intervino Héctor—. Nunca vamos a poder demostrarte lo agradecidos que estamos por lo que has hecho, Unai. Iago también te ha traído un documento, una carta. Nos gustaría contarte el contenido.

Iago pareció volver de un paseo de siglos y sacó de su maletín un pergamino protegido por un sobre de plástico.

—Me preguntaste por Yennego cuando secuestraron a Deba. No quise contártelo en unos momentos tan duros, pero hoy he traído algo.

—¿De qué se trata?

—Es una carta que Onneca de Maestu le escribió a Diago Vela poco antes de que ella falleciera en 1202, un par de años después de terminar el asedio. Estaba enferma de peste blanca, hoy lo llamamos tuberculosis. Sabía que iba a morir y le envió esta misiva.

Iago me tendió el documento, esperé a que me lo leyera. Él lo recitó de memoria.

> Mi siempre amado Diago:
>
> Yennego se cayó al foso. Lo encontré ahogado, pero temí que no lo creyeras después de mi inaceptable comportamiento tras saber de la nueva preñez de Alix de Salcedo. Sus restos reposan en la tumba de mi padre. Encontraréis dos cuerpos. A la desgracia le sucedió el asedio y jamás encontré el valor, ni siquiera para confesárselo a mi esposo Nagorno, que lo adoraba. Nunca fui una buena tía con él, jamás fui afectuosa. Veía en Yennego al hijo que se me negaba, al que tú y yo debimos tener. Pero tu alma ahora es más importante, porque la mía ya abandona mi cuerpo, no quiero irme con este peso. Has de llorarlo allí, en la tumba de mi padre.

—Esta carta forma parte de la correspondencia privada de la familia Vela y se ha mantenido siempre en manos de los descendientes. Es posterior al cronicón del conde don Vela y por eso no aparece entre sus páginas. Ese es el motivo por el que en la novela *Los señores del tiempo* no aparece lo que sucedió con Yennego. Ni los Nograro ni otras familias supieron nunca de la existencia de esta carta.

—Así que lo de Yennego fue un accidente —murmuré—. Cuánto sufrimiento habría ahorrado Onneca si hubiera contado lo que sabía.

Iago asintió en silencio y guardó con cuidado el pergamino.

—Hay algo más que queremos compartir contigo. Bajemos a dar una vuelta por la Almendra Medieval. Hace tiempo que no paseo por estas calles después de una nevada.

Miré el reloj del móvil.

—De acuerdo, el abuelo está jugando con Deba en el jardín de Etxanobe. Dentro de un rato tengo que ir a buscarlos.

—Nos encantará saludarlo. Me alegró muchísimo que ese viejo corazón no se detuviera aún —dijo Iago.

Así que bajamos a la calle y subimos los tres hacia la plaza del Matxete.

—Nos has contado que las pruebas de ADN te han señalado como descendiente de la rama del Canciller Pero López de Ayala. Pensamos que deberías saber un par de detalles significativos de su legado en esta ciudad —me explicó Héctor—. Los Nograro eran una de las familias rivales durante la lucha de bandos entre los Ayala y los Calleja. Es una pena que cuando paseas por estas calles no quede nada de los Ayala, con lo que hicieron por la villa. Mira, ¿ves este edificio?

Ambos me habían llevado hasta lo alto de las escaleras de San Bartolomé.

—Este era el Portal del Sur. Por aquí entraba todo el que venía de Castilla. ¿Ves este trozo de muro más irregular? —me explicó Héctor señalando la entrada del palacio de Villa Suso—. Estas piedras son milenarias. Pertenecen a las primitivas cercas, las que erigió el primer conde don Vela, el antepasado de Diago Vela. Los Vela fueron siempre los protectores de la villa. Ellos construyeron allá por el siglo VII la antigua ferrería, bajo lo que hoy conoces como la Catedral Vieja. Vivían en la *longhouse,* la vivienda de jefatura. Ellos construyeron el pozo, el camposanto y las lápidas con signos que han encontrado los arqueólogos.

Me hicieron volverme y mirar el edificio que teníamos enfrente, que ahora pertenecía a los Servicios Sociales del Ayuntamiento.

—Aquí se erigió el palacio de los Ayala en Vitoria. Junto a la primitiva ermita de Gasteiz, la actual capilla de Nuestra Señora de los Dolores dentro del templo de San Vicente. Aquí juraban sus fueros. Aquí, en suelo sagrado, se oficiaban sus juntas y se celebraban los juicios. Esa costumbre fosilizó y por eso ha llegado hasta nuestros días el nombre de esta parte que tienes más abajo: los Arquillos del Juicio.

—¿Esto que estamos pisando es suelo sagrado?

—Es el cementerio primigenio de la aldea de Gasteiz —asintió Héctor—. La antigua fortaleza de San Vicente tenía su propio camposanto.

—Lo que queremos compartir contigo es que los Vela y la familia del Canciller Ayala eran parte del mismo tronco familiar —intervino Iago—. En el siglo xiv Fernán Pérez de Ayala, el padre del Canciller Ayala, escribió la genealogía familiar en un libro que tituló *El árbol de la Casa de Ayala,* allí ya dijo que «mi antepasado el conde don Vela fizo las cercas de Vitoria en Álava». Pero los historiadores actuales no le daban demasiado pábulo, era una constante que todas las familias nobles buscasen entre sus orígenes algún elemento legendario, y el conde don Vela lo era. Se pensaba que era una versión interesada más. Pero había un dato discordante: la fecha de construcción de la muralla. Siempre se creyó que el constructor de la muralla de la villa de Victoria fue el rey Sancho VI el Sabio, que otorgó el fuero en 1181. Tenía sentido: concedió privilegios a los vecinos de la villa y construyó la muralla para defenderla de la amenaza del rey de Castilla.

—¿Y no fue así?

—Hace apenas unos años la datación de C14 demostró que estas murallas tenían al menos cien años más de lo que se creía. Fueron construidas alrededor del 1080, en los tiempos del Alfonso I el Batallador. Pero ¿quién fue el promotor? Los arqueólogos empezaron a mirar con otros ojos el libro de Fernán Pérez de Ayala. ¿Cómo podía saber que las murallas fueron construidas un siglo antes de lo que se pensaba? Tal vez estaba en lo cierto.

—Pero eso no demuestra que los Ayala fueran descendientes directos de los Vela —dije.

—No, eso no lo demuestra. Ahora necesitamos tu promesa de confidencialidad —me pidió Iago.

—La tienes, lo sabes.

—En *Las Bienandanzas e Fortunas* de Lope García de Salazar, escrito a finales del siglo xv, dice textualmente: «Llamose conde don Vela Señor de Ayala, e poblada aquella tierra de vascos e latinados, morió e está sepultado en Santa María de Respaldiça» —recitó de memoria.

—¿Y eso es confidencial?

—No, eso no. Nosotros guardamos documentación del entierro del conde don Vela en Respaldiza que atestigua que el cuerpo enterrado allí era el suyo. Había posesiones en juego, Héctor y yo queríamos mantener todo el legado familiar unido, pero teníamos que demostrar que don Vela era antepasado por línea directa de la familia Ayala de Quejana. Hace unos años conseguimos los permisos del obispado para extraer el ADN de los huesos del Canciller. El resultado confirmó que eran parientes y que pertenecían al mismo tronco familiar. Para nosotros fue una forma de ordenar nuestro legado, tierras y herencias desperdigadas. Nada de esto sale en los periódicos, nunca ha sido nuestra intención, se trata de pleitos estrictamente privados. Y queremos que así siga siendo.

Me los quedé mirando como si fuese la primera vez que los veía.

—Así que también sois una de las ramas perdidas del Canciller —fui capaz de decir—. Se daba por hecho que esa rama colapsó, que ninguno de los que nos apellidamos López de Ayala en la actualidad venimos de ese tronco familiar. Por eso me resulta tan difícil asumir el resultado de esas pruebas de ADN.

—Eso se dice y eso nos gusta que se siga diciendo. No queremos atraer la atención pública. Pero nuestro ADN coincide también con el del Canciller, así es.

—Entonces, ¿somos familia? —pregunté, y me tembló un poco la voz.

—Eso parece —sonrió Iago—. Vamos, ¿no tenías que buscar al abuelo y a tu hija?

Recorrimos Fray Zacarías Martínez, la que en otro tiempo fue la calle de las Tenderías, y los encontramos en plena batalla campal de bolas de nieve.

Deba llevaba una boinica roja que le había comprado el abuelo, le tapaba su pelo corto y el abuelo decía que así no la perdía y la localizaba mejor. No evitó llevarla al parque donde Tasio la había secuestrado después de agredirlo. Su filosofía de normalidad con la que nos había educado a Germán, a mí, y ahora a Deba, implicaba no dar poder a ninguna circunstancia adversa y no permitir que se convirtiera en un trauma.

—Santiago, ¿cómo está? —Se acercó Iago en cuanto lo vio.

—Yo te conozco, ¿verdad? —preguntó sorprendido el abuelo después de sacudirse la nieve de la boina.

—Es Iago del Castillo, la persona que te encontró cuando el raposo se llevó a Deba, abuelo —le presenté—. Él te salvó la vida y llamó a Urgencias. No estarías vivo de no ser por su empeño. Este es su hermano, Héctor del Castillo. Y resulta que somos familia.

El abuelo les dio con fuerza su enorme mano.

—¿Cómo es eso de que somos familia? —preguntó sin comprender.

—¿Recuerdas lo que te expliqué de las pruebas de sangre del Canciller Ayala de Quejana? Ellos también hicieron pruebas a esos huesos y son parientes. Así que todos venimos del mismo tronco familiar.

—Ya decía yo —comentó mirando a Iago—. Tienes los ojos claricos, como el abuelo Santiago, el que se fue de Villaverde cuando padre no tenía ni diez años.

—Eran otros tiempos, imagino. Me alegra mucho que su padre siguiera adelante y que usted haya vivido para ver crecer a sus nietos y a su biznieta.

—Yo también me alegro, hombre. Y que seamos familia —respondió el abuelo—. Ya sabéis entonces que tenéis casa en Villaverde.

—Unai, nos gustaría enseñaros algo a los tres. Es una vieja costumbre familiar —dijo Iago.

—Claro, ¿adónde vamos?

—Al campanario de la Catedral Vieja.

—¿Perdona?

—Tenemos acceso como investigadores. Hemos trabajado en el pasado con el director de la Fundación de la Catedral de Santa María —intervino Héctor mientras me mostraba unas llaves con gesto travieso—. Santiago, ¿cree que podrá subir hasta el campanario de la torre?

—Y con la *chiguita* en los hombros si es necesario —contestó valiente.

Al cabo de un rato los cinco contemplábamos los tejados nevados de la ciudad blanca desde la barandilla del campanario de la torre de Santa María.

—Es magnífico, ¿verdad? —murmuró Iago.

Incluso Deba se quedó por un momento sin habla. Hasta que el abuelo interrumpió aquel silencio:

—¡Mira, hijo, el Sol de la Abuela! —dijo mientras señalaba unos trazos rayados en una de las piedras junto a la campana—. Alguien lo ha pintado también aquí.

—Eso era lo que os queríamos enseñar. El Sol de la Abuela o la Flor de la Abuela, en realidad, es un *eguzkilore,* una flor del sol —explicó Iago—. Es un símbolo que siempre hemos dibujado en la familia para proteger los lugares donde hemos vivido. Este lo hizo la abuela Lucía que aparece en el cronicón del conde don Vela. Era la tatarabuela de Alix de Salcedo, la matriarca de nuestra rama de los Vela y después de los Ayala. Desde entonces se transmitió a todos los descendientes como recordatorio.

Y me llegó a mí.

—Ese sentimiento de protección hacia la Almendra, ¿es posible que también lo haya heredado, que me corra por las venas? —pregunté pensativo.

—No lo sé, tal vez tenga que ver con cómo te crio el abuelo, ese sentido de la responsabilidad. Él lo heredó y te lo transmitió, dijiste que tu hija quería abrir un hospital. Curioso, la nuera del Canciller fundó lo que después ha sido el hospital de Santiago.

—¿Has atendido, Deba? Tú eres la última de los López de Ayala. Si tienes hijos, tráelos aquí y enséñales a dibujar este *eguzkilore.* Así estaremos todos a salvo —le dije.

—Mejor el hospital —contestó Deba con su aplastante seguridad—. Quiero *zalvar* muchas vidas.

—Bajemos, todavía tenemos un secreto familiar que compartir —nos pidió Iago.

Reprimí un escalofrío cuando cruzamos el umbral del palacio de Villa Suso.

—¿Adónde vamos?

—Subamos, es por aquí —me indicó Iago.

Y nos llevaron frente a la losa que ocultaba el esqueleto de la emparedada de Villa Suso.

—Estos restos pertenecen a Alix de Salcedo. Aquí la enterró Diago Vela —susurró Iago.

Y después de arrodillarse colocó la mano sobre el vidrio que los separaba, como si le dijera unas palabras.

Todos respetamos su silencio, incluso Deba pareció comprender y me apretó la mano con solemnidad.

—Así que esta moza es nuestra abuela —resumió el abuelo.

—Sí, abuelo. Resulta que es Alix de Salcedo, y que Alix y Diago tuvieron descendencia.

—Una niña llamada Quejana —dijo Iago.

—Y nosotros somos descendientes de esos descendientes —le expliqué emocionado.

Así que yo también hinqué la rodilla frente a ella, y recé mi plegaria por última vez:

«Aquí termina mi caza, madre. Aquí comienza mi vida, hija».

# AGRADECIMIENTOS

Esta novela conforma el cruce de mis dos universos literarios: el de la *Trilogía de la ciudad blanca* y el de *La saga de los longevos.*

Mostrar el origen común de ambas familias y escribir de nuevo acerca de Iago del Castillo/Diago Vela, Lür/Héctor Dicastillo, Nagorno, Gunnarr y Lyra para revelar que son los antepasados directos de Unai López de Ayala ha sido una de las mayores satisfacciones de las que he disfrutado como escritora, después de tres décadas creando ficciones y conviviendo con personajes tan queridos para mí y para mis lectores.

Estoy muy agradecida a todo el equipo de Planeta por su profesionalidad y buen hacer durante todo el proceso de edición y publicación de las tres novelas de la *Trilogía de la ciudad blanca.*

A Antonia Kerrigan, por la eficaz defensa de mis intereses editoriales.

A mis lectores, por su madurez al comprender que el proceso de documentación y escritura de una novela profesional de quinientas páginas es una labor ardua que requiere varios años de intenso trabajo creativo e intelectual. Siempre agradeceré su sentido común y su generosidad al saber esperar mi próxima obra.

Y a mis hijos y mi marido, por hacer de nuestro día a día el mejor lugar donde vivir.

# BIBLIOGRAFÍA DE *LOS SEÑORES DEL TIEMPO*

Esta novela me ha supuesto una importante labor de documentación. A continuación recojo el grueso de las fuentes de las que me he servido para dibujar de la manera más vívida posible una época fascinante.

Para la historia de la villa de Victoria y Álava en el Medievo:


—*Arqueología e Historia de una ciudad. Los orígenes de Vitoria-Gasteiz (I)*. Agustín Azkárate, José Luis Garai-Olaun. Universidad del País Vasco.

—*Arqueología e Historia de una ciudad. Los orígenes de Vitoria-Gasteiz (II)*. Agustín Azkárate, José Luis Solaun Bustinza. Universidad del País Vasco.

—*Breve Historia de Álava y sus instituciones.* Eduardo Inclán Gil. Fundación Popular de Estudios Vascos.

—*Sancho VI el Sabio.* Juan Francisco Elizari Huarte. Reyes de Navarra. Editorial Mintzoa.

—*Viaje a Íbita. Estudios históricos del Condado de Treviño.* Roberto González de Viñaspre. Ayuntamiento del Condado de Treviño.

—*Historia de Vitoria.* Josemari Imízcoz. Editorial Txertoa.

—*Álava en la Baja Edad Media.* José Ramón Díaz de Durana Ortiz de Urbina. Diputación Foral de Álava.

—*Historia de Álava.* Antonio Rivera. Editorial Nerea.

—*De Túbal a Aitor. Historia de Vasconia.* Iñaki Bazán. Esfera de los Libros.

—*Álava en sus manos.* Caja Provincial de Álava.

—*Bilbao, Vitoria y San Sebastián: espacios para mercaderes, clérigos y gobernantes en el Medievo y la Modernidad.* Ernesto García Fernández. Universidad del País Vasco.
—*Historia de una ciudad. Vitoria. I. El núcleo medieval.* S. Andrés. Bankoa.
—*Gobernar la ciudad en la Edad Media: Oligarquías y élites urbanas en el País Vasco.* Ernesto García Fernández. Diputación Foral de Álava.
—*La ruta de la piedra. Camino medieval desde las canteras antiguas de Ajarte hasta la Catedral Vieja de Santa María en Vitoria-Gasteiz.* Luis M. Martínez-Torres. Universidad del País Vasco.
—*La Infraestructura Viaria Bajomedieval en Álava.* César González Mínguez. Universidad del País Vasco.
—*Vitoria a fines de la Edad Media.* J. R. Díaz de Durana. Diputación Foral de Álava.
—*La catedral de Santa María de Vitoria.* Primer Congreso europeo sobre restauración de catedrales góticas. Juan Ignacio Lasagabaster. Diputación Foral de Álava.

Siempre he procurado que la parte histórica de mis novelas refleje la cotidianidad de los personajes que la habitan. Oficios, vestidos, gastronomía y ritos constituyen mis obsesiones a la hora de documentarme. En esta ocasión mis libros de cabecera han sido:

—*Historia de las mujeres en Euskal Herria.* Rosa Iziz, Ana Iziz. Txalaparta.
—*El mundo laboral femenino en el País Vasco Medieval.* Cristina Ayuso Sánchez.
—*Araba. Mitos, creencias y tradiciones.* Aitor Ventureira. Imanol Bueno Bernaola.
—*Las mujeres en Vitoria-Gasteiz a lo largo de los siglos.* Paloma Manzanos Arreal. Ayuntamiento de Vitoria-Gasteiz.
—*Vestidos del mundo desde la antigüedad hasta el siglo XIX.* Tendencias y estilos para todas las clases sociales. Melissa Leventon. Blume.
—*Moda. Historia y estilos.* Kathryn Hennessy. Dorling Kinsdersley.

Pese a la escasez de fuentes documentales primarias de un tiempo tan remoto y concreto, tanto las expresiones arcaizantes como todos los nombres medievales de la novela —Diago, Lope Garceiz, Dicastillo, Paricio, Yñigo, Alix, Onneca, Bona, Pero, etc.— aparecen en los textos originales de:

—*Colección documental de Sancho VII el Fuerte (1194-1234)*. Archivo General de Navarra. José María Jimeno Jurío. Editorial Pamiela.

Una parte importante de la trama trata de la torre de los Nograro, sita en Valdegovía y hoy en estado ruinoso, aunque para la arquitectura del conjunto fortificado tomé como modelo e inspiración la torre de los Varona, cuya historia familiar no tiene ninguna conexión con la ficción que se cuenta en esta novela.

—*Arquitectura fortificada en Álava.* Susana Arechaga. Ayuntamiento de Vitoria-Gasteiz.
—*La torre-palacio de los Varona: historia y patrimonio.* Carlos J. Martínez Álava. Diputación Foral de Álava.
—*Las tierras de Valdegovía. Geografía, historia y arte.* José Javier Vélez Chaurri. Diputación Foral de Álava.

Me he nutrido de los siguientes volúmenes para recoger la hipótesis de los orígenes comunes del linaje de los Vela y los Ayala:

—*El condado de Ayala.* Santiago de Mendía. Diputación Foral de Álava. 1994.
—*La tierra de Ayala.* Actas de las Jornadas de Estudios Históricos en conmemoración del 600 Aniversario de la construcción de la Torre de Quejana. Ernesto García Fernández. Diputación Foral de Álava.
—*Libro del linaje de los señores de Ayala, desde el primero que se llamó D. Vela hasta mi D. Fernán Pérez.* F. Pérez de Ayala.
—*Exposición Canciller Ayala.* Conmemoración del VI Centenario de la muerte del Canciller Ayala. Del 18 de abril al 26 de julio de 2007. Diputación Foral de Álava.

—*El linaje del Canciller Ayala.* Aiala Kantzilerraren leinua. Diputación Foral de Álava.

Agradezco a Ismael García-Gómez su buena disposición a aclararme las dudas con respecto a su formidable trabajo *Vitoria-Gasteiz y su hinterland. Evolución de un sistema urbano entre los siglos XI y XV*, de la Colección Patrimonio, Territorio y Paisaje de la Universidad del País Vasco. Todas las variaciones adaptadas a disposición de la trama son obra y responsabilidad mía.

He recreado el asedio a la villa de Victoria pese a que solo contamos con la crónica *De rebus Hispaniae*, del arzobispo Jiménez de Rada, con un registro de la Catedral de Pamplona y con varios documentos administrativos de la cancillería del rey Alfonso VIII de Castilla por los que sabemos que participó en el cerco. Para los aspectos técnicos del asedio me he guiado por:

—*Las guerras medievales y el renacimiento de los ejércitos.* Jaime de Montoto y de Simón. Libsa.
—*Armas & técnicas bélicas de los caballeros medievales. 1000-1500.* Martin J. Dougherty. Libsa.
—*Armas. Historia visual de armas y armaduras.* Akal en asociación con Royal Armouries.
—*Cómo leer castillos.* Malcolm Hislop. Blume.
—*Cómo leer edificios.* Carol Davidson Cragoe. Blume.
—*Cómo leer ciudades.* Jonathan Glancey. Blume.

Para reinterpretar el trazado de las antiguas calles de la villa de Victoria he estudiado el siguiente tomo. He podido retrotraerme en el mejor de los casos al nombre de las rúas en documentos del siglo XIV:

—*Onomasticon Vasconiae: Tomo 27. Toponimia de Vitoria I. Gasteizko Toponimia I. Ciudad/Hiria.* Henrike Knörr Borràs. Euskaltzaindia.

La decisión de ambientar parte de la trama en el pueblo imaginario de Ugarte obedece a obvios motivos argumentales. Elegí el despoblado de Ugarte en Ayala, que aparece en un documento del año 1040 en el que participaba en los diezmos de esta zona. Invito a ampliar la información de los cientos de pueblos medievales alaveses que desaparecieron en el siguiente tomo:

—*Onomasticon Vasconiae: Tomo 5. Toponimia alavesa seguido de Mortuorios o despoblados y pueblos alaveses.* Gerardo López de Guereñu Galarraga. Euskaltzaindia.

Para comprender la dinámica de un trastorno tan complejo y poco documentado como el TID, el trastorno de identidad disociativo, he estudiado los siguientes manuales de Psiquiatría:

—*DMS-5. Manual de diagnóstico de enfermedades psiquiátricas.* American Psychiatric Association. Editorial Panamericana.
—*Trastorno de identidad disociativo o personalidad múltiple.* Anabel González. Editorial Síntesis.

Dado que el protagonista de la trilogía es un experto en Perfilación Criminal, estos libros académicos me han acompañado a lo largo de estos años, también incluyo aquí los cursos realizados:

—*Manual práctico del perfil criminológico.* Jorge Jiménez Serrano. Lex Nova.
—*Psicología e investigación criminal.* Psicología criminalista. Jorge Jiménez Serrano. Lex Nova.
—*Psicología criminal.* Miguel Ángel Soria Verde. Prentice Hall.
—*Comportamiento criminal.* Curt R. Bartol. Pearson.
—*Grafología Superior.* Mauricio Xandró. Editorial Herder.
—*Tratado de grafología.* Ytam-Vels. Ed. Vives. Barcelona.
—Curso de Medicina Forense aplicada a la Investigación Policial.
—Curso de Investigación Policial en el Proceso Penal.
—Curso Avanzado de Policía Judicial.
—Curso de Perfilación Criminal. Criminal Profiling.
—Curso de Inspección Técnica Ocular.

# ÍNDICE

TAMBIÉN DE

# Eva García Sáenz de Urturi

## EL SILENCIO DE LA CIUDAD BLANCA

Tasio Ortiz de Zárate, el brillante arqueólogo condenado por los asesinatos que aterrorizaron Vitoria hace dos décadas, está a punto de salir de prisión cuando los crímenes se reanudan. En la Catedral Vieja, una pareja de veinte años aparece muerta por picaduras de abeja en la garganta. Pero solo serán los primeros. Unai López de Ayala, un joven experto en perfiles criminales, está obsesionado con prevenir los asesinatos, pero una tragedia personal no le permite encarar el caso como uno más. Sus métodos enervan a Alba, la subcomisaria, con quien mantiene una ambigua relación marcada por los crímenes, pero el tiempo corre en su contra y la amenaza acecha en cualquier rincón de la ciudad. ¿Quién será el siguiente?

Ficción

## LOS RITOS DEL AGUA

Ana Belén Liaño, la primera novia de Kraken, aparece asesinada. La mujer estaba embarazada y fue ejecutada según un ritual de hace 2600 años: quemada, colgada y sumergida en un caldero de la Edad del Bronce. 1992. Unai y sus tres mejores amigos trabajan en la reconstrucción de un poblado cántabro. Allí conocen a una enigmática dibujante de cómics, a la que los cuatro consideran su primer amor. 2016. Kraken debe detener a un asesino que imita los Ritos del Agua en lugares sagrados del País Vasco y Cantabria cuyas víctimas son personas que esperan un hijo. La subcomisaria Díaz de Salvatierra está embarazada, pero sobre la paternidad se cierne una duda de terribles consecuencias. Si Kraken es el padre, se convertirá en uno más de la lista de amenazados por los Ritos del Agua.

Ficción